भूमि की उर्वरकता

प्रताप चिपलूनकर

सकाळ प्रकाशन

सकाळ प्रकाशन

Bhumi Ki Urvarakta

भूमि की उर्वरकता

लेखक	:	प्रताप चिपलूनकर
अनुवाद	:	ज्योति गायकवाड
अंतिम शुद्धिकरण	:	डॉ. बी. एल. कुमावत
प्रथम संस्करण	:	मई 2019
मुखपृष्ठ	:	प्रदीप खेतमर
अक्षरयोजना और संरचना	:	संदीप घावरे
प्रकाशक	:	सकाळ मीडिया प्रा. लि. 595, बुधवार पेठ, पुणे - 411002

ISBN : 978-93-87408-75-3

अधिक जानकारी के लिए : 020-2440 5678 / 88888 49050
sakalprakashan@esakal.com

भू-माता
एवं
भू सूक्ष्म जैविक शास्त्र में संशोधन करनेवाले
शास्त्रज्ञों के योगदान के प्रति समर्पित

मनोगत

1970 में मैंने पुणे के कृषि महाविद्यालयसे कृषि की डिग्री के साथ ही खेती शुरू की। प्रारंभ में मेरे पास बहुत ही खाली समय उपलब्ध था। इस अवधि के दौरान हमारे सहपाठी जो खेती कर रहे थे, उनके खेतों का दौरा हमने किया। कृषि स्नातक किसान और जेनेरिक किसान, क्या इन दोनों के सोच में कोई अंतर है? यह हमारे अध्ययन का विषय था। नगर जिले में एक बहुत बडे पैमाने पर फलों की खेती करनेवाला किसान था, उसके पास खेती के अध्ययन के लिए जब मैं गया, तब देखा कि, उनके पास बहुत सारी किताबें थी। दुनिया भर से कई पत्रिकाएँ उनके यहाँ आती थी। उसमें से उपयोगी जानकारी को अलग रखा जाता था। मेरे कई दिन उनके यहाँ के गन्ने की फसल की फाइल देखने में ही चले गए। यही से मुझे तकनीकी ग्रंथों और साहित्य के अध्ययन में रूचि विकसित हो गई। पढने का यह शौक 30-35 वर्षों से आजतक जारी है। प्रारंभ में यह शौक कुछ किताबें खरीदकर विकसित किया गया था। चार वर्षों में मैंने जो कुछ पाठ्यक्रम में सीखा उसका खेती में कुछ उपयोग किया गया है? यह जानने के लिए मैंने फिरसे संशोधन किया। शुरू से ही मेरा दृष्टिकोन उस प्रकार का था, कि महाविद्यालय में पढाया गँया विज्ञान और चर्चासत्र से पाया गया विज्ञान क्या उसका और प्रत्यक्ष खेती समस्याओं का कोई योग्य संयोजन है? कृषि अध्ययन में सभी ग्रंथों को एक निश्चित स्तर पर पढाया जाता है। जब हम किसी क्षेत्र में काम करते है तब हमें आगे का अध्ययन जारी रखना ही चाहिए।

चार साल के अध्ययन और परीक्षा के बाद, अपनी शिक्षा खत्म करके मैने खेती करना शुरू किया। लेकिन अब मुझे एहसास हुआ कि, वास्तविक विद्यार्थीदशा का अध्ययन खेत के मैदान में प्रवेश करने के बाद ही शुरू होता है। ऐसा लगता है कि, पिछले 40 सालों में कृषि विज्ञान के पूर्व प्राथमिक कक्षा में ही मेरी शिक्षा चल रही है । इस विज्ञान का दायरा बहुत बडा है। हमने इसमें से बहुत कम हिस्सा पढा है और कुछ ही बातें वैज्ञानिको को ज्ञात हुई है। मेरे जैसे कृषि स्नातको किसान की यह स्थिती है, तो आम आदमी की क्या होगी? मेरे 37 वर्षों के कृषि जीवन में मेरी आर्थिक स्थिती कमजोर थी लेकिन विज्ञान की मदद से डूबते को खरपतवार का सहारा मिल गया, अर्थात मेरी आर्थिक स्थिती बदल गई। 1990 में मेरा ध्यान भू सूक्ष्मजीव विज्ञान की ओर चला गया।

जमीन में ऐसे कई जीव होते है जो हमारी आँखों को दिखाई नहीं देते उनके कार्य से ही यह विज्ञान विकसित हुआ है। इसके बिना कृषि विज्ञान का अध्ययन शुरू नहीं हो सकता। लेकिन बुनियादी विज्ञान में काम करना बहुत ही मुश्किल तथा जटिल होता है और इससे असफलता नाकामयाबी मिलती है। अखिल भारतीय विज्ञान और तंत्रज्ञान के क्षेत्रअधिकारी यह गंभीर आरोप लगाते है कि, प्रायोगिक (उपयोजित) विज्ञान के आधार पर ही काम चलता है इसलिए ऐसे बुनियादी विज्ञान का विकास नहीं होता। इस बुनियादी ढांचे को लेकर अगर कोई काम करना चाहता भी है, तो उसे कोई उचित मार्गदर्शक नहीं मिलता।

मुख्य विषय भूमि की उर्वरकता की ओर चलते है। इस विषय का अध्ययन बुनियादी भू-सूक्ष्म जीव विज्ञान में नहीं करते बल्कि कृषि विज्ञान और कृषि रसायन

विज्ञान में किया जाता है। रसायन विज्ञान को एक बुनियादी विज्ञान माना जाता है। लेकिन कृषि रसायन विज्ञान विषय बुनियादी नहीं। जमीन में जो सूक्ष्म जीव होते है ज्यादातर वो ही यह रसायन तैयार करते है। इसलिए जैविक रसायन विज्ञान बुनियादी माना गया है। इस तरह के विज्ञान में विचारों की कमी होने की वजह से यह विज्ञान तैयार करना, सीखाना और इसके विचारों को किसानों के सामने रखना बहुत कठिन होता है क्योंकि किसानों की अशिक्षा यहाँ मुख्य कारण है। किसानों के अज्ञानी होने की वजह से इसपर ज्यादा चर्चा नहीं होती बल्कि खेती और किसानों का नुकसान जरूर होता है।

मुझे इस लेख से भूमि की उर्वरकता विषय को भू-सूक्ष्म जीव विज्ञान के माध्यम से वाचकों के सामने लाना है। जो सूक्ष्म जीव होते है उन्हें हम खुली आँखो से देख नहीं सकते। ये जीव जो काम करते है, वो दिखाई देता है किंतु काम करनेवाला दिखाई न देने की वजह से इस विषय को दुसरों को समझाने में बहुत दिक्कत होती है। यह विषय पूर्णरूप से तकनीकी है। इस लेख को किसान को केंद्रबिंदू मानकर ही लिखा जाएगा, फिर भी वैज्ञानिक और तंत्रज्ञ भी वाचक ही होते है, इसके कारण बहुत मुश्किलें पैदा होती है। मुझे ऐसा लगता है कि, एक किसान होने के नाते इस विषय पर अध्ययन करना उसके लिए बहुत महत्त्वपूर्ण है। उन्नत खेती की कई नई बातें मुश्किल होने पर भी हमने हजम की है। उसी प्रकार तेल इंजन, मोटरपंप, शाकनाशक, औषधीयां आदि बातों की तांत्रिकता जब हमने स्वीकारी है तो - फिर भूमि की उर्वरकता इस विषय में तांत्रिकता को हम क्यों न अपनाएँ?

अल्बर्ट हॉवर्ड एक कृषि वैज्ञानिक है उनका यह कहना है कि, ''भूमि की उर्वरकता को केंद्रबिंदू समझकर खेती करनी चाहिए।'' यदि हमने उनका कहना माना होता तो आज जो नुकसान हम भुगत रहे है वह शायद नहीं होता। पहली हरितक्रांति की असफलता उसी का फल है। आजकल जो खेती की जाती है उसमें खेती का उत्पादन और पैसे को मद्दे नजर रखते हुए उसे किया जाता है। लेकिन भूमि की उर्वरकता और खेती की उपज यदि मजबूत नही हो तो उससे उत्पादन कैसे प्राप्त होगा? मेरे विचारों को इस विज्ञान के अध्ययन से नई दिशा मिल गई है। बहुत सारे विचार प्रचलित विचारों से भिन्न है। यह मेरा अनुमान नहीं है। विज्ञान के ग्रंथो से लिया गया संदर्भ और खेती में किये गये प्रयोगों से कुछ नए विचार प्रकट हुए है। पुराने विचारों पर आलोचना होनेवाली ही है। यहाँ किसी पर वैयक्तिक रूप से आलोचना करना या उनके विचारों का खंडन करना मेरा उद्देश्य नहीं है।

समय बीतता जाता है और कई बातों में परिवर्तन आ जाता है। यह परिवर्तन खेती की पद्धतियों में भी आवश्यक है। पुराने विचारों से जुडी हुई पद्धतियों को छोडकर नई तकनीकों को आजमाना बहुत कठिन होता है। ज्येष्ठ वैज्ञानिक श्री. रघुनाथ माशेलकर जी ने कहा है कि, ''विज्ञान की उन्नति में नई सोच लाना मुख्य बाधा नहीं बल्कि पुराने विचारों को दिमाग से हटाना यह मुख्य बाधा है।'' इनके ये विचार खेती के लिए हुबहू मिलते है। वैसे तो खेती में परिवर्तन हुआ ही नहीं

ऐसा नहीं है, चड़स के बदले इंजन, बैल के बदले ट्रॅक्टर, खाद, औषधीयों के नए प्रकार ऐसे कई किस्म के बदलाव खेती ने स्वीकार किए है। इससे खेती में उत्पादन बढ गया है और नई तकनीक की वजह से कुछ काम बहुत कम समय में हो जाते है। ये नए बदलाव खेती का व्यापार बढानेवाले थे। इन नए परिवर्तनों का विस्तार करने में विज्ञापन का बहुत बडा योगदान है। किसान को स्वयंपूर्ण बनानेवाली यह तकनीक है। इससे व्यापारियों को बढावा नहीं मिलता किंतु किसान को कुछ चीजें बजार से खरीदने से छुटकारा मिल जाता है। लेकिन ऐसे तंत्र का विस्तार और विज्ञापन कौन करेगा? ऐसा आरोप किसी ने किया तो यह बात पीछे रह जाती है। खेत में हल मत चलाओ, अच्छा खाद इस्तेमाल मत करो, कैचुआ खाद का उपयोग मत करो ऐसे मेरे कुछ मत उचित विस्तार में अभाव से प्रसारित नहीं हो पाते। 'ॲग्रोवन' के श्री. मंदार कुडाले जी ने किसी बडे अधिकारी की मदद से मेरे विचारों को प्रकट करने का मौका दिया। उस समय के उपसंपादक श्री. सुनिल चव्हाण साहब ने मुझे एक वर्ष के लिए 52 भागों में 'भूमि की उर्वरकता' इस विषय पर लेखन करने की अनुमती दी। उस वक्त मुझे ऐसा लगा कि इस चुनौती को मैं पूरा कर पाऊँगा या नहीं ऐसा खयाल मेरे मन में आया। लेकिन जब लिखने की कोशिश की तब 80 भागों तक लेखन करता गया। कुछ वाचकों ने इन्हीं भागों को पुस्तक रूप में लाने की इच्छा प्रकट की और आज वहीं इच्छा पूरी होने जा रही है।

'भूमि की उर्वरकता' यह विषय उपेक्षा में ही रह गया है और प्रसारमाध्यम भी उसे नजरअंदाज करता है। जब 'ॲग्रोवन'ने भी इसकी तरफ ध्यान नहीं दिया तब उन्हें वैसा खत भेज दिया गया। उस समय के संपादक श्री. निशिकांत भालेरावजी ने इस लेखन में से कुछ गलतियाँ टेलिफोन द्वारा दिखा दी उसके लिए उन्हें धन्यवाद दिया। पुस्तक छापने के बारे में मेरे मन में दुविधा थी लेकिन पुस्तक छप गई इसपर मुझे विश्वास ही नहीं हुआ। मैने मन से उन्हें धन्यवाद दिया। आगे चलकर मैने इसी विषय पर अपना लेखन जारी रखा और अब आज उसकी पुस्तक बन रही है। इस कामयाबी में पुस्तक विभाग के श्री. प्रमोद राजे भोसले मुख्य प्रबंधक, श्री. आदिनाथ चव्हाण संपादक, श्री. आशुतोष रामगीर मुख्य प्रबंधक इन सभी ने हर वक्त मेरा उत्साह बढाया। इन सबने मेरी जो मदद की उसके लिए मैं उन्हें धन्यवाद देता हूँ और मेरा मनोगत समाप्त करता हूँ।

– प्रताप चिपलूनकर

अनुक्रम

प्रस्तावना

मानव की पूर्वावस्था 'आदिमानव' कहलाती है, उसका रूप बदलकर वह जब मानव बन गया तब उसे जीवन जीने के लिए रहने तथा खाने पीने की जरूरत महसूस होने लगी। उसी समय से शायद उसने खेती की शुरुआत की होगी। उस जमाने में भी लोगों को शायद भूमि की उर्वरकता के बारे में जानकारी थी। बहुत सी प्राचीन संस्कृतियां नदी किनारे की उपजाऊ जमीन के परिसर में ही खोजी गई है। ज्यादातर जहाँ दो नदियों का संगम होता है वहाँ प्राचीन संस्कृति की वृद्धि दिखाई देती है। उस वृद्धि का कारण उपजाऊ जमीन ही है। उस समय जनसंख्या बहुत कम और जंगल, जमीन का हिस्सा ज्यादा होने के कारण एक जगह के जंगल को काटकर वहाँ खेती की जाती थी, जैसे ही उस जमीन में उत्पादन कम होने लगता तो उसे छोडकर दुसरी जगह का जंगल काटकर वहाँ खेती की जाती थी। मतलब कुछ वर्षों में जंगल के नीचे जो जमीन रहती है वह उपजाऊ बन जाती है इस बात का उन्हें एहसास था। पुराने जमाने में एक जमीन से दो वर्षों में एक ही बार उपज लेने की परंपरा थी। क्यों कि ऐसा करने से जमीन की उत्पादक्षमता और उर्वरकता बढ जाती है ऐसा उनका मानना था। कुछ अंग्रेज अधिकारियों द्वारा भी उनके क्षेत्र में खेती के बारे में ऐसे ही विचार लिखकर रखे हुए पाए जाते है।

उस समय समतल जमीन में खेती की जाती थी और पहाडी इलाकों में जंगल थे। जंगल के पतझडी आच्छादन से बारिश का पानी रिसते हुऐ नीचे खेतों में आता है उससे फसल अच्छी होने की जानकारी पाई जाती है। यातायात के स्वचलित साधन आने से पहले प्राणियोंद्वारा (जानवरों द्वारा) ही आवागमन चलता था। हर घर में जानवर पाले जाते थे। इन जानवरों के गोबर का जो ढेर बनता था, उसपर वनस्पति बड़े पैमाने पर उगती थी। शायद इससे ही पता चला होगा की गोबर की खाद को खेती के लिए उपयोग करे। तबसे गोबर खाद और कंपोस्ट का इस्तेमाल शुरू हो गया। जानवरों का खून और उनके गोश्त से भी फसल अच्छे से पैदा होती है ऐसे लिखित संदर्भ पाए जाते है। भूमि की उर्वरकता बढाने के ही ये सारे प्रयत्न किए गए होंगे। उस समय बारीश के इलाके में खरीफ और बारीश के अंत में रबी फसलों की बोआई की जाती थी। इस बोआई से पहले गोबर खाद को सालभर सड़ा दिया जाता था फिर उसे मिट्टी के साथ मिलाकर फैला दिया जाता था। ताजे गोबर खाद के बजाए सड़े हुए गोबर खाद का महत्त्व अधिक माना जाता था। क्यों कि ताजे गोबर खाद को फैलाना मुश्किल होता था और उससे फसल भी अच्छी नहीं होती थी। आज भी कृषि विश्वविद्यालयों और कृषिक्षेत्र में भूमि की उर्वरकता को बनाए रखने के लिए किसान गोबरखाद और कंपोस्ट इन दोनों पर ही निर्भर है। हरियाली की खाद, मेंगनी खाद, पेंढी, प्रेसमड आदि कार्बनिक खाद का उपयोग भी शुरू किया गया है।

उर्वरकता अर्थात अच्छा उत्पादन और अच्छे उत्पाद देने वाली जमीन को उपजाऊ जमीन या भूमि की उर्वरकता कहा जाता है। फसल उत्पादन के कई काम भूमि की उर्वरकता से ही जुडे हुए है। वैसे देखा जाए तो उर्वरकता और उत्पादकता दोनो अलग-अलग बातें है। खेत मैं हल चलाना, मशक्कत करना ये सारे काम किसान बड़ी ही लगन से करते है। यह मशक्कत ऐसी

होनी चाहिए के किसी ने चाबूक भी लगाया तो जमीनपर निशान आने चाहिए। इस तरह की काले रंग की समतल जमीन को देखकर उसकी (किसान की) आँखे खुशी से भर आती है। इस तरीके से भूमि की उर्वरकता और उत्पादकता बढ जाती है। इस काम के लिए किसान बहुत पैसा खर्च करता है। ऐसा ही किसान प्रगतशील और भूमि की उचित देखभाल करनेवाला कहलाता है। खेती के लिए नए नए औजारों पर संशोधन किया जा रहा है। पहले किसान बैलों का उपयोग करते थे लेकिन अब ट्रेक्टर चलाते हुए दिखाई देते है।

गोबर का खाद और कंपोस्ट का उपयोग खेती में जरूरी होने के कारण उसमें भी बहुत से बदलाव लाने का काम बडे पैमाने पर चल रहा है। इसमें गोबर खाद के गडढे या ढेर रचाकर काम किया जाता है। इस ढेर की लंबाई, चौडाई कितनी होनी चाहिए इसपर भी संशोधन हो रहा है। कुछ नई तकनीकों को विकसित किया गया है जैसे नॅडप तकनीक, अल्बर्ट हॉवर्ड की इंदूर तकनीक, केंचुआ खाद, बायोडायनॅमिक खाद ट्रायको कंपोस्ट आदि। यह खाद के नए प्रकार किसानवर्ग को पसंद आने के लिए कई कृषिसंस्था, राज्य सरकार खेती विभाग, स्वयंसेवी संस्था यह काम करती है। केंचुआ खाद उपक्रम के लिए राज्य सरकार बडे पैमाने पर अनुदान बाँटती है।

भूमि की उर्वरकता और प्रचलित कृषि वैज्ञानिक विचारप्रणाली:

कृषि विज्ञान में भूमि की उर्वरकता का अध्ययन मिट्टी के भौतिक, रासायनिक और जैविक गुणों पर आधारित (निर्भर) होता है।

भौतिक उर्वरकता: भूमि में जो छोटे छोटे कण होते है उनका अध्ययन भौतिक उर्वरकता में किया जाता है। मिट्टी में छोटी और बडी बालू, मुलायम किचड, पोयटा मिट्टी, कंपोस्ट चीजे (कार्बनिक पदार्थ) इनका श्रेणीविभाजन करके अध्ययन करते है। हल्की जमीन में बालू का प्रमाण ज्यादा और मुलायम कीचड, पोयटा मिट्टी का प्रमाण कम होता है। भारी जमीन में मुलायम कीचड, पोयटा मिट्टी का प्रमाण ज्यादा रहता है। यहाँ पर भूमि की सघनता नापी जाती है। मिट्टी में अगर कार्बनिक पदार्थों का प्रमाण बढ गया तो उसकी सघनता कम हो जाती है। इससे मिट्टी की उत्पादन क्षमता का पता चलता है। भूमि के कणों की रचना इस उर्वरकता का महत्वपूर्ण गुण माना जाता है। इसका अध्ययन भौतिक उर्वरकता में किया जाता है। कृषि महाविद्यालय के पाठ्यक्रम में भौतिक पृथक्करण का एक पाठ दिया गया है। आम तौर पर किसानों की मिट्टी का अध्ययन इस तरह नहीं किया जाता।

रासायनिक उर्वरकता:

इसका अध्ययन कृषिरसायन विज्ञान में किया जाता है। वनस्पति को बढने के लिए जिन पोषक तत्वों की जरूरत होती है उनकी मात्रा जमीन में कितनी है वह ढूँढी जाती है। इसकी मात्रा कम होने पर बाहर से इन पोषक तत्वों को लाने के लिए विचार करना पडता है। फिर उसकी एक सारणी बनती है। उस सारणी की मदद से ही आगे कौनसी फसल के लिए कितनी खाद चाहिए उसकी सिफारीश की जाती है। रासायनिक उर्वरकता में आम्ल-विम्ल निर्देशांक (पी.एच) विद्युत चामकता और कार्बनिक तत्वों की मात्रा आदि

गुणधर्मों की भी जाँच की जाती है। इसकी वजह से जमीन किस प्रकार की है यह जाना जाता है। मिट्टी में जो लवण होते है, उनकी जानकारी विद्युतवाहकता से पता चलती है। उसी तरह कार्बनिक तत्व भी उर्वरकता के लिए और उत्पादन के लिए महत्वपूर्ण माने जाते है। ये तीनो गुणधर्म फसल की पोषकता के लिए महत्वपूर्ण माने जाते है। किसानो को भी अपनी भूमि का अनुमापन कराना चाहिए ऐसी सिफारिश की गई है। हर एक जिले में ऐसी प्रयोगशाला उपलब्ध करायी गई है। शक्कर के कारखाने, खाद के कारखाने, विक्री केंद्र, कृषि विश्वविद्यालय की प्रयोगशाला में कई जगह मुफ्त में तो कई जगह उचित कीमत लेकर इन सूक्ष्म पोषक तत्वों की जाँच की जाती है। इस मामले में राज्यसरकार हर एक गाँव के दस किसानों की मिट्टी की जाँच करके उन्हें उस मिट्टी की रिपोर्ट देने के लिए तैयार है। राहुरी कृषि विश्वविद्यालय 'किसान-शास्त्रज्ञ मंच'के सभी सदस्यों को मिट्टी की जाँच करके देती है। साधारण किसानों को मिट्टी के अनुमापन की वैज्ञानिक जानकारी समझने के लिए रसायन विज्ञान का प्राथमिक ज्ञान होना आवश्यक होता है। बहुत से किसान इसके बारे में जानकारी लेते हुए दिखाई देते है। मतलब यह मानना पडेगा की मिट्टी के बारे में इतनी सारी सुविधाएँ उपलब्ध होने के बावजूद भी आज तक बहुत सारे किसान इनके बारे में उदासीन है। 1948 में मेरे पिताजी द्वारा किये गए मिट्टी के परीक्षण के अध्ययन की कुछ सारणी और जानकारी मिली है। पिछले साठ वर्षो से किसान इसका महत्व क्यों नहीं समझ पाए यह एक अनुसंधान का विषय है। सचमुच, किसान उसके बारे में उदासीन है या इस तंत्र में ही कुछ कमियाँ है? इसका भी अध्ययन नहीं किया जाता।

जैविक उर्वरकता: इसके बारे में 5-10 वर्षो पहले कुछ भी चर्चा नहीं थी। भूमि की उर्वरकता और फसलों के पोषण में सूक्ष्म जीव के समावेश के बारे में आजकल सब जागृत हुए है। कुछ ज्ञानी लोगों का ऐसा कहना है कि, रासायनिक अनुमापन के साथ ही जैविक अनुमापन की सुविधा भी उपलब्ध होनी चाहिए। सूक्ष्म जीव विज्ञान के स्नातकोत्तर के पाठ्यक्रम में यह पाठ सिखाया जाता है। एक ग्राम मिट्टी में कितने सूक्ष्म जीव होते है इसकी जाँच की जाती है। इस प्रकार की सुविधा बहुत कम अनुसंधान केंद्रो में उपलब्ध है। जीवाणु की संख्या पता चलने पर भूमि की उर्वरकता की भी जानकारी मिलेगी, इस आशा मे बहुत सारे किसान इस अनुमापन करने के लिए कोशिश कर रहे है। लेकिन सिर्फ जीवाणु की संख्या जानने से जानकारी पूरी नहीं होती। इसीलिए इस तंत्र की कमियाँ भी ढूँढनी पडेगी।

इस पृथ्वीपर भूमि एक ऐसा भाग है जिसकी उचित मशक्कत और बोआई करने के बाद उसकी अच्छी देखभाल से फसल की उपज बढती है। ऐसी परिभाषा जमीन के बारे में खेतीसंबंधी अध्यापन में की जाती है। भू-सूक्ष्म जीव विज्ञान की एक पुस्तक में की गई परिभाषा कुछ ऐसी है - [Soil is that part on the earth crust where geology and biology meets] [हिंदी अनुवाद - पृथ्वी पर जमीन एक ऐसा भाग है जिसमें भूगर्भविज्ञान और जीवविज्ञान का मिलन होता हैं मतलब मिट्टी के मृत कण और जिंदा जानवर इन दोनों के काम से खेती की जमीन तैयार हो जाती है। जमीन में जान है ऐसा कहा जाता है लेकिन वो कैसे? इस पर ज्यादातर बातचीत नहीं होती। जमीन में जो छोटे-बडे प्राणी या सूक्ष्मजीव होते है उनके अस्तित्व से उसमें जिंदापन आ जाता है। पहली परिभाषा में जिंदापन का उल्लेख नहीं है लेकिन दुसरी परिभाषा में इसके बारे में जानकारी मिलती है। कोई भी वनस्पति प्राणियों के योग्य सहभाग के बिना बढ नही सकती। भूमि का अध्ययन उससे संबंधित जीवविज्ञान के अध्ययन के बिना पूर्ण नही होता। इस लेख में हम भूगर्भविज्ञान और जीवविज्ञान इन दोनों के बारे में अध्ययन करने वाले है।]

जमीन में दो प्रकार के कण होते है 1) खनिज कण 2) कार्बनिक कण. चट्टानों पर सूर्यप्रकाश, पानी, हवा, तापमान और सूक्ष्म जीवों का प्रभाव होने के कारण उनमें क्षय होता है। जिससे खनिज कण तैयार होते है। वनस्पति और प्राणियों से जो कार्बनिक पदार्थ तैयार होते है वह सडने के बाद काले पावडर के रूप में दिखाई देते है। उन्हें कार्बनिक कण कहा जाता है। इन्हीं कार्बनिक और खनिज कणों से जमीन तैयार होती है। इसमें ज्यादातर 99.5 प्रतिशत खनिज कण और 0.5 प्रतिशत कार्बनिक कण रहते है। फसल को मजबूत बनाने का काम खनिज कणों द्वारा किया जाता है।

कार्बनिक कणों से फसलें पोषकतत्व प्राप्त करती है। इसलिए इन कणों का अध्ययन करना जरुरी है। खनिज कणों में निम्न और उच्च गुणवत्ता वाले भिन्न प्रकार होते हुऐ भी इन कणों को बदलकर भूमि की उर्वरकता बढाने की एक सीमा होती है। ऐसी बातों पर भी हमे ध्यान देना पडता है। किंतु 0.5 प्रतिशत कार्बनिक कणों का प्रबंधन भूमि की उर्वरकता के लिए करना मात्र ही हमारे हाथ में है।

किसानों को भूमि की उर्वरकता और उत्पादकता के बारे में कार्बनिक कणों का महत्त्व समझाने के लिए डॉ. कोरमोडी लिखित 'कन्सेप्ट ऑफ इकॉलॉजी' पुस्तक से एक संदर्भ (निर्देश) मैं आपके सामने रखता हूं। अमेरिका के एक जंगल में जमीन में नाइट्रोजन ढूँढने के बाद यह पता चला कि, जंगल की कुल मिलाके 90 प्रतिशत नाइट्रोजन मतलब 3700 किलो/हेक्टर मृत कार्बनिक पदार्थों में है। 6.5 प्रतिशत मतलब 532 किलो/हेक्टर नाइट्रोजन जिंदा वनस्पतियों में और 0.5 प्रतिशत मतलब 26 किलो/हेक्टर खनिज मिट्टी के कणों में पाया गया है। इस अनुमापन में कुछ गलतियाँ और कमियाँ हो सकती है। अमेरिका के और भारतीय जंगलो में शायद फरक हो सकता है यह बातें हमारे लिए महत्त्वपूर्ण नहीं है। नाइट्रोजन के बारे में जो हमने अभी देखा उससे यह पता चलता है कि, जंगल में कुल मिलाकर 4228 किलो/हेक्टर नाइट्रोजन समाया हुआ है। उसमें से 87.51 प्रतिशत जमीन पर जो पेडों के सूखे पत्ते, जानवरों का मलमूत्र, मृतशरीर और उनकी खाद के आच्छादन में होता है। 12.6 प्रतिशत जिंदा वनस्पतियों में और सिर्फ 0.6 प्रतिशत अकार्बनिक खनिज मिट्टी के कणों में समाया होता है। नाइट्रोजन वनस्पति का मुख्य खाद्य घटक है। यहाँ पर और जो पोषकद्रव्य है अगर उनके बारे में सोचा जाए तो शायद ऐसा ही कुछ प्रतिशतता का अनुमान निकलेगा।

इस अध्ययन से निकले हुए निष्कर्ष : वनस्पति के लिए पोषकद्रव्य जमा करने का काम कार्बनिक पदार्थों द्वारा ही होता है। कार्बनिक पदार्थों को ही उनके पोषकद्रव्य का भंडार कहा जाता है। वैसे देखा जाए तो खनिज मिट्टी के कणों में पोषकतत्वों की संख्या अनगिनत है।

जमीन से हमें बहुत कुछ मिलता है लेकिन जिसकी हमें जरूरत है उतना लेकर हम कितना जमीन को वापस करते है? इससे जो हम इन्सान और जानवर खाते है उसमें से भी गोबर का खाद और कंपोस्ट के रूप में जमीन को वापस दिया जाता है क्या? यह अध्ययन का विषय है। जिस भाग का उपयोग नहीं होता है उसे घास समझकर जला दिया जाता है।

बरसों से इस प्रकार की खेती करके 87 प्रतिशत भंडार का हिस्सा खुदाई करके खत्म किया है। खनिज मिट्टी का 0.6 प्रतिशत हिस्सा भंडार के रूप में बचा है। पुस्तक पढ़ते हुए इस संदर्भ के पास आकर मैं भटक गया। इसी ने आगे जाकर खेती की दिशा ही बदल दी। इस लेख का जन्म ऐसे अनेक संदर्भों से हुआ है।

जंगल नियमः

भूमि की उर्वरकता विषय का अध्ययन करते समय प्राकृतिक जंगलों के नियमों का अध्ययन करना बहुतही जरुरी होता है। पृथ्वी पर लाखों वर्षों से जंगल तेजी से बढते आ रहे है, उन्होंने अपनी उर्वरकता बनाए रखी हुई है। [अर्थात जब तक मानव ने इसमें दखलअंदाजी नहीं की] लेकिन कुछ ही वर्षों में खेती की जमीन के बारे में उर्वरकता का प्रमाण घटने लगा। ऐसा क्यों? ऐसा सवाल पैदा होता है। प्राकृतिक जंगलों में बौने घास, लंबी घास, छोटे-बडे पेड़ ऐसी अनेक प्रकार की वनस्पतियाँ पाई जाती है। जिसका उपयोग जानवरों को होता है। जो शाकाहारी जानवर है वे वनस्पति खाते है और जो मांसाहारी जानवर है वे शाकाहारी जानवरों को खाकर अपना जीवन जीते है। कुछ जानवर शाकाहारी और मांसाहारी दोनो प्रकार के होते है। सारे जानवरों का मलमूत्र, मृत शरीर जमीन में समा जाता है। पेडों से पत्ते झडने के बाद उसके बाकी अंग मिट्टी में मिलकर सड जाते है। इस तरह से मिट्टी के नए नए ढेर तैयार हो जाते है। इस तरह की मिट्टी का उपयोग वनस्पति को बहुत ही फायदेमंद होता है, क्योंकि वनस्पतियों को बढने के लिए जो खाद्य पदार्थ चाहिए वो इसी से उन्हें मिलता है। पेडों के पत्ते और जानवरों की हड्डीयाँ ऐसे ही पडे पडे सड जाते है और वहीं मिट्टी में मिल जाते है। निर्मिती और समाप्ती की प्रक्रिया से अन्नचक्र पूर्ण हो जाता है। वैज्ञानिक शब्दों

में इसे कार्बनचक्र कहा जाता है। जब तक मनुष्य का इसमें हस्तक्षेप नहीं था तब तक इस कार्बनचक्र के साथ जंगलों की वृद्धि हो रही थी। लेकिन जब मनुष्य यहाँ से अन्नद्रव्यों को (खाद्य पदार्थ) बाहर ले जाने लगा तब जंगलो का नुकसान होने लगा। अब पहले जैसे घने जंगल ढूंढने से भी नहीं मिलते।

खेती की जमीन में भी कार्बनचक्र रहता है। कार्बनचक्र शब्द का उपयोग यहाँ पर कभी कभी किया जाता है। कार्बनचक्र की वजह से ही फसले बढती है। फसल की जाति, खाद, कीटनाशक, गोबर का खाद, कंपोस्ट खाद आदिका प्रयोग अगर हमेशा के लिए किया जाए तो कार्बनचक्र पूर्ण हो जाता है। प्राकृतिक खेती का एक नियम है, फसल के जितने हिस्से की हमें जरूरत है उतनी लेकर बाकी जमीन को वापस दो। मनुष्य ने फसल के हर एक भाग का उपयोग ढूँढा है। जिस हिस्से का कुछ भी उपयोग नहीं है उसे इंधन (जलाने) के काम में लाया जाता है। इससे खेती की जमीन की उर्वरकता कैसे बनी रहेगी?

सभी प्राणिओं में मनुष्य सबसे बुद्धिमान प्राणी माना जाता है। उसने जंगल काटकर खुद की जो जरूरत की चीजें चाहिए थी उसे निर्माण करने के लिए खेती की जमीन तैयार की, अब जंगल से वनस्पति और जानवर दोनों की संख्या कम हो गई। सब जगह मनुष्य और उसके पाले हुए जानवरों का राज आया। इस परिवर्तन से जंगल के नियम टूट गए जंगल में प्रत्येक जीव किसी का आहार होता है और वह खुद भी दुसरे को खाता है। अर्थात इसी प्रकार यह भक्ष-भक्षक का अन्नचक्र चलता ही रहता है। इन सूक्ष्म जीवों के जरीए जमीन में जो कार्बनिक कार्बन पाया जाता है वह वनस्पति के बढने में उपयोगी होता है। यह कार्बनिक भक्ष के रूप में ही खत्म होता है। ये सिर्फ जानवरों के बारे में है मनुष्य के लिए नही क्योंकि मनुष्य अपनी जीवनयात्रा समाप्त करने के बाद उसके मृतशरीर का न तो कोई उपयोग होता है और ना ही उसके मल-मूत्र का। वह सबका उपभोग लेता है लेकिन खुद किसी का भी भक्ष नहीं बनता। बल्कि उसे ही लकडी और उपले के जरीए जलाया जाता है। भूमि की उर्वरकता पर इसका क्या परिणाम होता है इसपर ज्यादा बातचीत नहीं होती।

जंगल नियमों में और एक सुधार होना आवश्यक है। जैसे हमने पाठ्यक्रम में सीखा है कि वनस्पति स्वयंपूर्ण होती है वह खुद का अन्न स्वयं ही तैयार करती है। प्राणियों को इस अन्न के लिए वनस्पतियों पर निर्भर रहना पडता है। सूक्ष्म जीव विज्ञान के अध्ययन के बाद ऐसा लगता है, पाठ्यक्रम में यही एक भाग गलत सिखाया जा रहा है। वनस्पति स्वयंपूर्ण नहीं है। जो प्राणियों का खाद्यपदार्थ तैयार करती है और प्राणी वनस्पति का खाद्यपदार्थ तैयार करते है। सारे प्राणिवर्ग का उद्देश्य वनस्पति के लिए खाद्यपदार्थ तैयार करना ही है। अगर इन्होंने यह काम नहीं किया तो वनस्पति के अस्तित्व पर प्रश्न (सवाल) खड़ा हो जाएगा।

ऐसी स्थिती में वनस्पति स्वयंपूर्ण कैसे बन सकती है? ऐसा लगता है वनस्पति को स्वयंपूर्ण कहकर हम प्राणिवर्ग पर अन्याय कर रहे है। वनस्पतियों से तैयार जैवभार प्राणियों द्वारा अगली वनस्पतिओं की ओर उनके बढने लिए जमीन की तरफ न आते हुए अनेक मार्गों परही खत्म हो जाता है। इसपर बातचीत होनी चाहिए, यही अपेक्षा!

प्रकरण 1

वनस्पतियों के पोषकद्रव्यों का प्रबंधन

भूमि में सडने की क्रिया में जो कार्बनिक अम्ल पैदा होते है वो दो तरीके से काम करते है। फसलों को जो अन्नद्रव्य दिए जाते है अगर हमने वो खाद द्वारा दिए तो अम्लों से इनका संपर्क होकर नए पदार्थ तैयार होते है। ये नये पदार्थ मतलब फसलों के लिए जमीन में रहनेवाले पोषकतत्वों का स्थिर संचय है। जब कभी फसलों को इस संचय की आवश्यकता होती है तब यह (पोषकतत्व) पहले कार्बनिक अम्ल में घुलमिल जाते है और बाद में पानी में मिलते है। इस बात को समझने के लिए सीधा सा उदाहरण देता हूँ:- हमारे हाथ पर तेल लगने के बाद हम उसे धोने के लिए पहले साबुन का इस्तेमाल करते है, यह तेल पहले साबुन से घुलमिल जाता है फिर बाद मैं पानी में घुल जाता है। कटहल या चीकू का दूध हाथ पर लगने पर पहले हाथों में हम तेल लगाते है, वह दूध तेल में मिलता है और बाद में साबुन से निकल जाता है। वैसे ही अगर कभी जोरदार बारिश की वजह से जमीन पर पानी रहने पर भी उनमें जो स्थिर संचय है वह सुरक्षित रहता है।

पोषकतत्वों को जमीन में संचय करना और जरुरत पडने पर वापस देना इन दोनों कामों के लिए जमीन में कई प्रकार के कार्बनिक अम्लों की निर्मिती होती रहती है। ये सारे अम्ल भिन्न भिन्न सूक्ष्म जीव तैयार करते है। पोषकतत्वों के संचय करने के काम को अंग्रेजी में इममोबिलायझेशन और मिनरलायझेशन ऐसा कहा जाता है। भू-सूक्ष्मजीव विज्ञान से पता चलता है की, किसी भी वनस्पति के पोषणतत्त्वों का काम भूमि में इसी प्रकार से चलता है। लेकिन आज जो पोषकद्रव्यों के प्रबंधन का अध्ययन किया जाता है उसमें इन दोनों क्रियाओं का कोई स्थान नहीं है।

हम वनस्पति को जिस रूप में षोषकद्रव्य देते है वे उसी रूप से नहीं खाये जाते। भूमि में सूक्ष्म जीवों द्वारा उनपर अनेक क्रियाएँ होती रहती है। फिर वे खाने लायक बनते है और जरुरत के अनुसार खाये जाते है। इस बात को समझने के लिए एक उदाहरण देता हूँ। खरीफ और रब्बी मौसम के बाद हम घर में अनाज का संचय करते है। उस वक्त हम अनाज को अलग अलग पात्रों में भरकर उसे धूप भी देते है। अनाज में कीटनाशक गोलियाँ, पाऊडर, तेल लगाना यह सब करने से अनाज लंबे समय तक अच्छी स्थिति में रहता है और जरुरत के अनुसार हम उसे खा सकते है। इसलिए ये सारे काम सावधानी से किए जाते है। ऐसे संचय को घर का स्थिर संचय कहा जाता है। इसे हम तुरंत नहीं खा सकतें उसपर अनेक प्रक्रिया करनी पडती है। जैसे भुनना, चुनना, तलना, उबालना, पीसना, पकाना। ये सब करने के बाद उससे सब्जी, रोटी, चावल ऐसे खानेलायक पदार्थ तैयार किए जाते है। उसे अनाज का उपलब्ध संचय कहा जाता है।

घर में स्थिर संचय अधिक मात्रा में रखा जाता है। घर में जितने सदस्य है उनका विचार करके जो भोजन तैयार होता है वह उपलब्ध संचय है। स्थिर संचय से अनाज जैसे जैसे उपलब्ध संचय की ओर जाता है तब इस पदार्थ की दृढता कम हो जाती है। गेहूँ और ज्वार की आयु बहुत वर्षों की होती है। उसे पीसने के बाद वर्षों से कुछ महीने की हो जाती है और अगर उसकी रोटियाँ बनती है तो कुछ घंटे की ही रह जाती है। इस तरह घर के पोषकद्रव्यों के दृढता के जो नियम है वहीं नियम जमीन की फसलों के पोषकद्रव्यों से हुबहु मिलते है। फसल के पोषकद्रव्यों का संचय बहुत ही बडा होता है। जैसे ही वह उपलब्ध संचय की ओर आता है उसकी दृढता कम होने लगते है। उपलब्ध पोषकद्रव्य नश्वर होते है, पानी में डालने से तुरंत घुल जाते है। बाकी पोषकद्रव्य पानी से तुरंत नही घुलते।

कम अवधि की फसल के लिए हम एक-दो सप्ताह के लिए खाद देते है और लंबे समय की फसल के लिए दो-चार सप्ताह के लिए खाद (उर्वरक) देते है। दो उर्वरक किश्तों के दरम्यान दो महिने की अवधि होती है। तब तक वह भंडारण जमीन में संग्रहित किया जाता है। बाद में जरुरत के अनुसार उपयोग किया जाता है। ऐसी स्थिती में स्थिरीकरण और उपलब्धीकरण की संकल्पना वैज्ञानिक जगत में क्यों नही मानी जाती यह एक सवाल बनकर रह गया है।

पुरे विश्व में यह कोई नहीं मानता कि, जमीन में खाद्य पदार्थों का स्थिरीकरण होता है। फॉस्फोरसयुक्त खाद जमीन में डालने से उसका स्थिरीकरण होता है। इसलिए वह फसल के लिए उपलब्ध न होने की अवस्था में जाता है माना जाता है। इस प्रकार का स्थिरीकरण न हो पाए इसलिए किसानों को क्या करना जरुरी है इसपर बहुत मार्गदर्शन किया जाता है। असल में स्थिरीकरण एक आवश्यक प्राकृतिक प्रक्रिया है। यह सिर्फ फॉस्फोरस के बारे में नहीं है बल्कि वनस्पति पोषकद्रव्यों के बारे में है। किसान वर्ग को इससे घबराने की जरुरत नहीं। स्थिरीकरण और उपलब्धीकरण कार्बनिक अम्ल से संबंधित होते है। आगे चलकर इसका विस्तृत अध्ययन होनेवाला है।

स्थिरीकरण और उपलब्धीकरण के माध्यम से ही वनस्पतियों के पोषकद्रव्यों का भूमि में प्रबंधन किया जाता है। उपलब्धीकरण का कार्य स्थिरीकरण पर निर्भर रहता है। इसलिए स्थिरीकरण का पोषकद्रव्यों के प्रबंधन में महत्त्वपूर्ण स्थान है। भूमि में स्थिरीकरण के तीन प्रकार होते है। 1) भौतिक स्थिरीकरण (Physical Adsoption) 2) रासायनिक स्थिरीकरण (Chemical Fixation) 3) जैविक स्थिरीकरण (Biological immobilization)।

भौतिक स्थिरीकरण में वनस्पतियों के खाद्य पदार्थ मिट्टी के और कार्बनिक कणों से ही चिपककर रहते है। इन कणों के पृष्ठभाग पर जो दुसरी जाति के कण रहते है उनकी वजह से यह चिपकने की क्रिया होती है। मिट्टी में खनिज कणों की तुलना में कार्बनिक कणों को ऐसे चिपकने की क्षमता ज्यादा रहती है। कायिक स्थिरीकरण किसी भी मुकाबले में शिथिल रहता है। इस तरह के खाद्य पदार्थ जोर से आया हुआ पानी बहाकर ले जा सकता है। फिर भी इसका महत्त्व कम नहीं माना जाता। शुरू के समय में जब रासायनिक उर्वरकों का उपयोग होने लगा तब भूमि में कार्बनिक कणों की संख्या बहुत थी। उस वक्त इसी प्रकार के स्थिरीकरण में 20 से 25 वर्ष फसल का उत्पादन अच्छा पाया। जैसे जैसे समय बीता वैसे कार्बनिक प्रमाण कम होता गया। मिट्टीमें डाले गए रासायनिक खाद में खाद्य पदार्थों का स्थिरीकरण योग्य न होने के कारण ऐसे उर्वरक ज्यादा मात्रा में डालने पर भी फसल का उत्पादन ज्यादा नही होता।

रासायनिक स्थिरीकरण में खाद्य पदार्थ जमीन में डाले जाते है उनका रूपांतरण मिट्टी में रासायनिक द्रव्यों में होता है उनके साथ मिलाप होकर उसमें से नए पदार्थ तैयार हो जाते है। रासायनिक स्थिरीकरण में फसलों के लिए खाद्य पदार्थ आसानी से उपलब्ध नहीं होते। यह स्थिरीकरण बहुत ही मजबूत रहता है। ऐसा होने पर भी इसकी उपयुक्तता कम नही होती। इस प्रकार स्थिरीकरण हुआ खाद्यपदार्थ फसलों को कभी भी उपलब्ध नही होगा ऐसा नही होता। फॉस्फोरस स्थिरीकरण के बारे में लोगों को बताया जाता है कि बरसो पहले स्थिरीकरण किए हुए खाद्यपदार्थ आज उपलब्ध अवस्था में मिलेगा और अगर आज स्थिरीकरण किया तो भविष्य में वह उपलब्ध हो जाएगा। जो खाद्यपदार्थ अभी अभी दिए गए है वह कुछ अवधि के बाद फसलों के काम आ जाएगा। प्रकृति नियम के अनुसार उनकी उपलब्धी होती रहेगी। इसलिए हमारे हाथ में जितना है उतना ही हमें करते रहना चाहिए।

जैविक स्थिरीकरण में वनस्पतियों का खाद्य पदार्थ पहले सूक्ष्म जीव खाते है। काफी समय बाद उनके मृत शरीर का खाद्य पदार्थ बनकर मिट्टी में संग्रहन हो जाता है। वो ही जैविक स्थिरीकरण कहलता है। जैविक स्थिरीकरण में जो खाद्यपदार्थ है वो नश्वर नहीं होते। इसी के साथ जो फसलें बढती है वह जरुरत के अनुसार स्थिर संग्रहन से आसानी से उपलब्ध संग्रहन में आ जाती है। किसानों की दृष्टी से ऐसा स्थिरीकरण सबसे उचित, योग्य होता है। जब सुखे हुए पत्ते सडकर वह कार्बनिक उर्वरक बन जाते है उस वक्त उन पत्तों के खाद्य पदार्थों का जैविक स्थिरीकरण ही होता है।

इस प्रकार के उर्वरकों का ज्यादा मात्रा में उपयोग होता है। इस प्रकार के खाद्य पदार्थ प्रबंधन का उपयोग करके मेरे एक मित्र ने केले की फसल का उत्पादन किया है। युरिया के साथ निबोंरी को मिलाने से उसकी कार्यक्षमता बढ जाती है, उसका भी यही कारण है। यहाँ पर निबोंरी के बजाए कोई भी सडनेवाला पदार्थ काम कर सकता है।

गतिरोध पैदा करने की क्रिया से कार्बनिक अम्ल तैयार होते है। उसके द्वारा रासायनिक स्थिरीकरण हो सकता है। लेकिन इन अम्लो की आयु बहुत ही कम रहती है। जमीन के बाहर जो सेंद्रिय खाद तैयार करते है वह बाद में जमीन में इस्तेमाल करते है। इसीलिए गतिरोध पैदा होने की क्रिया से तैयार हुए आम्ल से जो स्थिरीकरण होता है, उसकी कोई गुंजाइश ही नही होती। पुराने जमाने में सेंद्रिय खाद का उपयोग अधिक मात्रा में होता था। आज किसी का भी वहाँ पर ध्यान नहीं जाता इसीलिए सेंद्रिय कर्ब का प्रमाण कम होने से भौतिक स्थिरीकरण की क्रिया भी कम होती जा रही है। इससे फसलों के उत्पादन पर असर पडता नजर आ रहा है। पहले जैसे खाद देने से फसल का उत्पादन न मिलने पर खाद की मात्रा बढाई गई है। वह अगर फसलों के लिए ज्यादा हो गई तो फसल का नुकसान होता है। स्थिरीकरण ठीक तरह से न होने के कारण नुकसान हो रहा है। जिस तरह से खाद कब, कितना, कैसे, कौनसा, कहा डालना है इस पर चर्चा होती है वैसी चर्चा इस खाद को फसल तक पहुँचने तक की जमीन के अंदर की क्रियाओं पर नही होती। वह हमारे संशोधन कार्य में सबसे बडी गलती है। जब तक रासायनिक खाद किसी बोरी में बंद है तब तक ही वो रसायन विज्ञान का भाग होता है। जमीन में डाला जाने पर वह भू-सूक्ष्म जैवविज्ञान का भाग बन जाता है। इसलिए एक सूक्ष्मजीव वैज्ञानिक ने कहा है कि, रासायनिक खाद पहले सूक्ष्म जीवों को देने से वह बाद में फसलों तक पहुँचा देंगे।

वनस्पतियों मे पोषक तत्वों का प्रबंधनः

वनस्पतियों के पोषक तत्वों के प्रबंधन कार्य पाँच प्रकार (चरण) से होते है।

1) खाद डालना,

2) स्थिरीकरण,

3) उपलब्धीकरण,

4) अवशोषण,

5) अभिसरण (प्रसारण)

पोषक तत्वों के कार्यक्षम प्रबंधन के लिए इन पाँच चरणों का अध्ययन किसान वर्ग को करना जरुरी है। अगर इन पाँचो चरणों का आपस में संयोग हुआ तो पोषक तत्वों का कार्यक्षम उपयोग होता है। इनमें से पहला चरण हमारे हाथ में है, दुसरा और तीसरा जमीन के सूक्ष्म जीवों के, और चौथा, पाँचवा चरण फसलों के हाथ में है। जो पहला चरण जो हमारे हाथ में है उसपर हम पूर्ण विचार करते है क्या, यही प्रश्न है ।

किसी भी फसल की खाद मात्रा के बारे में वैज्ञानिक बहुत अध्ययन करने के बाद निश्चित निर्णय लेते है। क्या हम इस की तरफ ध्यान देकर उस मात्रा में खाद देते है? बहुत कम किसान है जो ऐसा करते होंगे। गाँव की विकास सोसायटी से बहुत किसान उर्वरकों की खरीदी करते है। यहाँ पर जो खाद हमें चाहिए उस की तरफ ध्यान न देकर वहाँपर जो उपलब्ध है उसी को किसान खरीदते है। कौनसी फसल को कौनसा खाद चाहिए इस पर ज्यादा विचार नहीं किया जाता। किसान के अल्पज्ञ होने का यह नतीजा है। किसान को एकही समय नाइट्रोजन, फॉस्फोरस, पालाश, सूक्ष्म खाद्यपदार्थ, इन खाद की बोरी खरीदकर उसमें आवश्यकतानुसार खाद मिलाकर फसल को देना उसके लिए असंभव होता है। तभी मिश्र खाद का जन्म हुआ। मिश्र खाद सचमुच बहुत आवश्यक बात है। खेती विभाग ने अलग अलग मिश्र खादों के ग्रेड तैयार करने के लिए सिफारस की है। लेकिन फसलों की जरुरत का विचार न करते हुए पहले जैसे 15:5:5 और अब 18:10:10 इस मिश्र खाद का उपयोग हमेशा शुरू रहता है। बहुत सारे किसानों को नाइट्रोजन, फॉस्फोरस, पालाश क्या होते है यह पताही नहीं रहता। उनका खाद में कितना प्रतिशत हिस्सा है या सिफारस है उन्हें कुछ मालूम नहीं होता। 15:5:5 या 18:10:10 इसका मतलब भी वे नही जानते। और वे समझ भी नहीं पायेंगे। इसलिए जरुरत के अनुसार मिश्र खाद की बोरी देना इतना ही काम शुरू रहता है। युरिया खाद का इस्तेमाल करने से फसल उत्पादन मात्रा पहले से इसका ज्यादा प्रमाण में

उपयोग किया जाता है। बहुत सारे किसान शुरू में युरिया खाद और अंत में फॉस्फोरस, पालाश आदि डालते है। फिर भी फसल का उत्पादन मिलता है। खाद का व्यापार शुरू ही रहता है, ऐसा कैसे होता है? इसका कारण भी शायद स्थिरीकरण और उपलब्धीकरण ही है।

हमें ऐसा लगता है कि हम जो खाद फसलों को देते है उनमें से कुछ अंश महिनो महिनो तक फसल खाती रहती है। जमीन में ऐसा नहीं होता। आज डाला हुआ संचय स्थिर होता है और यदि फसलों को जरुरत है तो पहले कभी डाला हुआ भंडारण उपलब्ध होता है। आज जो भंडारण स्थिर अवस्था में है वह आगे चलकर जरुरत के अनुसार उपलब्ध अवस्था में आएगा। इस वजह से अगर खाद्य कारक कम मात्रा में डाला गया या डाला ही नहीं तो उसकी कमी तुरंत महसूस नहीं होती। खाद डालने के बाद उनका सही तरीके से स्थिरीकरण कैसे होगा, इस महत्त्वपूर्ण बात के लिए जमीन की क्या तैयारी होनी जरुरी है, इन बातों पे ध्यान देना आवश्यक है। कृषिविज्ञान में स्थिरीकरण और उपलब्धीकरण इन संकल्पनाओं को कोई स्थान नहीं है इसलिए अन्नद्रव्य (खाद्य पदार्थों के) प्रबंधन में कई उलझने पैदा होती है। वैज्ञानिक ग्रंथों में इस बारे में कुछ संदर्भ मिलते है। 7 से 16 फरवरी 1982 के दौरान नई दिल्ली में आंतरराष्ट्रीय भू-वैज्ञानिकों की परिषद (चर्चासत्र) भरी हुई थी। वहाँ पर एक विदेशी वैज्ञानिक डॉ. स्टिव्हन्सन ने कहा कि, स्थिरीकरण और उपलब्धीकरण की प्रक्रिया द्वारा वनस्पतियों को मिलनेवाले नाइट्रोजन, फॉस्फोरस और गंधक ये एक बुनियादी जैविक प्रक्रिया है। यह जानकारी ट्रेझर तकनीक की वजह से सामने आयी। उन्होंने जो प्रबंध पेश किया उसमें सिर्फ नाइट्रोजन, फॉस्फोरस और गंधक इन खाद्यकारकों के नाम थे लेकिन बाकी सारे खाद्य पदार्थों को वही नियम बंधनकारक है। सूक्ष्म जीवविज्ञान की किसी भी पुस्तक में हर एक खाद्य पदार्थों की जमीन में जो उथलपुथल होती है उसकी जानकरी मिलती है। जमीन में खाद्यपदार्थ कहाँ मिलेगा? इस सवाल का जवाब कार्बनिक चक्र ही है।

पोषक तत्वों का स्थिरीकरण और उपलब्धीकरण

स्थिरीकरण और उपलब्धीकरण के बारे में जो जानकारी हमें मिली है उसकी मुख्य वजह ट्रेझर (तंत्र) तकनीक है, ऐसा हम कहते है। यह ट्रेझर तकनीक क्या है? इसके अध्ययन का खेती और किसानों के लिए किस तरह से उपयोग किया जा सकता है इसके बारे में हमें यहाँ देखना है। विज्ञान जगत में पोषक तत्वोंके (अन्नांश) प्रबंधन संबंधी अनुसंधान (संशोधन) शुरू रहता है। खाद और पोषक तत्वों की मात्रा निश्चित की जाती है। वनस्पतियों के रासायनिक विश्लेषण किए गए पोषक तत्वों मे कितने पोषक द्रव्यों का वनस्पतियोंने प्रत्यक्ष अन्नशोषण किया इसका परिमाण निकाला जाता है। इस अध्ययन से फसल को किस प्रकार का और कितना खाद चाहिए यह पता चलता है फिर खाद की उतनी ही सिफारस की जाती है। इस प्रकार के अध्ययन करने से आगे चलकर कई सुधार हो गए। इसकी वजह से जमीन में पोषक तत्वों की कितनी मात्रा बाकी है, फसल ने कितना अवशोषण किया और कितनी खराब हो गई, जमीन में जो पहले का भंडारण है उसमें से फसलों के कितना काम आया यह सारे सवालों का सही जवाब मिलना आसान हो जाता है।

डॉ. जेनसन (1971), डॉ. जेफिन्सन (1971), हॉक व ब्रेमर (1976), पॉल व बिन (1976) इन लोगो ने निशान किए गए नाइट्रोजन का उपयोग करके अलग अलग प्रयोग किए। निशान किए गए नत्र को ट्रेझर नाइट्रोजन और इस तकनीक के ट्रेझर तंत्रविज्ञान कहा जाता है। उनको इस प्रयोग में दिखाई दिया कि, फसलों ने जितना नाइट्रोजन शोषण किया है उसमें से 60 प्रतिशत नाइट्रोजन निशानवाला है और बाकी 40 प्रतिशत बिना निशान किया हुआ। हालांकि यह प्रयोग तकनीकी विज्ञान से किया गया है फिर भी किसानों ने इसके बारे में सोचना या इस पर ध्यान देना बहुत जरुरी है। हमने अभी देखा कि 40 प्रतिशत नाइट्रोजन बिना निशान का है इसका मतलब जमीन में नाइट्रोजन का भंडारण (सांठा) रहता है। फसलों को जो खाद डाला जाता है वह सिर्फ उसी का शोषण न करके जमीन में पहले से जो भंडारण रहता है उसका उपयोग भी वो बडी मात्रा में करते है। यहाँ पर स्थिरीकरण और

उपलब्धीकरण की संकल्पना को मानना ही पडता है। खाद का उपयोग करते समय स्थिरीकरण नही होता बल्कि जमीन में जितने भी पोषणतत्त्वों होते है वह सब इसी मार्ग से जाते है।

विज्ञान जगत में स्थिरीकरण और उपलब्धीकरण के बारे में कैसे विचार है इससे संबंधित एक उदाहरण देखेंगे। कृषिक्षेत्र में इजराईल देश ने बहुत ही उन्नति की है वह एक विकासशील देश है। यहाँ की एक पोटॅश कंपनी 'म्युरेट ऑफ पोटॅश' बहुत बडी मात्रा में तैयार करती है। एशिया के जितने भी देश है उनको यही से पोटॅश की पूर्ति की जाती है। कोल्हापूर में पोटॅश प्रबंधन के बारे में एक भाषण (व्याख्यान) का आयोजन किया था तब उनके प्रतिनिधी ने कहा कि, 'फसल को जब हम म्युरेट ऑफ पोटॅश देते है तब उसमें से पोटॅश जो है वह जमीन में काफी समय तक उपलब्ध रहता है।' मैं भी वहाँपर भाषण सुनने के लिए गया था। मुझे ऐसा ही लगा था कि ये लोग पोटॅश के बारे में कुछ इसी प्रकार का वक्तव्य करेंगे इसीलिए मैं भी इसके साहित्य का अध्ययन करके संदर्भ लेकर ही गया था। मैंने उनको सवाल किया, स्थिरीकरण और उपलब्धीकरण तकनीक के बारे में आपका क्या विचार (राय) है? उन्होंने कहा स्थिरीकरण सिर्फ फॉस्फोरस का ही होता है बाकी पोषकद्रव्यों (खाद्यपदार्थ) की क्रिया कुछ अलग मार्ग से होती है। मैंने उनके सामने 'पोटॅशियम ॲण्ड अमोनिअम फिक्सेशन इन इंडियन सॉइल' (लेखक : ग्रेवाल व कंवर, प्रकाशक: भारतीय कृषी संशोधन परिषद, नयी दिल्ली) यह पुस्तक रखी। इस पुस्तक में लेखक ने लिखा है कि, जमीन में पोटॅश का स्थिरीकरण और उपलब्धीकरण एक बुनियादी जैविक प्रक्रिया है। पोटॅश के निचुड़ने से काफी नुकसान हो सकता है। लेकिन स्थिरीकरण की प्रक्रिया में पोटॅश निचुड़ता नहीं। अनेक वैज्ञानिकों की राय में बाकी अन्नघटक (पोषकद्रव्य) जैविक क्रिया में उलझे हुए रहते है, लेकिन पोटॅश इसमें प्रविष्ट नहीं होता। इसलिए वे जैविक स्थिरीकरण की संकल्पना को स्वीकार नहीं करते। उनकी राय में फसलों के लिए पोटॅश की जरुरत पूरी करना और खाद का कुशल उपयोग होने के लिए पोटॅशियम का स्थिरीकरण होना बहुत ही आवश्यक बात है।

पोटॅश के बारे में जितने भी परीक्षण किए गए उससे यह पता चलता है कि पोटॅश का स्थिरीकरण अर्थात वनस्पति को यह कभी भी नहीं मिलेगा ऐसा नहीं। पोटॅश का स्थिरीकरण होना इस प्रकार है जिस प्रकार हम बँक में फिक्स्ड डिपॉझिट में कुछ पैसे रखते है, जब जरुरत होती है तब निकाल लेते है। पोटॅश की भी यही स्थिती होती है ऐसा अनुमान निकालना पडता है। इस प्रकार के विचारों से रसायनविज्ञान जगत के वैज्ञानिकों के विचारों पर प्रकाश डाला जाता है। अब यह सारी जानकारी किसानों तक कैसे पहुँचानी चाहिए यह देखना है। भूमि में स्थिरीकरण की निश्चित क्षमता रहती है। जो पोषकद्रव्य (खाद्यपदार्थ) डाले जाते है उनका निश्चित स्तर पर संचय होता है। बाकी नष्ट हो जाते है। उचित प्रबंधन के माध्यम से स्थिरीकरण की क्षमता बढाई जाती है। अगर लक्ष्य केंद्रित नहीं हुआ तो क्षमता घटती है। कार्बनिक तत्वों के उत्पादन से स्थिरीकरण की क्षमता उँचे स्तर पर आ जाती है। किसानों ने अगर फसलों के बचे हुए अंश से कार्बनिक तत्वों का प्रबंधन किया तो यह क्षमता कायम रहने में मदद होती है। आजतक हमने इन सारी बातों पे ज्यादा ध्यान न देने की वजह से भूमि के स्थिरीकरण की क्षमता कम हो गई है। वह पूर्वस्थिती में लाने के लिए कुछ समय लगेगा। तबतक रासायनिक खाद की मात्रा निश्चित करके देने की जरुरत है। मौसमी फसलों के लिए 1-2 बार और वार्षिक फसलों के लिए 3-4 बार हफ्ता देने की सिफारस की गई है। उस हर एक हफ्ते के 2-3 समान भाग करने चाहिए। किसानों को रासायनिक खाद के कुशल उपयोगसंबंधी हमेशा सावधानी बरतनी चाहिए।

फसलों के पोषण में जिवाणू का महत्त्व

उपलब्धीकरण स्थिरीकरण हुऐ पोषकद्रव्य बढती हुई फसलों की आवश्यकतानुसार उपलब्ध अवस्था में आता है। उपलब्ध संचय पानी में घुलनशील अवस्था में रहता है। इसलिए वहा सबसे नश्वर अवस्था में रहता है। इसकी वजह से फसलों को उस समय जितने संचय की जरुरत है उतना ही उपलब्ध अवस्था में लाया जाता है। यह काम जमीन में सिर्फ सूक्ष्मजीव ही कर सकते है। यह काम जमीन में किस प्रकार से चलता है यह समझ लेना बडा ही मनोरंजक (दिलचस्प) है)

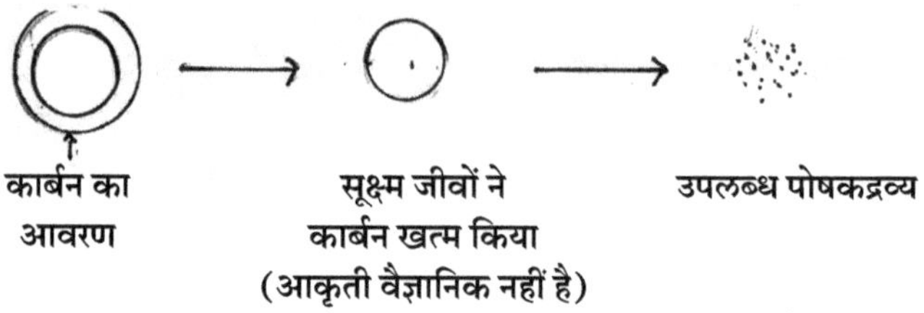

केवल इसी काम के लिए सूक्ष्म जीवों का एक स्वतंत्र समूह (दल) जमीन में काम करता है। वनस्पतियों को जिस खाद्यपदार्थ की आवश्यकता होती है उसे स्थिर संचयसे उपलब्ध भंडारण में लाने के लिए अलग-अलग जाती-प्रजाती के जिवाणूं का प्रबंध किया जाता है। अलग अलग वातावरण में भिन्न भिन्न जिवाणू काम करते है। कौनसी स्थिती में कौनसे जिवाणू काम करेंगे, यह वनस्पति और जिवाणूं के संयोगसे तय किया जाता है। वनस्पति अपनी जडो से कार्बन किस्म के स्राव (क्षार) जमीन में छोडते है। इनका स्वरूप इस प्रकार का रहता है कि, उस वनस्पति को जो आवश्यक पोषकद्रव्य चाहिए होते है वह जिस जिवाणूसे मिलते है उनकी संख्या बढनी चाहिए। और वही जिवाणू बढकर वनस्पति की जरुरतें पूरी करने का काम करते है।

इस संकल्पना को समझने के लिए हम एक उदाहरण देखेंगे। एक गमलेमें पाँच-सात किस्म के बीज बोए गए। उससे जो पौंधे आए उसका रासायनिक विश्लेषण करके पौधोंद्वारा अवरोधित पोषकद्रव्यों की जाँच करने के बाद ऐसा पता चला कि हर एक वनस्पति ने अलग अलग पोषकद्रव्यों का अन्नशोषण किया है। अगर सारे पोषकद्रव्य गमले में उपलब्ध अवस्था में थे तो जडों के आसपास के पोषकद्रव्य और अन्नशोषण किए गए घटक एक समान ही रहने चाहिए। वनस्पति भी अपनी पसंद और आवश्यकतानुसार खाद्य खाते है। एकही फसल की अलग अलग जाती की जरुरत भी भिन्न-भिन्न हो सकती है। फसल की प्रारंभिक अवस्था और पक्व होने के बाद की अवस्था में उनकी जो जरुरते होती है वह एक-दुसरे से अलग होती है। अतः जरुरतों के अनुसार ही उपलब्धीकरण का काम चलता है।

इस काम में जीवाणु (बॅक्टेरिया), फफूँदी/कवक आदि सूक्ष्मजीवों के दल से अनेक जाती-प्रजाती का सहभाग होता है। वनस्पतियों की अन्नशोषण करनेवाली जडों के आसपास ही इन जीवाणुओं की पैदाइश होती रहती है। अगर हमने जडो के आसपास की मिट्टी और जडों से दूर की मिट्टी का परीक्षण किया तो जडों के आसपास की मिट्टी में जीवाणु की संख्या अधिक मात्रा में होती है। ऐसा संदर्भ कई पुस्तकों में मिलता है। इन जीवाणुओं को फसल में पोषण का काम करने वाले जीवाणु कहते है। वैज्ञानिक शब्दो में इसे 'रायसोस्फिअर मायक्रोब्स' कहते है। इसी नाम से सूक्ष्मजीव विज्ञान की पुस्तक में पाठ का समावेश मिलता है। वनस्पति अपनी जडों के जरीए जो स्राव छोडते है उसे 'रुट एक्सडस' कहते है। विभिन्न किस्म के इन स्रावों के

पाठ का भी इस पुस्तक में समावेश है। यह भाग इतना कठिन होता है कि, वनस्पति के अन्नशोषण के बारे में बहुत ही कम जानकारी प्राप्त होती है। ऐसी स्थिती को इस क्षेत्र में काम करने वाले वैज्ञानिक भी मानते है।

रसायनविज्ञान में उपलब्ध नाइट्रोजन, फॉस्फोरस और पालाश (पोटॅश) को $N0_3$, P_20_5, K_20 इस तरह से लिखा जाता है। इसका मतलब मुख्य खाद्यपदार्थ (पोषकद्रव्य) का ऑक्सीजनसे संबंध आने के बाद ही वह उपलब्ध अवस्था में आता है। जब वह स्थिर अवस्था में रहता है तब ऑक्सीजन के अलावा किसी और घटक के साथ रहता है जो पानी में आसानी से घुलमिल नहीं सकता। ऑक्सीजनसे मेल होने के लिए जमीन में हवा की मौजुदगी होना आवश्यक है। उसी प्रकार यह तब्दीली करने का काम करने वाले जीवाणुभी (एरोबिक) ऑक्सीजन माध्यम में काम करने वाले होने चाहिए। घाटी की जमीन में फसलें इतनी अच्छी कैसी बढती है और चिकनी मिट्टी में क्यों नहीं बढती इसका जवाब यहाँ पर मिलता है। वनस्पति के पोषकद्रव्यों के प्रबंधन में बनी और भूमि की बोआई की योग्यस्थिती यह अवस्था किस तरह से महत्त्वपूर्ण है इसकी भी जानकारी मिलती है।

पोषकद्रव्यों के प्रबंधन में स्थिरीकरण और उपलब्धीकरण महत्त्वपूर्ण चरण है। आजकल उर्वरकता का स्तर घट गया है लेकिन पहले स्थिरीकरण करने की शक्ति अच्छी थी। आज स्थिरीकरण का स्तर भी घटने लगा है। इसलिए पहले जैसे अगर एकही समय खाद की मात्रा अधिक दी गई तो स्थिरीकरण ठीक तरह से नही हो पाता अतः रासायनिक खाद की छोटी-छोटी मात्रा में देना पडता है। वैसेही ऊर्जा के लिए सेंद्रिय कर्ब बढाने के सिवाए कोई रास्ता नहीं है। इन दोनो क्रियाओं के लिए सूक्ष्म जीव काम करते है और सेंद्रिय कार्बन का उपयोग भी किया जाता है। किसानों को तकनीकी बातों को छोडकर इस बाकी की बातों पर ध्यान केंद्रित करना चाहिए।

पोषकद्रव्यों को फसलों का प्रतिसाद

स्थिरीकरण और उपलब्धीकरण के माध्यम से वनस्पतियों में पोषकद्रव्यों का प्रबंधन कैसे होता है इसके बारे में हमने जानकारी प्राप्त की है। कृषिविज्ञान में इस तरह की जानकारी सिर्फ भू-सूक्ष्मजीव विज्ञान की पुस्तक में ही मिलती है। यह विज्ञान उपेक्षा में रहने के कारण यह संकल्पना किसानों तक पहुँचने में बाधा आ गई है। इन संकल्पनाओं को न मानने की वजह से किसानों को पोषकद्रव्य के प्रबंधन में जो मार्गदर्शन किया जाता है इसमें कई कमियाँ रह सकती है। इसमें उनका नुकसान भी हो सकता है। मिट्टी परीक्षण करने के बाद फसलों को निश्चित खाद की मात्रा देनी चाहिए ऐसी सिफारस की जाती है। इस तकनीक में निश्चित किए गए तकनीक के अनुसार किसानों को मिट्टी का नमूना लेने के लिए कहा जाता है। इसमें से प्रत्यायोजित भाग अलग करके बाकी का भाग पानी में डालकर इस मिश्रण को घोला जाता है। इससे मिट्टी में जो पोषकद्रव्य पानी में घुल सकते है वह आसानी से घुल जाते है। इस पानी को छानकर उसमें से जो अन्नघटक है उन्हें नापा जाता है और जमीन में जो नाइट्रोजन, फॉस्फोरस, पालाश उपलब्ध होते है उनकी मात्रा निश्चित की जाती है। यहाँ पर खाद की जितनी सिफारस की जाती है उसमें से किसी विशेष फसल के लिए जमीन में उपलब्ध भंडारणको कम करके बाहरसे उस फसल के लिए कितनी खाद की मात्रा जरुरी है यह किसानों को बताया जाता है। इस तकनीक का स्वरूप कुछ इस प्रकार का है। स्थिरीकरण और उपलब्धीकरण की संकल्पना को मान लेने से इस तकनीक की उपयुक्तता खत्म हो सकती है।

इस पर एक वैज्ञानिक ग्रंथ का संदर्भ देना चाहता हूँ। यह संदर्भ अॅग्रिकल्चरल मायक्रोबायोलॉजी ग्रंथ से लिया गया है। इस ग्रंथ के लेखक डॉ. रंगास्वामी की उच्च शिक्षा अमेरिका में डॉ. सेलमन ए. वॉक्समन के मार्गदर्शन में पूर्ण हुई है। जब वह भारत में लौटे तब कृषि विषय के अनेक उच्च स्तरों पर उन्होंने काम किया। वह लिखते है, The essential nutrients in soil occur in complex forms, not readily available to plants. One of the defect of easily available nutrients is the quickness with which are washed from soil in drainage water. As such productive capacity of soil does not depend so much on radily available forms, but on ease with which the nutrients are released from complex forms as and when required by plants.

हिंदी अनुवाद: वनस्पतियों को जिन पोषकद्रव्यों की आवश्यकता होती है वे जटिल रूप में पाए जाते है। फसलों को ये आसानी से प्राप्त नहीं होतें। जो अन्नघटक आसानी से उपलब्ध होते है उसमें एक दोष है कि वे निचुडकर आसानी से जमीन के बाहर जा सकते है। ऐसी स्थिती में जमीन की उत्पादक क्षमता ऐसे उपलब्ध पोषकद्रव्यों पर निर्भर नही रहती, बल्कि वह बढती हुई वनस्पति का जरुरत के अनुसार स्थिर संचय से सहजता से उपलब्ध संचय में रूपांतर होने की क्षमता पर निर्भर रहती है।

इस अध्ययन के बाद मिट्टी परीक्षण के बारे में कुछ सवाल उठते है।

1) अभी जो अनुमान निकाला उसके हिसाब से बाहर से कितने खाद की जरुरत है उतनी सिफारस की जाती है। सिर्फ खाद देने का कोई मतलब नही है। खाद देने के बाद उचित स्थिरीकरण और उपलब्धीकरण होने के लिए किसानों को क्या करना चाहिए इसके बारे में कुछ भी जानकारी नहीं दी जाती।

2) कई वर्षों पहले खाद की सिफारस के बारे में सारणी बनाई गई है। भूमि की उर्वरकता कम हो रही है। इसका परिणाम दिये गए खाद और फसलों द्वारा उपयोजित खाद पर होता है। हर एक जमीन में यह परिमाण बदलता रहता है। इसलिए किसी भी सारणी का उपयोग सालों साल करना और किसी भी जमीन के लिए करना कैसे सम्भव है।

3) कार्बनिक पदार्थों पर तो कई बार गौर ही नहीं किया जाता। इसका पोषकद्रव्यों के प्रबंधन से कुछ संबंध है इसकी भी जानकारी नहीं दी जाती। एक हेक्टर जमीन में गोबर खाद की 50 गाडियाँ डालने के बारे में परीक्षण वृत्तांत में सिफारस की गई है जो किसानों के लिए नामुमकिन होता है।

4) परीक्षण में सामू मापा जाता है। अम्ल-क्षार निर्देशांक के इस मानक का मतलब क्या है, उसका उपयोग जमीन प्रबंधन में कैसे करना जरुरी है, अम्ल क्या है अम्लधर्मी-क्षारधर्मी उदासीन इन शब्दों का मतलब किसानों को कैसे समझाए यह एक समस्या है। वैसे तो यह मानक बहुत महत्त्वपूर्ण है।

5) परीक्षण वृत्तांत के अनुसार जो खाद फसलों को दिया गया उसका फसलों पर क्या परिणाम (असर) हुआ इसका अध्ययन करना जरुरी है। खाद की सिफारस और फसलों का प्रतिसाद इन दोनों का मिलकर अध्ययन करने से फसलों के बारे में सिफारस की जाएगी। यह निश्चित किया हुआ परिमाण आगे चलकर हमेशा के लिए बना रहेगा इसका कोई भरोसा नहीं है। किसानों के स्तर पर ऐसे अध्ययन के लिए बहुत बंधन होते है।

मिट्टी परीक्षणसे खादमात्राओं की सिफारिश

जमीन में दो प्रकार के पोषकद्रव रहते है।

1) स्थिर संचय (भंडारण)

2) उपलब्ध संचय (भंडारण)

स्थिर संचय बडा होता है। लेकिन उपलब्ध संचय बढती हुई वनस्पति की जरुरत के अनुसार होता है। पोषकद्रव्यों की ऐसी रचना प्रकृति ने क्यों की है इसके बारे में हमने इसके पहले के लेख में देखा है। डॉ. रंगास्वामी ने उपलब्ध पोषकद्रव्यों के निचोडकर जाने की प्रक्रिया पर प्रकाश डाला है। ऐसी स्थिती में मिट्टी के परीक्षण हेतु जिस समय जमीन में फसल नहीं रहती इस वक्त मिट्टी का नमुना लिया जाता है। उस समय उपलब्ध अन्नद्रव्य मिट्टी में नहीं रहते। ऐसे वक्त हम उपलब्ध नाइट्रोजन, फॉस्फोरस और पालाश की मात्रा देखते है और जमीन से किसी फसल के लिए कितना पोषकद्रव्य उपलब्ध किया जा सकता है इसका अंदाजा ऐसे समय पर बिल्कुल भी सही नहीं लग पाता। इसलिए मिट्टी के परीक्षण का आधार ही खोखला बन जाता है।

जमीन में बीज के बोने के बाद से पौधों का बढना और उसकी अलग अलग अवस्था में उपलब्ध नाइट्रोजन, फॉस्फोरस और पालाश की मात्रा जाँच करने से ये पता चलता है कि यह फसलों के जरुरत के अनुसार बदलते है। इसका मतलब उपलब्ध पोषकद्रव्यों का संबंध फसलों की जरुरतो से संबंधित है। जमीन में जो संचय रहता है उसका इससे संबंध नहीं होता। मतलब स्थिर संचय ही नहीं तो उपलब्ध संचय होने का कोई सवाल ही नहीं उठता। इसी प्रकार स्थिर संचय अगर होगा तो उपलब्ध संचय भी होगा ऐसे भी नहीं कहा जा सकता; क्योंकि स्थिर संचय से उपलब्ध संचय में आने के लिए फसल को उसकी जरुरत रहने की आवश्यकता होना यह मुख्य कारण रहा तो भी बाकी अन्य घटक का इस क्रिया से संबंध होता है। फसलों के पोषण का काम इन बाकी घटकों

के माध्यम से ही होता है जैसे खाद देने की पद्धती, जमीन का तापमान, भूमि के निचोडने की शक्ति, जडो के आसपास के ऑक्सीजन की मात्रा, रोग, कीडी, भूमि की विद्युत वाहकता, सोडियम की मात्रा, बागाईत भूमि में पानी की क्षारता (नमक/खार), खरपतवार और मुख्य फसलों की पोषकद्रव्यों के लिए चलनेवाली स्पर्धा, किसानों की निर्णय क्षमता, और सबसे महत्त्वपूर्ण बात कार्बनिक तत्वों का स्तर। मिट्टी परीक्षण में किए गए खाद की सिफारिश और उपर दिए गए सारे मुश्किल, कठिन भाग को नजरअंदाज करके हम एक सरल मार्ग से जा रहे है। अब वाचक तय करेंगे की यह उचित और उपयुक्त है या नहीं।

इस तकनीक के बारे में किसानों की और खेती की क्या भूमिका है इसका अध्ययन अब हम करेंगे। महाराष्ट्र में हर एक जिले में राज्य सरकार की प्रयोगशाला है। हर एक कृषिविज्ञान केंद्र में यह सुविधा उपलब्ध है। कुछ शक्कर के कारखाने और रासायनिक खाद की कंपनियाँ यह सुविधा मुफ्त में उपलब्ध करके देती है। अब कई निजी प्रयोगशालाएँ भी इस काम को कम किमत लेकर करती है। राज्य सरकार ने मिट्टी का परीक्षण करके जमीन की सेहत का कार्ड किसानों को देने की योजना शुरू की है। अभी अभी कृषिमंत्री ने प्रत्येक तहसील को ऐसी प्रयोगशाला बनाकर देने का आश्वासन दिया है। कृषि महाविद्यालय के चौथे वर्ष के छात्र-छात्राएँ छह महिने का पहला शैक्षणिक सत्र गाँव में रहकर किसानों के साथ उनके खेती के अध्ययन में बिताते है। इसमें उस किसान के जमीन की मिट्टी का परीक्षण करना एक महत्त्वपूर्ण काम होता है।

इन सारी सुविधाओं का किसान किस तरह से लाभ उठाता है इसका अध्ययन करना एक अनुसंधान का विषय हो सकता है। एक पुस्तक में मैंने पढा था कि, साधारण फसल के लिए दो-तीन साल में एक बार, नक्दी फसल को हर साल, हरितगृह की कम अवधि की फसल के लिए हर बार, विस्तृत मुद्दत के फसलों के लिए साल में चार बार विश्लेषण करना आवश्यक है। किसान एक दो बार गलती से यह परीक्षण करते है फिर उसकी तरफ ध्यान भी नहीं देते। प्रयोगशालाओं का कार्य शुरू रखने के लिए कर्मचारीयों को मिट्टी के नमुने लाने के लिए भेजा जाता है। हमारे शक्कर कारखानों में भी यह सुविधा शुरू करने की बात सुनकर मैंने संबंधित लोगों से मिलकर वैज्ञानिक जानकारी देकर इसमें दखलअंदाजी न करने के लिए कहा। प्रयोगशाला बनाने का उद्देश्य किसानों के लिए कुछ करना चाहिए ऐसा था। अब यह बंद की गई है। विश्लेषण में सिफारिश के अनुसार हफ्ते देने के बाद फसलों का क्या प्रतिसाद मिला यह देखना किसानों का काम है यह मान लिया जाता है। इन सारी बातों का कारण किसान की उदासीनता को ठहराया जाता है। यह तंत्र किसानों में लोकप्रिय क्यों नहीं होता? क्या इस तकनीक में कुछ गलतियाँ है? इसके बारे में किसी के भी मन में कुछ शक नही आता।

कृषि विद्यापीठ और कृषिक्षेत्र में कुछ ऐसे लोग है जिनकी मिट्टी परीक्षण पर श्रद्धा है। उनके विचारों को गलत कहना मेरा अधिकार नही; लेकिन विद्यापीठ के विविध पुस्तकालय में जो कुछ ग्रंथ प्राप्त हुए उसमें जो विचार लेखकों ने व्यक्त किए है उसे वाचकों के सामने लाना जरुरी है। ऐसे ही कुछ संदर्भ आगे देनेवाला हूँ।

मिट्टी परीक्षणसे खादमात्रा की सिफारिश

मिट्टी परीक्षण के इतिहास में जर्मन रसायन वैज्ञानिक श्री. जेस्टस व्हॉन लायविग् (1803-73) पोषकद्रव्यों के प्रबंधन के बारे में कहते है कि, वनस्पति जो पोषकद्रव्य अवशोषित करती है उनका एक-दुसरे से संबंध रहता है। फसलों की वृद्धि इन्हीं की वजह से ही होती है। वनस्पतियों को जिन पोषकद्रव्यों की जरुरत रहती है उनकी अगर मात्रा कम है तो बाकी पोषकद्रव्य चाहे कितनी भी मात्रा में उपलब्ध हो फिरभी उसकी जरुरत का पोषकद्रव्य कम मात्रा में उपलब्ध होने के वजह से उत्पादन पर उसका विपरीत परिणाम होता है। (लॉ ऑफ मिनिमम) 150-60 वर्षों के बाद भी इस सिद्धांत का प्रभाव कृषि रसायनविज्ञान पर आज भी कायम है। अच्छे उत्पादन के लिए किस चीज की कमी है? बाहर से कितने खाद की मात्रा देनी आवश्यक है? ऐसे अनुसंधान के अध्ययन से मिट्टी परीक्षण जैसी तकनीक का विकास हुआ। असल में उपर दिये गए सिद्धांत में कोई भी गलती नहीं। फिर भी कुछ लोगों का कहना है कि खेती में रसायनविज्ञान का उपयोग करके हमने गलती की है ऐसा एहसास (पश्चात्ताप) आयबीम साहब को हुआ था। मुझे ऐसा कोई संदर्भ कहीं मिला नहीं।

कुछ लोगों का ऐसा कहना है कि, अगर जमीन में किसी पोषकद्रव्य की कमी है तो दुसरे किसी पोषकद्रव्य का उस पोषकद्रव्य में रूपांतर करके उसकी कमी पूरी की जाती है। अंग्रेजी में इसे ट्रान्सम्युटेशन कहा जाता है। रूपांतर की यह प्रक्रिया भूमि में जो सूक्ष्म जीव होते है उनके जरीए की जाती है। इसलिए इसे बायोलॉजिकल ट्रान्सम्युटेशन भी कहा जाता है। इसके बारे में एक ही पुस्तक में पढने को मिला है। इस पर गौर करने से ऐसा दिखाई देता है कि, अगर ट्रान्सम्युटेशन की वजह से कमी पुरी की जा सकती है तो लॉ ऑफ मिनिमम का निर्माण ही नहीं होता। प्रचलित प्रणाली से उपलब्ध संचय में किसी पोषकद्रव्य की कमी रहने पर सूक्ष्मजीवों के जरीए स्थिर संचय से उपलब्ध संचय में रूपांतरण होने से वह कमी पूरी हो गई होगी। सूक्ष्मजीव विज्ञान का विकास रसायनविज्ञान के बाद हुआ है इसलिए जो बातें हमें मालूम नहीं थी उसे ट्रान्सम्युटेशन नाम दिया गया होगा। रासायनिक खाद का उपयोग बहुत बडे पैमाने पर शुरू होने की वजह से कृषि रसायनविज्ञान का विकास जोरों से हुआ। इस हिसाब से सूक्ष्मजीव विज्ञान में अच्छा अनुसंधान होकर भी उसे उतना महत्त्व नहीं दिया गया। सजीवों का विकास (उन्नति) के साथ ही विज्ञान के विकास पर भी 'जिसकी लाठी उसकी भैस' इस कहावत का असर हुआ है। फसलों के बढाई पर सारे विज्ञानों का अध्ययन इकट्ठा ही करना चाहिए ऐसी शिकायत अल्बर्ट हॉवर्ड अंग्रेजी वैज्ञानिक ने अपने 'ॲग्रीकल्चरल टेस्टामेंट' पुस्तक में की है। विद्यापीठ में आज भी प्रत्येक विज्ञानविभाग का काम उनसे संबंधित विषय से शुरू रहता है। उसमें अंतरवैज्ञानिक संयोग (मेल) कितना होता है यह खोजना पडेगा।

ऐसा कहने का कारण भूमि का रसायनिक विश्लेषण पूरी तरह से रसायनविज्ञान प्रणाली से ही होता है। कुछ लोग इसे नहीं मानते। लेकिन इनका कौन सुनता है इसपर भी इस क्षेत्र के विशेषज्ञों को गौर करना चाहिए। उसके लिए एक संदर्भ आगे दे रहा हूँ।

एक शक्कर कारखाने के मिट्टी विश्लेषण प्रयोगशाला में संदर्भ ग्रंथ के लिए नीचे दिए गए ग्रंथ उपयोग किए जाते है।

ग्रंथ का नाम: सॉईल ॲन्ड प्लँट ॲनेलेसिस्

लेखक: विल्ड, कोरे, आयर, विस्ट

प्रकाशक: ऑक्सफर्ड ॲन्ड आय.बी.एच पब्लिशिंग कं.

Chemical Method of soil usually reveal with sufficient accuracy the ruffle of nutrient present in the soil in easily soluble or readily available form. How ever the results of such methods indicating a deficiency of certain nutrient element, may be occasionally misleading. The extracting solution used in the laboratory cannot duplicate the sloe, but persistent and penetrating disallowing effect of root systems of plants carring fungus mycelia and other shigospheric microorganisms. For this reason the information must at times be verified by employing the services of organisms, bacteria fungi or higher plants. These organisms are also used to reveal the toxicity of biocides or fertilizer salts (wilde and krumm 1946).

भूमि के रसायनिक विश्लेषण से प्राप्त हुए पोषकद्रव्यों के बारे में ज्यादा से ज्यादा निश्चित जानकारी मिलती है। लेकिन कईबार किसी पोषकद्रव्य के कमी के बारे में गलत जानकारी भी मिल सकती है। जो द्रव विश्लेषण के लिए इस्तेमाल किया जाता है उसमें धीरे धीरे या स्थिर बिना घुलमिलनेवाले अन्नघटक, फसलों की जडे और उसके साथ बढने वाले अन्यान्य जीवाणुओं की वजह से जो परिणाम होता है वह दिखाया नहीं जाता। इसलिए फसलों की जडे और अलग अलग जीवाणुओंका प्रत्यक्ष कार्य शुरू रहने के समय ही विश्लेषण करना जरुरी होता है।

लेखक ने ऐसा लिखा है फिर भी फसल की अवस्था और अन्यान्य भौगोलिक घटक इनकी वजह से यह कार्य बहुत ही कठिन बन जाता है।

मिट्टी परीक्षण कितना गलत ? कितना सही ?

The purpose of this brief introduction is to underscore the fact that problems of soil fertility cannot always be solved by physical and chemical analysis alone. This point need to be stressed, because inspite of enormous progress made in microbiology in Agriculture industry and medicine, there are still some soil specialists who entirely by-pass biotic factors of plant nutrition. In many cases presence and absence of a specific plant and animal, either macro or microscopic in rise, reveals more about the productive potential of a soil, then numerous laboratary analysis.

हिंदी अनुवाद : इस संक्षिप्त प्रस्तावना के पीछे यह उद्देश्य है कि, [पहले के लेख में से संदर्भ पढना आवश्यक] यह वास्तविक स्थिति वाचकों के सामने लानी है, कि भूमि की उर्वरकता का प्रश्न सिर्फ कायिक और रसायनिक विश्लेषण से नहीं सुलझेगा। सूक्ष्मजीवविज्ञान में कृषि उपयोग और स्वास्थ्य इन शाखाओं में कई वर्षों से बहुत अनुसंधान होकर भी फसलों के पोषण के बारे में सजीवों के सहभाग को अनेक कृषि भू विशेषज्ञ पूरी तरह से अनदेखा करके आगे जाते है। बहुत बार कोई जानवर या वनस्पति उनकी मौजुदगी या गैरहाजिर का भूमि की उत्पादन क्षमता के संबंधित दिखाई देनेवाला परिणाम मिट्टी परीक्षण से भी ज्यादा महत्त्वपूर्ण होते है।

ऐसे संदर्भ शायद पढे नहीं जाते और वाचकों के सामने भी नहीं लाए जाते। उपलब्ध पोषकतत्वों से कुल मिलनेवाले तत्त्वों का प्रमाण निश्चित करना और उपलब्ध तत्त्व, वनस्पति की जडे और सूक्ष्म जीव इनके पूर्ण सहभाग के बिना गिना जाना यह दोनो बातें पूरी तरह से गलत साबित होती है।

मेरे पिताजी ने खेती प्रारंभ करने के बाद उस वक्त कृषिसंबंधी उपलब्ध मराठी-अंग्रेजी साहित्य का अध्ययन किया था। उस वक्त उन्होंने इसपर कुछ टिप्पणी (सूची) करके रखी थी। उसपर 10 मार्च 1940 तारीख है। उन्होंने उसमें 'ऑइल्स ॲन्ड सॉइल ॲनॅलिसिस' यह ग्रंथ पढने की टिप्पणी है। इसका मतलब उस समय कृषि विभाग से किसानों की मिट्टी परीक्षण में जमीन में उपलब्ध पोषकतत्त्व और कार्बनिक तत्व की कम-मध्यम-बहुत ज्यादा ऐसी श्रेणी विभाजन शायद करते थे। उसी प्रकार इससे संबंधित पूर्ण सूची इस टिप्पणी में है। मुझे इस सूची के बारे में जानने की इच्छा थी इसलिए इस सूची के आंकडों की तुलना आज जो मिट्टी परीक्षण की सूची प्रयोगशाला में बनाई जाती है उसके साथ करने पर ज्यादा फरक नजर नहीं आया। फसलपोषण शुद्ध रसायनवैज्ञानिक मानने की वजह से 1940 से 2011 इस शुद्ध विज्ञान में कोई भी फर्क करने की जरुरत किसी को नहीं हुई। वैसे अगर किसी ने शुरू में ही तैयार की गई सूची हमेशा के लिए बनाई होती तो फिर पाडेगाव अनुसंधान केंद्र द्वारा, 1960 में गन्ने के लिए तैयार किए गए सिफारिश आजतक वैसेही शुरू रहना आवश्यक था। सिफारिश अभी भी वही रहती है; लेकिन किसान उसका दुगना-चौगुना इस्तेमाल करते है। विशेषज्ञ लोग किसानों को बताते है: खाद को जरुरत से ज्यादा इस्तेमाल मत करो। मिट्टी का परीक्षण करने के बाद सिफारिश के अनुसार खाद का इस्तेमाल करने से खाद में बचत हो जाएगी। मिट्टी परीक्षण का वार्षिक हेतु साध्य किया जाता है।

खाद के कार्यक्षम उपयोग के लिए वह कितना इस्तेमाल करना चाहिए सिर्फ इसका अध्ययन करने से काम नही चलेगा। उपर जो संदर्भ दिया है वह वाचकों के सामने रखने का संबंध बाकी अनेक संबंधित बातों से है। यह किसानों को समझना चाहिए। इससे सम्बंधित की कई बाते हमारे हाथ में नहीं होती। इसमें जैव परिमाण के बारे में किसानों में जागृती करने की आवश्यकता है। भूमि में जैविक प्रक्रिया का संबंध कार्बनिक पदार्थेकि प्रबंधन से होता है। सिर्फ 'कार्बनिक पदार्थोंका प्रबंधन' इस एक विषय का किसानों ने अध्ययन किया तो कृषि में अनेक मुश्किल सवाल सुलझने में मदद हो सकती है। 'कार्बनिक पदार्थोंका प्रबंधन' यह पूर्ण विषय हमारे हाथ में ही है। प्रचलित कार्बनिक खाद प्रबंधनसंबंधी जानकारी इसके पहले लेख में आई है। यह विषय अवांतर है। इसके आगे के अनेक भागों से यह विषय हम क्रम से समझ सकेंगे।

प्रकरण 2

कार्बनिक खाद प्रबंधन

कार्बनिक कणों की निर्मिती

भूमि की उर्वरकता के दृष्टिकोन से हमने कार्बनिक कणों का महत्त्व जाना। इन कार्बनिक कणों का अध्ययन हम विस्तार से करने वाले है।

कार्बनिक कण किस तरह से तैयार होते है:

वनस्पती पत्तों के जरीए सूर्यप्रकाश से ऊर्जा लेकर हवा में से कार्बन डाई ऑक्साइड, जमीन से पानी और अन्य जरुरत के खाद्य पदार्थ लेकर बढती है। जो पदार्थ प्राणियों को उपयोगी होते है वह वनस्पति तैयार करती है। प्राणीयों का जीवन इन्हीं पदार्थों पर निर्भर है और वह वनस्पतियों को बढने के लिए अलग अलग पदार्थ तैयार करते रहते है।

प्राणियों में विभिन्न प्रकार है बौना घास खानेवाले, उंची घास खानेवाले, शाकाहारी, मृत वनस्पति का भाग खानेवाले, मांसाहारी आदी। इन सारे प्राणियों का मल-मूत्र, मृत शरीर और वनस्पतियों के शेष भाग इन सारी चीजों का कार्बनिक कणों में रूपांतरण होता है। कृषि में जानवरों के गोबर-मूत्र से और उन्होंने जो पदार्थ नही खाए उससे गोबरखाद अगर कंपोस्ट खाद तैयार करते है। यह काम निश्‍चित प्राकृतिकचक्र से शुरू रहता है।

इन सारे चक्रों का केन्द्र सूर्य है। सारे सजीवों को जीवन जीने के लिए सूर्य की किरणों से ही ऊर्जा मिलती है। सबसे पहले वनस्पति उन्हें जितनी ऊर्जा चाहिए वह लेकर बाकी ऊर्जा बाकी प्राणियों के लिए रखते है यह चक्र ऐसे ही चलता रहता है।

जमीन में दो प्रकार के सूक्ष्म जीव काम करते है। सूक्ष्म जीवों का एक वर्ग वनस्पति और प्राणियोंद्वारा तैयार किए गए पदार्थों का कार्बनिक कणों में रूपांतरण करने का काम करती है। यह काम मतलब सारे किसान अपने खेत में जो गोबर और कीचड से गोबरखाद और कंपोस्टखाद तैयार करते है वही काम होता है। इससे जो कार्बनिक कण तैयार होते है, वह वनस्पतियों के पोषकद्रव्यों का सुरक्षित संचय ही है। जिस समय संचय को खेत में फैलाया जाता है फिर फसलों की बोआई की जाती है, उसी समय बढती हुई फसलों की जरुरत अनुसार इस संचय से पोषकद्रव्य फसलों को उपलब्ध कराने का काम सूक्ष्मजीवों का दुसरा समूह कराता है। इन दोनो समूहों में काम करने वाले सूक्ष्मजीव एक-दुसरे से भिन्न होते है। और उनका काम भी पूरी तरह से अलग ही होता है। इनके कार्य का अध्ययन करने से यह पता चलता है कि, पहले समूह में काम करने वाले सूक्ष्म जीव भूमि को उर्वरकता देते है और दुसरे समूह के सूक्ष्म जीव फसलों को पोषण देते है। दुसरे समूह के सूक्ष्मजीवों का उर्वरकता से कोई संबंध नही रहता। इन दोनों में यह छोटा सा फर्क है उसे किसानों ने समझना बहुत आवश्यक होता है। भूमि की उर्वरकता के अध्ययन में यह बात बहुत ही महत्त्वपूर्ण है।

ये कार्बनिक कण अर्थात वनस्पतियों के खाद्यपदार्थ; लेकिन इसके स्वरूप को पूरी तरह से समझने की आवश्यकता है। हम सब कोयले के बारे में जानते है उसे जलाने के बाद उससे ऊर्जा प्राप्त होती है। इस कोयले को वैज्ञानिक भाषा में कार्बन कहा जाता है। वनस्पतियों को जिन पोषकद्रव्यों की जरुरत होती है वो इस कार्बन की मदद से ही इकट्ठी बंधी जाती है, उससे कार्बनिक कण तैयार होता है। एक या अनेक कार्बन के इस चक्र में या पोषकद्रव्यों का संचय करने के पीछे प्रकृति का क्या उद्देश्य होगा? कार्बन के चक्र में इसे संचय करने से वह सुरक्षित रहता है। सूर्यप्रकाश की ऊर्जा से वह उडकर नहीं जाता या पानी ज्यादा होने से निचड़कर नही जाता।

इस प्रकार के पोषकद्रव्यों को वनस्पति भी खा नहीं पाते।

कार्बनिक कणों का उपयोग कैसे किया जाता है ?

जिस समय बढती हुई फसलों को इन कणों के पोषकद्रव्यों की आवश्यकता होती है, तब पोषकतत्वों के आसपास के कार्बन को फसल पोषण समूह के सूक्ष्म जीव खुद की आवश्यकता के लिए इस्तेमाल करके उसे खत्म करते है। उनकी शारीरिक क्रिया पूरी करने के लिए जिस ऊर्जा की जरुरत होती है वह इस कार्बन के इस्तेमाल से पूरी की जाती है। कार्बन का इस्तेमाल होने के बाद पोषकद्रव्य फसलों के लिए खाने की अवस्था में आ जाते है। ऐसे पोषकद्रव्य फसलें खाती है और कार्बनिक कणों का अस्तित्व यहाँ पर खत्म होता है। यहाँ पर और एक महत्त्वपूर्ण बात है कि, हम जो कार्बनिक खाद जमीन को देते है, उसमें से जो कार्बन है वह सूक्ष्म जीवों के लिए दिया जाता है। वनस्पति कभी भी इस कार्बन को नहीं खाती। उनका आवश्यक कार्बन वे कार्बन डाई ऑक्साइड से लेती है। उसी प्रकार वनस्पति पोषकद्रव्य भी कार्बनिक स्वरूप में नहीं खाती। वह पूरी तरह से रासायनिक स्वरूप का पोषकद्रव्य खाती है। आगे चलकर इसके बारे में विस्तार से अध्ययन होने वाला है।

कार्बनिक पदार्थों का सडना

गोबर खाद और कंपोस्ट खाद गोबर, पेड के सूखे पत्ते आदि चीजों के सडने के बाद तैयार होता है यह हम सबको पता है। सडने के बाद खाद तैयार होता है मतलब हकीकत में क्या होता है? इस क्रिया का वैज्ञानिक अध्ययन करने से भूमि की उर्वरकता के बारे में और नई जानकारी प्राप्त होती है। अपक्व सडनेवाले पदार्थ सूक्ष्मजीवों के समूह का अन्न (पोषण) है। वह ऐसे पदार्थ खाते है और उनकी मल-मूत्र, मृत शरीर अर्थात कार्बनिक कण/गोबर खाद और कंपोस्ट खाद होता है।

वनस्पति के बढते समय वह हवा से जो पदार्थ लेते है वह सडने की क्रिया में वापस हवा में छोडे जाते है। जो पदार्थ जमीन से लिए जाते है वह वापस जमीन में छोड़े जाते है। [अर्थात वह खाद वापस जमीन के पास गया तो] वनस्पतियों के बढने की क्रिया में सूर्यकिरण से ऊर्जा ली जाती है और सडने की क्रिया में यह ऊर्जा बाहर फेंकी जाती है। गोबर खाद के तैयार किए हुए ढेर में अगर शुरू में ही हमने हाथ डाला तो हाथ को गरमी लगती है, यह अनुभव बहुतों ने लिया होगा। बढने की क्रिया में पानी अंदर लिया जाता है और सडने की क्रिया में बाहर छोडा जाता है। नमी पैदा करके एक बार सडने की क्रिया शुरू हो गई तो अंदर का तापमान बढ भी गया तो बाहर जानेवाले पानी की वजह से यह क्रिया आगे शुरू ही रहती है। सडने की क्रिया अध्ययन का सामान्य लोगों को समझना कोई मुश्किल बात नहीं।

यह एक जैवरसायनिक क्रिया है इससे संबंधित जो वैज्ञानिक जानकारी पढने के लिए प्राप्त होती है, वह भूमि की उर्वरकता की दृष्टी से बहुत ही महत्त्वपूर्ण है। उसका अध्ययन प्रत्येक किसान को करना चाहिए।

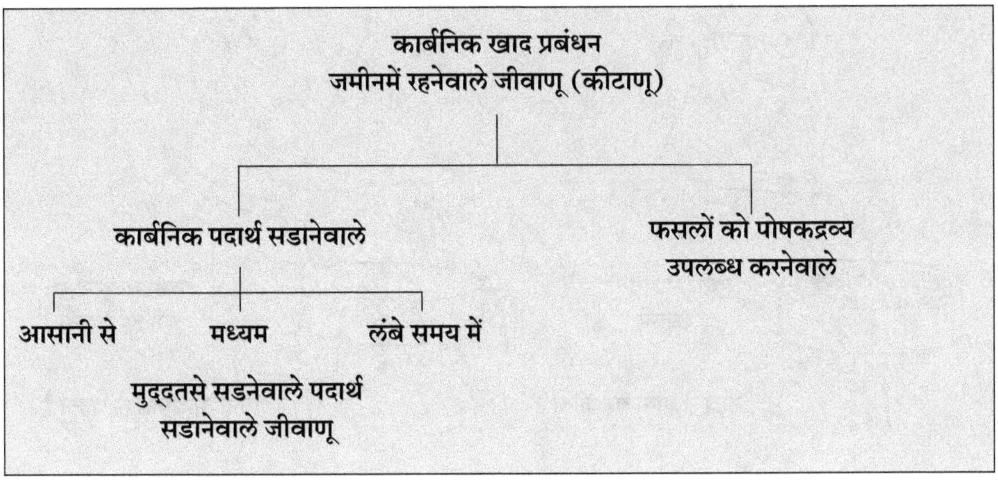

किसी भी क्रिया में मुख्य पदार्थ के साथ अनेक उपपदार्थ तैयार होते रहते है। शक्कर के कारखाने में हम शक्कर ही चाहते है। शक्कर जब बनती है तब बगॅस प्रेसमड और मळी (मल/गंध) ऐसे अनेक पदार्थ भी तैयार होते है। उसी प्रकार कार्बनिक पदार्थ सडते समय अनेक (कई) उपपदार्थ पैदा होते हे।

मिट्टी के छोटे-छोटे अंश इकट्ठा होकर मिट्टी के कणों की रचना तैयार होती है। कणरचना समझने के लिए एक आसान सा उदाहरण हम देखेंगे। किसी फसल को बोने के लिए हम जमीन को महीन बनाकर तैयार करते है। ऐसी मिट्टी हाथ में लेकर उसकी जाँच करने से मिट्टी के छोटे छोटे कण दिखाई देते है। ऐसे प्रत्येक कण इकट्ठा होकर ये कण तैयार होते है। पानी में ऐसे कणों को डालने से पानी मैला हो जाएगा। इस मैले पानी में हाथ डालकर मिट्टी का कण पकडने की अगर हम कोशिश करते है तो वह मुमकीन नहीं होता क्योंकि वह बहुत ही सूक्ष्म होते है। यह कण जितने बडे आकार में रहेंगे उतने वह भूमि की उर्वरकता की दृष्टीसे अच्छा है। भौतिक उर्वरकता मे कणरचना का बडा महत्त्व है। क्यों कि भूमि की निचोडने की शक्ति इन कणों पर निर्भर होती है। निचोडने की शक्ति याने जमीन में जरुरत से ज्यादा पानी की मात्रा होगी तो उसे जल्दी से बाहर निकालने का तरीका जिसे जमीन का मूलगुण कहते है। ज्यादा पानी जमीन के बाहर जाने के लिए भूमि की दानेदार कणरचना की आवश्यकता होती है। दानेदार कणरचना की वजह से निचोडने की शक्ति कैसी बढती है उसका एक आसान सा उदाहरण देखेंगे। अगर हमने एक छलनी में ज्वार के दाने भरे और उपर से पानी डालते गए तो पानी नीचे जाकर छलनी से बाहर चला जाएगा। अब इस ज्वार का आटा छलनी में भर दिया और पानी डाला तो पानी नीचे नहीं आएगा वह छलनी में ही थम जाएगा। भूमि की उर्वरकता के लिए उसकी ज्वार जैसी कणोंकी रचना करना आवश्यक है। यह कणरचना गोंद जैसे पदार्थोंसे तैयार होती है। जब पदार्थ सड़ता है तब उसका मिट्टी से मेल होने से कणों की रचना सही (अच्छी) बनती है। हम कार्बनिक खाद को जमीन के बाहर तैयार करते है। वहाँ पर यह गोंद तैयार होता है। लेकिन उसका मिट्टीसे मेल न होने के कारण और उसका कुछ काम न रहने के कारण वह खत्म हो जाता है। जब हम सडा हुआ गोबर खाद, कंपोस्ट जमीन में इस्तेमाल करते है तब यह उपयुक्त पदार्थ खत्म हो जाता है। जमीन में जब फसले बढ़ती है तब उस कणरचना का धीरेधीरे नाश हो जाता है और सडने की क्रिया में गोंद की वजह से उसमें सुधार आ जाता है। कणरचना का बिगडना और सुधरना यह क्रिया बहुत ही धीरे-धीरे होती है। इसलिए उसकी तरफ ध्यान नहीं जाता। कणरचना अच्छी होना महत्त्वपूर्ण मानी जाती

ज्वार से भरी हुई छलनी

नीचे से पानी बह जाता है

ज्वार के आटे से भरी हुई छलनी

पानी आसपास से बहता है

है; लेकिन वह हमेशा के लिए अच्छी रहने के लिए किसानों को क्या करना चाहिए इसपर ज्यादा बातचीत नहीं होती। आगे के लेख में हम इसका अध्ययन विस्तार से करेंगे।

जमीनकी कण रचना

कार्बनिक पदार्थ जब सडता है तब जमीन के कणों की रचना में सुधार आ जाता है। उसी प्रकार जमीन की निचोडनी की शक्ति में भी सुधार आता है। यह समझने के लिए एक आसान सा उदाहरण देखेंगे। जमीन के एक हिस्से में कूडा-करकट, सूखी पत्तियाँ और गोबर को मिलाकर ढेर बना दो और उसकी नमी बनी रहने का ध्यान दें। ऐसी नमी रहने से महीने-दो महीनों में वह सूखे पत्तियाँ, कूडा-करकट सड जाएगा। बारीश में तो यह अपनेआप हो जाएगा। अब इस ढेर को जमीन के एक तरफ कर दीजिए और उस जमीन पर लोटे से पानी डालते रहिए। उसी प्रकार जिस जमीन पर सडाने की क्रिया नहीं की है उस पर पानी डालिए। जहाँपर सडने की क्रिया हुई वह जमीन ज्यादा पानी सोखेंगी और जिस पर क्रिया नही हुई वह जमीन इसके मुकाबले बहुत ही कम पानी सोखेगी। सडने की क्रिया से कणों की रचना में सुधार आता है, निचोडने की शक्ति बढती है। यह इस अध्ययन से समझेगा। ऐसी निचोडने की शक्ति बढ़ने से फसलों के उत्पादन के लिए ऐसी जमीन उपयोगी बनती है। यानी भूमि की उर्वरकता बढती है।

अब इस कण रचना का अधिक विस्तार से अध्ययन करेंगे। कण रचना दो किस्म की होती है। 1) अस्थिर (अनिश्चित) कण रचना) 2) टिकाऊ (दृढ) कण रचना अस्थिर कण रचना में कणों की सिंचाई के बाद उनका छोटे आकार में रूपांतर होता है। स्थिर कण रचना में ऐसे कण पानी में मिश्रित नहीं होते वे छोटे छोटे एक दुसरे से चिपककर बैठते है वे अपना आकार नहीं बदलते।

सिंचाई के बाद जैसे ही जमीन सूख जाती है वैसे अस्थिर कण रचना के कणों की रचना फिरसे तैयार हो जाती है और फिरसे सिंचाई के तहत आती है। स्थिर कण रचना में कणों का आकार न बदलने के कारण दो कणों में से पानी जाने के लिए मार्ग उपलब्ध रहता है। इसलिए निचोडने का कार्य ठिक तरह से होता है। अस्थिर कण रचना में छोटे कण एक दुसरे से अलग हो जाते है। यह कण पानी का शोषण करते है इसलिए उनका आकार बढ जाता है, फिर दो कणों के बीच जगह कम हो जाती है। इसलिए पानी की गति धीमी हो जाती है। भूमि की उर्वरकता की दृष्टीसे स्थिर कण रचना तैयार होना बहुत महत्त्वपूर्ण है। वैज्ञानिक भाषा में इसे 'वॉटर स्टेबल सॉईल ॲग्रीगेशन' कहा जाता है।

स्थिर अस्थिर कणों की रचना कैसी तैयार होती है इसका अध्ययन करने से पहले सडनेवाले पदार्थोंका अध्ययन करना जरुरी है। प्रकृति में कुछ पदार्थ जल्दी ही सड जाते है। कुछ धीमी गति से सडते है कुछ तेज गति से। हरी पत्तियाँ और हरियाली का खाद 15 से 30 दिन में सडते है। पेडों की छोटी टहनियाँ, डंठल, सूखे पत्ते इन्हें सडने के लिए 5-6 महिने लगते है। यह सब मध्यम मुद्दत से सडनेवाले पदार्थ है। बाजरे के घास की (जड़), मजबूत टहनियाँ, गन्ने की खोड ऐसे पदार्थों के सडने के लिए एक-दो वर्ष लगते है। यह सब लंबे समय में सडनेवाले पदार्थ है। पदार्थ को सडने के लिए जो अवधि लगती है उसके अनुसार तैयार होनेवाले गोंद जैसे पदार्थ का स्वरूप भी बदलता रहता है। अस्थिर कण तुरंत सडनेवाले पदार्थोंसे तैयार होने वाले गोंदसे बनते है और स्थिर कणों की रचना लंबे समय में सडनेवाले पदार्थोंसे तैयार होनेवाले गोंद से बनती है।

शिवाजी विद्यापीठ के पुस्तकालय में डॉ. एफ. जे. स्टिव्हन्सन, अमेरिका के आयओनिस विद्यापीठ के कृषि रसायन विज्ञान विभाग प्रमुख इनकी 'ह्युमस केमेस्ट्री' नाम की एक पुस्तक उपलब्ध है। उसमें उन्होंने लिखा है कि, भूमि की कायिक उर्वरकता के लिए जमीन में फफूँदी (कवक) का प्रमाण ज्यादा रखना चाहिए। (कायिक उर्वरकता में कण रचना एक महत्त्वपूर्ण मूलगुण है) भूमि में फफूँदी की मात्रा बढाओ ऐसा पढने के बाद किसान चकित हो जाएँगे। क्योंकि हम फफूँदी के बारे में यह जानते है कि वह फसलों की जडो तक जाकर रोग फैलाती है। और ये भी जानते है कि उसे नियंत्रण में लाना बडा ही कठिन काम है। लेकिन फफूँदी के दो प्रकार है। 1) मित्र फफूँदी 2) शत्रू फफूँदी। इनकी संख्या की जाँच करने के बाद पता चलता है कि मित्र फफूँदी की संख्या अनगिनत है और शत्रू फफूँदी की संख्या इनके सामने कुछ भी नही (नगण्य) है। सूक्ष्मजीव वैज्ञानिक सिद्धांत

द्वारा पता चलता है कि मित्र फफूँदी की संख्या बढने से शत्रू फफूँदी अपनेआप नियंत्रण में आ जाती है। मित्र फफूँदी को बढने के लिए उनका जो खाद्यपदार्थ है वो जमीन में देना पड़ेगा। जो पदार्थ सडने के लिए कठिन होता है वहीं फफूँदी का खाद्य है। यह पदार्थ कहाँ मिलेगा? गन्ने की सूखी पत्तियाँ बिना जलाएँ ऐसेही जमीन पर रखने से वह अपनेआप सड जाती है। इस तरह से पदार्थ सडाने का पाठ यहाँ से सीखा। 10-12 वर्ष इसपर अलग अलग तरीके से अध्ययन करने के बाद मुझे सफलता (कामयाबी) मिली। इसके बाद ऐसा एहसास हुआ कि, गने का खुत्थ (खूँटी) उसकी सुखी पत्तियाँ भी सडने के लिए बहुत कठिन होता है। उसकी तरफ हमारा ध्यान ही नही गया। कुछ वर्षों के प्रयास के बाद मैंने हल न चलाए गए जमीन पर खेती के कुछ प्रयोग किए और उसमें सफलता मिल गई। यहाँ पर मैं इतनाही बताना चाहता हूँ कि, अगर हमने कमसे कम दस टन प्रति हेक्टर मिलनेवाले खोड और जडों की जाली को सडने के लिए रख दिया तो जमीन में फफूँदी की जाली तैयार हो जाती है। यह फफूँदी स्थिर कण रचना देती है, निचोडने की शक्ति बढाती है। अगर जाली में मिट्टी के कण पकडकर रखे तो भूमिक्षरण भी नही होता। हवा और पानी का संतुलन बनाए रखने में मदद होती है। खोड में जो वनस्पतियों के पोषकद्रव्य रहते है वह इस धागे से फसलों को

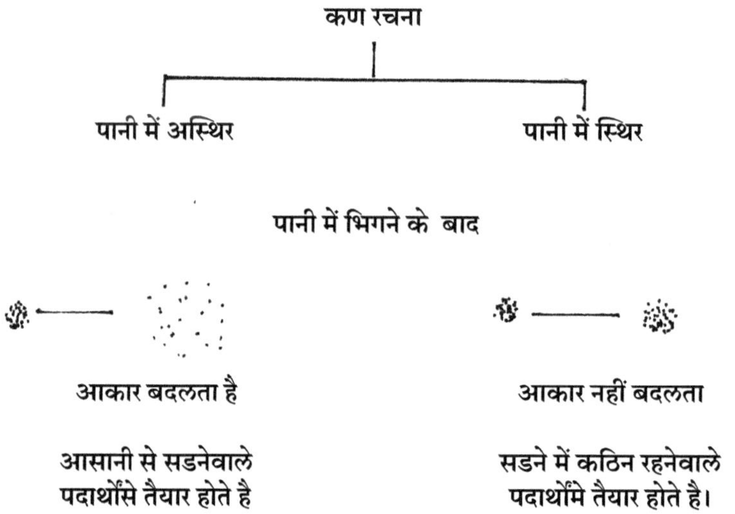

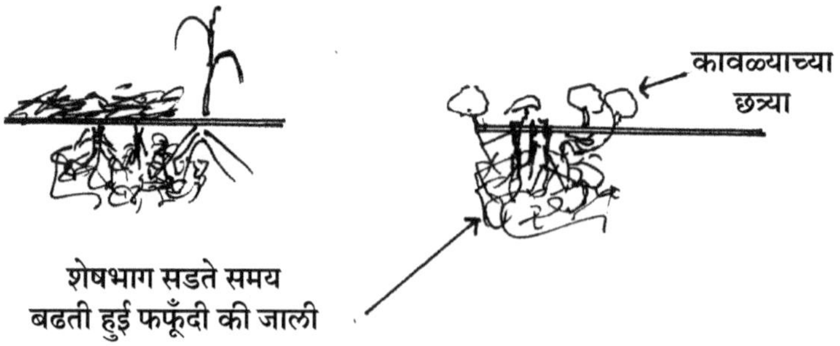

अपनेआप मिल जाते है। इस संदर्भ से शत्रू फफूँदी का सर्वनाश, खुदाई खर्च बंद आदि फायदे होते है। गन्ने के खुत्थ की खुदाई करनी है या वैसेही आगे की फसल लेनी है इसपर विचार करने का यह समय है।

'कार्बनिक पदार्थोंका प्रबंधन' विषय बहुत विस्तृत है। 'कृषिविज्ञानमें सबसे महत्त्वपूर्ण विषय' ऐसा भी हम कह सकते है; लेकिन अच्छा सडा हुआ 20-25 गाडियाँ भरकर गोबरखाद का इस्तेमाल करना ही चाहिए ऐसा वाक्य कहकर यह विषय खत्म कर दिया जाता है। जो किसानों के लिए मुमकीन नहीं है। इसलिए इसपर ज्यादा चर्चा (बातचीत) नहीं होती। कृषिक्षेत्र में अच्छे सडें हुए खाद की सिफारिश का इस्तेमाल कैसे किया जाता है इसका अध्ययन करने वाले है। बहुतसे किसानों के पास थोडे बहुत जानवर रहते है और उनके गोबर से तैयार हुआ गोबरखाद किसान किस तरीके से इस्तेमाल करता है इसका अध्ययन करना बडी ही मजेदार बात है।

बहुत सारे किसानों के पास कम-अधिक प्रमाण में फलों की खेती, फूल खेती, गन्ना, अनाज, सब्जी ऐसे खेती के अनेक प्रकार रहते है। जहाँ पर नहर की भूमि है वहाँ पर फल, सब्जियाँ, गन्ना इत्यादि की खेती करते है। ऐसी भूमि में अनाज की खेती करनेमे हीनता महसूस किया जा रही है। नहर की भूमि का क्षेत्र सीमित होता है वहाँ पर उसी प्रकार की फसलों का उत्पादन कर सकते है। अनाज की खेती का क्षेत्र बडा होने से बडे पैमाने पर उसका उत्पादन होता है। विदर्भ में रूई की फसल आर्थिक होने के कारण बहुत सारे भागों में (क्षेत्र में) इसी की फसल की जाती है। अनाज से चारा मिलता है इसका उपयोग जानवरों के लिए किया जाता है और उससे गोबर - गोबरखाद, कंपोस्ट इसका निर्माण होता है।

गोबरखाद, कंपोस्ट इस्तेमाल करने का महत्त्वपूर्ण सिलसिला

ऐसे निर्माण हुए गोबरखाद और कंपोस्ट का इस्तेमाल फल, सब्जियाँ, फूल, गन्ना इनके लिए महत्त्वपूर्ण होता है। इसमें से जो खाद बचता है उसका उपयोग अनाज की खेती के लिए किया जाता है। फलों की भूमि का दर्जा बढता है। इस उँचे दर्जे पर ही उसकी नीलामी होती है। भूमि का स्तर बढने का कारण यह माना गया कि इस भूमि ने ज्यादा गोबरखाद और कंपोस्ट का उपयोग किया। पहले फलों की खेती और बाद में सब्जियों की खेती का नंबर आता है। गोबरखाद और कंपोस्ट का निर्माण कोई फलों की खेती या अनाज की खेती से नही होता लेकिन इन दोनों में इस खाद को खाने का प्रमाण ज्यादा से ज्यादा है। फल और सब्जियों की खेती का क्षेत्र अनाज के क्षेत्र से तुलना में कई गुना छोटा है वह सीमित होता है। इसका मतलब बडे क्षेत्र से निर्माण हुआ खाद छोटा क्षेत्र अर्थात फल और सब्जियों का क्षेत्र उसे खाकर हजम करता है। बहुत कम क्षेत्र कार्बनिक खाद की वजह से धनी बन जाते है और अनाज का क्षेत्र बडा होने पर भी वह गरीब से गरीब बन जाता है। जो जमीन सींची नही जा सकती है इसमें मशक्कत के कामों में औजारों का उपयोग हो रहा है इसलिए जानवर पालने का प्रमाण कम होता जा रहा है। वहाँ की जो घास है वो बडे बडे शहरों में ग्वालों को बेंची जाती है। किसान अपने खेती में जो अनाज, गोबरखाद, कंपोस्ट इसे खुद के इस्तेमाल से ज्यादा उसे बेचकर पैसे कमाने के ज्यादा महत्त्व दे रहे है। अर्थशास्त्र की दृष्टी से देखा जाए तो यहाँ पर किसान गलत है ऐसा कहना ठीक नही; लेकिन इसकी वजह से भूमि की उर्वरकता को जो नुकसान पहुँचता है उससे किसान संकट में आ जाता है। हमारे कोल्हापूर में ज्यादा तर गन्ने की खेती होती है। अनाज की खेती का प्रमाण कम है। गन्ने की खेती से घास का निर्माण होता है; लेकीन जो गन्ने की खेती करता है वो ज्यादातर जानवर नहीं पालते। बहुत कम भूमिहीन किसान बडे पैमाने पर जानवरों को पालते है। आज गन्ने की खेती ऐसे लोगों की घास, गुढ और शक्कर की खेती है। इसमें से जो खाद तैयार होता है वह 100-150 किलोमीटर रहने वाले अंगूर की खेती को दिया जाता है। गन्ने की खेती करने वाले किसान उचित रकम देकर इस खाद का उपयोग नही कर सकते। ऐसा खाद अंगूर की खेती को उपलब्ध करके देनेवाले ठेकेदारों के ट्रक गाँवोमें फिरते है। शक्कर के कारखानों में शक्कर तैयार होने के बाद अधिक मात्रा में बगॅस बाकी रहता है। वह सड़ने में कठिन होने के कारण उसका खाद आसानी से नहीं बना सकते। उसका खाद बनाकर इसी परिसर की जमीन को देना बहुत आवश्यक है। इसके जैसा सुंदर खाद उस जमीन के लिए दुसरा कोई नहीं; लेकिन

आजतक इसपर कोई भी विचार नहीं किया गया। वैज्ञानिक इसके बारे में सोचने को तैयार नहीं; क्योंकि बगॅस को औद्योगिक ईंधन बनाकर बेचना यही कारखानेवालों को फायदेमंद होता है। अब कारखाने बिजली उत्पन्न के क्षेत्र में अपना स्थान बना रहे है। इसलिए इस बगॅस से बिजली उत्पन्न हो सकती है। हमारे यहाँ के एक कारखाने ने गन्ने की सूखी पत्तियों को भी बिजली उत्पन्न के लिए औजारों की मदद से जमा करने का काम शुरू किया है। बाकी लोग भी इसका अनुकरण कर रहे है। भूमि की हालत खराब हो जा रही है।

अंगुर, अनार, बेर ऐसे फसलों की कटाई करनी पडती है। कटाई किया हुआ हिस्सा ईंधन के काम में उपयोग किया जाता है। केले के घौद को काँटने के बाद उसका खोड फेंक देते है। चारे की नाँद, सोयाबीन का भूसा/डंठल दँवजी के बाद वहीं पर जलानेवाला पदार्थ है। खरीफ हंगामे के पहले सारी जगह काँटो को जमा करके जलाया जाता है। इसमें हम कुछ गलती कर रहे है इसका थोडा सा भी एहसास इन किसानों को नहीं है और इसपर कहीं चर्चा भी नहीं।

खेत में फसल के शेषभागों का प्रबंधन ईंधन के तौर पर कैसे शुरू रहता है यह हमने देखा। इस भाग में और कई उदाहरण हम देखेंगे। विदर्भ में रूई की फसल का उत्पादन जोरों से चलता है अब सोयाबीन भी उसकी जगह ले रहा है अर्थात उसका भी उत्पादन रूई जैसा बढ रहा है। तुवर और सूरजमुखी का भी अधिक मात्रा में उत्पादन हो रहा है। इन फसलों की कटाई के बाद जो कचरा रह जाता है उसका खाद बनाने के कामों में उपयोग किया हो ऐसा एक भी उदाहरण नहीं है। इस कचरे का उपयोग न होने पर इसका क्या किया जाए ऐसा सोचकर इसे जलाया जाता है। अभी अभी इस कचरे का बिजली उत्पन्न में उपयोग होगा ऐसा विचार सामने आया है। जहाँ तक मुझे जानकारी मिली है उसमें कुछ समय शक्कर कारखानों के बगॅस पर बिजली निर्माण होती है और फिर बाद में शायद कचरा जलाकर यह प्रकल्प पूरा किया जाता है। इस कचरे को किसान खुद बडे कारखानो में अपना खर्चा करके वहाँ तक पहुँचाते है और कचरे के भी पैसे मिलते है इस बात से वे बेहद खुश होते है। यह कचरा खेत में कहीं जलाने से अच्छा है उसे बेचा जाए ऐसा वे सोचते होंगे। अगर उन्हें यह पर्याय ठीक लगता है तो ठीक है लेकिन भूमि की उर्वरकता का नुकसान होता है। इसपर कोई विचार नहीं करता। ऐसा कचरा जमीन में वापस जाने के लिए कुछ तंत्रों की/तकनीकों की आवश्यकता है। विदर्भ के कुछ किसानों से मिलने का मौका मुझे मिला। एक-दो किसानों से यह पता चला कि, यह कचरा रोटोव्हेटर से कुचल कर वहीं पर जमीन में मिलाया जाता है। कुछ किसानों ने ऐसा करने पर आगे की फसल के मशक्कत में बहुत समस्याएँ निर्माण होती है इसलिए इस तकनीक का वे उपयोग नहीं करते ऐसा कहा।

दुसरी तरफ मौसम अच्छा या उचित रहा तो खरीफ में मूँग और उडद की फसल अधिक मात्रा में करते है। इस फसल के बाद जमीन में नमी रहने से रब्बी की फसलों की कटाई, बोआई जल्दी से करने के लिए मूँग और उडद के फसलों के शेष भाग जलाएँ जाते है। गन्ने के मौसम में जिस तरह उसकी घास जलाई जाती है उसी प्रकार का चित्र यहाँ पर इस वक्त दिखाई देता है। ऐसे कुछ मित्रों से जानकारी मिली है।

समाज में ईंधन की बडी आवश्यकता है। कुछ महिलाओं को सुबह घर के काम निपटाने के बाद ईंधन जमा करने का काम दिनभर शुरू रहता है। सोलापूर के किसानों का यह कहना है कि, इस ईंधन का प्रश्न इतना गहरा है कि इसकी वजह से पेड ही नहीं बल्कि उसकी जडों को भी लोग छोडते नही। इस जगह से अगर कचरे से खाद तैयार करने की हमारी इच्छा होते हुए भी हम उसे नही कर पाते। इस प्रश्न की गंभीरता हमारे यहाँ ज्यादा नही पायी जाती। लेकिन आज यह प्रश्न हमें भी परेशान कर रहा है। कोकन में नारियल के पेड को कल्पवृक्ष कहाँ जाता है। इस पेड का हर एक अवयव किसी ना किसी काम आता है। गरम पानी के लिए नारियल की पत्तियों का उपयोग किया जाता है। असल में नारियल के सिवाय उसके बाकी सारे अवयव/भाग उस पेड को वापस देने चाहिए। लेकिन इससे ईंधन की आवश्यकता (जरुरत) पूरी होती है और इसको (पत्तियों) ढेर बनाकर रखने से साँप का डर होने के कारण नारियल को कल्पवृक्ष रहनें में ही सबकी पसंदी है याने हर एक भाग का उपयोग ही लोगों को फायदेमंद रहता है। चावल की फसल के जो डंठल होते है उसे फैलाकर सुखाने से जानवरों को घास मिलती है।

जानवरों का गोबर कम मात्रा में खाद और ईंधन समझकर घर के लिए और चावल की फसल में उपयोग किया जाता है।

हमारे यहाँ गन्ने की कटाई मजदूरोंद्वारा की जाती है। अभी तक तो मजदूरों की कोई कमी नहीं है। इस वजह से गन्ना जमीनपर गिराकर उसकी सूखी पत्तियोंको इकट्ठा बाँधकर वाहनों में भरी जाती है। परदेस में ऐसा वही होता। वहाँ पर कटाई से पहले ही सारी फसल मशीनों की मद्द से ही वाहनों में भरी जाती है। उनके पास कोई दुसरा पर्याय उपलब्ध न होने की वजह से भूमि का नुकसान हो रहा है ऐसा भी नहीं कह सकते।

प्राकृतिक खेती और कार्बनिक खेती जैसे विषयों पर विश्व प्रसिद्ध जापान के मासानोवु फुकुओका कार्बनिक किसान कुछ सालों पहले भारत में आए थे। वे महाराष्ट्र में दो किसानों से मिले। इनमें से एक उंबरगाव के भास्करभाऊ सावे और नागपूर के मनोहर परचुरे थे। इनके आपसी बातचीत में जो कुछ भी हुआ वह प्रसारमाध्यमों के जरीए दिखाया गया; लेकिन उसमें कुछ जानकारी बाकी रह गयी ऐसा मुझे हमेशा से लग रहा था। एक कार्यक्रम की वजह से श्री. परचुरे जी के साथ में दो-तीन दिन गुजारने का मौका मिला तब इसी बात पर चर्चा भी हुई। कार्बनिक पदार्थोंके प्रबंधन के बारे में श्री. फुकुओका के विचार सुनने को मिले। किसी फसल के शेषभाग से निर्माण हुआ कचरा या जैवभार, उसके इस्तेमाल से निर्माण हुआ गोबरखाद या कंपोस्ट उसी जमीन में वापस दफनाना चाहिए। अगर उसका उपयोग किसी और फसल के लिए किया गया तो प्रकृतिनियम के अनुसार ऐसा माना जायेगा कि उस फसलने तैयार की गई भूमि की चोरी कर ली है। मै मानता हूँ इस नियम का पालन 100 प्रतिशत होना चाहिए। यह कठिन है, लेकिन रसायनिक खेती की बातचीत के साथ प्राकृतिक खेती का बातचीत में भी इस विषय पर बात नहीं होती। फुकुओकोने 100 प्रतिशत इसका पालन किया है।

गोबरखाद, कंपोस्ट इस्तेमाल करने की मर्यादा

गोबरखाद, कंपोस्ट के इस्तेमाल से भूमि की उर्वरकता, जलधारण शक्ति, रासायनिक खाद की कार्यक्षमता बढती है और उत्पादन का स्तर ऊँचा हो जाता है ऐसे फायदे बताये जाते है। इन सारी बातों को अज्ञान किसान भी जानता है। फिर भी वह इसके इस्तेमाल करने के बारे में लापरवाही दिखाता है। ऐसा क्यों होता है? इसके बारे में जानने की आवश्यकता है। इन प्रश्नों के उत्तर खोजने के लिए अनुसंधान करना जरुरी है। एक कार्यक्रम में मैंने पुछा, 'पहले हरित क्रांति में भूमि की उर्वरकता की ओर ध्यान दिया गया है।' सिर्फ रासायनिक खाद का ही उपयोग करो ऐसा हमने कभी भी कहा नही उसके साथ ही 50-75 गाडियाँ गोबरखाद देने की हमारी सिफारिश भी है लेकिन किसान उसकी ओर ध्यान नही देता। अब जमीन की हालत खराब हो गई तो हम क्या करेंगे? भूमि की उर्वरकता में जो नुकसान हो रहा है उसका कारण इस जवाब में है। गोबरखाद और कंपोस्ट के बारे में पूरी जानकारी होते हुए भी किसान इसका उपयोग क्यों नहीं करते यह जानना बहुत जरुरी है। यहाँ पर हम गोबरखाद कंपोस्ट के इस्तेमाल की मर्यादा इसका अध्ययन करेंगे।

1) इस खाद की जितनी जरुरत होती है उतना वह उपलब्ध नहीं रहता। और इसे उपलब्ध करने के लिए ज्यादा जानवरों का पालन करना किसान के लिए असंभव होता है।
2) मांग ज्यादा और पूर्ति कम होने के कारण इसकी कीमत बहुत ज्यादा होती है। अनेक कारणों की वजह से जितना जरुरी है उतना पैसा खर्च नहीं कर सकता।
3) कृषिक्षेत्र में आजकल मजदूरों की कमी पाई जाती है। मजदूरों का प्रश्न बहुत बडा और गंभीर होता जा रहा है। कार्बनिक खाद के प्रबंधन के लिए जनशक्ति की आवश्यकता होती है। गोबरखाद उपलब्ध रहते हुए भी जनशक्ति की कमी के कारण उसका उपयोग न करने के बहुत से उदाहरण मिलेंगे।
4) चारे से गोबर और गोबर से गोबरखाद कंपोस्ट बनता है। प्रत्येक भौगोलिक क्षेत्र में 1-2 किस्म की घास इस्तेमाल की जाती है। जिस प्रकार की घास है उसी प्रकार का गोबर और गोबरखाद होता है। अच्छे खाद के लिए इसमें जितनी विभिन्नता हो उतना अच्छा होता है। लेकिन यह असंभव है। इसे मोनोकल्चर भी कह सकते है।

5) गोबरखाद जमीन के बाहर तैयार करते है। इसलिए सडने की क्रिया में जो जीवाणु काम करते है वो जमीन के बाहर बढते है और उनका जीवनचक्र वहींपर पूर्ण होता है। अच्छी सडी हुई खाद अर्थात इन जीवाणुंओंके मृतशरीर और मलमूत्र होता है। जिस प्रकार सडने की क्रिया और भूमि की उर्वरकता का संबंध है वैसे सडने की क्रिया में भाग लेनेवाले जीवाणु ही भूमि को उर्वरकता देने का काम करते है। इस प्रकार का खाद इस्तेमाल करके इन जीवाणुओं को जमीन मे बढने का मौका ही हम नहीं देते। सडने की क्रिया जमीन के बाहर पूर्ण होने से उर्वरकता का जो फायदा मिलता है उसे हम जमीन को नही दे पाते।

6) इस खाद को हम फसल के पहले मशक्कत में इस्तेमाल करते है और औजारोंसे मिट्टी में मिलाते है। इसके लिए किसानों को खर्चा करना पडता है। इस काम के लिए दिन प्रति दिन खर्चा बढ रहा है। इस पर हम अध्ययन करने वाले है।

7) बोआई-जुताई के पहले पिछली फसल के अवशेषों का इस्तेमाल अगली फसल के लिए करने का खर्चा बढ जाता है।

8) जो पदार्थ सडाने में कठिन होते है वह इस्तेमाल न करने की वजह से भूमि को स्थिर कार्बन नहीं मिलता। स्थिर और अस्थिर कार्बनिक कण ऐसा भी कुछ प्रकार होता है इससे हम अनजान है।

9) अच्छे सडे हुए खाद को इस्तेमाल करने से भूमि में फफूँदी को बढने का मौका ही नही मिलता। भूमि में फफूँदी बढने के क्या फायदे है इसका अध्ययन हमने इससे पहले के लेख क्र. 8 में किया है।

10) हमारी खेती उष्ण कटिबंधीय क्षेत्र में होने से ज्यादा तापमान के कारण अच्छा सडा हुआ खाद जल्दी से खत्म हो जाता है। इसलिए 0.5% से ज्यादा कार्बनिक पदार्थ बढाया नहीं जा सकता। इस प्राकृतिक सीमा की वजह से कार्बनिक पदार्थ के परिमाण का प्रश्न जटिल बन जाता है। यह प्रश्न समशीतोष्ण कटिबंधीय क्षेत्रों और शीत कटिबंधीय में उपस्थित नहीं होता। इस सीमा का आगे चलकर विस्तार से अध्ययन होनेवाला है।

11) सडने की प्रक्रिया में जीवाणु की संख्या अनगिनत होती है। अच्छे सडे हूए खाद के उपयोग होने की वजह से जीवाणु की विविधता भूमि में नहीं पाई जाती।

12) सडने की प्रक्रिया में निर्मित होनेवाले गोंद जैसे पदार्थ जमीन के बाहर ही खत्म होने से भूमि के कणों की रचना और निचोडने की शक्ति में सुधार नहीं होता।

13) सडने की क्रिया में निर्माण होनेवाले कार्बनिक अम्ल जमीन के बाहर ही खत्म होने से पोषकद्रव्यों के स्थिरीकरण उपलब्धीकरण और सामू के बारे में प्रश्न खड़े होते है।

भूमि की उर्वरकता की उपेक्षा...

अच्छी तरह से सडे हुए खाद के इस्तेमाल से उत्पादन में सुधार होने से सीमा होती है। यह विचार पूरी तरह से नया होने के कारण इस सीमा का अर्थ वाचकों को समझने में देर लगेगी। इस पर आगे ज्यादा विस्तार से लेखन होनेवाला है। कार्बनिक खाद प्रबंधन में हम सिर्फ गोबरखाद और कंपोस्ट का उपयोग करते हुए जानवरों का गोबर और बेकार की घास इन दो पदार्थों पर ही अटक गए है। वनस्पति और प्राणियों से निर्मित किसी भी पदार्थ की उपलब्धि बढ़ाने के लिए कच्चे माल की उपलब्धि बहुत बडी मात्रा में बढ़ा सकते है।

गोबर जैसे पदार्थ को हाथ लगाना थोडा मुश्किल होता है उसे इस्तेमाल करना भी कठिन है। पहले सिर्फ खरीफ मौसम में ही फसलों की उपज की जाती थी। इसलिए सालभर में तैयार हुआ गोबरखाद बोआई-जुताई पूर्व इस्तेमाल करने की परंपरा कायम रही होगी। आज सालभर में एक या दो फसलें, एक वार्षिक, बहुवार्षिक इससे बडी मात्रा में की जाती है। बागाईत की सुविधा, रासायनिक खाद, किटनाशकों का उपयोग, ज्यादा उत्पादन देनेवाली जाति इन सब का इस्तेमाल बहुत बडे पैमाने पर हो रहा है। जिसकी वजह से कार्बनिक पदार्थोंका इस्तेमाल अधिक मात्रा में बढ गया है। इसकी तुलना में किसान के घर में निर्माण होनेवाले खाद का उत्पादन कम हो रहा है। सूक्ष्मजीव विज्ञान के अध्ययन के अभाव से इस्तेमाल किया गया खाद कैसे खत्म होता है, ज्यादा मात्रा में खत्म होता है अर्थात क्या? कौनसा कार्बनिक पदार्थ, हम जमीन में डालते है, पुनर्भरण का मार्ग इन सबके अध्ययन पर सीमाएँ आई है।

जिस प्रकार अच्छा सडा हुआ खाद इस्तेमाल करने की हमारी परंपरा है उसी प्रकार युरोप-अमेरिका की भी

परंपरा है। हमारा कृषिविज्ञान वहाँपर ही तैयार होने के कारण अभी तक उनकी तरह ही हम अच्छे सडे हुए खाद पर कार्बनिक खाद प्रबंधन को छोड़कर उत्पादन को बढ़ाने के लिए उन्नत नस्ल ढूँढना, जैव तंत्रज्ञान द्वारा जाति विकसित करना, मुख्य पोषकद्रव्यों के इस्तेमाल के बाद अब सूक्ष्म पोषकद्रव्यों का उपयोग, विद्राव्य खाद का उपयोग, नए किटनाशक, फफूँदी नाशक, खरपतवारनाशकों का इस्तेमाल, हरितगृह की खेती, पानी प्रबंधन आदि सब की तरफ तेजी से बढ रहे है। इसकी तुलना में भूमि की उर्वरकता और सेंद्रिय खाद प्रबंधन के अनुसंधान में दरअसल कौनसी उन्नति की है इसपर आत्मपरीक्षण की जरुरत है।

डेक्कन शुगर टेक्नॉलॉजिस्ट असोसिएशन नाम की एक संस्था पुणें में है। यहाँ पर गन्ने के क्षेत्र में जो अनुसंधान का काम करते है वे साल में एक बार आपस में मिलकर इस कार्य का अढावा लेते है। यहाँ पर वैज्ञानिक जो खोज प्रबंध पेश करते है उसमें भूमि की उर्वरकता के बारे में कितने लेख पेश होते है इसका अध्ययन होना जरुरी है। इसी प्रकार का काम महाराष्ट्र के चारों कृषि विद्यापीठ के जॉइंट ॲग्रेस्को में चलता है और प्रतिवर्ष अनुसंधान के अढावा का भी काम होता है। हर एक विद्यापीठ नई जातियों की कितनी सिफारिश करता है? सेंद्रिय खाद प्रबंधन पर कुछ नई सिफारिश की जाती है या नही? अभी अभी जॉइंट ॲग्रेस्को का कार्य संपन्न हुआ। 30 मई के ॲग्रोवन में प्रत्येक विद्यापीठ के प्रबंधन आयोजक, और किसान प्रबंधकों का मनोगत प्रसिद्ध किया है। इसमें उर्वरकता पर ज्यादा चर्चा नही है। 31 मई के ॲग्रोवन में राज्य के कृषिमंत्री ने ॲग्रेस्को के उद्घाटन समय पर किए गए भाषण में कुछ महत्त्वपूर्ण बातों का जिक्र किया। उसमें विद्यापीठ ने प्रबंधन की दिशा तय करते समय बीज के साथ ही मिट्टी, पानी और मौसम इन विषयों को भी महत्त्व देने के लिए कहा गया। इसी के साथ भविष्य में जैविक विज्ञान का अध्ययन भी बहुत महत्त्वपूर्ण है ऐसा बताया गया। कृषिमंत्री ने ये जो सलाह दी है इसका उपयोग हम भविष्य में करेंगे ऐसी आशा करते है। इसी दौरान ॲग्रोवन के 28 मई 2008 के पृष्ठ क्र. 7 पर 'डायरी' शीर्षक में 'अन्नसुरक्षा चाहिए? भूमि को उपजाऊ बनाओ।' ऐसा विस्तृत स्वरूप का लेख है। भूमि की घटती हुई उर्वरकता और उसकी उपेक्षा ही अन्नसुरक्षा के प्रश्न का मुख्य कारण बताते हुए विश्व के सारे राष्ट्रों को उर्वरकता के गति की ओर ध्यान देने का आग्रह किया गया है। नए बीज ढूँढना कोई आसान काम नहीं है; फिर भी यह काम उर्वरकता बढाने की तुलना में आसान है ऐसा कहा गया है। अच्छी जाति का बीज बोने के लिए जमीन भी अच्छी ही चाहिए।

इधर राज्य के हर एक जिले ने खरीफ अढावा अधिवेशन पर जोर लगाते हुए बीज बिक्री, किसान से ग्राहक अनाज बिक्री, उन्नत तकनीकियों की जानकारी, बचत गट के उत्पादन की बिक्री, बोआईसे पहले करनेवाली बीज प्रक्रिया आदि विषयों पर आधारित कार्यक्रम कर रहे है। यहाँ पर भी भूमि की उर्वरकता विषय सीमित रह गया है। सरकारी और प्रौद्योगिक क्षेत्र की तुलना में हमारा किसान इन सबसे बच गया है। पैसों के लालच में नकदी फसलों का आधिक्य हो रहा है। भूमि की उर्वरकता उपेक्षा में रह गई है। ऐसे अंधःकार में भूमि की उर्वरकता के जुगनू कहीं पर तो चमकते हुए नजर आते है। यह आशा की किरण मन को उत्साह देनेवाली है। [यह लेख 23 जून 2008 को प्रकाशित हुआ है। संदर्भ के लिए उस समय का ॲग्रोवन देखिए]

हरी खाद के खाद के इस्तेमाल की सीमा

गोबरखाद कंपोस्ट के इस्तेमाल की सीमा पर हम अध्ययन कर रहे है। यह खाद हमेशा ही कम मात्रा में होने के कारण कार्बनिक खाद के लिए अन्य मार्ग चुने गए। किसी फसल को निश्चित सीमा मैं बढ़ाने के बाद वहीं पर दफना दिया जाए तो वह सडकर उससे अच्छा खाद प्राप्त होगा इस उद्देश्य से इस तंत्र का इस्तेमाल करना शुरू हुआ होगा। द्विदल समूह में फसल लेने के बाद एकदल फसल अच्छी आती है। इसलिए द्विदल फसल का बेवड अच्छा हैं ऐसा निश्चित हुआ। फिर ऐसा अनुमान निकला की द्विदल फसलों के जडों में एक प्रकार के जीवाणु नाइट्रोजन की जरुरत पूरी करते है। अतिरिक्त अवशोषित नाइट्रोजन भूमि में आगे की फसल के लिए जमा किया जाता है, जिसकी वजह से फसले तेजी से बढती है। द्विदल फसल को बाहर से नाइट्रोजन खाद देने की जरुरत नही होती, बल्कि वहीं फसल जमीन को नाइट्रोजन की पूर्ती करती है। इसलिए हरी खाद फसल के लिए द्विदल फसल ही इस्तेमाल

करना चाहिए, ऐसा निश्चित किया गया। इस तरह से इसमें जूट या ढ़ाडुण फसलें हरी खाद की है ऐसा तय हुआ। बाकी फसलों की तुलना में इन फसलों की निश्चित अवधि में बढने की गति तेज रहती है। यह भी एक कारण रहा होगा। इस तंत्र का उसका जडों तक जाकर अध्ययन करने से उसकी कमियाँ और मर्यादा सामने आती है। बदलती स्थिती में इसमें कुछ सुधार होना आवश्यक है वह इस प्रकार

- जूट अगर ढ़ाडुण ऐसा एक ही प्रकार का बीज इस्तेमाल किया जाता है। इससे एकही प्रकार का कूडा-करकट जमीन में गाढ दिया जाता है। यहाँ पर मोनोकल्चर होता है ऐसा नही लगता? इसके बदले मौसम के अनुसार अनाज, तेल का बीज, औषधि वनस्पति यह सब हमारे रोग के जरुरतमंद पदार्थ है इनके साथ जूट और ढ़ाडुण के बीज को मिला ने से यह खाद एक ही प्रकार की हरी खाद से कुछ अलग तरीके की रहेगी जिसमें चार-पाँच किस्म के बीजों का समावेश हो। और यह खाद अन्य खाद से ज्यादा परिणामकारक रहेगी ऐसा मेरा अनुभव है।
- हरी खाद की पहले कलियां गाडने की सिफारिश है। जो वनस्पति इस अवस्था में होती है उसमें 80-85 प्रतिशत पानी पाया जाता है। गाडते वक्त उसका आकार बडा दिखता है लेकिन सडने के बाद वह सूख जाता है तब खेत में उसका प्रमाण गिना जाता है। उसमें जो पानी रहता है उसका उर्वरकता में कोई भी उपयोग नहीं होता। इसलिए हरी खाद की फसल को और मजबूत या परिपक्व करने की जरुरत है; उसकी कली लगानी चाहिए लेकिन उसका बीज नहीं बनना चाहिए। इस वजह से शुष्क स्वरूप में ज्यादा कार्बनिक पदार्थ मिल सकते है।
- पहले कली अवस्था में वनस्पति का कार्बन : नाइट्रोजन की मात्रा कम होती है। इसलिए आगे जो खाद तैयार होता है वह जल्द ही खत्म होता है। डॉ. स्टिव्हन्सन एक तज्ञ है, वो अपनी पुस्तक में लिखते है कि अगर उसने दूर तक विचार किया तो हरी खाद का उपयोग भूमि की उर्वरकता के लिए ज्यादा नहीं होता। वैसेही द्विदल समूह में कार्बन की कमी : नाइट्रोजन खाद के बदले एकदल फसल हरी खाद के लिए इस्तेमाल करना अच्छा माना जाता है। एकदल फसल से जमीन में अधिक परिमाण में कार्बन दिया जाता है। एकदल फसल का कार्बन की मात्रा अधिक होने के कारण पदार्थ सडने के लिए ज्यादा समय लगता है। भूमि की उर्वरकता की दृष्टी से इसे महत्त्वपूर्ण माना गया है। एकदल के जैवभार से जो कार्बनिक पदार्थ मिलता है वह तुलना में ज्यादा टिकाऊ रहता है।
- कार्बन की कमी : नाइट्रोजन के गुणोत्तर के वजह से खाद के सडने की क्रिया में जमीन में से कुछ निश्चित जीवाणुओं का ही समावेश होता है। यही परिपक्व होने के बाद सारे जीवाणुओं का खाद्य बन जाते है। इसमें जैविक विविधता बनाए रखने में मदद होती है।
- हरी खाद का मूल्यांकन फसलों में कितना नाइट्रोजन स्थिर किया उनपर आधारित होता है। यहाँ नाइट्रोजन स्थिरीकरण मुख्य उद्देश्य रहना जरूरी नही। नाइट्रोजन के लिए बहुत से सस्ते पर्याय उपलब्ध है। कार्बनिक पदार्थ की जमीन को पूर्ति करना यहाँ पर मुख्य उद्देश्य है। इसके लिए परिपक्व और एकदल फसल का अंतर्भाव पर्याय दिया है। हरी खाद से नाइट्रोजन पाना यह दुसरा उद्देश्य है तो कार्बनिक पदार्थ पाना पहला उद्देश्य रखना जरुरी है। कार्बनिक पदार्थ की वजह से हवा में से नाइट्रोजन पाया जा सकता है।
- प्रचलित तंत्र में फसल को गाडने की सिफारिश है। फसल को गाडने के बाद उसका एक ही महीने में खाद हो जाएगा ओर एक-दो महीने में वह खत्म भी होगा। सडने की क्रिया लंबे समय तक शुरू रखने के लिए इसको आच्छादित रूप में इस्तेमाल करने की कोशिश करनी चाहिए।
- प्रचलित तकनीक में हरी खाद फसल करने के लिए फसलों का एक मौसम ऐसे ही चला जाता है। इसलिए इसका ज्यादा उपयोग नहीं होता। मुख्य फसल में हरि खाद को मिश्रफसल बनाने का तंत्र विकसित करना जरुरी है। जिस प्रकार गन्ने की खेती करते है उसी तरीके से हरी खाद या मुख्य फसलों की कुछ लाइने छोडकर हरी खाद फसल की

बुआई ऐसे प्रयोग करने चाहिए। जिस फसल के लिए लंबी अवधि की जरुरत है उसमें शुरू में ही हरी खाद की कुछ लाइने डाल देनी चाहिए। ऐसे प्रयोग गन्ना या केले की खेती में नहीं करने है। खोडवे की फसल को पुरी जमीन का उपयोग करने के लिए देना चाहिए। इस खोडवे की जडे पूरी जमीन में फैलती है।

- हरी खाद फसल की प्रचलित पद्धती में एक ही बार कटाई करते है। हरी खाद फसल को उखाडकर गाडने के बजाए दो-चार बार कटाई कर सकते है। ऐसी कटाई आच्छादित करके फिरसे जुआर, बाजरा, ढ़ाइुण, सेमल, एरंड, लहसून घास इन जैसी फसलें एक से ज्यादा कटाई दे सकती है। पट्टा पद्धती में हरी फसल में उसके भराव की क्रिया तक तीन बार कटाई हो सकती है। ऐसा करने से पुरे क्षेत्र में एकही हरी खाद की फसल करनेका लाभ मिलता है। अगर प्रयोगशील किसानों की इन बातों पर गौर किया तो इसमें कई सुधार हो सकते है।

केंचुआ खाद उपयोग की सीमा

विश्वविख्यात वैज्ञानिक चार्ल्स डार्विन ने अपने कई सिद्धांतों के साथ 'केंचुआ किसानों का मित्र है' ऐसा कृषीविषयक सिद्धांत रचा है। इस वजह से किसानों में केंचुऐं के बारे में एक अलग ही वलय (परिघि) निर्माण हुआ है। 1990 के बाद पहले हरितक्रांती के दुष्प्रभाव से लोगों के इस मित्र का महत्त्व समझ में आया। फिर उसकी कार्यपद्धती का अध्ययन शुरू हो गया। 1990-95 में पुणे में कार्बनिक खेती के बारे में कई शिविर हुए थे। उसमें मुख्य्य विषय केंचुआ खाद के माध्यम से कार्बनिक खेती करता था। इस शिविर में केंचुआ खाद के उत्पादकों का ही वर्चस्व था। उस समय किसानों को जो राह दिखाई गई वह कुछ इस प्रकार थी। जमीन से केंचुआ और सूक्ष्मजीव मर गए है। भूमि मृतप्राय हो रही है। इसकी वजह से उत्पादन का दर्जा घट रहा है। अगर भूमि फिर से जिंदा करना है तो रसायनों का इस्तेमाल पूरी तरह से बंद करना चाहिए। एक हेक्टर जमीन को अगर पाँच टन केंचुआ खाद देने से जमीन में सर्वत्र केंचुए ही केंचुए दिखाई देंगे। इसके बाद फसल के पोषण का काम भी केंचुआ ही करेगा, फिर बाहरसे कुछ देने की आवश्यकता नहीं रहेगी। उपज थोडी कम होगी लेकिन उत्पादन का जो खर्चा है वो कम हो जानेसे इसी तरह की खेती किसानों को भाएगी। गाँवो में सोसायटी से इ फॉर्म पर अपनी साईन करके जरुरत के अनुसार खाद लेने की आदत किसानों को लगी थी। उत्पादन की बिक्री के बाद आनेवाले पैसों से ज्यादातर पैसे इस सोसायटी को देने में ही चले जाते थे। लेकिन अब कई किसानों ने आर्थिक नियोजन अच्छी तरह से होने की दृष्टी से केंचुआ खाद के नए तंत्र की ओर अपना ध्यान आकर्षित किया है। ऐसी खेती करनेवालों का पहले वर्ष अनुभव अच्छा रहने की वजह से इस तंत्र के बारे में लोग जानने लगे थे। कुछ किसान ऐसे भी रहते है कि कोई नई चीज के बजार में आते ही उसे लेकर इस्तेमाल करके देखते है। उन्हें ऐसी आदत होती है। कुछ किसान ऐसी चीजों के बारे में सावधानी बरतते है और सिर्फ उत्सुकता से देखते है। दो-चार सालों में उस तंत्र के बारे में अच्छा-बुरा परिणाम दिखाई देता है फिर उसे इस्तेमाल करे या न करे इस पर विचार करके ही अपना कदम आगे बढाते है। इसमें से बहुत बडा समाज ये सोचकर कि इन सारी चीजों से हमारा कुछ लेना-देना नही है, पारंपरिक पद्धतीसे ही खेती का काम करते रहते है। केंचुआ खाद मुक्त खेती में जिन्होंने अपने कदम बढाए उनके अनुभव से समझ आता है कि अब केंचुआ खाद एक ही बार डालने से काम नहीं होगा, वह हरसाल डालना पडेगा; रसायनिक खाद पूरी तरह बंद करने से उत्पादन का दर्जा भी घट जाएगा। जमीन को अपने असली रूप में आने के लिए 3 से 5 वर्ष लगेंगे। तब तक किसानों को रूकना चाहिए। ऐसा इस तंत्र में सुधार हुआ है। आय और खर्चा इसमें कुछ तालमेल न रहने की वजह से बहुत सारे किसानों ने इस तंत्र को एक-दो सालों में छोड दिया।

दुसरी तरफ केंचुआ खाद तैयार करनेवालों का अर्थशास्त्र तेजी से बढ रहा था। इसके कारण कई लोग इस क्षेत्र में अपना स्थान कायम कर रहे थे। कृषि संबंधी मासिकपत्र से केंचुआ खाद के उत्पादकों का विज्ञापन बहुत बडे पैमाने पर हो रहा था। किसानों के असंतोष के कारण कुछ वर्षों में जिस प्रकार यह विषय तेजी से बढ गया उतनी ही गति से घट गया। इस अवधि में राज्य के कृषिविभाग और कृषिविद्यापीठ ने इसकी तरफ अनदेखा किया। बीच में कुछ साल ऐसेही शांति

से गुजरने के बाद इस तंत्र को फिर से उजाला दिया जा रहा है। इस विषय का प्रसार करने की जिम्मेदारी अब कृषिविभाग ने ली है। किसानों को केंचुआ खाद तैयार करने के लिए भाप तैयार करना, छत बाँधना आदि कामों के लिए बडे पैमाने पर अनुदान बाँटा जा रहा है। एक बार अनुदान की रकम और लाभधारक किसानों की संख्या निश्चित होने के बाद 31 मार्च से पहले उद्देश्य पूर्ती पूर्ण करने में कर्मचारी वर्ग जूटा रहता है। क्या इस नए तंत्र से किसान की उन्नति हुई है? क्या किसानों के प्रश्न का उत्तर मिला है? कितने प्रकल्प सातत्य से शुरू है? ऐसा समर्थन करना आवश्यक है? इस प्रकार का समर्थन करने की जरुरत किसी को भी नही हुई।

कार्बनिक खेती के अंतर्गत केंद्र सरकार ने गाझियाबाद में एक विशेष कार्यालय शुरू किया है। इस कार्यालय की विशेष योजना से ज्यादा से ज्यादा कृषिविज्ञान केंद्रों में कैंचुआ खाद का प्रदर्शन और किसानों के लिए प्रबोधन शिबिर का आयोजन किया जाता है। अब कृषि विद्यापीठ को कार्बनिक खेती पर अनुसंधान करने की जरुरत है। उनका भी कहना है कि, हर किसान को केंचुआ खाद का इस्तेमाल करना ही चाहिए। जिस समय मैं एक किसान समझकर सूक्ष्मजीव विज्ञान का अध्ययन और प्रत्यक्ष खेती का अनुभव इनका संयोग करने का प्रयत्न (कोशिश) करता हूँ, उस समय इस तंत्र का हम वैज्ञानिक दृष्टिकोण से कितना अध्ययन करते है यह प्रश्न उत्पन्न होता है। केंचुआ खेती की असफलता से ही मुझे भू-सूक्ष्मजीव विज्ञान के अध्ययन के लिए प्रेरणा मिली। उसके लिए इस तंत्र को मुझे धन्यवाद देना पडेगा। केंचुआ खाद विज्ञान का हम भू-सूक्ष्मजीव विज्ञान के द्वारा विस्तार से अध्ययन करने वाले है।

केंचुआ खाद का विज्ञान

प्रकृति में दो प्रकार के केंचुए होते है। पहले प्रकार का केंचुआ सिर्फ कार्बनिक पदार्थ खाता है फिर उसका कार्बनिक खाद में रूपांतरण करता है। यह रंग में लाल और आकार से छोटे होते है। दुसरे प्रकार का केंचुआ आकार में बडा होता है और वह कार्बनिक पदार्थ मिश्रित मिट्टी को खाता है। यह जमीन की गहराई में होता है। वहाँ पर फसलों की जडे जो सडी हुई होती है उसमें से कार्बनिक पदार्थ और ज्यादा तर मिट्टी खाते है और अपना मल-मूत्र जमीन के उपरी भाग में आकर छोड देते है। इस तरह उनके जमीन में ऊपर नीचे होने के कारण जमीन खोकली बनती है ओर हवा आने के लिए भी जगह मिलती है, निचोडने की शक्ति में सुधार आता है। उनका मल-मूत्र मिट्टी से भी ज्यादा पोषक रहता है उससे जमीन की उर्वरकता बढती है। इसकी वजह से इन्हें किसानों का मित्र कहा गया है। यहाँ तक के विज्ञान की जानकारी सबको है।

केंचुआ खाद तैयार करने के लिए सिर्फ पहले प्रकार में जो केंचुआ है उसीका उपयोग किया जाता है। केंचुआ खाद में सिर्फ कार्बनिक पदार्थ का ही इस्तेमाल किया जाता है। इसलिए केंचुए वहाँ पर बढते है और केंचुआ खाद तैयार होता है। केंचुआ खाद अर्थात केचुए का मलमूत्र। ऐसा केंचुआ खाद जिस समय खेती की जमीन में इस्तेमाल किया जाता है उस समय वह बढती हुई फसलों के खाद्यपदार्थ का काम करता है। यह जमीन में बढनेवाले बडे आकार के केंचुओं का खाद्य नहीं होता। इसलिए केंचुआ खाद के इस्तेमाल से जमीन में केंचुओं का प्रमाण बढता है ऐसा किसी को लगता है तो वह गलतफहमी है। इसके पहले के अध्ययन में फसलों को उनकी जरुरत का पोषकद्रव्य मिलना और भूमि की उर्वरकता का बढना यह दोनों अलग अलग बाते है, यह हमने देखा है। इसलिए केंचुआ खाद तैयार करके या खरीदी करके इस्तेमाल करने के पीछे क्या उद्देश्य है इसपर किसानों को सोचना चाहिए. ऐसा मेरा सुझाव है।

अब केंचुआ खाद कैसे तैयार किया जाता है उसका अध्ययन करेंगे... इस खाद को तैयार करते समय सारे सडनेवाले पदार्थों का ही इस्तेमाल नहीं करते। ऐसा करने से तापमान बढता है और वहाँ केंचुओं के बढने में बाधा आती है। इसलिए कई जगह सडनेवाले पदार्थ के ढेर रचाकर रखे जाते है। [जिस प्रकार हम कंपोस्ट के लिए करते है] ऐसे ढेर में तापमान बढ जाता है और कुछ समय बाद कम होते हुए हवा के तापमान के साथ आता है। तापमान बढता अर्थात सूक्ष्म जीवों से सडने की क्रिया शुरू है और कम होना इस क्रिया के खत्म होने का संकेत देता है। हम हमेशा गोबरखाद कंपोस्ट उपयोग करते है, वहाँ तक की क्रिया पूर्ण हुई ऐसा समझना चाहिए। इसके बाद यही पदार्थ केंचुआ खाद की भाप में डाला जाता है, फिर आगे

चलकर चार से छह हफ्ते मैं उसका केंचुआ खाद में रूपांतरण हो जाता है। कुछ जगह भाप तल में सडा हुआ खाद रहता है ओर सडे हुए पदार्थोंका पहला स्तर उपर फैलाया जाता है। इसे जैसेजैसे केंचुअें खाकर कम करते है वैसे फिरसे उपरसे डाला जाता है। इस पहले स्तर की वजह से तापमान नहीं बढता और फिर धीरे धीरे केंचुआ खाद तैयार होता है। यहाँ पर ऐसा सवाल खड़ा होता है कि, हम जो हमेशा इस्तेमाल करते है वह खाद और केंचुआ खाद इसमें वास्तव में क्या फरक हुआ?

किसी वनस्पति को खाने के बाद प्राणियों से निर्माण हुए पदार्थ इन सेंद्रिय या सडे हुए पदार्थों का सफर अनेक मार्गोंसे होते हुए आखिर उनका वनस्पति के खास पदार्थों में रूपांतरण होता है। शुरू में वनस्पति हवा में से कार्बन डाय ऑक्साइड का उपयोग करते हुए ऐसे पदार्थ तैयार करती है। यहाँ पर कार्बन की मात्रा अधिक रहती है। फिर धीरे धीरे इस कर्ब का उपयोग करने के बाद वह कम हो जाता है। वैज्ञानिक भाषा में कार्बन : नाइट्रोजन मूल्यांकन में यह स्तर गिना जाता है। कठोर लकड़ी का 300, हरी पत्तियों का 50-60 ऐसा मूल्यांकन होता है। [300 याने 300 कार्बन के लिए एक नाइट्रोजन] जिस वक्त इससे गोबरखाद कंपोस्ट बनता है उस वक्त इसका मूल्यांकन 20 के करीब आता है। केंचुआ खाद बनाने के बाद वह 12-13 तक हो जाता है। आगे जाकर जमीन में जाने के बाद वह और कम हो जाता है। जिस वक्त यह शून्य पे आ जाता है तब कार्बन खत्म हो जाता है और उसके साथ जो घटक होते है वह वनस्पति के खाद्यपदार्थ बन जाते है। इसे हम उपलब्ध पोषकद्रव्य कहते है। यहाँ पर ध्यान देने जैसी एक बात है कि, 300-350 से 0 यह सफर क्रम से प्राकृतिक नियम के अनुसार ही होता है। फिर हम ज्यादा स्तर पर रहनेवाला कच्चा पदार्थ जैसा है वैसा इस्तेमाल कर सकते है। उसके 20 या 12 : 13 मूल्यांकन करके भी इस्तेमाल कर सकते है। मूल्यांकन जितना कम पोषकद्रव्य उतनाही शीघ्र उपलब्ध होता है। इसकी वजह से बाकी खाद की तुलना में केंचुआ खाद का परिणाम शीघ्र दिखना स्वाभाविक है। किसी भी बात का परिणाम तुरंत मिलने की जल्दी सबको रहती है। इसलिए अनेक लोग केंचुआ खाद की ओर आकर्षित होते है। यह सिक्के का एक पहलू हुआ। दुसरे पहलू का भी अध्ययन होना जरुरी है। एकात्मिक पोषकद्रव्य प्रबंधन के जैसे इस तंत्र का एकात्मिक, सारे पहलुओं का अध्ययन क्यों नहीं किया जाता?

अगर प्राकृतिक नियम के अनुसार कर्ब का सफर शून्य की ओर जाएगा तो उसे कृत्रिम तरीके से 20 या 18 करना कहाँतक ठीक है? यह प्रश्न मैं इसलिए उठा रहा हूँ कि जितनी प्रक्रिया ज्यादा उतना खर्चा अधिक होगा। आजकी खेती की स्थिति को देखते हुए कार्बनिक पदार्थोंकि प्रबंधन पर जो खर्चा हो रहा है उसे कम करने की बहुत ही आवश्यकता है। जो कच्चे पदार्थ बडे पैमाने पर उपलब्ध होते है उसे हम आसानी से जलाते है। इस कच्चे पदार्थ को आच्छादित करके अगले साल के कार्बनिक खाद के लिए उपयोग हो सकता है।

प्रकृति में सडनेवाले पदार्थोंसे मिलनेवाला कार्बन : नाइट्रोजन का मूल्यांकन 20 के करीब आने के बाद सडने की क्रिया रूक जाती है। यहाँ तक के सफर में जो कार्बन होता है उसका उपयोग कार्बनिक पदार्थ के सडने की क्रिया में काम करने वाले जीवाणु करते है। बचे हुए कार्बन को खत्म करने की भूख वो नहीं रखते। इसके बाद का जो कार्बन फसलों के जडों के आसपास बढनेवाले और फसलों को जरुरत के अनुसार पोषकद्रव्य उपलब्ध करके देनेवाले (रायझोस्फिअर) सूक्ष्म जीवों की ऊर्जाविषयक जरुरत पूरी करने के लिए रखा जाता है शायद प्रकृति ने कार्बन का यह बटवारा किया हुआ होगा। यहाँ पर एक दुसरे को मात देने का काम नहीं किया जाता। केंचुआ खाद करके कुछ अलग ही भक्षक बीच में छोडकर 10-12-13 ऐसा 7-8 मूल्यांकन का कार्बन खत्म करके हम प्रकृतिनियम को तोडते है क्या ऐसा नहीं लगता।

20 से 0 ऐसा सफर अर्थात पोषकद्रव्यों के उपलब्धता की ओर बढना। किसी भी फसल का उगना, बढने की अवस्था और परिपक्वता ऐसा विभाजन किया जाता है। उगने की अवस्था में पोषकद्रव्यों की कमी, बढने की अवस्था में अधिक पक्वता की अवस्था में फिर से जरुरत कम होती है। 20 से 0 के बदले 12 से 0 ऐसी उपलब्धता की गति हम बिना वजह बढाते है ऐसा लगता है। किसी पदार्थ को जमीन के बाहर सडाना यह गलत है ऐसा मेरा कहना है। सडे हुए खाद से भूमि की उर्वरकता को नुकसान पहुँचता है।

केंचुआ खाद के उपयोग से भी इस नुकसान की मात्रा बढ जाती है। इसपर वाचकोको गौर करना चाहिए।

जो केंचुए केंचुआ खाद में उपयोग किए जाते है उनका व्यापार बडे पैमाने पर चलता है। कई लोग इसे विदेश से मँगाते है और 'इंपोर्टेड' इस शब्द का यहाँ पर फायदा कर लिया जाता है। इस प्रकार के केंचुए भारत में सभी जगह जमीन में होते है। सडे हुए खाद के उपयोग से जमीन में इनका अस्तित्व नहीं रहता। अनाज निकालने के लिए सूखे डंठलो को बैलों से रौंदवाने के बाद जो कुछ बचता है वह जंगल में वैसेही रह गया। बारिश के वजह से जमीन में नमी रहने के कारण वहाँ केचुए दिखने लगे। एक बार बिना सडे हुए गोबर के ढेर में से गोबर को गन्ने की फसल के लिए आच्छादित करने के काम के लिए रखा गया। जब तक बारिश से जमीन में नमी थी तब तक जंगल में सब जगह फैले हुए गोबर के नीचे केंचुआ की संख्या अधिक प्रमाण में थी। बारिश खत्म होने के बाद जमीन की नमी और सूखेपन की वजह से वे गायब हो गए।

पानी के नल के नीचे एक बोरी पडी हुई थी वह सड चुकी थी। लगातर नमी के कारण उस बोरी मे बहुत सारे केंचुए तैयार हुए। ऐसे कुछ उदाहरण वाचकों के सामने रखता हूँ। पहले 400 रुपयों में हजार केंचुए की कीमत थी। बडे केंचुए को बेचने से उनके अंडों को बेचना ज्यादा आसान होता है। लेकिन यह कैसे गिने जाते है वह नहीं पता। अब उसकी क्या किमत है पता नहीं लेकिन यह व्यवसाय भी बडे तेजी से चलता है।

प्रकृति में केंचुए निश्चित रूप से क्या काम करते है? सडनेवाले पदार्थों का खाद में रूपांतरण करने का काम करते है। क्या इस काम के लिए दुसरा कोई नहीं? नही। सारे प्राणियों के जीवन का मूल उद्देश्य यहीं है। इसके साथ ही आँखों को दिखनेवाले और न दिखनेवाले अनगिनत प्राणी इस प्रक्रिया में भाग लेते है। यह बहुत ही महत्त्वपूर्ण प्रक्रिया होने के कारण भौगोलिक स्थिति में इस काम से बाधा नहीं आनी चाहिए। इसलिए इतनी जैविक विविधता निर्माण की गई है। ऐसा रहते हुए भी यह काम केंचुए से ही कराने की जिद क्यो? केंचुआ खाद के लिए कितने किसानों के पास उचित जमीन है? क्या खर्चा बढाने के लिए यह काम किया जाता है? आज कई बागाईतदार इसकी ओर ध्यान दे रहे है। क्या वह उनकी जरुरत के अनुसार खाद तैयार कर सकते है? जंगल का सारा कूडा-कचरा एक जगह जमा करके उससे केंचुआ खाद बनाकर फिर जंगल में वह फैलाने के लिए क्या उनके पास इतना जनशक्ति है? खेती के जो नियमित काम है वही करते करते किसान थक जाते है; लेकिन किसान की यह समस्या कोई भी जानना नहीं चाहता।

केंचुआ खाद की बोरी पर बॅक्टेरिया, ॲक्टिनोमायसेस (फफूँदी) इसके बारे में लिखा हुआ होता है। वैसा होता भी है पर क्या यह खाद किसी एक फसल पर इस्तेमाल करने के बाद इन जीवाणुओं का कुछ उपयोग रहता है? ये जीवाणुओं आगे चलकर कुछ काम न होने के कारण मर जाते है। क्योंकि वे सडे हुए पदार्थों के समूहमें पाए जाते है। किसानों को आकर्षित करने के लिए इस मार्ग का उपयोग करते है। केंचुआ खाद 15-20 प्रतिशत नमी रखते हुए बेचते है। क्योंकि उसमें जो जीवाणु और केंचुए हैं वे जीवित रहते है, जो आगे खेत में जाकर मरनेवाले ही होते है। जो खाद बेचता है और जो उसे खरीदता है इन दोनों के अज्ञान होने का फायदा उत्पादक को मिलता है। यहाँ पर किसान 15-20 प्रतिशत पानी ही चार-पाच हजार रुपये में खरीदता है। खेती विभाग केंचुआ खाद की किमत तय करते समय इस कमी को मान्यता देने की संभावना है। दुसरे किसी खाद की तुलना में केंचुआ खाद का एक अलग ही रंग होता है जो अज्ञान किसानों को आकर्षित करता है।

केंचुआ खाद का उर्वरकता के लिए कितना फायदा है ?

जब किसानों को इस खाद का उपयोग करने के लिए प्रवृत्त किया जाता है तब उन्हें बताया जाता है कि, जिन चीजों से यह खाद तैयार किया है उससे दस प्रतिशत ज्यादा मात्रा में उसमें नाइट्रोजन, फॉस्फोरस और पालाश है। यह बात मेरे मन ने नही मानी। केंचुआ एक प्राणी है। उसके पास ऐसा कोई जादू नहीं जिससे वह पोषकद्रव्योंकी संख्या को बढा दे। इस पर गौर करने से पता चला कि मुख्य गोबरखाद कंपोस्ट के कण केंचुए के पेट में जाकर और भी छोटे छोटे आकार में रूपांतर होने से उसका पृष्ठभाग ज्यादा खुला रहता होगा। इसलिए उसमें से ज्यादा पोषकद्रव्य घुलमिल जाने से पोषकद्रव्यों की संख्या बढती हुई नजर आती है। इसके बारे में भू-रसायन वैज्ञानिकों से बात करने पर

ऐसा समझ में आया कि मिट्टी में उपलब्ध नाइट्रोजन, फॉस्फोरस और पालाश, गोबरखाद, कंपोस्ट या कैंचुआ खाद में से नाइट्रोजन, फॉस्फोरस, पालाश निकालने के तरीके अलग-अलग है। मिट्टी के विश्लेषण में उसे पानी में डालकर हिलाते रहने से पानी में घुलमिल जानेवाली पोषकद्रव्य तुरंत पानी में उतरते है। ऐसा पानी फिल्टर पेपर से छानकर विश्लेषण के लिए उपयोग किया जाता है। ऐसे विश्लेषण में पानी में घुलमिल जानेवाले घटक पदार्थ के बारे में जानकारी प्राप्त होती है। जो पदार्थ नहीं घुलमिल जाते उनके बारे में कोई जानकारी नहीं मिलती। ऐसा लगता है कणों का आकार छोटा होने की वजह से पोषकतत्त्व घुलमिल जाते है। लेकिन विश्लेषण में कार्बनिक खाद के पोषकद्रव्य पानी के बदले तीव्र अम्ल में घोल लिए जाते है। इसलिए पानी में घुलनेवाले और बिना घुलनेवाले दोनों का प्रतिशत निकाला जाता है। इसलिए केंचुआ खाद में कणों का आकार छोटा होने से ज्यादा अन्नद्रव्य मिलते है यह आज तक का अनुमान (समझ) झूठा साबित होता है। इसके बारे में किसी ने वैज्ञानिक दृष्टिकोण से अध्ययन किया होगा तो उसके बारे में ॲग्रोवन के पास जानकारी भेज दिजिए ऐसी मेरी विनती है। शायद कंपोस्ट से केंचुआ खाद उस प्रक्रिया में कार्बन का स्तर कम होने के कारण कुल आकार कम होता जाता है। बाकी पोषकतत्त्वों का स्तर कम नहीं होता केंचुआ की वजह से यह प्रतिशत बढता है, ऐसा विज्ञापन करते हुए व्यापार बढता है। क्या यह सत्य है? ऐसा सवाल मैं आपके सामने रखने की इच्छा करता हूँ।

केंचुआ खाद की एक परियोजना थी जिस पर 25-30 लाख रुपये खर्च किए थे उसी को देखने मे गया था। खाद तैयार करने के लिए जमीन से 60-75 से.मी. ऊँचाई पर दो लाईन में निश्चित आकार के पिंजरे खडे किए थे। इस पिंजरे के पाँव पानी में थे। इसकी वजह से जमीन के अंदर जो केंचुए है उनकी शत्रुओं से उनका रक्षण किया जाता था। पिंजरे पर शेडनेट लगा हुआ था। जिसकी वजह से सूर्य का प्रकाश डायरेक्ट खाद पर नहीं पडता था। हर एक पिंजरे पर एक मायक्रोस्प्रिंकलर लगा हुआ था। खाद में हमेशा नमी रहने के लिए वैसी व्यवस्था की गई थी। एक जगह कचरे का ढेर पडा हुआ था और कंपोस्ट खाद की प्रक्रिया पिंजरे के बाहर पूरी की जा रही थी। तैयार खाद को बाहर निकालकर जितनी सिफारिश है उतने केंचुए अलग निकालकर आगे के काम में उपयोग करने के लिए वापस पिंजरे में डाल रहे थे। तैयार केंचुआ खाद को एक लंबी छलनी पर डाल दिया जाता था। यंत्रों के जरीए इस छलनी को आगे पीछे हिलाने से खाद छान लिया जाता था। नीचे गिरा हुआ खाद भुरे रंग के पाउडर जैसे एक ही आकार में आकर्षक दिख रहा था। छलनी पर केंचुओ ने न खाया हुआ छोटे आकार का कचरा फिरसे पिंजरे में डाला जा रहा था। तैयार केंचुआ खाद को एक, पाँच, 25, 50 किलो में तौलकर नए एच.डी.पी. थैली में जिसपर उत्पादकों की मोहर लगायी हुयी थी उसमें बंद करके बिक्री के लिए तैयार किया जा रहा था। सामान्यतः 5000 रु. टन ऐसी किमत लगाकर उसकी बिक्री की जा रही थी। जिन किसानों को विज्ञान की जानकारी नहीं है उनके लिए यह एक भव्य, आलिशान और अनुरोधपूर्वक भेंट देनेवाला पर्यटन केंद्र था। यह परियोजना देखकर मेरा जी मचल गया क्योंकि मैं एक साधारण किसान था, प्रकृति मे मिला हुआ कुडाकचरा, सूखी पत्तियों को कोई भी प्रक्रिया न करते हुए सालभर सडाने का काम खेत में ही शुरू रहना चाहिए ऐसा आग्रह करनेवाला विचार मेरे मन में था। बहुत सारे छोटे-मोठे किसानों के खेत में केंचुआ खाद की उनके द्वारा की गई परियोजना उन्होंने अनुरोधपूर्वक दिखाई। केंचुआ खाद की परियोजना इन किसानों की दृष्टि से सम्मान की बात बन चुकी है। केंचुआ खाद की बिक्री इस तरह की व्यापारमालिका शुरू है। इसमें किसान का फायदा, व्यापारियों का फायदा और भूमि की उर्वरकता का फायदा कितना है इसपर अनुसंधान कौन करेगा? नदी का मूलस्त्रोत और ऋषि का कूल नहीं दिखना चाहिए यही सच बात है ऐसा मुझे लगता है। बडे-बडे शहरों में गृहनिर्माण संस्थाओं में आजकल केंचुआ खाद परियोजना पर सक्ति की गई है। ऐसा करने से उनके कूडा-कचरे का वहीं पर निबटारा हो जाता है। जब किसान केंचुआ खाद की परियोजना के बारे में जानकारी पूछेंगे तब उन्हें विज्ञान के बारे में न बताते हुए परियोजना की ही विस्तार से जानकारी दी जाएगी।

यहाँ पर केंचुआ खाद की समाप्ति होती है।

नॅडप खाद का विश्लेषण

कार्बनिक खाद प्रबंधन में अलग-अलग मार्ग से कार्बनिक खाद तैयार करने की तकनीक विकसित हो गई है। उसमें से हम नॅडप तकनीक के बारे में जानकारी प्राप्त करेंगे। यह तकनीक यवतमाल जिले के पुसद से ज्येष्ठ गांधीवादी कार्यकर्ता नारायणराव पांढरीपांडे ने विकसित की है। इस तकनीक में 3 X 2 X 3 मीटर नाप का हौज बना दिया जाता है। 22 से.मी. के ईट के दीवार बनाकर खाद तैयार करने के लिए जगह की जाती है। इसमें हवा आने के लिए झरोके किए जाते है।

इस तकनीक में एक बहुत बडा फर्क यह है कि इसमें मिट्टी का उपयोग किया जाता है। 15 भाग कचरा और 15 भाग खेत की या नाले की मिट्टी ली जाती है। इस मिट्टी के छलनी से छान लिया जाता है। इस तकनीक में गडढा कैसे भरा जाता है, कितने दिन में खाद तैयार होता है यह तांत्रिक जानकारी देना ऐसा इस लेख का उद्देश्य नहीं है। भू-सूक्ष्मजीव विज्ञान के अध्ययन से इस पद्धती का विश्लेषण करना, यह मूल उद्देश्य है।

इस तकनीक में कुडा-कचरा और मैला, घास-फूस बडे पैमाने पर इस्तेमाल किया जाता है। और गोबर बहुत ही कम मात्रा में इस्तेमाल होता है। खाद के लिए किसान गोबर पर ही निर्भर रहते है। इसलिए जितनी जरुरत है उतना खाद का उत्पादन वे नहीं कर सकते। यह समस्या यहाँ पर सुलझाई गई है। 90-120 दिनों के बाद तैयार हुआ खाद छलनी से छान कर बचा हुआ कचरा कैंचुआ खाद की तरह पुनः गड्ढे में डालने की सिफारिश यहाँ पर है। शायद बोआई से पहले होने की सिफारीश होने की वजह से छानने की भी सिफारिश रही होगी। वैसे उसकी आवश्यकता नहीं होती। इस तकनीक से एक गाय के गोबर से एक साल में 80 टन खाद तैयार किया जाता है। कच्चे माल में इस गोबर की मात्रा बहुत ही कम अर्थात एक तिसांश (1.30) से 1.35 इतना ही होता है। इसलिए ऊपर दिया हुआ दावा उचित नहीं लगता। खाद तैयार करने के लिए 50 प्रतिशत से ज्यादा मिट्टी का उपयोग किया जाता है। तौलने से उसकी मात्रा और भी बढ़ सकती है। 90 से 120 दिनों में सडने की क्रिया में सूखी पत्तियाँ और गोबर में से कार्बन का उपयोग होने के कारण उसमें नाप में कमी आ जाती है। लेकिन मिट्टी के बारे में ऐसा नहीं होता उसकी वजह से खाद का वजन भारी होता होगा। इसलिए 80 टन खाद मिलता होगा।

नॅडप खाद का हौज

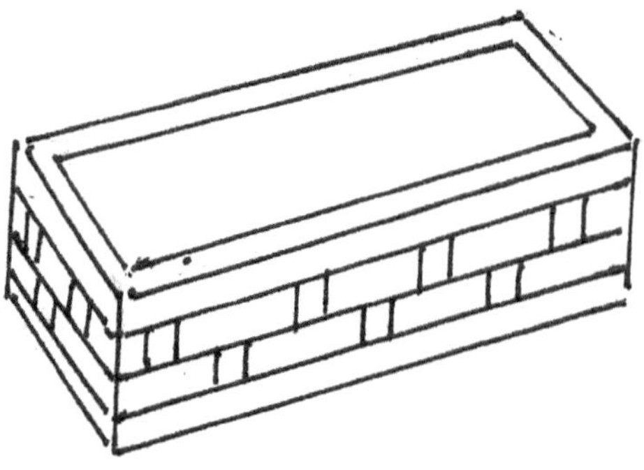

क्या यहाँ मिट्टी का रूपांतरण खाद में होता है? या उसकी वजह से खाद का आकार बढाने के लिए की गई मिलावट है ऐसा सवाल किसानों के मन में आ जाएगा। इसका हम विस्तार से अध्ययन करने वाले है। सूक्ष्मजीव विज्ञान की पुस्तक में इसके बारे में कुछ संदर्भ पाए जाते है।

The union of mineral and organic matter form organomineral complex. Clay and organic matter faction more as a unit, then as a seperate entities. Relative contribution of organic and inorganic surfaces to adsorption will depend upon extend to which the clay is coated with organic substances.

[हिंदी अनुवाद: कार्बनिक और खनिज कणों के मिलाप से कार्बनिक खनिज ऐसा संयुग तैयार होता है। (संयुग का अर्थ दो पदार्थों के मिलाप से तिसरे पदार्थ का उत्पन्न होना) यह दो कण अलग अलग काम करने के बजाए मिलकर अच्छे से काम करते है। यह परिणाम मिट्टी के कणों में कितने मात्रा में कार्बनिक परत चढ गई इसपर निर्भर रहता हे।]

-डॉ. स्टिव्हन्सन

प्रचलित कार्बनिक खाद प्रबंधन में हम बाहर से कार्बनिक पदार्थ सडाकर तैयार किया गया खाद मिट्टी में पूर्व मशक्कत से मिलाते है। यहाँ पर मिट्टी के और खाद के कण अलग अलग होते है उनका मिलाप नहीं हो सकता। ऐसा मिलन तब होता है जब कार्बनिक पदार्थ को उसी जगह पर सडाया जाए। सडने की क्रिया में जो अलग अलग पदार्थ तैयार होते है उसका पासवाली मिट्टी के कणोंपर प्रक्रिया होती रहती है। ऐसी मिट्टी अच्छे सडे हुए खाद से भी ज्यादा समृद्ध होती है। इसलिए नॅडप कंपोस्टमें बनाया गया खाद परिणामकारक होता होगा। यहाँ पर हम कार्बनिक खाद के बजाए कार्बनिक प्रक्रिया की गई मिट्टी का उपयोग करते है। इससे उपजाऊ जमीन की मिट्टी समृद्ध नहीं होती। सडे हुए खाद इस्तेमाल करने के जो दोष मैने बताए है वह यहाँ पर भी इस खाद के लिए लागू होते है। नॅडप तकनीक में सिर्फ कुछ एक मिट्टीपर प्रक्रिया करने से फायदा मिलता होगा तो फिर पूर्ण जंगल की मिट्टीपर प्रक्रिया क्यों नहीं होती? कार्बनिक पदार्थ बाहर सडाने के बजाए वह जंगल में ही सडाने चाहिए यह किसान और उनकी दृष्टि से अत्यंत महत्त्वपूर्ण भाग मैं हमेशा किसानों के सामने लाने की कोशिश करता हूँ। केंचुआ खाद की तरह हौज तैयार करना, कूडा-कचरा, मिट्टी को मिलाकर उससे खाद तैयार करना और वापस जंगल में फैलाना जनशक्ति के अभाव में हमे असंभव है यह विषय फिरसे उपस्थित होता है। कई पीढियों से यह परंपरा छोडने के लिए ज्ञानी लोग भी तैयार नहीं होते यह बडे ही दुख की बात है।

युरोप-अमेरिका का कार्बनिक खाद प्रबंधन

इस लेख के शुरू में ही मैं यह बताना चाहता हूँ कि, जो जानकारी मुझे पढने पर ज्ञात हुई है उसी को मैंने यहाँ लिखा है। अगर कुछ गलतियाँ या सुधार आपको आवश्यक लगते हो तो उसे जरुर सामने लाए।

हमारे यहाँ आज भी 70-80 प्रतिशत लोग प्रत्यक्ष या अप्रत्यक्ष खेतीपर ही निर्भर है। इसलिए खेती का आकार छोटा रहता है। किसान खेती भी करता है और जानवरों को भी पालता है। जानवरों के गोबर से गोबरखाद कंपोस्ट बनाकर इस्तेमाल किया जाता है और अगर कभी कम पडने पर बाहर से लाकर उसका अन्य मार्गों से उपयोग किया जाता है। हमारे यहाँ अनाज, गन्ना, सब्जियाँ, फलों के बाग ऐसी मिश्र खेती की जाती है। वहाँ पर सिर्फ कुछ ही निश्चित फसलें बडे पैमानेपर ली जाती है। जो किसान दूध और मांस के उत्पादन के लिए जानवर पालते है वोही घास और जानवर भी पालते है। उनके पास बाकी कुछ प्रकार नहीं रहते। इन जानवरों से वो गोबरखाद कंपोस्ट करके बेचे जाते है। अनाज, फलों के बाग वाले किसान जानवर नहीं पालते। वो कार्बनिक खाद खरीदी करके इस्तेमाल करते है। खेती के सारे काम यंत्रद्वारा ही किए जाते है। अब ऐसे हजारो एकड़ खेती के लिए कार्बनिक खाद खरीद कर उपयोग किया जाता है या नहीं, यह एक सवाल है।

उनके यहाँ फसलों की कटाई, दँवनी, यह काम एक साथ करने वाले यंत्र विकसित किए गए है (कंबाईन हार्वेस्टर) एकही समय दोनों काम करके अनाज अलग किया जाता है और भूसा खेत में ही फैलाया जाता है। इस भूसे पर सडानेवाले जीवाणु डाले

जाते है। हवा में नमी रहनेसे गीलापन और बारह महीने बारीश होने की वजह से यह भूसा थोडे ही दिनों में सडकर उसी जगह पर खाद तैयार होता है और मिट्टी में मिल जाता है। ऐसा मैंने पढा है। यह भूसा कितने दिनों में सडता है, क्या उतना समय मशक्कत के आगे के काम रोक दिए जाते है। या इस भूसे को मिट्टी में मिलाया जाता है या फिर उसे जलाकर अगली फसल के लिए मशक्कत की जाती है। इन सारी बातों पर वहाँ पर प्रत्यक्ष जाकर वैज्ञानिकों को प्रकाश डालना चाहिए।

सूक्ष्म जीवविज्ञान पर अमेरिका में बहुत सारे अनुसंधान हुए है। इस विषय के अध्ययन के लिए उन्हीं की किताबे पढनी पडती है। इस विज्ञान के अध्ययन के बाद कार्बनिक पदार्थ बाहर सडाना गलत है वह फसल के जगह पर ही सडाना चाहिए इस बात पर मैं सहमत हूँ और वैसी तकनीक मैंने खेती में शुरू की। वहाँ के जो भी साहित्य मैं पढता हूँ उसमें सडा हुआ गोबरखाद कंपोस्ट इस्तेमाल करने पर ही ज्यादा महत्त्व दिखाई देता है। इसलिए संयुक्त दँवनी यंत्र को कितना प्राथमिकता दिया जाता है ऐसा सवाल उत्पन्न होता है।

विकसित देशों का हिस्सा समशीतोष्ण और शीतकटिबंध के भौगोलिक क्षेत्र में आता है इसलिए सालभर का तापमान हमारी तुलना में बहुत ही कम रहता है। इसलिए कार्बनिक पदार्थ के गलने की गति कम होती है। जरुरत से ज्यादा तेजीसे कार्बनिक पदार्थ का विदारण होने से खत्म होते हुए उसका संचय होता रहता है। ऐसा मैंने पढा है। इसलिए भूमि की उर्वरकता में कार्बनिक पदार्थ के प्रबंधन जितने कठिन सवाल हमारे पास है उतने उनके यहाँ नहीं होते होंगे।

ऐसा लगने के कारण के पीछे एक संदर्भ है जो मे वाचकों के सामने रखता हूँ। कॉलेज के दिनों में शिक्षण करते समय रसायन विज्ञान का अध्ययन करने के लिए 'दि नेचर अँड प्रॉपर्टीज ऑफ सॉइल' यह पुस्तक लेखक बकमन अँड ब्रंडी द्वारा लिखी हुई थी जो मैंने खरीद ली थी। आगे चलकर खेती करने के लिए मैने यह पुस्तक फिरसे पढी। कृषि पदवीधर होकर भी खेती में रूचि थी इसलिए विज्ञान पर बहुत ही विश्वास था। इस लेखक के विचार मैंने पढे थे। वो यह कि, फसलों की कटाई के बाद जो भाग जमीन में रहता है उसे जमीन में सडाने के लिए रखने मे भी कार्बनिक पदार्थों का स्तर ठीक रखते हुए उर्वरकता कायम रहती है। घरपर जानवर नहीं रहने के कारण कार्बनिक खाद खरीदकर ही उपयोग करना पडता था। इस संदर्भ के अध्ययन से उस वक्त कुछ साल बाहर से खाद लाकर इस्तेमाल करना पूरी तरह से बंद किया गया। कार्बनिक खाद का इस्तेमाल न करने के कारण कार्बनिक खाद उपयोग की तरफ ध्यान देना जरुरी हुआ। विज्ञानने धोखा दिया ऐसा मे नहीं कहता; क्योंकि वहाँ की भौगोलिक स्थिति में वह विचार उचित होंगे, यहाँ पर वे कहाँ तक उचित है यह विचार करने की बौद्धिक पक्वता नहीं आई थी। जो किसान अज्ञानी है वो ज्यादा कुछ न पढने की वजह से वह एक ही तरीके से खेती करके उत्पादन प्राप्त करता है। फिर विज्ञान का अध्ययन करना गलत क्यों होता है? नही। बुनियादी विज्ञान सिखाया जाता है। जैसी हमारी स्थिति है वैसा ही उपयोजित विज्ञान हमको ही विकसित करना जरुरी है। यहाँ पर मार्गदर्शन करने वाले कम मिलते है। मार्ग तो कठिन होता है लेकिन विज्ञान ही हमें मार्गदर्शन करता है। ढूँढने से हर चीज मिलती है यही सच है।

उष्ण कटिबंध के लिए कार्बनिक पदार्थोंका प्रबंधन

हम खेती करते है वह भाग भौगोलिक श्रेणीविभाजन में उष्ण कटिबंध में आता है। उष्ण कटिबंध अर्थात सालभर में काफी समय हमारे यहाँ तापमान अधिक रहता है। समशीतोष्ण कटिबंध की तुलना में यह तापमान उचित (अनुकूल) होने की वजह से जमीन में सूक्ष्म जीवों की संख्या अधिक मात्रा में बढती है। सूक्ष्म जीवों का अधिक मात्रा में बढना, आगे जमीन में कार्बनिक पदार्थों का विघटन तेजी से होकर खत्म हो जाना। फसलों को बढने के लिए सूक्ष्म जीवों की संख्या जिस तरह से बढती है उसी तरह अनुकूल तापमान की वजह से ऐसे जीवाणु भी बढ सकते है जिनकी कोई जरुरत नही होती। कार्बनिक पदार्थों के विघटन का काम हमेशा शुरू ही रहता है। तापमान पर नियंत्रण रखना ये हमारे बस की बात नहीं। उसका परिणाम कार्बनिक पदार्थां के प्रतिशत पर होता है। ऐसा बताया जाता है कि, खेती में कितना

भी कार्बनिक खाद डालो लेकिन जमीन में 0.5 प्रतिशत के उपर कार्बनिक पदार्थ नहीं बढा सकते। असल में कार्बनिक खाद की कमी, किसी ने अगर ज्यादा इस्तेमाल किया तो वह जल्द ही खत्म होता है अतः जमीन से इसकी प्राकृतिक मर्यादा होती है। साठ की हरितक्रांती के बाद सिंचाई और नमी की सुविधा प्राप्त होने से एक फसल के बदले दो-तीन फसले वार्षिक या बहुवार्षिक फसल हम करने लगे। इससे जमीन का अधिक मात्रा में उपयोग होने लगा और कार्बनिक पदार्थों का इस्तेमाल भी अधिक मात्रा में होने लगा। डॉ. एफ. जे स्टिव्हन्सन कहते है कि ऐसी स्थिति में कार्बनिक पदार्थों की ओर ध्यान नहीं दिया तो भी प्रकृति ने जो पहले से कार्बनिक पदार्थों का संचय जमीन में किया होता है उसका हम 25 साल तक उपयोग कर सकते है। उसके बाद कार्बनिक पदार्थों का स्तर खतरे में आ जाने से भूमि की उर्वरकता के सवाल पैदा होते है। सभी जगह जहाँ पर बारह महिनों के लिए जमीन की नमी बनी रहती है वहाँ 20-25 साल के बाद यह समस्या खडी हो जाती है। शुरू में रसायनिक खाद को फसलों ने अच्छा प्रतिसाद दिखाया वैसे आज क्यों नहीं इसका जवाब हमें यहाँ मिल जाता है। इसका मूल कारण यह है कि, जिस गति से कार्बनिक पदार्थों की मात्रा कम होती गयी उसी गति से हमने उसे जमीन को वापस नहीं किया। जमीन में सूक्ष्म जीव विज्ञान का अध्ययन न करने से इस सच के बारे में किसान और वैज्ञानिकों को जानकारी नहीं होती।

हमारे यहाँ ज्यादा तापमान की वजह से कार्बनिक पदार्थ गलकर खत्म हो जाता है। यह बात सच है फिर भी यह नियम सिर्फ अच्छे सडे हुए गोबरखाद, कंपोस्ट और अब केंचुआ खाद इसके लिए ही है। हम ऐसे ही खाद का उपयोग करते है और सिफारिश भी। यह नियम सडनेवाले पदार्थोंको नहीं। अच्छे सडे हुए खाद का उपयोग अगर हमने किया तो साल के अंत में उसकी मात्रा (कार्बनिक पदार्थों का) कम होती जाएगी, इसके बदले अगर कच्चा सडनेवाला पदार्थ डालने से यह तेजीसे खत्म न होते हुए धीरे धीरे खत्म हो जाएगा। यहाँ पर खत्म होने की गति पर नियंत्रण रखने के लिए कुछ खास तकनीक या यंत्र विकसित करना जरुरी है। एक तरफ से कार्बनिक खाद तैयार होना चाहिए वहीं पर दुसरी तरफ वह धीरे धीरे इस्तेमाल करके खत्म होना चाहिए। रासायनिक खाद प्रबंधन में हमने स्थिर संचय और उपलब्ध संचय का अध्ययन किया। कार्बनिक खाद के बारे में भी वैसा अध्ययन होना जरुरी है। सडनेवाला पदार्थ कार्बनिक खाद का स्थिर संचय है, इसलिए उसका नाश नहीं होता। अच्छा सडा हुआ खाद उपलब्ध संचय है। उपलब्ध अन्नघटक जैसे उपलब्ध कार्बनिक खाद का नाश होता है। जरुरत से ज्यादा तेजी से खत्म हो जाना उसका प्राकृतिक मूलगुण है। इसलिए हमारे यहाँ अच्छा सडा हुआ खाद इस्तेमाल करना गलत साबित होता है। ऑइल इंजन पंप और बीजली की मोटर से बागाइत खेती होने की वजह से सिंचाई का काम आसानी से होने लगा। पहले की खेती का अध्ययन करने से पता चलता है कि सालभर में सिर्फ एक ही फसल जो बारिश में ली जाती है और कुछ भागों में रब्बी, ज्वार, चना की फसल करने की परंपरा थी। खेती के सारे काम और समान लाने का काम बैलों के जरिए किया जाता था। इसलिए हर घर में जानवर पाले जाते थे। सालभर में उनके गोबर और मैले से खाद तैयार करके बारिश के पहले के मशक्कत में यह खाद मिट्टी में मिलाकर पूर्वमशक्कत का काम खत्म किया जाता था। मिट्टी में अच्छी तरह से मिश्रित होने के लिए खाद के ढेले, सूखे हुए गोबर के गोले या सूखी पत्तियाँ ऐसे कम सडे हुए पदार्थों को मिश्रित करना कठिन होता था। इन्हें ऐसे ही मिलाने से आगे चलकर जमीन में सडते समय फसल को उठाने में बाधा आनेकी वजह से अच्छा सडा हुआ खाद इस्तेमाल करने की प्रथा प्रचलित हुई। क्या यह रिवाज आज भी शुरू रखना चाहिए? विज्ञान में नए नए खोज शुरू है। उसके साथ हम चलेंगे या नहीं? मेरा यह सवाल किसानों के साथ साथ खास करके वैज्ञानिकों के लिए भी है। भारत में स्वतंत्रता पूर्व समय 1910 से 1915 के दौरान खेती विज्ञान का शिक्षण देना शुरू हुआ। उस समय अंग्रेजों द्वारा तैयार किया हुआ या आगे चलकर अमेरिका से आया हुआ खेती विज्ञान का ही उपयोग हम करेंगे, या अपनी स्थिति के अनुकुल अलग कृषि विज्ञान हम विकसित करेंगे?

कार्बनिक पदार्थोंका प्रबंधनः अलग मार्ग की खोज

मेरी खेती में कार्बनिक खाद का उपयोग करने के लिए मैं बहुत प्रयत्न करता रहा हूँ। गन्ने का खुत्थ, सूखी पत्तियाँ मत जलाओ, उसका खाद बनाकर इस्तेमाल करो ऐसा आज प्रचार शुरू है। यह काम 1970 से ही मेरे पास शुरू हुआ। उस वक्त खुत्थ के टुटने के बाद सूखी पत्तियों को इकट्ठा करके गोशाला के पास जमा किया जाता था। निश्चित गोबर की वजह से पत्तियों की परत और गोबर की परत लगाकर ढेर रचाकर खाद बनाने का काम शुरू होता था। इस ढेर में जितना सूखा कचरा मिश्रित होता उतना ही जमा किया जाता था। बाकी कचरे को जला दिया जाता था। शुरू में आर्थिक तंगी जब कम हो गई तब कोल्हापूर के ग्वालों से गोबर के ढेर खरीदके ज्यादा कचरा सडाना शुरू हुआ। इसके साथ ही गोबर इकट्ठा करना, खाद करना, वाहन घुमाकर इस खाद को फैलाना इसके बजाए जगह की जगह बडे पैमाने पर मवेशीयाँ लाकर बिठाने का प्रयोग भी करके देखा गया। इतनी सारी कोशिशें करने के बावजूद मेरे पास जो गन्ना, उसका खुत्थ, चावल या मूँगफली में से सिर्फ चावल के लिए ही खाद का उपयोग किया जाता था। उस समय ऐसी समझ थी कि, चावल के लिए जो पूर्वमशक्कत गरमी के दिनों में शांति से की जाती थी, तब यह खाद अच्छी तरह से जंगल में मिलाया जाता था। कारखाने में पंजीकरण रखने की वजह से गन्ने की पूर्वमशक्कत बडी जल्दी में करने से कार्बनिक खाद के उपयोग के लिए उन्हें समय नहीं मिलता था। किसानों में ऐसा कहा जाता था कि, एक बार कार्बनिक खाद का उपयोग अधिक मात्रा में किया तो वह तीन साल तक काम देता है। हर साल डालने की जरुरत नही पडती। इसलिए तीन साल में एकबार इस खाद का उपयोग किया जाता था। शुरू में रसायनिक खाद के साथ ही मूँगफली की पेंढी इस्तेमाल करने की परंपरा थी। मैंने मेरे पिताजी की परंपरा का कुछ साल पालन किया। इसी समय पाडेगाव के गन्ना अनुसंधान केंद्र में मूँगफली की पेंढ का इस्तेमाल करना और खाद के इस्तेमाल पर प्रयोग शुरू थे।

नाइट्रोजन, फॉस्फोरस और पालाश इन पोषकद्रव्यों कों रसायनिक खाद के द्वारा या कार्बनिक खाद के द्वारा दिया जाए इसका अध्ययन करते समय यह निष्कर्ष निकाला गया कि, फसलों की जरुरत के अनुसार खाद्यपदार्थ की पूर्ति सिर्फ रसायनिक और रसायनिक कार्बनिक ऐसा किसी भी स्वरूप दिया तो उसके उत्पादन में कुछ फर्क नहीं होता। कार्बनिक खाद से उत्पादन का खर्चा बढता था। और तीन साल का खर्च कितना होता है (कॉस्ट बेनिफिट रेशो) यह देखनेपर इसमें सिर्फ रसायनिक खाद का उपयोग करना ही फायदेमंद होता है। किसानों को पेंढ का उपयोग करने पर विचार करना चाहिए। यहाँ पर गोबरखाद, कंपोस्ट का इस्तेमाल मत करो ऐसा नही कहा गया है। यह सिफारिश उस समय इस्तेमाल किए जानेवाले पेंढ के बारे में थी। शेतीविज्ञान पर मेरा प्रगाढ विश्वास था इसलिए मेरे पिताजी से इस विषय पर विवाद करके मैंने पेंढ का इस्तेमाल करना पूरी तरह से बंद किया। यही मूँगफली की पेंढ आगे चलकर विदेशों में निर्यात हो रही थी उसके दाम भी काफी बढ गए। बाद में इस पेंढ का मिलना मुश्किल होने की वजह से यह परंपरा अपनेआप बंद हो गई। इसमें बडे पैमानेपर प्रोटिन्स मिलने की वजह से विदेशों में दूध और मांस के उत्पादन के लिए आज भी यह निर्यात शुरू है। भारतीय बजार में आज भैंसो और बैलों के लिए भी इस पेंढ का इस्तेमाल करना बंद हो गया है। नियमित तीन वर्षों तक कार्बनिक खाद इस्तेमाल का अध्ययन करना खेती प्रयोग की आचारसंहिता अनुसार उचित है। इसका विस्तार से अध्ययन होना जरुरी है। ऐसा हम कह सकते है; लेकिन उस वक्त के वैज्ञानिकों के सामने अनुसंधान की प्राथमिकताओं का विचार करने से उनका अनुमान गलत नहीं था। कुछ बातों को खोजने के लिए उतना समय भी देना चाहिए। यह हमें मानना पडेगा। क्या ऐसे निष्कर्षों का और पेंढ बडे पैमाने पर निर्यात करने का संबंध है? आज मूँगफली जैसे सोयाबीन की फसल भी बडे पैमाने पर होती है। सोयाबीन का ऑइल यहाँ पर बेचा जाता है। लेकिन पेंढ 100 प्रतिशत निर्यात होती है। अगर हमने परकीय चलन की तात्कालिकता का भी विचार किया तो यह प्रोटीनयुक्त पदार्थ निर्यात करके हम भारतीय जानवरों का स्वास्थ्य और भूमि की उर्वरकता का ही निर्माण कर रहे है और उन पैसों से खाद और रसायनों का

आयात कर रहे है। आय.टी. से परकीय चलन मिलने का पर्याय उपलब्ध होने पर और जमा धन की आपातकालीन स्थिति निर्माण होने पर सोने को बेचनेवाले हम आज भी जमा धन को बचाकर रखे हुए है। अनाज, रूई, दूध, शक्कर ऐसे पदार्थोंकी निर्यातबंदी करते समय परकीय चलन की चिंता नहीं होती। यहाँ पर किसानों की अर्थव्यवस्था डगमगा जाती है इसकी भी चिंता कुछ संगठित वर्ग के हित के आगे नहीं होती। इन वस्तुओं के निर्यातबंदी की वजह से किसानों का जो नुकसान हो रहा है उसपर जितनी चर्चा हो रही है उतनी पेंढ के निर्यात की वजह से होनेवाली भूमि की उर्वरकता और पशुपालकों के नुकसान पर नहीं होती। दूध के व्यवसाय की हालत बहुत ही खराब हो रही है। खेती की भी कुछ ऐसी ही अवस्था है। 1990 में यह एहसास हुआ कि, भूमि की उर्वरकता बनी रहने के लिए कुछ पर्याय ही नही, लेकिन प्रचलित मार्ग से वह बने रहना अब और मुमकिन नहीं। इससे कुछ आसान पर्याय होना जरुरी है। यहीं पर कुछ अलग मार्ग ढूँढने के पर्याय शुरू हुए। इस काम में भू-सूक्ष्मजीव विज्ञान ने ही रास्ता दिखाने का काम किया है।

गन्ने को सेंद्रिय खाद देने के प्रयोग

गोबरखाद कंपोस्ट इस्तेमाल की सीमा और अच्छा सडा हुआ खाद का उपयोग गलत जैसी बातों पर ध्यान देने से कुछ ऐसे पर्यायी मार्ग खोजना शुरू हुआ। ग्लिरिमिडीया पेड की हरी पत्तियाँ हरी खाद की तरह इस्तेमाल की जाती है। जंगल के आसपास अगर ऐसे पेड लगाए तो दो-तीन साल में उनकी कटाई करके इन पत्तियों से कार्बनिक खाद तैयार होने पर जिन फसलों को इस खाद की आवश्यकता है उनमें दिया जा सकता है। ऐसा होने पर वनविभाग से बडे पैमानेपर थैलियों में पौधे लाकर मुंडेर पर लगा दिए। गन्ने की फसल को मिलनेवाले पानी और खाद की वजह से इनकी तेजी से वृद्धि होने लगी। इससे हरी खाद में मिलती है, यह बात अगर सच भी है फिर भी दो-चार वर्षों में उनकी कटाई करके जमीन पर फैलाना असंभव होने लगा। इस काम के लिए जनबल की संख्या बढाना संभव नहीं था। मुंडेर के आसपास पत्तियाँ डालना आसान था लेकिन अंदर जाकर डालने का काम यंत्रो की मद्द से करने पर खर्चा बढने लगा। ऐसा खाद हम आसानी से कर सकेंगे, यह एक सपना ही रह गया। बाँध पर जो पौधे थे उनके पेड होने लगे और वे चारों तरफ से बढने/फैलने लगे। ठंडी के दिनों में ग्लिरिमिडीया के फूल आते है और पत्ते झडते है। नजदीकी जंगल में इसके बीज गिरकर वहाँ पर झूरमुट बढने लगे। जैसे ही समय मिले बारिश के मौसम में आखिर उनकी शाखाओं को तोडकर चीकू और नारियल के बगिचे में आच्छादित करते है। इससे एक फायदा हुआ। हरी पत्तियाँ और छोटी शाखाएँ आच्छादित करने के लिए उपयोग करते है और बडी लकडी इंधन (जलाने के लिए) इस्तेमाल की जाती है। इंधन एक बहुत ही आवश्यक बात है। खाना पकाने के लिए गॅस, नहाने का पानी गरम करने के लिए गॅस या बिजली के बजाए लकडी अच्छी सेवा देती है। दस-बीस झूरमुटों को खाली जगह में लगाने से एक-दो सालों में एक बार काटने से इंधन का सवाल सुलझ जाता है। यह काम कम पैसो में होता है। काटने के बाद ये झुरमुटे फिर से बढती है। इंधन का सवाल हमेशा के लिए मिट जाता है। गरम पानी के लिए जो टंकी बज़ार में मिलती है उसे कम से कम लकडी लगती है, धुआँ न हो और ज्यादा फूँकना न पडे इसलिए इसमें आवश्यक सुधार किए हुए है। इस पर 'ॲग्रोवन' में 'जैवऊर्जेचा जागर' इस लेखमाला में दो लेख आए हुए है। इस विषयांतर पर रूकता हूँ।

यह प्रयोग असफल होने के बाद मन में ठान लिया कि, आच्छादन के लिए पत्तों का निर्माण करके वहीं से वाहन से अंदर फैलाना असंभव होता है। जहाँ पर आच्छादित करना है वहीं पर उसका निर्माण होना चाहिए पट्टा पद्धती का तंत्र इसी समय उद्भव हुआ। इस पट्टे में किसी सब्जी की नकदी फसल, अनाज की फसल जो घर पर उपयोग की जाती है या फिर जानवरों का चारा किया जाता था। सारी फसलों को मिश्रित करके एक-दुसरे में स्पर्धा होने के बजाए यह तकनीक अच्छी थी। किसान इसका प्रयोग करते थे। हमें भूमि को खाद देने का सवाल है फिर बाकी कुछ न करके इस पट्टे में हरी खाद की फसल लगाकर यह सवाल सुलझाने के प्रयोग शुरू किए। यह प्रकार नया होने की वजह से मुझे जो सूझता गया वो मैं करता गया। बोआई से पहले हरी खाद की कूँड की निश्चिती और उसमें पारंपरिक जूट या ढ़ाडुण ऐसे एक ही प्रकारके बीज का उपयोग न करके रब्बी अनाज के आठ-दस मिश्र हरी खाद की फसलों को बोया। गन्ने की बोआई हमेशा की तरह की।

हरियाली खाद पट्टा पद्धती

छह से आठ हफ्ते में यह खाद की फसल कटाई के लिए तैयार हुई। जमीन से 15 से.मी. ऊपर उसकी कटाई करके दोनो तरफ से गन्ने से आच्छादन किया। इसमें से कई जातियों को अंकुर (ढ़ाडुण, ज्वार, बाजरा) आए और आगे एक महिने में उसकी फिर हमेशा की तरह कटाई की।

इस प्रकार कुल मिलाकर भराव तक तीन कटाई मिल गई। भराव के बाद हरी खाद करना बँद हुआ। सिर्फ दो गन्नों के बीच ही एक कतार में ही भराव किया गया। पट्टे में आच्छादन होने के कारण दो वरंबे पर हल नहीं चलाय (भराव के लिए) पट्टा पद्धती से भराव के बाद दो गन्नों के बीच में ही नमी बनानी थी। इसलिए खाद का बडा हिस्सा नमी करने वाले कतार पर ही डाला गया। भराव खर्च में बचत हो गई, यातायात में बचत हुई, पानी के इस्तेमाल में भी बचत हो गई। भूमि की उर्वरकता और खर्च में बचत यह दो लक्ष्य सामने रखते हुए कुछ प्रयोग करने शुरू हो गए थे। प्रयोग में कुछ अच्छी कुछ उलझन पैदा करनेवाली बातें होती गई। फसल आने के बाद ही यह सारी गलतियाँ सामने आई। ऐसी गलतियाँ और कोई ना करे इसलिए यह विस्तार से वाचकों के सामने रख रहा हूँ।

यह सारी अच्छी बाते करके भी उत्पादन 25-30 टन के आगे जा ही नहीं रहा था। यह गलतियाँ खोजते समय भराव के बाद का रसायनिक खाद का हफ्ता तीन कतार में करने के बजाए एक ही कतार में तिगुना डाला गया। पहले भराव के बाद गन्ने की फसल वही तेजी से बढती थी, अब ऐसा नहीं होता था। तिगुना हिस्सा आने के बाद जो द्राव तैयार हुआ वह फसलों के लिए हानिकारक होता होगा। यह गलती सामने आने के लिए बहुत समय लग गया। पहले भी एक बार ऐसी ही गलती हो गई थी; फिर बाद में जब वही हफ्ता तीन भागों में बाँटकर डालने पर गन्ने की फसल तेजी से बढने लगी। अगला ठोकर खाये पिछला अक्ल पाए, इस बोधवचन के अनुसार इन कृषिस्नातक किसानों द्वारा की हुई अनेक गलतियाँ मैं लिख रहा हूँ।

कार्बनिक पदार्थों से केवल उर्वरकता आई, उत्पादन घट गया

मेरे पास पानी की कोई कमी न होने से गरमी में भी मैं गन्ने की फसल को पानी दे पाता हूँ। फिर भी पानी बचत का एक ध्येय मेरे मन में था। एक मीटर के कतार में पट्टा पद्धत करके भराव के बाद तीन कतारों में से दो गन्ने के पंक्तियों में भराव की गई कतार याने तीन मीटर पर एक कतार की नमी बना रहा था। पट्टा पद्धती से पानी की बचत हो सकती है ऐसा मैंने पढा था। बूँद-बूँद सिंचाई पद्धती में पेडों की 100 प्रतिशत जडों को नमी न देते हुए कुछ जडों को ही नमी देने से भी पेड बढ जाते है ऐसा पढने में आया था। प्रतिकूल स्थिती में पेडों को बढाना और अनुकूल स्थिति में उत्पादन करना दोनों में फर्क होता है। सीमित जडों को नम बनाए रखके फसल को जिंदा रख सकते है। ज्यादा से ज्यादा उत्पादन लेने के लिए जितना संभव है उतनी जडों को नम बनाए रखने की आवश्यकता होती है। मेरा कहना ये नही है कि ज्यादा से ज्यादा पानी दो। जिनकी स्थिति अनुकूल है उन्होंने इसके बारे में अध्ययन करके पानी प्रबंधन की पुष्टी करनी चाहिए। कोल्हापूर जिले में कुछ जगह शुष्क भूमि में गन्ने की खेती के प्रयोग शुरू है ऐसा मैंने सुना था। वहाँ पर जाकर मैंने भी उसका अध्ययन करने का प्रयोग किया। गन्ने की फसल हुई; लेकिन जितना उत्पादन मिलना चाहिए उतना नहीं मिला। जिन जगहों में पानी नहीं है वहाँ पर ऐसी खेती में फायदा

मिलता भी होगा; लेकिन यही प्रयोग खास करके बागायत क्षेत्र में नहीं करने चाहिए। क्योंकि पानी रहकर भी इस प्रकार का उत्पादन तीन मीटर की दूरी पर नमी बनाकर करने से मेरा बहुत ज्यादा नुकसान हुआ। फिर भी गन्ने की खेती में पानी का बहुत ही दुरुपयोग होता है। वह कम होने के लिए कुछ करना आवश्यक है। यह मानना पडेगा। बूँद बूँद या उन्नत कोई भी पद्धती का उपयोग करना चाहिए ऐसा कहना बहुत आसान होता है फिर भी 99.99 प्रतिशत नमी बनाने के लिए नहर के पानी का उपयोग होने से उसमें भी बचत किस प्रकार करनी है इसके भी विचार मेरे मन मे थे। इन सारे प्रयोग से मुझे अध्ययन और नुकसान दोनों के बारे में बहुत कुछ सीख मिली। उसका उपयोग मुझे आज जब पानी की कमी होती है या बिजली की कटौती होती है तब होता है। ऐसी स्थिती से मे सँभल जाता हूँ। नहर के पानी में बचत एक स्वतंत्र विषय है। आगे के लेख में वह आनेवाला है।

भूमि की उर्वरकता बढाने के लिए सेंद्रिय पदार्थ उसी जगह पर ही तैयार करके इस्तेमाल करने के प्रयोग में किस प्रकार असफलता मिली यह अब देखेंगे। पट्टा पद्धती में भराव तक हरी खाद की तीन कटाई मिलती थी; लेकिन यह तैयार हुआ माल जल्दी सडनेवाले समूह में से है और वह जल्द ही खत्म भी हो जाता है। इसलिए इसमें से निश्चित (शाश्वत) उर्वरकता नहीं मिलेगी ऐसा अध्ययन हुआ। जो पदार्थ सडने के लिए कठिन होता है उसका उपयोग करना आवश्यक लगा। अपनी पुस्तक में फुकुओका ऐसा क्यों कहते है कि जमीन को लकडी वापस दो, इसका अर्थ यहाँ पर पता चला। तीन मीटर पट्टा पद्धती में भराव किया फिर भी कुछ समय सूर्यप्रकाश पट्टे में मिलता है। पट्टे के दो कतारों के गन्ने में यह मिलनेवाला प्रकाश कुछ समय हरी खाद करके उपयोग करना कैसे संभव है इसपर बातचीत शुरू हुई। भराव के बाद भी हरी खाद की फसल का उत्पादन करने के लिए दोनो तरफ गन्ने की फसल 150 ते 200 से.मी. बढी हुई होकर भी हरी खाद फसल की वृद्धि होनी चाहिए। इसके वजह से गन्ने के साथ ही ऊँचाई से बढनेवाली ढ़ाडुण, एरंड और सेमल ऐसे तीन खुरमूट के जाति की फसलों का बीज मिश्रण में मिला दिया गया। शुरू में इनकी वृद्धि धीमी गति से होने लगी। इसी अवधि में मौसमी हरी खाद, कटाई मिल गई। बाद में इस जाति की वृद्धि नहीं हुई और झुरमूटों की वृद्धि तेजी से होने लगी। उनकी ऊँचाई गन्ने तक आने के लिए हर एक कटाई 30 से.मी. पर करता गया। भराव के बाद कुछ समय हरी खाद कतारोंमेंही नमी की गयी, अब ये झुरमूट तेजी से बढ़ गये थे। 210-240 से.मी. ऊँचाई तक वृद्धि होने के बाद उन्हे काटकर कतारों में दोनों

शेवरी (सेमल) (क्षुप) के बढने से गन्ने का नुकसान

अदल-बदल कर कतारमें पत्तों का आच्छादन

जगह आच्छादित किया गया। इसको काटते वक्त जो सूखे पत्ते, हरी पत्तियाँ, छोटी खंड, टहनियाँ जैसा तना ऐसे सारे प्रकार मिलाए गए थे। जमीन पर इसकी मोटी गद्दी ही तैयार हो गई थी। इस प्रकार कम खर्च में ज्यादा सेंद्रिय खाद एक ही जगह मिलेगा और गन्ने के कटने तक सडता रहेगा इस बात की बहुत ही खुशी हुई।

यह गन्ना कारखानों में गया और एक हेक्टर मे 55 से 75 टन उत्पादन मिल गया। भूमि के उर्वरकता की इतनी देखभाल करके भी ज्यादा उत्पादन क्यों नहीं मिला? पट्टा पद्धती में भराव के बाद पूरा क्षेत्र गन्ने से ही भरा रहना चाहिए तभी उचित संख्या मिल सकेगी। भराव के बाद जो सेमल तेजी से बढता गया उस वजह से गन्ने का अंकुर नष्ट हो गया और उत्पादन की संख्या कम हुई। आगे भराव के बाद हरी खाद बंद करदी गयी।

गन्ने के खुत्थ से जो फसल ली जाती है उसकी वृद्धि बहुत धीमी गति से होती है। उस समय कतार में कुछ हरी खाद लिया जाए ऐसा तय करके खुत्थ का भराव करके, कतार में खाद देकर हरी खाद का बीज भी बिखेर दिये। तेजी से बढनेवाली इन फसलों ने उपलब्ध पोषकद्रव्यों को जल्द ही खत्म कर दिया और लहलहाकर खुत्थ को ढ़क दिया। कार्बनिक पदार्थ अधिक मात्रा में मिलने के कारण मैं बहुत खुश था। मुझे ऐसा लग रहा था कि हरी खाद ने कुछ प्रमाण में यदि पोषकद्रव्य खाएँ भी तो उन्हें वापस वहीं पर छोड दिया जाएगा जिसकी वजह से उनका उपयोग गन्ने को होगा। प्राथमिक वृद्धि की अवधि में गन्नों की भूखमारी होने के कारण औसत उत्पादनही मिला। कार्बनिक पदार्थों के एक तरफा विचार से भूमि की उर्वरकता बढ गई थी लेकिन उत्पादन घट गया था। उस समय कार्बनिक पदार्थ की मैंने हद ही की। किसी भी बात में अति गलत है; किंतु वह समझने में भी कुछ समय बिताना पडता है।

कार्बनिक पदार्थ भूमि में ही सडाना

कार्बनिक पदार्थों का प्रबंधन इस विषय में हमने यह सीखा कि, अच्छा सडा हुआ गोबरखाद, कंपोस्ट का उपयोग करना गलत मानकर कच्चा सडनेवाला पदार्थ जैसा मिलता है; वैसा ही उसका उपयोग करना चाहिए। सडे हुए पदार्थ का इस्तेमाल यह हमारी परंपरा नहीं। इसलिए ऐसे इस्तेमाल के बारे कुछ मार्गदर्शन मिलना असंभव था। इस सारे काम को प्रारंभ करना था। इसके बारे में अगर किसी विशेषज्ञ व्यक्ति की सलाह लेने जाए तो कच्चा सडनेवाला पदार्थ सीधे जंगल में ही सडाने की बात को गलत मानते हुए वैसे करने से फसल की वृद्धि नहीं होगी। उत्पादन नहीं मिलेगा ऐसा तुरंत जवाब मिलता था। यह विशेषज्ञ व्यक्ति ऐसा स्पष्टीकरण क्यों देते हैं? कृषिस्नातक पाठ्यक्रम में तिसरे साल के भू-रसायन विज्ञान विषय में इसकें बारे में एक पाठ सिखाया जाता है। कच्चा गोबर, आधा सडा हुआ गोबरखाद, या पेंडों के सूखे पत्ते मशक्कत में जमीन में मिलाने पर और आगे फसल की बोआई करने पर ऐसा पदार्थ नमी मिलते ही सडना शुरू हो जाता है। सडने की क्रिया जिसमें जीवाणुओं की संख्या बढती है। अन्नचक्र में जो वनस्पति है प्राणी जीवाणु इन सब की खाद्यपदार्थोंकी जरुरत एक जैसी ही होती है। पोषकद्रव्यों एक के बाद एक इन तीन सजीवों में फिरते रहते है। जमीन में जहाँ पर फसलों की जडे होती है वही पर अगर कोई सडनेवाला पदार्थ सडता रहा तो उस जगह जो पोषकद्रव्य उपलब्ध अवस्था में रहते है वो खाने में फसलों की जडे और जीवाणु में स्पर्धा होती है। जिसमें जीवाणु ही उसको जल्द से खत्म करते है और फसले भूखा मरती है। ऐसी भूखमरी जब तक सडने की क्रिया शुरू है तब तक होती है। यहाँ पर अगर निश्चित मौसम में ही फसल आती हो तो प्राथमिक वृद्धि की अवधी में पोषकद्रव्यों के कमी के कारण बहुत नुकसान हो सकता है। अगर फसल वार्षिक या बहुवार्षिक हो तो एक बार हुए नुकसान को वो अगली बार भरकर पूरा कर सकते है। सडने की क्रिया में ऐसे बँधे गए पोषकद्रव्य सडने की क्रिया पूरी होते ही फसल की जरुरत के अनुसार उपलब्ध होते है क्योंकि सामने प्रतियोगी नहीं होता। भू-रसायन विज्ञान का पोषकद्रव्यों की उपलब्धता के बारे में यहीं सिद्धांत है। इसलिए विशेषज्ञों की दी हुई सलाह सही है। किसानों ने शायद पहले कभी इसका अनुभव लिया होगा। इसलिए कच्चा गोबर मिट्टी में मिलाने के लिए अनपढ या अज्ञान किसान हमेशा विरोध करते है। किसान जो परंपरा का पालन करते है और सडा हुआ गोबरखाद कंपोस्ट इस्तेमाल की शिफारस का विज्ञान से ऐसा संबंध है।

इसका अर्थ ये नहीं होता कि कच्चे पदार्थ को भूमि में सडाने के सारे रास्ते बंद हो गए। हमें भी कुछ पर्यायी मार्ग उपलब्ध होते है। एक बार सडा हुआ खाद डालने की पुष्टी होने के बाद दुसरा मार्ग ढुंढने की कोई भी कोशिश नहीं करता। अच्छा सडा हुआ खाद इस्तेमाल करना भूमि की उर्वरकता की दृष्टि से गलत है मैने ऐसा माना था इसलिए मुझे दुसरे मार्ग को ढुंढने के सिवा कोई पर्याय नहीं था। इस तत्व का सूक्ष्म दृष्टि से अध्ययन करने पर यह पता चलता है कि, जिस जगह सडने की क्रिया शुरू है वहीं पर ही फसल को पोषकद्रव्य नहीं मिलता, उसीके आसपास कुछ अंतर छोडकर ऐसा सडा हुआ पदार्थ न होने से वहाँ कुछ भी समस्या पैदा नहीं होती। मतलब एक जगह सडने की क्रिया शुरू और दुसरी जगह फसलों की बोआई करने से कुछ फर्क नही पडता। जूट को उखाडकर हल के फाल से वह भूमि में सब जगह फैलता है और फिर चार-पाँच हफ्ते सडने की क्रिया पूरी होनेतक अगली फसल बोई नही जा सकती। पाँच-छह हफ्ते जूट को बढाने और पाँच-छह हफ्ते उसे सडाना ऐसा हरा खाद का एक पूरा मौसम होता है। जूट को हल की फाल में न डालकर रिजर के कतार में डालने पर आगे गन्ने की भराव जैसी जूट की भराई करने से वरंबा में जूट सड जाता है। भराव के बाद तैयार हुए कतारों में गन्ने का पोषण तुरंत कर सकते है। गन्ने की वृद्धि होकर जडो के फैलने तक जूट की सडने की क्रिया खत्म हो जाती है। एक पंक्ति में सडाने का काम और एक में फसलों की बोआई इस प्रकार प्राथमिक वृद्धि करना संभव होता है। जूट सडने में हलका, चार-छह हफ्तें में पूरी तरह से सडनेवाला होता है इसलिए ऐसा कर सकते है। यहाँ पर जूट के बदले अगर गन्ने का खुत्थ जैसा पदार्थ रहता तो वह इतनी जल्द नही सड सकता। यहाँ पर हमें अगली फसल की बोआई से पहले ऐसी घास-फूस सडकर खत्म हो जाए उतने महिने बोआई के पहले वह काम निपटना चाहिए और सडने की क्रिया में जो नमी लगती है वह वैसे ही बनाए रखनी चाहिए। ऐसे कठिन पदार्थ जल्दी सडाने के लिए सडने वाले पदार्थों में युरिया, सुपर फॉस्फेट और सडाने वाले जीवाणुओं का जीवाणु खाद डालकर यह प्रक्रिया तेजी से खत्म कर सकते है। यह एक मार्ग हुआ।

फसलों को आच्छादन कैसे तैयार होता है?

पेड की सूखी पत्तियाँ, टहनियाँ, घास, फसलों के शेषभाग तने ऐसे किसी भी पदार्थ का आच्छादन दिया जाता है। आच्छादन देने के बाद वह जिस जगह भूमि को चिपकता है वहींसे सडने की क्रिया शुरू होती है और धीरे धीरे ऊपर की ओर जाती है। जैसे जैसे यह आच्छादन सड जाता है वैसे वैसे वो नीचे दब जाता है। उपर के आच्छादन का नीचे की परत पर दबाव रहने से उसमें नमी रहती है। बारिश गिरने के बाद मौसम खुलने पर उपरवाली परत सूख जाती है। नीचे की नमी वैसे ही रहती है और सडने की क्रिया चालू ही रहती है। अगर बारिश नहीं हुई तो भूमि में जो पानी झरता है उसपर नमी बनी रहती है। और सडने की क्रिया शुरू रहती है। शुष्क भूमि में बारिश के मौसम में आच्छादन सडता है। बाकी मौसम में भूमि शुष्क रहने से सडने की क्रिया रूक जाती है। प्राकृतिक जंगल में पत्तों का झडना मृत टहनियाँ आदिसे अपनेआप आच्छादन तैयार होता है। उसी में प्राणी घुमते रहते है। उनका मैला, मल, मूत्र, मृत शरीर इसी आच्छादन में समा जाते है। नीचे की परत सडकर खत्म हो जाने से उपर से नई परत फिरसे लग जाती है। खत्म हो जाना और नया तैयार होना यह चक्र शुरू ही रहता है।

कृषि में जानबूझकर यह आच्छादन करना पडता है। पूर्व मशक्कत और बोआई इस पद्धती से मौसमी फसले या गन्ने जैसी फसल लेने पर आच्छादन कैसे करते है इसकी कई पद्धतियाँ विकसित करनी पडेगी। उससे बेहतर फलों के बगीचे में और बूँद-बूँद सिंचाई में आच्छादन करना आसान है। मौसमी या गन्ने की फसल के शेष भाग आच्छादन के लिए मिलते अनाज के शेषभाग घास-चारा के लिए उपयोग होता है। वहाँ पर वे उपलब्ध नहीं होते। फलों के बगीचे में आच्छादन के लिए पदार्थ नहीं मिलेंगे। कुछ फलबागों से बिना काँटो के कटे हुए भाग आच्छादन के लिए उपयोग किए जाएँगे। बारानी खेती के कुछ खास अलग ही प्रश्न रहने से उस संबंधी अलग स्वतंत्र तंत्र विकसित करने पडेंगे। जिन फसलों से आच्छादित करने के लिए पदार्थ नही मिलते वहाँ पर वह खास तैयार करके इस्तेमाल करने पडेंगे। आच्छादन के लिए अगर कोई पदार्थ मिले तो ही करेंगे ऐसी सोच नही होनी चाहिए।

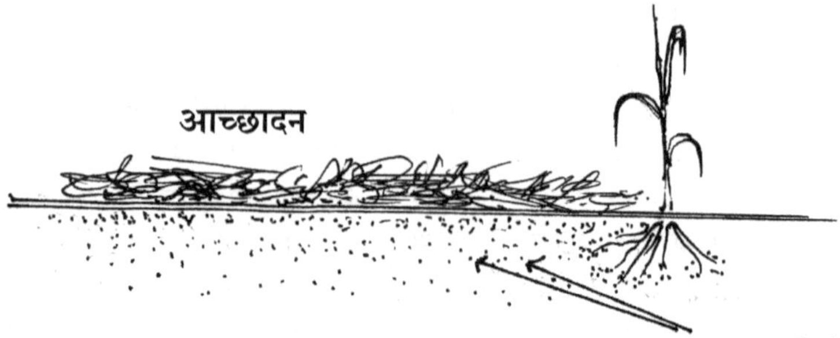

अनेक फसलों के लिए आच्छादन करना ही है इस बात को सामने रखते हुए उस फसल की बोआई से लेकर कटाई तक का प्रबंधन किस प्रकार से करना चाहिए ऐसा उलटा विचार करना पडेगा। प्रचलित फसल पद्धती में इसके लिए आवश्यकता पडी तो अनेक बदलाव करने पडेंगे। भूमि की उर्वरकता बनाए रखने के लिए आच्छादन यही एकमात्र मार्ग है।

आच्छादन में सडने की क्रिया में सूक्ष्म जीव कैसे काम करते है इसका अध्ययन करना बडा ही दिलचस्प काम है। आच्छादन को जो भाग जो जमीन के संपर्क में होता है वहाँ पे सडने की क्रिया की शुरूआत होती है। ये हमने अभी अभी देखा। सूक्ष्म जीवों द्वारा यह काम निरंतर शुरू रहता है। सूक्ष्म जीवों की एक पीढी 20 से 25 मिनटों में तैयार होती रहती है। लगातर सडने की क्रिया शुरू रहने से रोज की इनकी कितनी पीढियाँ जन्म लेती और मर जाती है इसकी कोई गिनती नहीं होती। सूक्ष्म जीवों की वृद्धि सडनेवाले पदार्थों में होती है लेकिन जब वे जीव खत्म होते है तब जमीन के अंदर ही रह जाते है। शुरू के जीवाणु भूमि की उपरी परतों में दो खनिज कणों के रूप में खत्म होते है। उपर के परत पर जगह खत्म होने के बाद बाकी पीढियाँ नीचे वाली परत पर जाकर मृत होती है। फसलों की जडे जमीन में 15-20 सेमी के उपर वाली परत में ज्यादा रहती है। वहाँ तक इन जीवाणुओं का मृत होना शुरू रहता है। उनके मृत शरीर अर्थात गोबरखाद कंपोस्ट का छोटा कण। दोनों खनिज कणों में ऐसा कण जाकर बैठता है इसीका मतलब भूमि में कार्बनिक खाद अपनेआप मिश्रित हो जाता है। पूर्व मशक्कत में हम भूमि पर हल चलाते है। मिट्टी के ढेलें तोडकर जोती हुई जमीन को पटरे से बराबर करते है। आखिर में इस पटरे के साथ गोबरखाद कंपोस्ट को मिलाते हुए जमीन को बोआई के लिए तैयार करते है। यह सारे मशक्कत के काम आच्छादन की वजह से अपनेआप हो जाते है। आच्छादन सडते समय जमीन की मशक्कत होती है ऐसा संदर्भ पुस्तक पढ़ने पर मिलता है। इसलिए ऐसी भूमि की अलग से मशक्कत करने की जरुरत ही नहीं। बैलों या यंत्रोद्वारा किए जानेवाले मशक्कत को हम यांत्रिक मशक्कत कह सकते है और आच्छादन में सूक्ष्म जीवोंद्वारा होने वाले मशक्कत को जैविक मशक्कत कह सकते है। मशक्कत के लिए नए नए औजारों का अनुसंधान हर साल किया जाता है। इसके लिए करोडो रुपये खर्च करते है। विकसित किए गए औजारों से की गई मशक्कत से ज्यादा बेहतर जैविक मशक्कत होती है यह मैं मेरे अनुभवों से कहता हू। इसलिए ज्यादा से ज्यादा जैविक और जरुरत के अनुसार यांत्रिक मशक्कत करना मेरा सूत्र है।

अच्छे सडे हुए खाद को मिलाकर मशक्कत करने से फसल करने पर ऐसे कार्बनिक कण अर्थात फसलों का खाद्य तैयार होता है। उनकी जरुरत के अनुसार वे खाती रहती है। धीरे-धीरे उनकी मात्रा कम होती जाती है। किसी मौसमी फसल की कटाई के समय डाले गए सेंद्रिय खाद से 70 से 80 प्रतिशत खाद खत्म होता है और जमीन अपनी पूर्वस्थिति में आती है। आच्छादन में एक तरफ निर्माण की क्रिया और दुसरी तरफ

इस्तेमाल किए गए कणों की जगह खाली रह जाती है। इस खाली जगह में सडने की क्रिया में नई पीढी के जीवाणु आकर मृत हो जाते है। इसकी वजह से किसी फसल के कटाई के समय भी भूमि में उच्चस्तर पर कार्बनिक पदार्थों की मात्रा रहती है, मतलब जमीन अगले फसल की बोआई के लिए तैयार रहती है। आच्छादन के इस तत्त्व की उपयोग से किसानों को बडा ही आर्थिक फायदा हो सकता है।

आच्छादन तंत्र के मेरे प्रयोग

गन्ने की फसल में सेमल (शेवरी), ढ़ाडुण और एरंड के अधिक मात्रा में बढने से उत्पादन में बहुत ही गिरावट आ गई। अब ऐसी झुरमूट वाली फसलें पट्टा पद्धती में करना बंद कर दिया। मौसमी फसलों से सिर्फ आसानी से सडनेवाले पदार्थ ज्यादा मिलते थे। उसी के साथ सडने में कठिन रहनेवाले पदार्थ मिलने के लिए, झुरमूट फसलों से नुकसान होने के कारण दुसरा पर्याय ढुँढना पडा। गन्ने के खुत्थ को तोडने के बाद अगली फसल के लिए खुत्थ पर लंगर डालकर पूर्व मशक्कत करके ऐसी फसल की जाती थी। पूर्ण मशक्कत के लिए सूखे पत्तों का कचरा जलाने की प्रथा थी। गन्ना जब काटते है उसके बाद जो गीली घास रहती है उसका प्रबंधन कैसे किया जाए इसपर सलाह दी जाती है। खुत्थ के फसल के लिए बहुत कम लोग (किसान) ऐसे आच्छादन का प्रयोग करते है। बोआई, खुत्थ का ऐसा एक चक्र पूर्ण होने तक तीन साल के लिए घास प्रबंधन करने की सलाह देना जरुरी है। दोबारा बोआई करते समय किसानों को ज्यादा जानकारी न होने के कारण किया हुआ आच्छादन और घास-फूस जला देते है। और सामने जब यह सवाल पैदा हुआ तब उसके प्रबंधन संबंधी मैं विचार करने लगा, किसीभी हालत में घास-फूस को जलाना संभव नहीं था।

हल चलाने के लिए जंगल को खाली करना या तब इस घास को वहाँ से हटाना जरुरी था। इसलिए इन सूखी पत्तियों के चारों कोनों में चार ढेर लगा दिए क्योंकि खाद में उनको वापस इकट्ठा करना या वहीं के वहीं ढेर रहा तो इकट्ठा करने के काम में खर्चा भी कम होगा। ढेर के ऊपर

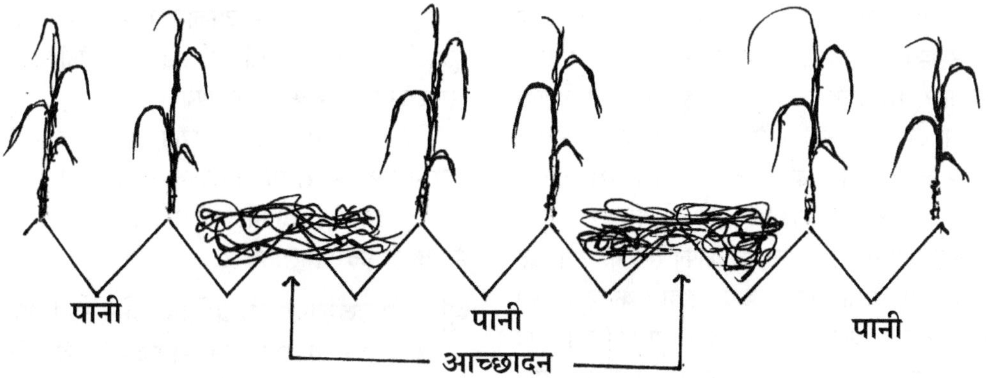

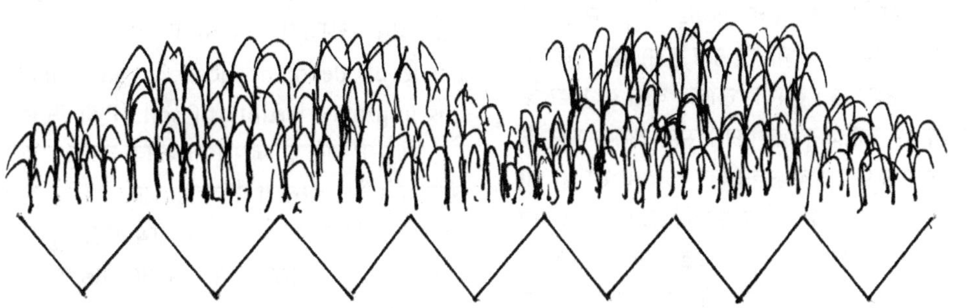

आच्छादन की वजह से उपजाऊ पट्टा (भूमि) बंजर पट्टा (भूमि)

की परत को समतल रख दिया। हमारे यहाँ औसत 1200 से 1600 मि. मी. बारिश होती है। समतल भाग से पानी अंदर जाता है और फिर गन्ने की सूखी पत्तियाँ आधी ही सडती है। खरीप मौसम के बाद फिरसे गन्ने की फसल निकालने के बाद वरंबा में इस आधे सडे हुए घास का आच्छादन किया। कभी-कभी बारिश और ठंडी के दिनों में पडने वाली ओस से यह घास गन्ने की भराई तक सडकर खत्म हो गयी। इसलिए यह तकनीक अच्छी लगी। दुसरे साल ऐसेही चारों तरफ ढेर लगाएँ; परंतु इसबार जनशक्ति के अभाव से वे फिरसे फैलाने में दिक्कत हुई। यह ढेर वैसेही रह गए। गन्ने की बोआई वाले कुछ क्षेत्र यहीं पर अटक गए। आगे चलकर इस ढेर के चारों ओर खरपतवार बढ गई। इस पर्याय को छोडकर कोई और पर्याय ढूँढना शुरू हुआ।

चारों कोनें में घास-फूस उठाकर ले जाने के बदले पट्टा पद्धती जैसे गन्ने के दो नजदिकी पट्टों में बीच के पट्टे में यह घास जमा की गई, बीच वाली पट्टी में डालकर सरी की दिशा से घास के मट्टे बाँध दिए। यातायात के कम हो जानेपर यह काम कम जनशक्ति और कम खर्चे में हुआ। वो दो सूखे पत्तियों के मुंडेरके बीच की जगह में मशक्कत करके खरीफ फसल की गई। सिर्फ एक ही दिशा से मशक्कत करना संभव हुआ। आडी दिशासे करना असंभव हुआ। खरीफ फसल के कटाई के बाद जिस तरह से घास इकट्ठा की वैसेही फिरसे खेत में फैलाई। मुंडेर की मोटाई कम होने की वजह से बारिश में यह घास नमी की वजह से काफी सड गई थी। खेत में हेक्टरी 50-60 गाडी खाद बिखेरने के बाद जैसा चित्र दिखता होगा वैसा यह दिख रहा था। इस खाद उपयोग का खर्चा बहुत ही कम था। कार्बनिक खाद प्रबंधन में इसके पहले गन्ने के बोआई की पूर्व मशक्कत में खाद का उपयोग कभी भी नहीं हुआ था; इसलिए यह तरीका ठीक लग रहाथा; लेकिन घास के मुंडेर के नीचे का 6-7 प्रतिशत खेत का हिस्सा अटक जाने के कारण खरीफ फसल के उतने क्षेत्र कम हो रहे थे। जो समझौता करके मान जाऐंगे उनके लिए यह प्रयोग अच्छा है। क्या इससे भी बेहतर कोई रास्ता मिलेगा यह विचार मन में शुरू था। खेत में जो गन्ने की सूखी पत्तियाँ थी उनको वहाँ से उठाकर बोआई की जगह पट्टों में डालने का प्रयोग शुरू था। हमारी जमीन एक ही होने की वजह से एक जगह से दुसरी जगह सूखी पत्तियों को उठाकर डालना आसान था। एक बार यह काम हो गया, तो आगे का काम प्रकृति अपनेआप करती है। इसलिए यह तकनीक ठीक लगी। खेत में निश्चित पट्टीपर साल में दो बार आच्छादन होने से वह अधिक मात्रा में सड गया। एक तो बाहर से लाया गया आच्छादन और दुसरा जहाँ पर गन्ने का खुत्थ अपनी जगह पर ही रहता है वो आच्छादन। तीसरे साल चावल की फसल के लिए भूमि की मशक्कत करके चावल की बोआई की। जिस पट्टीपर गन्ने की सूखी पत्तियाँ सड गई थी, वहाँ पर फसल अच्छी हो गई और जहाँ पर पानी, मशक्कत, खाद का उपयोग हुआ वहाँ कम मात्रा में फसल मिली। चावल की फसल ऐसे ऊपर नीचे दिखाई दी। इससे यह दिखाई दिया कि घास जिस पट्टी में सडाई गई है वो जमीन उपजाऊ बन गई और जिस पट्टी पर आच्छादन नहीं था वह जमीन बंजर (अनउपजाऊ) ही रह गई है। दो कतार गन्ना और एक कतार खाली ऐसे पट्टे में अधिक मात्रा में मिलनेवाली घास पूरी तरह से भर जाए इसलिए वह स्वीकार की गई थी। इसमें घास को सडाने का काम हुआ लेकिन उपजाऊ-अनउपजाऊ भूमि के पट्टे करना मुझे उचित नहीं लगा। पूरी जमीन उपजाऊ होनी चाहिए इसपर और सुधार करना आवश्यक था।

किसी घास को सडने से भूमि उपजाऊ बनती है और फसल लेने से वह अनउपजाऊ बनती है इसका अनुभव खेत में प्रत्यक्ष मिला, वैसेही ग्रंथों में इसके बारे में एक ही संदर्भ मिला है।

भूमि की उर्वरकता सौ प्रतिशत होने के लिए

डॉ. सेलवन् ए. वॉक्समन इस सूक्ष्मजीव वैज्ञानिक ने अपनी पुस्तक 'सॉईल ॲन्ड मायक्रोबस्' (1930) (भूमि और सूक्ष्मजीव) में दिया गया संदर्भ Anything that levels decompostion of organic matter alos improves fertility of soil (हिंदी अनुवाद: कोई भी ऐसी प्रक्रिया जिसमें कार्बनिक पदार्थ सडते है उसमें भूमि की उर्वरकता भी बढती जाती है) मैंने करीब 10-15 सूक्ष्म जीव विज्ञान के ग्रंथ पढे। भूमि की उर्वरकता के लिए सेंद्रिय पदार्थ अपनी जगह पर सडाने के संबंध में यही एक संदर्भ मिलता है। 1930 में प्रकाशित हुई पुस्तक में यह संदर्भ है। उस समय भूमि की उर्वरकता का प्रश्न इतना जटिल नही था इसलिए

बोआई

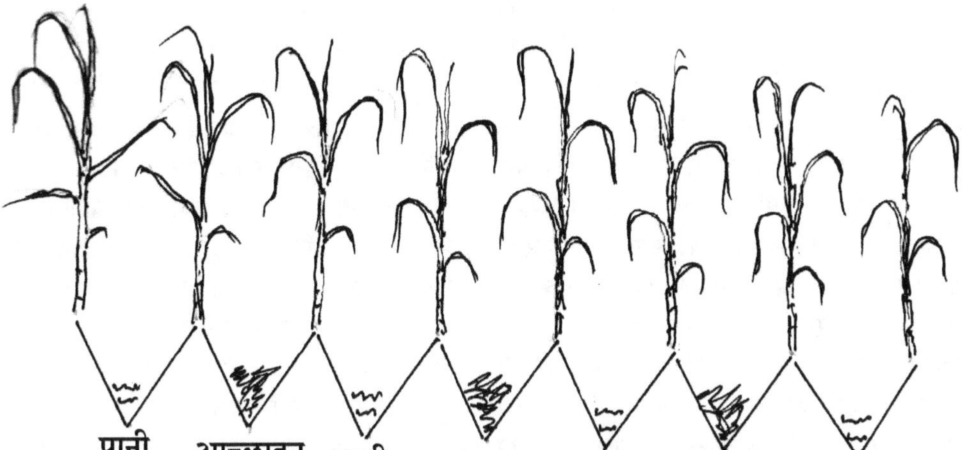

गन्ने का खुत्थ/खुँटी

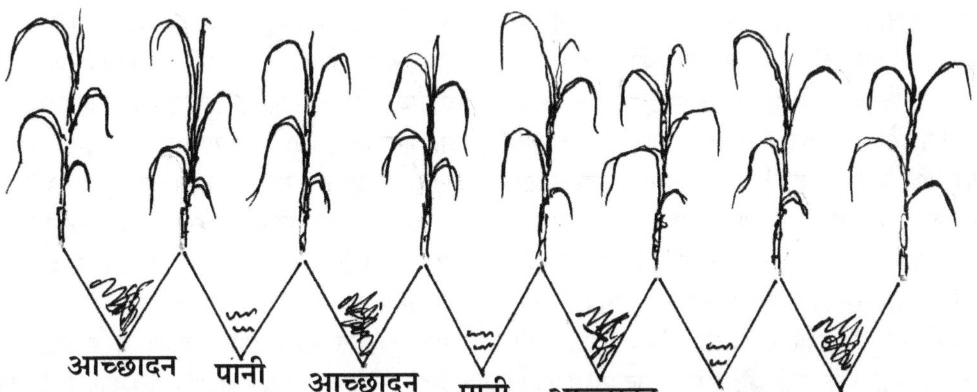

उसपर ज्यादा विचार नहीं किया गया होगा। आज भूमि की स्थिति बहुत ही खराब हो रही है। यहाँ पर यही संदर्भ दीपस्तंभ की तरह काम कर सकेगा।

हमेशा एकही पट्टी में आच्छादन करना उचित न लगनेपर आठ से दस वर्ष शुरू रह चुकी इस गन्ने की पट्टा पद्धती बंद की और प्रत्येक सरी में गन्ना बोने की पुरानी पद्धती शुरू की। पट्टा पद्धती में पत्तों को सूर्यप्रकाश ज्यादा मिलता है। इसलिए प्रत्येक सरीसे ज्यादा उत्पादन मिलता है, ऐसा कई बार बताया जाता है। लेकिन मुझे इस समय में कुछ ज्यादा उत्पादन नहीं मिला। हरी खाद सिर्फ पट्टी में ही ली जाती है और चौडे पट्टे में घास भरना आसान होता है। यह काम भूमि की उर्वरकता की दृष्टि से आसान होता है इसलिए मैंने यह पद्धती शुरू रखी थी।

अब प्रत्येक सरी में गन्ने के बोआई की पुष्टि होने के बाद सरी 90 से.मी. के बदले 120 से 150 से.मी. चौडाई रखकर की गई। बोआई के बाद खेती से गन्ने की सूखी पत्तियाँ एक सरी के बाद एक ऐसे डाली जाती है। सिर्फ खाली सरी में पानी दिया जाता है। पत्तियोंसे आच्छादित सरी में बिल्कुल पानी नहीं देते। जहाँ पर गन्ना टुटता है वही पर उसका खुत्थ, और सूखी पत्तियाँ

रह जाती है। अब ये सूखी पत्तियाँ जिस सरी में पिछले वर्ष पानी दिया गया वहाँ पर डाल दिया और पिछले वर्ष जिस सरी में आच्छादन किया था वह सरी पानी, खाद, मशक्कत इस काम के लिए इस्तेमाल की गई। एक बार एक पट्टा इस्तेमाल करने के बाद अगले ही साल आच्छादन से उपजाऊ करना है। अदल-बदल के पट्टों का उपयोग करने पर सारी जमीन उपजाऊ बनती है। खेती में आज जमीन को सिर्फ इस्तेमाल करके खराब करना, यहीं काम हो रहा हैं। अच्छा सडा हुआ खाद डालकर जो नुकसान हुआ उसकी भरपाई करने का यत्न किसान कभी कभी करता है। कितने दिन भूमि यह सहन करेगी?

फसलों का बढना इससे ज्यादा पुरानी फसल का शेषभाग सडना, ऐसी उलटपुलट की प्रक्रिया एक ही समय एक ही जगह हमेशा शुरू ही रहनी चाहिए। खेती के लिए यह जंगल नियम कब लागू किया जाएगा, उसी समय भूमि की उर्वरकता बनी रहेगी। भूमि को उर्वरकता में लाने का काम यहाँ पर खत्म होता है ऐसा हम नहीं कह सकते। इसके आगे क्या? इसपर गौर करना शुरू था। कई वर्ष बीत जाने के बाद गन्ने की सूखी पत्तियों को उसी जगह पर सडाने का काम हमने पूर्ण किया। लेकिन और एक ऐसा पदार्थ है जो भूमि की उर्वरकता की दृष्टि से महत्त्वपूर्ण है शायद उसकी तरफ हमारा ध्यान नहीं गया है। वो पदार्थ अर्थात गन्ने की खोड और जडों की जालियाँ है। वैसे तो गन्ने का खूत्थ/खूँटी निकालकर मशक्कत करके चावल, मूँगफली की फसलों के काँटे और खुत्थ को औरते इकट्ठा करके जलाने के लिए ले जाती थी, इसका आकार छोटा होने के कारण उसे लेकर जाना आसान भी था। काँटे, खुत्थ और जडो को ले जाना कठिन काम था इसलिए यह पदार्थ मशक्कत के काम में अडचन पैदा करते थे। बिना मजदूरी के औरते यह खुत्थ ले जाती थी इससे किसान बहुत खुश हुआ करते थे। उन किसानो में कभी मैं भी था। ऐसा काँटो का ढेर, जडो को इकट्ठा करके फिरसे पट्टे से फैलाया जाता है उससे फिरसे जमीन पर यह दिखाई देने लगते है। आलसी किसान की जमीन पर यह काँटे और जडे ऐसे ही फैली हुई स्थिति में नजर आते है। किसान को अपनी भूमि पर ऐसा कचरा न फैलाते हुए या तो उसका ढेर रचाकर जला देना चाहिए या फिर वहीं बाहर फेंकना चाहिए उससे जमीन का काला रंग एक जैसी भूमि आँखो को खुशी दे जाती है। बारिश के पहले खेतों से गुजरते हुऐ सभी जगह किसान इस काम लगे हुए नजर आते है। बारिश के बाद अगर बोआई की तो खरपतवार निकालते वक्त (निनाण-गोज) यह काम बहुतही पैचिदा लग सकता है इसलिए बोआई-जुताई के वक्तही काँटे, खुत्थ और जडों को निकालने की परंपरा शुरू हुई होगी। शायद हमें इसकी थोडीबहुत तकलीफ हो सकती है, लेकिन यह सूक्ष्म जीवोंका खाद्य भूमि की उर्वरकता बनाए रखनेवाला अपनी ही जगह पर बिना खर्च के मिलनेवाला पदार्थ है। इसे पैसे खर्च करके जलाने का क्या मतलब है? क्या यह उचित है? कृषि विद्यापीठ से भी पूर्वमशक्कत में काँटो को इकट्ठा करने की सिफारिश की जाती है। रूई और चावल की फसल में कीट कें कुछ अंश रह जाते है इसलिए सारी फसलों की ऐसी सिफारिश करना उचित है? अच्छा क्या उन्हें इकट्ठा करने पर भी यह कीट नियंत्रण में आये है? शुष्क जमीन के क्षेत्र में बोआई और कोळपे के काम समय पर कर नहीं सकते ऐसा वहाँ के किसानों का कहना है। उनकी शिकायत सही है, किंतु अगर भूमि की उपज ही बंद हो गई तब क्या करेंगे? 1990 के पहले इस काम के लिए 100 आर क्षेत्र को 1000 रुपया खर्च होते थे। आज महँगाई बढ गई है इसपर पुनर्विचार करना चाहिए या नहीं?

इतना पढकर भी कोई किसान काँटे इकट्ठा करना इतनी आसानी से बंद नहीं करेगा। कुछ लंबी दुरीवाली फसलों में टोकन पद्धतीसे बोआई और खरपतवारों का उपयोग करके खरपतवार नियंत्रण से बोआई और खोडने की क्रिया बंद की जाएगी? ऐसे कुछ नए विचारों की लहर छोटे और मध्यम किसानों के मन में उठनी चाहिए यही अपेक्षा (इच्छा)।

मशक्कत की अतिशयता क्यों?

गन्ने की सूखी पत्तियाँ न जलाते हुए उसका वैसेही उपयोग करके भूमि की उर्वरकता बनाने के तंत्र विकसित हुए। गन्ने का खुत्थ एक विना मूल्य मिलने वाला पदार्थ है। आज भी इस पदार्थ की ओर खाद समझकर ध्यान नहीं दिया जाता। सिर्फ जलाने के लिए एक पदार्थ समझा जाता है। सूक्ष्मजीवविज्ञान की पुस्तकों में ऐसा लिखा हुआ पाया गया है कि, 'जो पदार्थ सडने के लिए कठिन है वही भूमि की उर्वरकता की दृष्टि से अच्छा होता है।' इसलिए में पिछले 10-12 सालों से इसे खाद ही समझ

लेता हूँ। गन्ने के खूँटी की जमीन पर हल चालने के बाद जो औरते इंधन इकट्ठा करती है। उनपर हम रोक या प्रतिबंध नहीं लगा सकते। इसी प्रकार हल चलाए गए जमीन पर गन्ने के खुत्थ अगर फैले हुए हो तो आगे के फसल की बोआई या मशक्कत हम नहीं कर सकते। इसलिए मन में एक निश्चय किया था कि खुत्थ पर बिना हल चलाए दुबार फसल की गई तो ही इस खुत्थ का उसी जगह पे खाद बन सकता है, अन्यथा नहीं। रोपना और खुत्थ इन दो बातों की वजह से एक जगह सडाने की क्रिया होने पर इस जमीन की जैविक मशक्कत हमेशा होती रहती है। फिर आगे जो फसल करनी है उसके लिए अलग से मशक्कत करने की जरुरत नहीं पडती। इस तरह का मनोबल इस विज्ञान के देने की वजह से बिना हल चलाए खेती करने के प्रयोग शुरू हुए। अब कभी कभी बिना हल वाली खेती के बारे में अनेक खबरे पढने में आती है। 10-12 साल पहले यह प्रकार नया ही था। इसके लिए बाहर से कोई मार्गदर्शन नही मिलता था, उलटा इसपर लोग मजाक उडाते थे।

हल चलाने का मूल उद्देश्य क्या है? वो कब कैसे शुरू हुआ इसके बारे में कोई नहीं जानता। शायद किसी नोकदार लकडी से जमीन को खोदकर बीज बोया गया होगा फिर लकडी का हल, लोहे का हल और वह चलाने के लिए बैल और अब ट्रैक्टर, नए नए औजार इस तरह का इसका इतिहास समझा जाता है। आज बीज का मिट्टी में बोने के लिए हल चलाना है या खेत की रचना के लिए हल चलाना है इस मूल तत्त्व को छोडकर, फसलों का अच्छी तरह से बढाने के लिए हल चलाना चाहिए यह सूत्र किसानों में दिखाई देता है। इसमें गहराई से हल चलाना, खड़े-आड़े हल, कल्टीविटर, प्लाऊ हैरोईंड इत्यादि काम बोआई से पहले किए जाते है। जिनके पास किराए पर बैल या ट्रैक्टर लेकर काम किए जाते थे वो कम मात्रा में काम करते थे और जिनके पास खुद के बैल और ट्रैक्टर है वो बोआई तक जितनी बार कर सकते है उतना करते थे। कई बार ऐसा होता है कि, बैल भी है और ट्रैक्टर में डालने की डिझेल के लिए पैसे भी है और ट्रैक्टर चालक को कोई काम नहीं है ऐसी स्थिति में उसे आराम से बैठने के बजाए यह काम दिया जाता है। किसानो में एक पुरानी कहावत है कि, जमीन ऐसी दिखनी चाहिए की चाबूक के लगने पर उसके निशान तुरंत दिखाई दे। इतनी आटे जैसी सूक्ष्म मिट्टी होनी चाहिए। जितनी ज्यादा मशक्कत उतना ज्यादा प्रगतशील उस किसान को कहा जाता है। इस झूठी प्रतिष्ठा की वजह से कई किसान मशक्कत की अति करते है। कई बार मैने भी ऐसा किया था क्यों की, मैं भी बस झूठी प्रतिष्ठा की ओर आकर्षित हुआ था। हमारे कृषिशिक्षण में भी ऐसे ही मार्गदर्शन मिले, अच्छी पूर्वमशक्कत उत्पादन के लिए 50 प्रतिशत बिमा है। पहले किसान के पास उसके आयाम के हिसाब से 1, 2 से 10-12 बैलों की जोडियाँ रहती थी। 35 अश्वबल के ट्रैक्टर से लेकर ज्यादा गहराई वाले और हल चलाने का काम तुरंत करने वाले 50-75 अश्वबल के बडे ट्रैक्टर दो भूमि की लंबी पट्टी पर पलटी हल (फाल) इस्तेमाल करने की प्रथा शुरू हो रही है। विदेश में इस अंश का विस्तार बडा होने के कारण जमीन की लंबी पट्टी पर चार पाँच हल, बहुत बडे ट्रैक्टर, इस काम के लिए बुलडोझर का इस्तेमाल होता है। सबसॉयलर अर्थात बहुत गहराई में हल चलानेवाला फाल विकसित हुआ है। ज्यादा से ज्यादा गहराई में खोदना यह भी एक प्रतिष्ठा की बात समझी जा रही है।

जमीन पर हल चलाने के बाद उसे धूप देने की भी एक प्रथा है। खरीफ मौसम के पहले बहुत समय मिलता है। सब किसान ज्यादा से ज्यादा भूमि को धूप देने की ओर ध्यान देते है। जितनी धूप जमीन को दो उतना अच्छा ऐसा माना जाता था। हल चलाने की वजह से कीड़े भी अधिक मात्रा में मर जाते है, बचे हुए कीडों को पंछी आकर खाते है। इसलिए आगे चलकर कीडों की कोई संभावना नहीं होती। इसमें कुछ हद तक सत्यता है। भूमि में गहराई में जो खरपतवार बढते है उनको नियंत्रित करना भी एक हल का ध्येय रहता है। उदा. बहुवार्षिक हरियाली पहेर। (खरपतवार - तिनका)

क्या इन सारी झंझटों में मुख्य काम को हम भूल जाते है। वो काम अर्थात फसलों की बढाई के लिए प्रयत्न करना। इसका उपयोग फसलों की जडे मजबूत होने के लिए कितना होता है? इसका भूमि की उर्वरकता बढने का कोई संबंध है? उससे कुछ आसान पर्याय है? यह काम कम खर्चे में होने के कोई मार्ग है? ऐसे अनेक सवाल पूछना और उसके जवाब ढूँढना यह काम खेती के फायदे के लिए आनेवाले समय में करना पडेगा।

किसानों के जहन में हल चलाने का भूत

जब मैं कहता हूँ कि यह हल चलाने का भूत किसानों के जहन में बस गया है। इस हल ने किसान और विशेषज्ञ व्यक्तियों को अपनी ओर खींच लिया है, बोआई से पहले जब हम फसल भूमि पर हल चलाते है तब यह बहुत ही कठिन होती है, इसमें इतनी कठिनता पहले की फसल की वजह से आती है। ऐसी जमीन में अगर फिर से फसल करनी है तो उस भूमि को भुरभुरा करना जरुरी होता है ऐसा हम मानते है। सिर्फ पानी की कमी के कारण जमीन में यह कठिनता आती है। कार्बनिक पदार्थों की कमी की वजह से भी कभी कभी यह कठिन हो जाता है। ऐसी भूमि में बारिश की वजह से नमी के कारण फसलों की जडों को अंदर तक फैंकने में आसानी होती है। कभी कभी कुछ खनिज परत की वजह से इस क्रिया में बाधा आती है, यह एक अपवाद मानना पडेगा। ऐसी भूमि में गहराई में खोदकर इस खनिज परत को तोडकर यदि फसल का बीज बोया तो शायद फसल अच्छी बढ पाएगी। लेकिन यह उपाय अस्थायी है। कभी कभी जमीन सुखने के बाद कठोर हो जाती है और कभी कभी ज्यादा कठोर नहीं होती। ये कण कौनसी चट्टान से बनते है उसका परिणाम होता है। चट्टानों से तैयार हुए कणों में जब कार्बनिक कण जम जाते है तब जमीन के सूखने के बाद कठोर होने का प्रमाण कम होता है। जिस समय हम अच्छा सडा हुआ गोबरखाद कंपोस्ट डालकर मशक्कत करते है उस समय ऐसे कार्बनिक कणों के मिश्रित होने से भूमि की दृढ़ता कम होती है। लेकिन आगे जाकर इन सेंद्रिय कणों का उपयोग करके फसले बढती है और उनका प्रमाण धीरे धीरे कम हो जाता है। फिरसे नई फसल के लिए पूर्वमशक्कत के समय जमीन कठोर बन जाती है। क्या हम ऐसे संदर्भ लेकर मशक्कत का उर्वरकता के साथ कोई संबंध है यह सीखेंगे या नही? बिना हल चलाए अगर कार्बनिक पदार्थों का प्रमाण ज्यादा से ज्यादा बना रहता है तो मशक्कत करके हम भूमि की उर्वरकता का नुकसान ही कर रहे है। अगर हम मशक्कत के लिए अपना पैसा, समय, ईंधन, यंत्र, मजदूर इतना सब कुछ खर्च कर रहे है और फिर भी अगर कार्बनिक पदार्थों का नुकसान हो जाएगा तो हल चलाने की बात पर फिरसे विचार करना जरुरी है। कार्बनिक पदार्थों का नुकसान हल चलाने से किस प्रकार होता है इसका कुछ संदर्भ अभी तक नही मिला। मेरे अध्ययन के अनुसार जमीन मशक्कत के बाद गरमी में जब कई महिनों से तपती रहती है तब ऐसी तपती हुई धरती पर बारिश की बूँदे जब गिरती है तब एक प्रकार की अलग ही गंध आती है। यह गंध अ‍ॅक्टिनोमायसेट्स जाति के सूक्ष्म जीवाणुके बढने से आती है। इन सूक्ष्म जीवाणुओं की तरह बाकी जाति के जीवाणुओं की संख्या भी बडी तेजी से बढती है। उसके कारण भूमि का कार्बनिक पदार्थ जल्द ही कम हो सकता है। इस समय जरुरत से ज्यादा प्रमाण में क्या पोषकद्रव्य उपलब्ध होते है इस पर अनुसंधान होना चाहिए। ऐसी तपती हुई भूमि में शुरू के समय फसल अच्छी तरह बढती है फिर बाद में उनकी वृद्धि कम हो जाती है। बिना हल चलाए हुए जमीन में भी फसल अच्छी होती है ऐसा मेरा अनुभव है। इसलिए हल चलाने का अतिरिक्त खर्चा टालकर किसानों का ज्यादा फायदा हो सकता है। इसलिए मैं उसे हल चलाने का भूत कहता हूँ।

आच्छादन की तकनीक में जिस गति से कार्बनिक कण कम होते जाते है उसी गति से फिर से तैयार होकर भूमि में मिश्रित होते रहते है। इस तरह की जमीन आगे की फसल के मशक्कत के लिए कठिन नहीं होती है। ऐसी जमीन की मशक्कत बैलों और ट्रैक्टरों से भी बहुत ही जल्दी और कम समय में होती है। अगर मशक्कत नहीं की तो भी काम बन जाता है। इसी तंत्र से हमने पूर्वमशक्कत के काम को विराम दिया है। कई किसानों को ऐसा लगता है कि, जितनी मशक्कत ज्यादा उतना उत्पादन ज्यादा मिलेगा। उत्पादन का मशक्कत से कोई संबंध नहीं होता, संबंध होता है भूमि के कार्बनिक पदार्थोंसे; इसके कुछ संदर्भ वैज्ञानिक ग्रंथो में मिलते है। 'सॉईल मायक्रोबायोलॉजी, अ‍ॅन एक्सप्लरोटरी अ‍ॅप्रोच' लेखक मार्क कोनी ने इसके बारे में लिखा है। वह कहते है, Greatest single factor controlling soil is the amount of and depth of soil organic matter [हिंदी अनुवाद: जमीन की उर्वरकता को नियंत्रित करने वाला सबसे बड़ा और एकमात्र कारक कार्बनिक पदार्थोंकी मात्रा और उनकी जमीन में गहराई है।] यही लेखक आगे जो कहता है वो हिंदी में कहा जाए तो बिना हल चलाए गई जमीन में पारंपरिक

मशक्कत की गई जमीन की तुलना में दुगुना कार्बनिक पदार्थ होता है।

बिना मशक्कत वाली खेती का विज्ञान जानना जरूरी है

प्राचीन भारतीय संस्कृति की बिना मशक्कत की खेती: चावल की फसल की बिना मशक्कत खेती होती है यह समझते हुए आच्छादन की वजह से सूक्ष्म जीवों से होनेवाले मशक्कत का पुस्तक में या प्रत्यक्ष खेती में अध्ययन करके, मशक्कत पर होनेवाला बहुत बडा खर्च बचाने हेतु पिछले 10-15 साल में इसके विभिन्न प्रयोग करने के लिए प्रेरित हुआ हूँ। उसमें सफलता पाने के बाद ॲग्रोवन पत्रिका में पिछले कई लेख इसी संदर्भ में लिखे हुए है। मेरा विज्ञान पर भरोसा है। इन सारे प्रयोग के लिए में जो भू-सूक्ष्मजीव विज्ञान का अध्ययन कर रहा था इस विषय ने मुझमें साहस निर्माण किया यह मैं नम्रता से वाचकों के सामने कहना चाहता हूँ।

ॲग्रोवन के डैरी विभाग में इसके बारे में इंटरनेट पर मिलनेवाले कई संदर्भ हर बार दिए जाते है। कई अंग्रेजी पुस्तकों के संदर्भ मैं देता हूँ। इसलिए बिना मशक्कत तंत्र कहाँ से है, जपान, ब्राझील या इंग्लंड? वहाँ के प्रयोग की जानकारी वाचकों के मन में आने की संभावना है। ॲग्रोवन पत्रिका को हमेशा से पढनेवाले कोल्हापूर जिले के एक किसान आदरणीय श्री. जाधव गुरुजी ने मेरी बिना मशक्कत पद्धती से की गई फसल को प्रत्यक्ष भेट देकर जाँच कर ली। प्राचीन काल में इस तरह की खेती की जाती थी उसकी जानकारी ग्रंथो में संदर्भ के साथ दी गई। इसी जानकारी को वाचकों के सामने लाना आवश्यक है इसलिए उसे मैं यहाँ पर बता रहा हूँ।

सातारा के ज्येष्ठ विचारक डॉ. आ. ह. साळुंखे जी ने कई प्राचीन ग्रंथों का अध्ययन करके 'बळिवंश' नाम से पुस्तक प्रकाशित किया है। इस पुस्तक को लिखने का विषय खेती नहीं, फिर भी प्राचीन भारतीय संस्कृति में बलि (राजा) को किसानों का राजा माना जाता है। उसके राज्य की प्रजा को खेती का उत्तम ज्ञान था। ये लोग बिना हल चलाए खेती करते थे ऐसा संदर्भ मिलता है। श्रीकृष्ण का भाई बलराम भी एक बेहतरीन किसान था। उसके कंधे पर जो हल है, उस समय हल और हल चलाने का ज्ञान होकर भी बिना हल चलाए खेती की जाती थी। जैसे जैसे समय बीतता गया इस पद्धती को छोडकर हल चलाने की पद्धती शुरू हो गयी। आज मेरे यहाँ बिना हल की खेती प्रत्यक्ष देखकर भी किसान हल की खेती को ही महत्त्व देते है। इनमें से कुछ किसानों ने दो वर्षों पहले अपने आधी एकड़ में गन्ने का खुत्थ बिना निकाले चावल की फसल उगाने का प्रयत्न किया। उसमें सफलता मिलने के बाद अगले साल उस गाँव के बहुत सारे किसानों ने इस पद्धती द्वारा चावल उगाने की जानकारी मुझे मिल गई। ठिकपुर्ली (जि. कोल्हापूर) गाँव के किसान रघुनाथ चौगुले जीने गन्ने का खुत्थ बिना निकाले केले की फसल उगाई और आज तक की केले की उपज से कई ज्यादा गुना पैदावार इस पद्धतीसे हुई है यह बात उन्होंने मुझे प्रत्यक्ष खेत में ले जाकर दिखाई। इसकी वजह से केले के उत्पादन खर्च में बड़ी बचत होने की बात उन्होंने मुझे बताई। इस केले के उत्पादन की जानकारी 'ॲग्रोवन' में छपकर आई है। और दूरदर्शन पर भी प्रसारित हुई। ऐसे कुछ अपवादात्मक उदाहरण होकर भी आज बिना हल की खेती किसानों के लिए रहस्यमय है। अब मंदी और उत्पादन खर्च की मात्रा ज्यादा होने के कारण यह परंपरा बदलने की समझदारी शायद आ जाएगी। अगर विज्ञान को समझ लिया तो अवश्य बदलाव होगा। ऐसा मुझे लगता है।

उदासीनता (खिन्नता) : विज्ञान को बिना समझे किस प्रकार की उलझन पैदा हो जाती है उसका एक उदाहरण देता हूँ। मैं जिस शक्कर के कारखाने का सभासद था वहाँ गन्ने का खुत्थ न जलाते हुए वैसेही आच्छादन करने के लिए अनुदान जाहिर किया गया। जबतक अनुदान देना शुरू था तबतक कई किसान आच्छादन का काम कर रहे थे लेकिन जैसेही अनुदान देना बंद हो गया तब किसान और कारखाने के लोगों को इस प्रथा का विस्मरण हो गया। कुछ किसानों के पास कारखाने के लिए और गुड़ के लिए ऐसे गन्ने के क्षेत्र थे। उन्होंने कारखाने के क्षेत्र में आच्छादन किया। इसका कारण पूछने पर इस आच्छादन के लिए कारखाना अनुदान देनेवाला है ऐसा बताया गया। परंतु गुड़ के क्षेत्र में आच्छादन नहीं किया गया। अनुदान देनेवाला और लेनेवाला दोनों को विज्ञान की जानकारी न होने के कारण यह काम हम क्यों कर रहे है यह पता ही नहीं चलता और फिर इस प्रकार की उलझने पैदा होती है। वार्षिक अनुमान के आधार पर अनुदान का काम पूरा किया जाता है।

कृषी विस्तार का काम करने वाले व्यक्तियों को इस प्रकार के तंत्र की जानकारी मिलने के बाद वे ज्यादा से ज्यादा किसानों को जानकारी देने के लिए तुरंत इस काम में लग जाते है। उनके वरिष्ठ इनके काम को कुछ महत्त्व नहीं देते है इसलिए उनका उत्साह घट जाता है। इस चित्र को बदलने की जरुरत है।

फुकुओका का आदर्श प्राकृतिक खाद प्रबंधन

फुकुओका ने 30 साल निरंतरता से अलग-अलग प्रयोग करके बिना हल की प्राकृतिक खेती में सफलता पाई। यह बात सारी दुनिया के सामने आने के बाद सबने उनकी कार्बनिक खेती को स्वीकार किया, परंतु बिना हल की पद्धती की तरफ ध्यान नहीं दिया गया।

पुस्तक में इस विषय में हम कार्बनिक और प्राकृतिक खाद प्रबंधन की अनेक पद्धतियों का अध्ययन कर रहे है। इन सारी पद्धतियों में से सबसे आदर्श प्रबंधन की पद्धती फुकुओका की है। उनकी 'एक तिनके से क्रांती' (वन स्ट्रॉ रेव्होल्युशन) यह पुस्तक दुनिया भर में ज्यादा से ज्यादा भाषा में अनुवाद हुई पुस्तक है। किसान और विचारकों ने उसे बडे ही गौर से पढा है। असल में उनका खेती विज्ञान का अध्ययन भूसूक्ष्मजीव विज्ञान के माध्यम से होना जरुरी है। वैसे न होने के कारण उनकी कई महत्त्वपूर्ण बातों को नजरअंदाज (अनदेखा) किया गया है।

वे खरीफ मौसम में चावल और रब्बी में जौ की उपज करते थे। चावल की फसलों की कटाई से पहले ही जौ के बीज फेंके जाते थे और फिर चावल की कटाई, दँवनी करके पूरा चारा खेत में एक जैसा फैलाया जाता था। बारहमासी बारिश का प्रदेश होने के कारण फैलाए हुए चारे से जौ की उपज आती थी। जौ की कटाई के बाद उसका भी चारा ऐसे ही फैलाया जाता था। इसी में गीली मिट्टी में चावल का बीज बोकर तैयार किए हुए गोलों को फैलाया जाता था। अनुकूल अवस्था में चावल की उपज आकर उसका अच्छा उत्पादन वह लेते थे। जापान में 1980-85 के दरम्यान कोई एक किसान बिना किसी रसायनिक खाद और किटनाशक से खेती करता है ऐसा सुनने में आया था। क्या यह संभव है? ऐसे प्रश्न भी उठते थे। आगे चलकर कुछ ही वर्षों में उनकी अंग्रेजी और मराठी भाषा की पुस्तक पढने के लिए मिली उससे यह कैसे संभव हुआ यह बात समज में आई। फिरभी हमारी परिस्थिती में उनका अनुकरण करना असंभव है, ऐसा लोगों का कहना था। फुकुओका ने बिना रसायन की खेती पद्धत विकसित करने में अपने जीवन के 30 साल बिताए तब जाकर बडे ही आत्मविश्वास के साथ उन्होंने दुनिया के सामने अपने विचार व्यक्त किए। इतने लंबे समय का प्रयोग, अनुमान, अध्ययन और आनेवाली बाधाओं का सामना करके किसी पद्धती को पूरा करने का काम करनेवाला वैज्ञानिक ढूँढने से भी नहीं मिलेगा।

भूमि पर हल चलाने की जरुरत नहीं ऐसा उनका कहना था। इसका अगर गहराई से अध्ययन किया तो यह पता चलता है कि, फसल को बढने के लिए हल चलाने की आवश्यकता नहीं। फिर इसका मूल उद्देश्य क्या होगा? जोताई का मूल उद्देश्य हमें बीज बोने का काम आना चाहिए और फसलों को बढने के लिए खेत की उचित रचना करना आना चाहिए। यह दो काम अगर बिना जोतने से हम कर सकेंगे तो जोताई करने की जरुरत नहीं पडेगी। अगर हमने इसका हमेशा अध्ययन और समर्थन किया तो फिर यह काम कठिन नही। यह मैं अनुभव से कह सकता हूँ। वैसे तो खरपतवारों का नाश करना और कार्बनिक खाद को मिट्टी में मिलाने का काम यह भी जोताई का ही उद्देश्य है। बिन हल चलाए यह उद्देश्य हम साध्य कर सकते है। उनकी पद्धती में यह सारे उद्देश्य बिना जोताई के कर सकते है। इसलिए इसे शून्य मशक्कत (झिरो टिलेज) नाम से जाना जाता है। असल में यह नाम देकर क्या हम उस पद्धती पर अन्याय तो नहीं कर रहे है? आच्छादन जब सडता है तब जमीन में सूक्ष्मजीव जोताई का काम करते ही है। यह काम चोबीस घंटे चलता रहता है। बोआई से पहले एक-दो बार जोतना यह हमारी हल चलाने की पद्धती है। फिर निरंतर मशक्कत शुरू रहनेवाले पद्धती को शून्य मशक्कत पद्धती कैसे कहा जाएगा?

फसलों के बढने के बाद हम अनाज लेते है और घास वापस जमीन को दे देते है। भूमि से जो पोषकद्रव्य लिए जाते है उतने ही वापस भूमि को दिए जाते है। इसकी वजह से अगली फसल के लिए बाहर से कुछ खाद देना नहीं पडता। बचा हुआ भाग हम जमीन को

पूरी तरह से नहीं देते इसलिए रसायनिक या कार्बनिक स्वरूप में इसमें भराव दिया जाता है अगर किसी और फसल के शेषभाग से हमने भराव कर दिया तो इसे फुकुओका चोरी कहते है। हमारी आज की खेती ऐसेही प्रकार की है। कार्बनिक या प्राकृतिक खेती भी इसका अपवाद नहीं।

खरपतवारों मत उखाडो, काटकर वहीं पर डालो ऐसा कहा गया है। इसका मतलब खरपतवारों को हाथ नहीं लगाना है ऐसा समझकर कई किसानों ने खुद के फसल की बहुत बडे पैमाने पर नुकसान कर लिया है। रसायन या निराई के बिना खरपतवार का नियंत्रण करने की कुछ स्वतंत्र पद्धती उनके पास है।

'एक तिनके से क्रांती' इस पुस्तक में प्रक्रियायुक्त कार्बनिक खाद का (प्रोसेस्ड ऑरगॅनिक मॅटर - गोबरखाद कंपोस्ट) इस्तेमाल मत करो ऐसा चार-पाच बार जिक्र (उल्लेख) किया गया है। इस पुस्तक में उनका यह विचार मैं अनेक संदर्भों से किसान के सामने रखने का प्रयत्न कर रहा हूँ। खेत में सिर्फ रसायनिक खाद और किटनाशक बंद करके कार्बनिक खेती नहीं होती। वह एक जीवनप्रणाली है। पुस्तक के उत्तरार्ध में उन्होंने यह अध्यात्मिक विचार लिखे हुए है। वाचकों का यहाँ पर ज्यादा ध्यान नहीं जाता। जौ के बजाए गेहूँ का उत्पादन करके हमने अपने स्वास्थ्य का बहुत ही नुकसान कर लिया है ऐसे वे कहते है। हम जुआर बंद करके गेहूँ खा रहे है। अगर हमने फुकुओका के खेती तत्त्वज्ञान का हमारे जीवन में आचरण किया तो यहीं हमारी उनके प्रति श्रद्धांजली हो जाएगी।

भूमि की उर्वरकता बढने से ही उल्लेखनीय उत्पादन

भूमि में कार्बनिक पदार्थों की मात्रा बढाने का काम यही एक कार्यक्रम आजकल मेरी खेती में शुरू है। अब तणों का इस्तेमाल करके भूमि के कार्बनिक पदार्थ कैसे बढ सकते है इसका अध्ययन मैं कर रहा हूँ।

2005 तक मैंने घास प्रबंधन पर काम किया। गन्ने के खुत्थ पर बिना हल चलाए खरीफ की फसल करना और उसकी कटाई के बाद पुरानी फसलों की जगह में हल चलाकर गन्ने की रोपाई करने का काम शुरू हुआ। इस काम के लिए खर्चा कम आता था। 2005 के बाद चार साल लगातार प्रचंड बाढ की वजह से इस प्रयोग की उपयोगिता की तरफ ध्यान नहीं गया। इस बाढ में गन्ने की पूरी फसल उसके पत्तों के साथ पानी के अंदर ही बहुत दिन रहने की वजह से बहुत नुकसान हुआ। अब 2009-10 के मौसम में बाढ की कोई भी समस्या नहीं आई इसलिए गन्ने की पूरी फसल का कारखानों में उपयोग किया गया। गन्ने के खुत्थ की जोताई न करके वहीं पर सडाने से भूमि की उर्वरकता का क्या फायदा हो सकता है इसका थोडा बहुत मूल्यांकन करना

संभव होता है। मेरा 1.5 एकड़ का ऐसा क्षेत्र (जमीन) है जहाँ पर गरमी के दिनों में हर एक हफ्ते बाद पानी देने पर वह सूख जाता है। बहुत सारे उपाय करके उत्पादन बढाने का प्रयत्न किया; लेकिन उस क्षेत्र में पिछले 10-15 सालों में गन्ने का 28-30 टन से ज्यादा उत्पादन कभी भी नहीं मिला।

लेकिन खुत्थ की जोताई बंद करके खरीफ में सोयाबीन की फसल की। सोयाबीन की कटाई करके पॉवर टिलर से मशक्कत की। सोयाबीन की कटाई के बाद दुसरे दिन मशक्कत और तिसरे दिन बोआई की शुरुवात करके पाँचवे दिन बोआई का काम खत्म करने के बाद ही दँवनी का काम किया। इसके बाद बेवक्त की बारिश के वजह से सिर्फ 60 से 70 प्रतिशत उपज हुई। अंकुरों को जोडने के लिए दो बार पेड के तनों को डालना पडा। उस वक्त 92005 जाति का उपयोग किया जाता था। इस जाति पर एक कीड़ की वजह से पुरे क्षेत्र में से 10-15 प्रतिशत क्षेत्र की गन्ने की खेती पूरी तरह से कम हो गई। उस इलाके में किसानों से पूछताछ करने के बाद इस कीड़ के फैलने के बारे में जानकारी प्राप्त हुई। बाकी गन्ना अच्छा था। जून महीने में इस सारे गन्ने पर सफेद कीडा बहुत बडे पैमानेपर फैला हुआ था। एक बार फुहारने से यह कीड़ थोडी मात्रा में कम हुआ लेकिन बाद में फिर से फैल गया। अब गन्ने के गिरने के बाद किटनाशक इस्तेमाल करने की स्थिति में नहीं था। सूक्ष्मनिरीक्षण करने के बाद यह पता चला कि उसमें परभक्षक कीडों का अस्तित्व है तब जाके मैं निश्चिंत हो गया। इन कीडों ने इस सफेद कीड़ का नामोनिशान मिटा दिया। तब तक जुलै महिना खत्म होने आया था। अब कीड़ खत्म होने से नए हरे पत्तों के बढने की शुरुवात हुई थी। गन्ने पर शुरू से ही अनेक संकट आने की वजह से इतने विस्तार से मैं स्पष्टीकरण दे रहा हूँ। एकडी 50 से 60 टन उत्पादन की आशा मैंने कब की छोड दी थी। एकड में 40 टन भी गन्ने का उत्पादन हुआ तो ठीक है ऐसा मैं सोच रहा था। पानी की जितनी जरुरत इस गन्ने की थी उतना पानी मैं नहीं दे सका, खाद का भी विशेष इस्तेमाल नहीं किया, षोषकद्रव्य और टॉनिक भी मैं इसको नहीं दे पाया। इन सारी बातों की वजह से कितनी फसल हुई इसके बारे में मुझे उत्सुकता ही नहीं थी क्योंकि मैं जानता था कि इस बार उपज घट गई, हाँ लेकिन 8-10 दिनों में पता चला कि 46 टन उत्पादन हुआ है यह देखकर मुझे आँखों पर विश्वास हीं नहीं हुआ। इतने संकटों का मुकाबला करके 50 प्रतिशत उत्पादन ज्यादा कैसे हो गया? यह एक पहेली बनकर रह गई। सितंबर, अक्तूबर महिने में आए हुए बेवक्त की बारिश की वजह से महाराष्ट्र में सभी जगह पर उत्पादन में तेजी हुई थी; लेकिन मेरे गन्ने की फसल की कटाई बारीश में ही होने के कारण बेवक्त की बारिश का इसपर परिणाम होकर ज्यादा फायदा मिलना असंभव था।

इन सारी बातों पर गौर करने से यह पता चला कि, गन्ने के खुत्थ और जडों की जालियों को अपने ही जगह पर सडाने की वजह से भूमि की उर्वरकता में जो सुधार हुआ उसी के कारण यह उत्पादन अच्छा मिला। बाकी क्षेत्रों में भी उत्पादन अच्छा मिला; किंतु वह गुड़ के लिए होने के कारण कारखाने की तरह आंकडे यहाँ पर लिखे नहीं जाते। जो पदार्थ सडने के लिए कठिन है उसे खेत में अपनी जगह ही सडाना जरुरी है यह बात मुझे विज्ञान ने सीखाई इसलिए मैं ऐसे प्रयोग करने के लिए प्रवृत्त हो गया। इसका इतना फायदा होगा यह पता नहीं था। मेरे पिताजी 1940-45 में घास के खेत की जोताई करके, पेड पौधों को काटकर गन्ने की खेती की शुरुआत की। उस समय जैसी उर्वरकता थी वैसी ही प्राप्त करना यह एक लक्ष्य पिछले कई सालों में मेरे सामने है। वह कुछ हद तक सफल हुआ।

अब मशक्कत के खर्च में बचत की गई है। कार्बनिक खाद को बाहर लाकर उपयोग करना बंद हो गया है। इन दो मुख्य खर्चों की समस्या खत्म होने की वजह से उत्पादन में तेजी आकर खेती का अर्थविज्ञान ही बदल गया है। 1.5 एकड़ में 46 टन का पहला 91 हजार का बिल कारखाने ने खाते में स्थानांतरित (तबदील किया) किया था। जब कीमत ज्यादा होती है तब उत्पादन कम होता है यह आज तक की परंपरा थी। उसकी वजह से किसानों को कभी भी इतनी बडी रकम नहीं मिली थी; लेकिन भूमि की उर्वरकता हमारे लिए क्या कर सकती है यह मुझे किसान भाइयों को दर्शाना था।

प्रकरण 3

जीवाणु खाद और भूमि की उर्वरकता

जीवाणु खाद के उपयोगिता की जाँचनी चाहिए।

मैं 1970 में कृषि स्नातक होकर खेती करने लगा। उसी समय मार्केट में जीवाणु खाद के व्यापार की शुरुआत हुई। जीवाणु खाद यह विषय पूरी तरह से सूक्ष्मजीव विज्ञान से संबंधित है। इस विज्ञान के माध्यम से ही इस नई तकनीक का अध्ययन होना जरुरी है। असल में वैसे होता है या नहीं यह अनुसंधान का विषय है। पुराने जमाने में लिग्नाईट पाउडर को गिला करके उसमें प्रयोगशाला में तैयार किए जीवाणु डालते थे। ऐसी पाउडर प्लॅस्टिक की थैलियों में बंद करके बेच दी जाती थी। लिग्नाईट पाउडर अच्छी तरह से नमी बनाए रखती है। इस नमी में जीवाणु जिंदा रहते थे। अनाज और दलहन को अगली ॠतु में बढ़ने के लिए जीवाणु बीज तैयार किये जाते है। अनाज के बीजों को ऐसी नमी की जरुरत नहीं होती। वैसेही जीवाणुओं को भी प्राकृतिक देन है। शुष्क भूमि/खेती में बारिश के बाद दो फसलों के बीच के समय में जमीन बहुत समय तक शुष्क रहती है। इसके बाद अगले मौसम में बोआई के बाद अनुकूल अवस्था में फिरसे फसले तेजी से बढती है। इसका मतलब फसलों के साथ ही जीवाणुओं की संख्या भी बढने लगती है। अभी अभी कोई जीवाणु खाद के उत्पादक दावा करते है कि हम सिस्ट अवस्था के जीवाणुओं का खाद तैयार करके बेचते है। उनका खाद गिला रखने की कोई जरुरत नहीं, ऐसा उन्होंने कहा। इसकी वजह से लिग्नाइट के काले पाउडर में जीवाणु खाद में कौनसे अवस्था के जीवाणुओं का संचय किया जाता है यह सवाल पैदा हुआ। यह खाद अब मार्केट में लिक्विड (द्रव) अवस्था में भी उपलब्ध है। फसल पोषण में काम करने वाले जीवाणु अधिकांश हवा के सान्निध्य में ही बढते है। फिर वे लिक्विड (द्रवरूप) मे कैसे संचय करते है यह प्रश्न सामने आता है। इस तरह का जीवाणु खाद सबसे अच्छा होता है यह भी कहा जाता है। इसलिए वह बहुत ही महँगी बेचा जाता है। जो खाद पाउडर स्वरूप में मिलता है उससे अच्छा लिक्विड खाद है इसके बारे में कहीं पर भी कुछ लिखा हुआ नहीं है और न ही कहीं पढने में ऐसे संदर्भ मिले। पहले जीवाणु खाद मार्केट में नहीं थे। तब भी किसान अच्छा उत्पादन करते थे। आज भी यह खाद मार्केट में आने से ज्यादा फरक दिखाई नहीं देता। क्या जीवाणु खाद सचमुच जरुरी है? जीवाणु भूमि में डालने के बाद क्या काम करते है? रसायनिक खाद के जैसा यह खाद डालने के बाद ज्यादा फर्क महसूस नहीं होता। और उसका परिणाम भी किसान समझ नहीं पाते, जीवाणुओं की संख्या बढी है या नहीं इसके बारे में वे खुली आँखोंसे न देख पाने की वजह से उनकी उपयोगिता के बारे में वे नहीं जान पाते। कृषि सेवा केंद्र से भी इस खाद के लिए ज्यादा माँग नहीं है। लेकिन अब इस खाद की बिक्री करने के लिए उसके जो प्रतिनिधी है वे किसानों के घर-घर जाकर यह खाद बेचते है तब किसान भी खुश होकर उसे खरीद तो लेता है, उसका उपयोग भी करता है लेकिन उसका फायदा हुआ या नहीं यह बताने के लिए वह प्रतिनिधी के पास नहीं जाता। कार्बनिक खेती में रसायनिक खाद के इस्तेमाल पर पाबंदी है, फिर पोषकतत्त्व हमारी फसलों को कहाँ से मिलेंगे? इस विचार से इस खाद का इस्तेमाल करना जरुरी माना जाता है। इस क्षेत्र में इस खाद के इस्तेमाल करने के लिए मान्यता दी गई है। आजकल इसी खाद का व्यापार इस तरह चलता है इस बात को मानना पडेगा। इस खाद का उत्पादक कृषी विश्वविद्यालय ही होने के कारण इस तकनीक के बारे

में कोई शक पैदा होने का सवाल ही नहीं उठता। इसके साथ ही कई निजी उत्पादक इस क्षेत्र में है। पिछले 30-35 सालों में कई लोग इस क्षेत्र में आए और चले गए। इस खाद के उत्पादन के लिए सरकार दस लाख रुपयों का अनुदान देती है। कई लोग इस रकम की ओर आकर्षित भी होते हैं। समाचार पत्र या खेतीविषयक मासिक पत्र में जीवाणु खाद के बारे में कई बार लेख लिखे हुए पाए जाते है। उस लेख में से जीवाणु खाद का प्रकार, उसे इस्तेमाल करने की पद्धती के बारे में जानकारी छपकर आती है। लेखक बदलते रहते है इसलिए शब्दों की रचना थोडी बहुत बदलती है।

मैं भू-सूक्ष्मजीवविज्ञान का छात्र और किसान होने के नाते मैंने कई ग्रंथों के वाचन से इस तकनीक का अध्ययन किया। यह विषय तांत्रिक, अंग्रेजी साहित्य में होने की वजह से किसानों ने इस विषय की ओर ज्यादा ध्यान नहीं दिया। वैसे कृषी क्षेत्र से संबंधित अनेक बातों के बारे में ऐसा हुआ है। तंत्र का उपयोग करनेवाला समाज तांत्रिक दृष्टीसे अज्ञात है उसकी सोचने की ताकत यहाँ पर कम पडती है। वैद्यक क्षेत्र में और औद्योगिक क्षेत्र में प्रत्यक्ष उपयोग करनेवालों की संख्या सीमित होती है। जो उपयोग करते है वह इस क्षेत्र में बहुत कुछ जानते है। अधिकांश लोग उच्च विद्याभूषित होते है। इस क्षेत्र में जैसे किसी नए तंत्र का अध्ययन होता है वैसे खेती मैं नहीं होता। जीवाणु खाद संबंधी बहुत सारी जानकारी किसानों के सामने आना जरुरी है। इसमें से जो कुछ भी थोडी बहुत जानकारी मुझे प्राप्त हुई है उसे मैं किसानों को देनेवाला ही हूँ।

मित्र कीटाणु और शत्रु कीटाणु

जीवाणु खाद का उपयोग करने से पहले जीवाणुओं का जमीन में क्या काम होता है यह समझना जरुरी है। वनस्पति प्राणियों का अन्न निर्माण करती है और प्राणी वनस्पतियों का अन्न निर्माण करते है। प्रकृति में इस तरह से अन्नचक्र पूर्ण होता है। वनस्पतियोंद्वारा निर्माण किया हुआ अन्न प्राणियों को सीधे तरीके से खाना मुश्किल होता है। उसके लिए जीवाणु मध्यस्थ की भूमिका निभाते है। प्राणियों की छोटी-बडी आँतो में यह जीवाणु काम करते रहते है। हम जो अन्न खाते है उसमें से शरीर को जो आवश्यक भाग होता है उसे अलग करने का काम जीवाणु करते है। अन्न का शोषण करने के बाद बचा हुआ भाग विष्ठा (मलमूत्र) के रूप में शरीर से बाहर फेंका जाता है। एक वैज्ञानिक ने लिखा है कि, सिर्फ मलमूत्र ही बचा हुआ भाग नहीं होता। प्राणियों के मलमूत्र में से 50-60% वजन मृत या जिंदा जीवाणु कोशिकाओंका होता है। अगर पेट में इन जीवाणुओं का कार्य ठीक तरह से नहीं हुआ तो अन्न का पाचन ठीक तरह से नहीं होता, इसे हम पेट बिगडना कहते है। फिर कभी कभी इस मलमूत्र का प्रयोगशाला में (पॅथॉलॉजिकल लॅबोरेटरी) विश्लेषण करके जीवाणुओं की संख्या गिनी जाती है।

वनस्पति प्राणियों का अन्न निर्माण करते है और प्राणि वनस्पतियों का अन्न निर्माण करते है। प्राणियों के जरीए किया गया अन्न वनस्पतियों को सूक्ष्म जीवाणुओं के मध्यस्थी से खाना पडता है। गोबर का गोबरखाद या कंपोस्ट खाद में रुपांतरण होने का काम ये जीवाणु ही करते है। जमीन खाद के जाने के बाद वनस्पतियों की जरुरत का हिस्सा निकालकर वह उन तक पहुँचने का काम भी जीवाणु ही करते है। इन सूक्ष्मजीवोंको हमारी खुली आँखे देख नही सकती। यह काम इतना कठिन है कि इसमें जो वैज्ञानिक काम करते है उन्हें भी पूरी तरह से जानकारी हासिल नहीं होती। यह बात फसलों के खाद्यपोषण मं काम करने वाले वैज्ञानिक भी मानते है। वनस्पतियों के खाद्यपदार्थ शोषण का काम जीवाणुं के जरीए होता है इस बात को विज्ञान ने कभी माना ही नहीं है। इसी कारण खाद्यपोषक का सारा अध्ययन रसायनशास्त्र विभाग के द्वारा किया जाता है। किटाणु के कारण वनस्पतियोंकको बीमारी होती है, इसलिए सूक्ष्मजीवविज्ञान विभाग इस बीमारी पर और रोगकारक जीवाणुओं के अध्ययन में ही जूटा हुआ है। कृषी विश्वविद्यालय में स्वतंत्र सूक्ष्मजीवविज्ञान विभाग कहीं भी नहीं है। वनस्पति विकृतविज्ञान और सूक्ष्मजीवविज्ञान विभाग (पॅथॉलॉजी ॲण्ड मायक्रोबायोलॉजी) ऐसा इस विभाग का नामकरण दिखाई देगा। प्रकृति में वनस्पति पर रोग निर्माण करने वाले शत्रु किटाणु और वनस्पति को मदद करने वाले मित्र किटाणु ऐसे दो प्रकार है। एक वैज्ञानिक ने अपनी पुस्तक में लिखा है कि, जाती और प्रजाती की संख्या गिनने पर मित्र जीवाणु की संख्या अनगिनत है ओर रोग निर्माण करने वाले शत्रु जीवाणु की संख्या बहुत

ही कम है। अध्ययन करते समय पता चलता है कि शत्रु जीवाणुओंका अध्ययन विस्तार से दिया जाता है और अनगिनत मित्र जीवाणुओंका अध्ययन बिल्कुल नहीं किया जाता। क्या इन मित्र जीवाणुओं का कभी अध्ययन किया ही नही? ऐसा भी नही हुआ। कुछ वैज्ञानिकों ने इस विषय में बहुत काम किया है। संदर्भ ग्रंथोंमें इसके बारे में जानकारी मिलती है। इसमें बहुत सारी जानकारी किसानों की दृष्टीसे उपयोगी रहकर आजतक वह अँधेरे में कैसे रह सकती है? फसलों के पोषण के व्यापक विज्ञान में से जीवाणु खाद रूपी एक छोटासा भाग आज किसानों के सामने लाया जा रहा है ऐसा क्यों? जीवाणु खाद का व्यापार हो सकता है। जिसका व्यापार हो सकता है उन चीजों का अध्ययन ज्यादा होता है। जो उपयोगी किंतु व्यापारमूल्य नहीं है उसपर काम क्यों नहीं होता? क्या यह सब जानबूझकर हो रहा है? ऐसे कई सवाल मुझे परेशान करते है। अगर इन सारे सवालों का जवाब ढुंढना है तो कृषीविज्ञान विकास के इतिहास का अध्ययन करना चाहिए।

सूक्ष्मजीव विज्ञान के इतिहास की निम्नानुसार प्राथमिक सीढियाँ/विकासक्रम

- ल्युएनहॉक (इंग्लंड) (1632-1723) पहला सूक्ष्मदर्शक यंत्र (सूक्ष्मदर्शी) तैयार किया और सूक्ष्म जीवों का निरीक्षण किया।
- हुक (1635 से 1702) (इंग्लंड) 'मायक्रोग्राफिया' सूक्ष्मजीवविज्ञान पर आधारित पहला ग्रंथ 1665 में प्रकाशित।

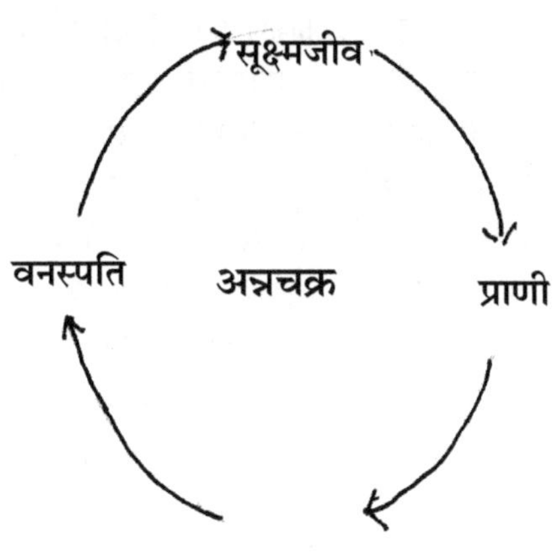

- लुईस पाश्चर (1822-95), फ्रान्स और रॉबर्ट कॉच (1843-1910), जर्मनी ने प्राणियों को और वनस्पतियों को सूक्ष्मजीवों के कारण होनेवाले रोग पर अनुसंधान सूक्ष्मजीवों को कृत्रिम माध्यममें बढाकर उन्हे स्वस्थ जीवों में डालनेपर फिर से वैसा ही रोग पैदा होता है, यह साबित कर दिया।
- विनोग्रेडस्की (1856-1953) रशिया, लिपमन (1974-1939), अमेरिका बैजेरिंक (1851-1931) और सेलमन वॉक्समन (1888-1973) अमेरिका इन्होंने भूमि में जो सूक्ष्मजीव है उनका अध्ययन किया।

इसमें से बैजेरिंक ने सबसे पहले अॅझो और रायझो इन असहजिवी और सहजिवी नाइट्रोजन नत्र स्थिरीकरण करने वाले जीवाणुओं पर काम करके उसका जीवाणु खाद तैयार किया। कृषी विज्ञान के आगे के सफर में उनके इस खोज की ओर जिस प्रकार से ध्यान दिया गया उसी प्रकार से बाकी वैज्ञानिकों की खोज पर ध्यान नहीं दिया गया।

जीवाणु खादसंबंधी विज्ञान पर विश्वास चाहिए

सूक्ष्मजीव विज्ञान की नींव का पत्थर डालनेवाले कुछ वैज्ञानिकों के नाम हमने देखे। उनके साथ उनके कई सहकारियों का योगदान इस विषय के विकास में है। जगह के अभाव से सब लोगों का नाम मैं यहाँ नहीं दे पाया। 15 वे शतक से लेकर सूक्ष्मजीव विज्ञान विषय का शुरू हुआ विकास बहुत ही धीमी गति से आगे बढ गया। इस इतिहास के पन्ने फिरसे पलटने से यह दिखाई देता है कि, समाज के आगे जो प्रश्न है उसे सुलझाने के काम सबसे पहले किए जाते थे। फसलों का रोग और कुछ औद्योगिक उत्पादन खराब होने का कारण ढूँढना उस समय का जटिल प्रश्न था, उसके हिसाब से भूमि की उर्वरकता यह विषय उतना गंभीर नहीं था। फिर भी इन दोनो विषयों पर अनुसंधान शुरू किया था। इसकी वजह से वनस्पति विकृत विज्ञान (पॅथॉलॉजी) का महत्त्व बढने लगा। उस समय विकसित हुए वनस्पति विकृत विज्ञान और सूक्ष्मजीव विज्ञान ऐसी इस विज्ञान की रचना आज भी विद्यापीठमें कायम है। आज फसलों की बीमारी जैसे ज्वलंत प्रश्न का प्रमाण थोडा भी कम नहीं हुआ, बढता ही जा रहा

है। इसके साथही भूमि की उर्वरकता का प्रश्न भी उतनाही ज्वलंत हो रहा है। इस प्रश्न का सूक्ष्मजीव विज्ञान के साथ क्या संबंध है, इसकी ओर अभीभी ध्यान नहीं दिया गया है।

बीमारी के साथ ही फसल के पोषण का विषय भी महत्त्वपूर्ण है। फसल के पोषण में सुधार करके उत्पादन को बढाने के काम का हमेशा ही महत्त्व दिया जाएगा। 19 वी सदी में कुछ रसायनों का उपयोग करने से फसलों का उत्पादन बढता है ऐसी बातों को खोजकर सामने लाया गया था। इसमें नाइट्रोजन, फॉस्फोरस, पालाश और धीरे धीरे कुछ सूक्ष्म पोषकद्रव्यों को खोजा गया था। यह सारे काम रसायन विज्ञान के माध्यम से होने के कारण इस विभाग का महत्त्व कृषीविज्ञान मे असाधारण रहना स्वाभाविक है। लेकिन फसलपोषण सूक्ष्म रसायन वैज्ञानिक नहीं है। सूक्ष्मजीव विज्ञान की मदद लिए बिना यह विषय पूरा हो ही नहीं सकता; यह बात अभी अभी महसूस हो रही है। इस के कारण ही यह पूरा लेखन लिख रहा हूँ।

रसायनिक खाद को पैसों से खरीदना पडता है। सबसे ज्यादा पैसे नाइट्रोजन खाद पर खर्च होते है। नाइट्रोजन खाद का बहुत बडा संचय (भंडारण) हवा में होता है। फसलों को उसकी जरुरत बहुत कम मात्रा में होती है। कुछ जीवाणु हवा में जो नाइट्रोजन होता है उसे फसलों को उपलब्ध कराने का काम करते है। इस खोज की तरफ किसान और वैज्ञानिकों का आकर्षित होना स्वाभाविक है। अगर इन जीवाणुओं को प्रयोगशाला में तैयार करके किसानों को दिया जाए तो उनको इसका बहुत ही फायदा होगा। अतः नाइट्रोजन स्थिरीकरण करने वाले जीवाणु के व्यापार की शुरुआत हुई, इसमें एतराज करने की कोई बात नहीं।

यहाँ पर किसानों को ऐसा लगता है या ऐसा कहा जाता है कि, कुछ निश्चित पद्धती से यह खाद भूमि में डालने से नाइट्रोजन स्थिरीकरण करने वाले जीवाणु जमीन में बढेंगे और हवा से नाइट्रोजन भूमि की तरफ आकर फसलों को मिलेगा। रसायनिक खाद से नाइट्रोजन की पूर्ति करने का काम बहुत ही खर्चे का काम है। इस काम के लिए बहुत बडे पैमाने पर पेट्रोलियम पर आधारित ईंधन का उपयोग करना पडता है। उसके भंडारण खत्म होनेवाले है। इसलिए उसकी किमत बढती ही जाएगी। सरकार इस खाद के लिए बहुत बडी सहुलियत देती है, भविष्य में वह कम हो जाएगी। इसकी तुलना में जैविक स्थिरीकरण का नाइट्रोजन बहुत ही कम कीमत में या बिनामूल्य किसानों को मिलता है। इस वजह से किसान इसकी ओर आकर्षित होते है। उत्पादक और उसे इस्तेमाल करने वाले दोनों भी रसायनिक खाद को 'विष' ऐसा विशेषण लगाते है। यह काम अगर इतना आसान और फायदेमंद होता तो आज जीवाणु खाद का उद्योग तेजी से बढ़ गया होता। लेकिन ऐसा दिखाई नहीं देता। यहाँ पर निश्चित ही कुछ दाल में काला नजर आता है। मुझे ऐसा नहीं कहना है कि, कोई जानबुझकर किसानों को फँसा रहा है। जैविक नाइट्रोजन, स्थिरीकरण का पूरा विज्ञान किसानों के सामने नहीं लाया जाता इसपर मुझे ऐतराज है।

विज्ञान के अध्ययन से जो कुछ भी मुझे ज्ञात हुआ उसे मैं वाचकों के सामने लाना चाहता हूँ। सबसे पहले हम यह देखते है कि जैविक नत्र स्थिरीकरण कब हो सकता है। बढनेवाली वनस्पति को नाइट्रोजन की आवश्यकता, भूमि में उपलब्ध संचय से पूरी होना असंभव है। भूमि में जीवाणू की संख्या योग्य प्रमाण मे होना या जरुरत के अनुसार उसकी संख्या को बढाना और सबसे महत्त्वपूर्ण बात इन जीवाणुओं को काम करने के लिए अनुकूल स्थिती होना, इन सारी बातों का संबंध इसमें आता है। इन सभी मुद्दों का विस्तार से अध्ययन करते समय कई अन्य छोटे छोटे मुद्दे यहाँ उपस्थित होते है। फसलों की अलग अलग जाति, उनके बढने की अवस्था में नाइट्रोजन की जरुरत भी बदलती है। वह पूरी करने के लिए प्रकृति में नाइट्रोजन स्थिरीकरण करने वाले जीवाणु होने चाहिए। सूक्ष्मजीवों में बॅक्टेरिया, ॲक्टिनो-मायसेटस और फफूँदी इन तीनों समूह की अनेक जाति-प्रजाति इस प्रक्रिया में भाग लेती है। किसी वनस्पति के लिए यह काम कौन करेगा ये वनस्पति ही तय करते है। प्रकृति ने वनस्पति सृष्टी को ऐसे अपेक्षित जीवाणुओं से काम कराने की विशेष प्रबंध बहाल किया है। जडों से जमीन में अलग अलग प्रकार के स्राव छोडे जाते है। इनके जरीए जीवाणुओं को कुछ निश्चित संदेश, खाद्य, संप्रेरक मिलते है और इससे ही जरुरतमंद जीवाणु की संख्या बढती है। यहाँ पर जो पॅकिंग मे जीवाणु डाले जाते है

वह बढेंगे या कम होंगे ऐसी शाश्वतता देना कठिन है। इन स्त्रावों पर कुछ वैज्ञानिकोंने काम किया है और बहुत ही कम पुस्तकोमें इसके बारे में विस्तार से पढने के लिए मिलता है। किसानों के स्तर पर केवल इतनी ही जानकारी होना बहुत है। किसान को भविष्य में बहुत ही विज्ञाननिष्ठ होना चाहिए ऐसा मैं सूचित करता हूँ।

नाइट्रोजन स्थिरीकरण... एक सामूहिक काम

भूमि में दो प्रकार के जीवाणु बढते है। एक प्रकार में जीवाणु कार्बनिक पदार्थ सडाकर उसका खाद में रूपांतरण करते है। सडनेवाला पदार्थ अगर उपलब्ध होगा, तो ये जीवाणु अनुकूल स्थितीमें बढते है। दुसरे प्रकार का जीवाणु जो खाद तैयार करते है वही दुसरे प्रकार के जीवाणुओं का खाद्य होता है। फिर क्या कार्बनिक खाद डाला और उनको जो अनुकूल स्थिती मिलती है उसमें वो बढते है? इसका जवाब 'नहीं' है। पिछले लेख में हमने देखा कि, वनस्पतियों की जडों से जो स्त्राव छोडे जाते है उनसे संदेश मिले बगैर भूमि में पोषण समूह के कीटाणुओंकी संख्या बढ नहीं सकती। जीवाणु और मानव की रचना में बहुत फरक होता है। प्रत्येक जीवाणु को प्रकृति में कही ना कही कुछ काम दिया जाता है, अगर काम है तो ही वो बढते है। काम खत्म होने के बाद उनकी संख्या भी वही पर घट जाती है। इसलिए सिर्फ नाइट्रोजन स्थिरीकरण करने वाले जीवाणु भूमि में डालने से वह बढकर हवा से नाइट्रोजन स्थिरीकरण का काम शुरू हुआ ऐसा नहीं होता।

नाइट्रोजन स्थिरीकरण अनेक जीवाणुओं के समूहों द्वारा एकसाथ आकर किया हुआ सामूहिक काम होता है। ॲझो, ॲझोस्पिरिलम रायझा (हर एक के अनेक प्रकार) अगर आज गन्ने की खेती का बहुत बोलबोला हो रहा है, वह ॲसिटोबॅक्टर इन सामूहिक कामोंमें से सिर्फ पहली सीढी पर काम करनेवाला जीवाणु है। नाइट्रोजन स्थिरीकरण का पूरा काम वह नहीं करते। एक हेक्टर भूमि पर जो हवा रहती है उसमें 18,750 किलो नाइट्रोजन होता है। इसमें से फसलों को बहुत ही कम नाइट्रोजन लगता है। यह नाइट्रोजन हवा में जिस अवस्था में होता है, फसले उस अवस्था में शोषण नहीं कर पाती। हवा में नाइट्रोजन के दो अणू इकट्ठे होकर नाइट्रोजन गैस तैयार होती है। रसायनविज्ञान में नाइट्रोजन को N2 कहां जाता है। N2 मतलब नाइट्रोजन के दो अणु इकट्ठे होकर तैयार हुआ रूप। जैविक नाइट्रोजन स्थिरीकरण में यह इकट्ठे आनेवाले दो अणु फटकर उसके दो भाग अर्थात नाइट्रोजन + नाइट्रोजन ऐसे विघटन किया जाता है। यह पहली सीढी है। नाइट्रोजन स्थिरीकरण करने वाले जीवाणुओं के जो लिफाफे हमें बेंचे जाते है उनसे सिर्फ नाइट्रोजन विभाजन के पहली सीढी का ही काम हो सकता है। 'कन्सेप्ट

जैविक नाइट्रोजन स्थिरीकरण

क्र.	सीढियाँ	ऊर्जा अंदर/बाहर	संबंधित जीवाणु	ऊर्जा की कॅलरी प्रति किलो
1.	नाइट्रोजन वायुका विघटन N2 - 2N	अंदर	ॲझो, रायझो आदी (जैविक स्थिरीकरण में)	160
2.	अमोनिया में रूपांतरण 2N - NH3	बाहर	अमोनिफायर समूह	13
3.	नायट्राईट NH3 - NO2	बाहर	नायट्रोसोमोनस	65
4.	नायट्रेट NO2 - NO3	बाहर	नायट्रोबॅक्टर	17
5.	उपलब्ध नाइट्रोजन में से शेष ऊर्जा			65

ऑफ इकॉलॉजी', लेखक डॉ. कोरमोडी इनकी पुस्तक में निम्नलिखित चरणों की जानकारी मिलती है।

सीढी क्र. 2 : इस विभाजन हुए नाइट्रोजन के अणु का हाइड्रोजन से संयोग होकर उसका अमोनिआ में रूपांतरण होता है। जमीन में यह काम करनेवाला स्वतंत्र समूह रहता है। उसे अंग्रेजी में अमोनिफायर समूह कहा जाता है। यहाँ पर हाइड्रोजन जमीन की हवा में उपलब्ध नहीं रहता, वह पानी के विघटन से मिलता होगा। इस विघटन का काम इस समूह के जीवाणु करते है या और कोई? इसके बारे में कुछ पढने में नहीं आया।

सीढी क्र. 3 : इस अमोनिआ का ऑक्सीजन से संपर्क होता है और वह हवा में से हाइड्रोजन की जगह लेता है। यह काम फिरसे दो सीढियों में चलता है। पहली सीढीमें थोडासा ही ऑक्सीजन लेकर नाइट्रोजन का जो रूप तैयार होता है उसे विज्ञान में नायट्राईट कहा जाता है। यह काम नायट्रोसोमोनस इस जीवाणु के समूह से किया जाता है।

सीढी क्र. 4 : इस नायट्राईट में थोडा ऑक्सीजन लेकर उसका स्वरूप नायट्रेट तैयार होता है इसके बाद इस नाइट्रोजन का उपयोग फसल के लिए होता है। यह काम नायट्रोबॅक्टर नाम के जीवाणु समूह करते है। भूमि मैं इस नाइट्रोजन का कार्य जिस प्रकार यहाँ पर बताया गया है। उस तरह और जरुरतनुसार फिरसे उल्टी दिशा से भी शुरू होता है। यह कार्य उल्टी दिशा में यही जीवाणू समूह करते है या और कोई इसके बारे में कुछ जानकारी नहीं मिलती है। हम इसका फॉर्म्युला इस तरह से बना सकते है: हवा-अमोनिया-नायट्राईट-नायट्रेट.

हवा में से नत्र के बजाए नाइट्रोजन खाद डालने से उसका भी कार्य इसी प्रकार होता रहता है। अमोनिया में जो नाइट्रोजन होता है वह फिरसे हवा में नाइट्रोजन वायू स्वरूप में उड जाता है इसे वैज्ञानिक भाषा में डिनायट्रीफिकेशन कहा जाता है। जैविक नाइट्रोजन स्थिरीकरण यह एक सामूहिक काम है और वह कई जीवाणुओं के इकट्ठा आने पर होता है, ऐसा मैंने इस लेख के शुरू में ही बताया है। इसका स्वरूप कुछ इस प्रकार होता है। सामान्य किसानोंके इन सीढियों के नाइट्रोजन की जरुरत नहीं। ज्वार-आटा-आटे से रोटी यह किस प्रकार ज्वार से रोटी तक की सीढियाँ है, वैसा ही कार्य इनका है लेकिन यह कार्य उल्टी दिशा से लेख में जैसे लिखा है वैसे नही किया जाता। रोटी खाने के बाद उससे खाद, यह खाद ज्वार की फसल को डाला जाता है, फिरसे उससे ज्वार हमें मिलता है यह चक्रीय सफर हमें यहाँपर दिखाई देता है। सीढियों को समझने के लिए ऐसा उदाहरण यहाँ पर दिया गया है। यहाँ पर एक प्रश्न खडा होता है कि आज बज़ार में उपलब्ध होनेवाले जीवाणु खाद सिर्फ पहली सीढी में काम करने वाले जीवाणुओं की है। बाकी तीन सीढियों के बारे में जानकारी क्यों नहीं बताई जाती? उनसे भी जीवाणु खाद तैयार करके क्यों नहीं बेचा जाता? हवासे विघटन किया गया नाइट्रोजन फसलों तक पहुँचने के लिए उनके उपस्थिती की जरुरत है या नहीं? या फिर पहले सीढी के जीवाणु जमीन में नहीं, बाकी सब पर्याप्त मात्रा में है? ऐसी कई बातों पर आगे चलकर हम अध्ययन करने वाले है।

कार्यकुशल और अकार्यकुशल जीवाणु

द्विदल (दो दलों वाला) फसलों में फेरफार करना या एकदल फसल में द्विदल मिश्रित फसल होने की प्रथा पहले से ही हमारे यहाँ शुरू है। द्विदल फसलों की जडो की गाँठ में हवा में जो नाइट्रोजन होता है उसका स्थिरीकरण होता है और यह फसलें उनकी जरुरत से ज्यादा नाइट्रोजन का स्थिरीकरण करते है। इस नाइट्रोजन का उपयोग अगली फसल को होता है। अभी जो नत्र स्थिरीकरण की चार सीढियाँ बताई गई है, उसमें से दुसरी सीढी के बाद इस नाइट्रोजन का सफर तिसरी और चौथी सीढीयों से फसलों को उपलब्ध करने की अवस्था की ओर होता है। किसी भी पोषकद्रव्य का सफर स्थिरीकरण और उपलब्धीकरण के मार्ग से ही होता है यह हमने इससे पहले देखा है। अमोनिअम स्वरूप में से ज्यादा नाइट्रोजन आगे अमिनो अॅसिड, अमिनो शुगर ऐसे स्थिर स्वरूप के संचय की ओर जाता है। यह संचय अगली फसलों को उपयोगी होता है। पहले रसायनिक नाइट्रोजन खाद उपलब्ध नहीं था उस वक्त फसलों को नाइट्रोजन की सुविधा प्रकृति में इस प्रकार की थी। दुसरी सीढी के बाद इस उपशाखा के सफर का इतना ही अधुरा उल्लेख यहाँ किया है। इस सफर में भी कई जीवाणुओं का योगदान होता है। उनका जीवाणु खाद बजार में अभी तक तो किसी ने लाया नहीं है।

अब पीछे जो प्रश्न उपस्थित किए उसके बारे में विचार करते है। सिर्फ पहली सीढी के जीवाणु का खाद

बजार में उपलब्ध है, बाकी के क्यों नहीं इसका अध्ययन अभी अभी इसी क्षेत्र के व्यक्तियों के साथ बातचीत करते समय हुआ। उन्होंने बताया कि, पहली सीढी के जीवाणु प्रयोगशाला में कृत्रिमता से बढाये जा सकते है और उनपर आधारित खाद तैयार किया जा सकता है। बाकी प्रकार के जीवाणुओं को प्रयोगशाला में बढाना अभी तक वैज्ञानिकों को संभव नही हुआ या वैसे प्रयत्न (कोशिश) भी नहीं किया गया और इसकी सचमुच जरुरत है क्या इसका एहसास भी नहीं हुआ। किसी निश्चित जीवाणु या जीवाणु समूह का खाद्य निश्चित होता है। वह खाद्य ढुंढना, उसे प्रयोगशाला में कृत्रिमता से बनाकर उन जीवाणुओं को बढाना और उसका संचय जीवाणु बैंक में करके जरुरत के अनुसार उसका उपयोग करना इसपर दुनियाभर में बडे पैमाने पर काम चल रहा है। चिकित्सकीय, औद्योगिक, दूध और कृषि उपयोग में से कई जीवाणुंओ के संचय के साथ जिसे जैविक बैंक कहा जाता है। इस प्रकार के जीवाणु की खोज और संचय भी किया जाता है। दुनियाभर से चैचक रोग का उन्मुलन हुआ है फिर भी उसके रोगाणु ऐसेही किसी बैंक में आज भी संचय करके रखे हुए है ऐसी जानकारी मिलती है। पूना के राष्ट्रीय रसायनिक प्रयोगशाला में (एनसीएल) एक ऐसी बैंक है। कृत्रिम माध्यम तैयार करना और जीवाणु का संचय करना यह सूक्ष्म जीवविज्ञान की विस्तार से काम करनेवाली शाखा है। इसमें प्रचुर मात्रा में साहित्य उपलब्ध है। वाचकोंकी जानकारी के लिए इस विषय को विस्तार से समझाने के बाद हम फिरसे अपने विषय की ओर बढते है। आगे की तीन सीढियों के स्थिरीकरणका काम करने वाले जीवाणु जिस तरह से ऊपर बताया गया है वैसे बढाने का कार्य न करने की वजह से उनके खाद बाजार में उपलब्ध नहीं होते। वनस्पतियों की जडों से छोडे हुए स्राव ही उनके बढने का प्राकृतिक माध्यम होता है। सिर्फ उसका अध्ययन करके वह कृत्रिमता से तैयार करके जीवाणु बढा नही सकते। उनके बढाने के लिए भी अनुकूल स्थिति कृत्रिमता से तैयार करनी पडती है इसलिए यह काम और भी मुश्किल हो जाता है।

पहले सीढी की जीवाणुओंकी खोज के साथ साथ उसका व्यवसायीकरण करने की थोडी जल्दी इस क्षेत्र में हुई ऐसी शंका मन में उत्पन्न होती है। शायद बैजेरिक (1851 से 1931) वैज्ञानिक ने इन जीवाणुओं को सर्व प्रथम ढूँढा, उस वक्त आगे की सीढियाँ और विज्ञान की उन्नती का अनुसंधान नहीं हुआ होगा। नाइट्रोजन चक्र में सारी सीढियों का (जो आज ज्ञात है) खोज होने के बाद ऐसा लगता है इसमें कुछ सुधार की आवश्यकता है। फसलों की नई जाति खोजने में वैज्ञानिक किस प्रकार मशगुल हुए है वैसेही अॅझो, अॅझोस्पायरिलम, रायझोबियम के अलग अलग अनाज के प्रकार और अॅसिटो बॅक्टर ऐसे पहली सीढी के घटक ढूँढने पर ही ज्यादा काम होता है ऐसा लगता है। आगे की जो सीढियाँ है उनके बारे में विचार करने की जरुरत है या नहीं? उसका उत्तर जैसा है ऐसा ही देना पडेगा। हम किसानों को ऐसे बताया जाता है कि, तुम्हारी जमीन के जीवाणु कार्यकुशल नहीं है। कई साल काम करने के बाद प्रयोगशाला में इन जीवाणुओं को ढूँढा है उनका उपयोग करके किसानों ने अपनी फसल का उत्पादन बढाना चाहिए और नाइट्रोजन खाद पर कम खर्चा करना चाहिए। पहली सीढी के जीवाणु कार्यकुशल नहीं है लेकिन आगे के सफर में सभी जमीन में कार्यकुशल होंगे ऐसा हम कह नहीं सकते। पहले फसलें अच्छी होती थी, इसका मतलब जीवाणु कार्यकुशल थे फिर आज क्या हुआ? इसपर ज्यादा बातचीत नहीं होती। उन्हें फिरसे कार्यकुशल बनाने के लिए किसानों की अपनी जमीन प्रबंधन में कुछ बदलाव लाना जरुरी है इसपर कहींपर भी चर्चा नहीं होती। अगर आज यह जीवाणु कार्यकुशलता से काम नहीं कर रहे है तो उनकी ही जाति के पॅकेट से जो जीवाणु खेतों में डाले जाते है वो काम करते है ऐसा हम कैसे कह सकते है। मेरे ख्याल से जीवाणु के साथ इकॉलॉजी के साथ समन्वय से ही कार्यकुशलता प्राप्त होती है।

जीवाणुओंका वर्गीकरण

यह नियम नाइट्रोजन स्थिरीकरण करनेवालों के साथ साथ बाकी सारे जीवाणुओं के लिए लागू होता है। इस स्थिति में कई तत्त्वोंका समावेश होता है। तापमान, आर्द्रता, हवा, सामू, क्षारता, पोषण के लिए खाद्य, ऊर्जा, फसलों की जडों से आनेवाले संकेत आदि ऐसे कई ज्ञात तत्त्वों का यहाँ पर उल्लेख कर रहा हूँ। इसमें से जो प्राकृतिक घटक है उसपर हम नियंत्रण नहीं रख सकते। आर्द्रता और हवा इन पर हम

कुछ प्रमाण में अपना काम कर सकते है। खाद्य और ऊर्जा उपलब्ध कराना हमारे हाथ में है। खाद्य और ऊर्जा के उपयोग के बारे में अध्ययन करके जीवाणुओं का वर्गीकरण हेट्रोट्रॉप्स और ऑटोट्रॉप्स इस प्रकार से कर सकते है। किसानों को जीवाणु खाद के बारे में अध्ययन करना चाहिए उसके लिए वर्गीकरण के तांत्रिक अंग्रेजी शब्दों का अर्थ जानना आवश्यक है।

हेट्रोट्रॉप्स : शरीर के विकास के लिए जो आवश्यक तत्त्वों की और ऊर्जा की जरुरत होती है उसे इस समूह के जीवाणु मृत कार्बनिक पदार्थोंसे प्राप्त करते है। कार्बनिक पदार्थ सडाकर उसका कार्बनिक खाद में रूपांतरण करने वाले जीवाणु इसी समूह में रहते है। इस समूह के जीवाणु जिंदा वनस्पतियों पर कभीभी हमला नहीं करते। इसलिए कार्बनिक पदार्थ सीधे जमीन में सडाने के काम में फफूँदी भूमि में बढने लगती है और क्या उस फसल को रोग पैदा करेगी ऐसी शंका किसानों के मन में आती है वह दूर हो जाती है। जिंदा वनस्पति उनका खाद्य न होने के कारण वह हानिकारक नहीं होते, वह मित्र फफूँदी होतें है। इस समूह में अॅझो, अॅझोस्पायरिलम, यह नाइट्रोजन स्थिरीकरण करने वाले जीवाणु होते है। इसलिए इस समूह से होनेवाले नाइट्रोजन स्थिरीकरण को वैज्ञानिक भाषा में हेट्रोट्रॉपिक नाइट्रोजन फिक्सेशन कहा जाता है। इसका अर्थ भूमि के कार्बनिक पदार्थ के उपयोग से किया गया नाइट्रोजन स्थिरीकरण है। इसका अर्थ अगर आपकी जमीन में आवश्यकता नुसार कार्बनिक पदार्थ का संचय है तभी नाइट्रोजन स्थिरीकरण हो सकता है। जीवाणु खाद को जो बेचते है उन्हें इस का ज्ञान होना आवश्यक है। शायद ऐसा संचय जमीन में होता ही है ऐसा माना जाता होगा। जमीन में आवश्यकता नुसार कार्बनिक पदार्थ नहीं होता उसका कारण हम किसान ही है, हम उसकी तरफ ध्यान नहीं देते। उसकी वजह से भूमि की उर्वरकता, उत्पादन कम हो गया है। इस अवस्था में उसपर जीनेवाले पॅकेट के जीवाणु खेत में छोडने से क्या फायदा होगा? जीवाणु खाद के बारे में इस विषय को अँधेरे में ही रखा जाता है। कई बार उत्पादक, बेचनेवाला और इस्तेमाल करनेवाला किसान इन तीनों सीढियों के बारे में अनजान होते है ऐसा दिखाई देता है। इसलिए मैं कहता हूँ कि, हेट्रोट्रॉप्स शब्द का अर्थ किसानों को समझ लेना चाहिए।

ऑटोट्रॉप्स : इस समूह के जीवाणु शरीर के विकास के लिए कार्बनिक पदार्थों पर ही निर्भर होते है लेकिन शरीरक्रिया के लिए जो ऊर्जा चाहिए वह कार्बनिक पदार्थों के बजाए बाकी मार्ग से प्राप्त करते है। इस समूह के जीवाणुओंका वर्गीकरण दो भागों में किया जाता है। 1) केमो ऑटोट्रोप्स 2) फोटो ऑटोट्रॉप्स केमो ऑटोट्रोप्स समूह के जीवाणु अपनी शरीरक्रिया के लिए अलग अलग रसायनिक क्रिया से बाहर पडनेवाली ऊर्जा का उपयोग करते है और फोटो ऑटोट्रॉप्स समूह के जीवाणु सीधे सूर्यप्रकाश से मिलनेवाली ऊर्जा का उपयोग अपनी शरीरक्रिया के लिए करते है। जमीन में कुछ रसायनिक क्रिया से ऊर्जा अंदर ली जाती है उसे एन्डोथर्मिक क्रिया कहा जाता है। यह समझने के लिए हम दैनिक जीवन से कुछ आसान उदाहरण देखेंगे। चुने के पत्थर को पानी में डालने पर पानी गरम होता है। यहाँ पर उष्मा बाहर फेंकी जाती है। और युरिया को पानी में डालने पर पानी ठंडा होता है यहाँ पर युरिया को पानी में मिलाने के लिए पानी से ऊर्जा का उपयोग किया जाता है इसलिए पानी ठंडा होता है। इन सारी कठिन रसायनविज्ञान का

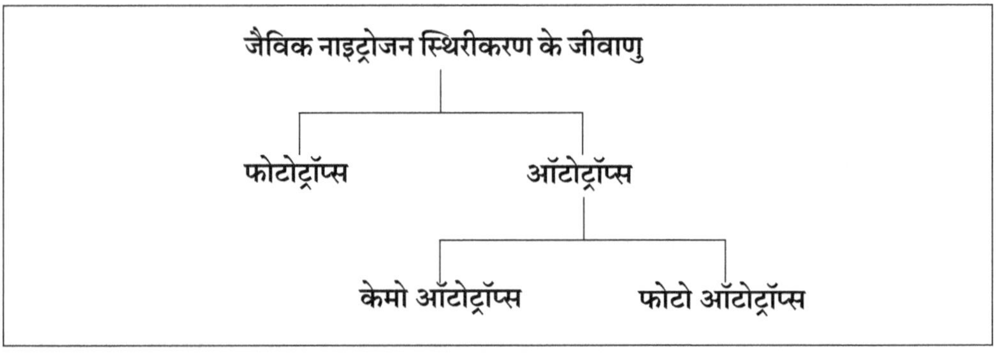

और वर्गीकरण का अध्ययन भी किसानों को करना चाहिए। क्योंकि जैविक नाइट्रोजन स्थिरीकरण में ऐसी क्रियाऐं होती रहती है। उसके बारे में जानने के लिए अध्ययन करना जरुरी है। फोटो ऑटोट्रॉप्स समूह में जो नीली और हरे रंग की काई होती है वह हरितद्रव्य का उपयोग करके सीधा सूरज की ऊर्जा का उपयोग कर सकते है; लेकिन शरीर के विकास के लिए उन्हें कार्बनिक पदार्थों पर भी निर्भर रहना पडता है। जैविक नाइट्रोजन स्थिरीकरण की पहली सीढी पूरी तरह से कार्बनिक पदार्थों पर ही निर्भर रहनेवाली हेटोट्रॉप्स समूह के जीवाणुओं की है। (अँझो, अँझोस्पारिलम असहजीवी समूह के जीवाणु) आगे के तीन सीढियों के जीवाणु केमो ऑटोट्रॉप्स समूह मे है। ऊर्जा को अंदर लेने का काम पहली सीढी में किया जाता है (एन्डोथर्मिक) आगे के हर एक सीढी में अंदर ली गई ऊर्जा थोडी थोडी करके बाहर छोडी जाती है (एक्झोथर्मिक)। जो ऊर्जा बाहर निकलती है उसका उपयोग करके केमो ऑटोट्रॉप्स समूह के जीवाणु यह क्रिया करते है। 'कन्सेप्ट ऑफ इकॉलॉजी': लेखक डॉ. कोरमोडीजीने इस पुस्तक में ऊर्जा के बारे में जो लिखा है वह हम आगे के लेख में देखनेही वाले है। जीवाणु सजीव होते है। सिर्फ हवा और पानी खाकर वह जीवित नहीं रह सकते। खेती में फसल के बढने में इन जीवाणुओं का संबंध आताही है। ऐसा होकर भी इन जीवाणुओं के खाद्य और ऊर्जा की जरुरत के बारे में ज्यादा चर्चा सुनाई नहीं देती। हम किसान इस बारे में अज्ञानी होंगे यह ठीक है लेकिन इस क्षेत्र में जो ज्ञानी व्यक्ति है उनसे चर्चा करने के बाद वहाँ पर भी कोई इसके बारे में नहीं जानता ऐसा अनुभव आया।

कार्बनिक पदार्थों का संचय जमीन में होना चाहिए

जैविक नाइट्रोजन स्थिरीकरण की प्रक्रिया में ऊर्जा का उपयोग कैसे किया जाता है उसके बारे में डॉ. करमोडीजीने निम्नानुसार अपनी पुस्तक में लिखा है।

सीढी क्र. 1 – नाइट्रोजन वायु का विघटन – नाइट्रोजन के दो अणु के इकट्ठे आने से नाइट्रोजन गैस बनती है। इन दो अणुओं को अलग अलग करने के लिए 16.1 किलो कॅलरी प्रति मोल ऊर्जा अंदर लेकर यह क्रिया की जाती है। (N2 - 2N)

सीढी क्र. 2 – नाइट्रोजन के अणु का हाइड्रोजन से संयोग होकर अमोनिअम में रूपांतरण होता है (N - NH3) 12 किलो कॅलरी प्रति मोल ऊर्जा बाहर निकलती है (अमोनिफायर समूह के जीवाणु)।

सीढी क्र. 3 – अमोनिअम का नायट्राइट में रूपांतरण (NH3 - NO2) इस प्रक्रियोमें 65 किलो कॅलरी प्रति मोल ऊर्जा बाहर फेंकी जाती है। (नायट्रोसोमोनस समूह के जीवाणु)

सीढी क्र. 4 – नायट्राइट का नायट्रेट में रूपांतरण (NO2 - NO3) इस प्रक्रिया में 17 किलो कॅलरी प्रति मोल ऊर्जा बाहर फेंकी जाती है। (नायट्रोबॅक्टर समूह के जीवाणु)

जैविक नाइट्रोजन स्थिरीकरण में पहली सीढी के जीवाणु हेट्रोट्रॉटस समूह के होते है। (अँझो अँझोस्पिरिलम), वे अपने शरीर के विकास के लिए, विभिन्न शारीरिक क्रिया करने के लिए भूमि के कार्बनिक पदार्थों पर ही निर्भर रहते है। इसी के साथ ही इस असहजीवी समूह के जीवाणु नाइट्रोजन गैस के विभाजन के लिए 161 किलो कॅलरी प्रति मोल ऊर्जा जमीन में कार्बनिक पदार्थों के ज्वलन से प्राप्त होती है। 161 किलो कॅलरी प्रति मोल परिमाण नाइट्रोजन स्थिरीकरण के बाकी सब अर्थात सहजीवी, औद्योगिक और बिजली के प्रपात से होने वाले ऐसे सब प्रकार के लिए एक जैसा ही है। असहजीवी प्रकार में भूमि के कार्बनिक पदार्थों से, सहजीवी प्रकार में मुख्य वनस्पतियों ने पन्नों में ग्रहण की हुई ऊर्जा से (रायझोबियम ॲसिटोबॅक्टर समूह), औद्योगिक नाइट्रोजन स्थिरीकरण में (नाइट्रोजन खाद की निर्मित करने वाले कारखाने) पेट्रोलियम पर आधारित इंधन का उपयोग करके यह ऊर्जा प्राप्त की जाती है। आगे की हर सीढी में अंदर ली गई ऊर्जा को थोडी थोडी करके बाहर छोडी जाती है। सीढी क्र. 2 में से 13, क्र. 3 में से 65 और क्र. 4 में से 17 ऐसी कुल मिलाकर 95 किलो कॅलरी प्रति मोल ऊर्जा बाहर निकलती है। इसपर आगे की सीढी के केमो ऑट्रोट्रॉप्स समूह के जीवाणु अपनी शरीरक्रिया करते है। जैविक नाइट्रोजन स्थिरीकरण की प्रक्रिया की ऊर्जा के बारे में संदर्भ इस एक ही पुस्तक में मिलता है। कृषी स्नातक शिक्षण में कृषी विस्तार में या जीवाणु खाद बेचनेवाले से इसके बारे में किसानों की कहीं पर भी चर्चा सुनाई

नहीं देती। इसपर चर्चा की आवश्यकता है या नही ऐसा प्रश्न मैं इसमें से सभी ज्ञानी व्यक्तीयों को और हमारे किसानों को पूछता हूँ।

इस ऊर्जा के जमा-खर्च का अध्ययन करने के बाद फसलों को नत्र उपलब्ध होता है उसमें कुल मिलाकर 66 किलो कॅलरी प्रति मोल ऊर्जा बाकी रहती है। क्या यह ऊर्जा नाइट्रोजन के उपयोग से फसल को मिलती है? क्या इस बची हुई ऊर्जा की वजह से नाइट्रोजन फसलों के लिए एक महत्त्वपूर्ण पोषकतत्त्व होता है? इस 66 किलो कॅलरी से अलग अलग वनस्पति खुद के विकास के लिए कितनी ऊर्जा का इस्तेमाल करते है? आगे प्रोटीन या उसके जैसे कुछ घटक (तत्त्व) तैयार करके वही ऊर्जा विभिन्न प्राणी खुद के शरीर विकास के लिए और विभिन्न क्रिया के लिए कितना उपयोग करते है? प्राणियों के इस्तेमाल करने के खाद उनके मलमूत्र में इसमें से कितनी ऊर्जा बाकी रहती है? (ऐसे संदर्भ पाए जाते है कि, प्राणी जो खाद्य खाते है, उसमें से बाकी रह चुके नाइट्रोजन का भाग मूत्रद्वारा बाहर छोडा जाता है) मलमूत्र और प्राणियों के न खाये हुए वनस्पति के अवशेष से नाइट्रोजन की ऊर्जा ही आगे चलकर जैविक नाइट्रोजन स्थिरीकरण के लिए कार्बनिक पदार्थ रूप में उपलब्ध होकर नाइट्रोजनचक्र पूरा हो जाता है। जिस प्रकार ऊर्जा नाइट्रोजनचक्र में घूमती रहती है क्या वैसे वह बाकी पोषकद्रव्य में भी भाग लेती है? या फिर क्या उस अन्नचक्र में काम करने वाले जीवाणुओं को ऊर्जा के लिए नाइट्रोजन पर निर्भर रहना पडता है? ऐसे ही कुछ प्रश्न दिमाग में घुमते रहते है। ऐसा तांत्रिक मुश्किल अध्ययन किसानोंको करना जरुरी है? इस सवाल का जवाब हाँ ऐसा ही देना पडेगा। बाकी मुश्किल शब्दों का अर्थ समझमें नहीं आया तो भी चलेगा; परंतु भूमि में कार्बनिक पदार्थों का संचय बहुत ज्यादा होगा, तो ही जैविक नाइट्रोजन स्थिरीकरण का काम होगा। सिर्फ जीवाणु खाद के पॅकेट विभिन्न मार्ग से डालने से काम नहीं चलेगा यहाँ तक समझ लेना चाहिए। हमारी जमीन में जो जीवाणु है वो पहले कार्यकुशलता से काम करते थे फिर आज क्यों नहीं? इसका जवाब कार्बनिक पदार्थों की कम होनेवाला प्रतिशत है। इन्हें फिरसे कार्यकुशल अवस्थामें लाने के लिए कार्बनिक पदार्थों का उपयोग करना चाहिए क्यों कि इसका कोई दुसरा पर्याय नहीं है। चक्र में से सिर्फ पहली सीढी के जीवाणुओं का खाद डालने से यह काम कैसे होगा? कार्बनिक पदार्थों का उपयोग करके बाकी सीढियों के जीवाणु यदि कार्यकुशलता से काम करने वाले है तो फिर क्या पहली सीढी के जीवाणु भी कार्यकुशल नहीं होंगे?

भूमि की ऊर्जा एक अध्ययन का बडा विषय है। पोषकतत्त्वों से संबंधी (नाइट्रोजन, फॉस्फोरस, पालाश) आज जितनी चर्चा होती है, उस हिसाब से उन पोषकतत्त्वों को लगनेवाली ऊर्जा के बारे में नहीं होती।

जैविक नाइट्रोजन स्थिरीकरण की विभिन्न सीढियों में कितनी ऊर्जा अंदर ली जाती है या बाहर छोडी जाती है, यह किलो कॅलरी प्रति मोल परिमाण में बताया गया है। पदार्थ विज्ञान में उष्मा कॅलरी में गिनी जाती है। एक हजार ग्राम का एक किलोग्राम, एक हजार मीटर का एक किलोमीटर, वैसे ही एक हजार कॅलरी का एक किलो कॅलरी है। आज मार्केट में जो खाद्यपदार्थ कंपनी के नामपर छपकर सीलबंद किये मिलते है, उन्हें उस पदार्थ से कितनी कॅलरी मिलती है यह छापना बंधनकारक किया गया है। अगर हमने उसके आवरण पर देखा तो उसपर (K-Cal) युनिट में लिखा हुआ पाया जाता है। शुरू में किलो कॅलरी अर्थात बहुत ज्यादा ऊर्जा होगी ऐसा मुझे लगता था। किसी छोटे आकार के बिस्किट के पॅकेटपर 150 से 300 किलो कॅलरी प्रति 100 ग्राम ऐसा जिस समय पढा, उस समय यह 161 किलो कॅलरी अर्थात थोडीसी ही ऊर्जा होगी इसका एहसास हुआ। मानव के खाद्य में अनाज, शक्कर जैसे ज्यादा उष्मांक मिलनेवाले पदार्थ उपयोग किए जाते है। वैसे जैविक नाइट्रोजन स्थिरीकरण में फसलों के जो शेष भाग या वह सडकर तैयार हुए कार्बनिक खाद से जो ऊर्जा प्राप्त की जाती है वह कम मात्रा में प्राप्त होती होगी और उस हिसाब से ज्यादा आकारमान का खाद इस्तेमाल करना पडता होगा ऐसा लगता है। विभिन्न फसलों के शेषभाग से प्रति 100 ग्राम कितनी किलो कॅलरी उष्मांक मिलेंगे इसके लिए कोई भी संदर्भ कही भी पढने में नहीं आए। लेकिन ऐसे अध्ययन की आवश्यकता है। इसका खेती में किस प्रकार उपयोग किया जा सकता है, इसपर थोडा सा लेखन किया जा सकता है। मैने फसलों के शेषभाग के सहज, मध्यम और लंबे समय मे सडनेवाले पदार्थ ऐसा

वर्गीकरण इस लेखमाला में पहले लिखा हुआ है, वैसे ही हम जो गोबरखाद और कंपोस्ट तैयार करते है वह मुख्य रूप से मध्यम गति से सडनेवाले पदार्थ के रूप में उपयोग किया जाता है। यहाॅ पर कम समय में सडनेवाले पदार्थसे कम किलो कॅलरी और दीर्घ समय में सडनेवाले पदार्थमें ज्यादा किलो कॅलरी मिलती है। किस तरह से गन्ने का खुत्थ खेत में पाया जाता है, उसे सीधे सडाने का काम पिछले 18-20 सालों से मैं कर रहा हूँ।

गन्ने का खुत्थ सडने के लिए लंबा समय लगता है, पिछले तीन-चार सालों से मैं जोताई न करके इसे सडाने का काम कर रहा हूँ। इससे ज्यादा किलो कॅलरी (प्रति 100 ग्राम उष्मांक) मिलता है। उस वक्त भूमि की उत्पादकता में थोडा बहुत फरक महसूस हुआ है। 1990-95 में घास को सडाने के बारे में ज्यादा चर्चा नहीं थी लेकिन आज उसे मत जलाओ, खेत में ही सडाओ इसपर ध्यान दिया जा रहा है। खेतो में कई किसान घास को उसकी जगह पर ही सडाते है। मेरे गन्ने के खुत्थ की बिना जोताई करने के काम पर और पदार्थ अपनीही जगह पर सडाने के तंत्र संबंधी किसी भी किसान विस्तार कार्यकर्ता या वैज्ञानिक व्यक्तियों ने विशेष ध्यान नहीं दिया। मुझे कृषी तज्ञ झेंडे गुरुजी हमेशा कहते थे, 'अपने प्रयोग के निष्कर्ष के बारे में जब तक तुम वैज्ञानिक शब्दों में नही बताओगे तब तक वैज्ञानिक जगत में कोई भी तुम्हारी ओर ध्यान नहीं देगा।' एक किसान होने के कारण इस बात की कमी मुझे महसूस होती है; लेकिन किसानों को में इतना निश्चित कहता हूँ कि, गन्ने के खुत्थ घास की तुलना में ज्यादा कॅलरी भूमि को देते है। इस वजह से जो फर्क दिखाई देता है वह मैं सांख्यिकी भाषा में तो नहीं कह सकता लेकिन इतना जरुर कहूँगा कि भूमि की उर्वरकता के लिए अगर ऐसा प्रयोग किया तो उसमें क्रांति आ जाएगी इसमें संदेह नहीं। इसको अपनाने का काम आनेवाले खरीफ मौसम से शुरू करना चाहिए यह मेरा विनम्र अनुरोध है। (यह मेरी बिनती है)

अब किलो कॅलरी प्रति मोल क्या है इसके बारे में बताता हूँ। इस बारे में पुस्तक से निम्नानुसार संदर्भ दिया गया है। Mole is a weight of substanc in ground numeracally equal to its molecullar weight. Thus because the molecular weight of N2 is 28 mole of N2 is 28 grams. विज्ञान में हर एक मूलतत्त्व का अणुभार निश्चित किया है। नत्र का अणुभार 14 है। इसलिए नाइट्रोजन गैस का (N2) अणुभार 28 आता है। इसलिए नाइट्रोजन गैस का मोल 28 ग्राम होता है। साधारण किसानों ने इतनी कठिन बातों के संदर्भ की ओर ध्यान न देते हुए सिर्फ इतना याद रखना चाहिए कि 28 ग्राम नत्र स्थिरीकरण के लिए 161 किलो कॅलरी इतनी ऊर्जा पहले सीढी में उपयोग की जाती है। यह सिर्फ नाइट्रोजन गैस के विदारण में उपयोग होनेवाली है, इसके अलावा काम करने वाले जीवाणुओं को जो ऊर्जा लगनेवाली है वो अलग होती है। यह सिर्फ जैविक नाइट्रोजन स्थिरीकरण की ही बात हुई। बाकी हर एक पोषकद्रव्यों के प्रबंधन की कई रसायनिक प्रक्रिया और जीवाणुओं के खुद के विकास के लिए जो ऊर्जा लगनेवाली है अगर उसका आंकडा निकाला तो कितना आ जाएगा? इसका सरल और सीधा अर्थ यह है कि भूमि में ऊर्जा का संचय जितना ज्यादा होगा उतनी ही उर्वरकता उत्पादकता ज्यादा रहेगी। आज भूमि में एकीकृत पोषकद्रव्य प्रबंधन में 25 प्रतिशत जैविक, 25 प्रतिशत कार्बनिक और 50 प्रतिशत रसायनिक ऐसी की गई सिफारस की माँग का बँटवारा (विभाजन) खेत में कैसे करेंगे?

जीवाणु खाद का उपयोग उसकी अध्ययन करने के बाद ही होना चाहिए

हमने अभी देखा कि नाइट्रोजन गैस के विभाजन के लिए 161 किलो कॅलरी प्रति मोल ऊर्जा लगती है। इसका अर्थ यह है कि, 28 ग्राम नत्र स्थिरीकरण के लिए 161 किलो कॅलरी अर्थात 1 किलो नाइट्रोजन स्थिरीकरण के लिए 5750 कि. कॅलरी ऊर्जा सिर्फ नाइट्रोजन विभाजन के लिए ही लगती है। इसमें जीवाणुओंके खुद के विकास के लिए आवश्यक ऊर्जा मिलने पर आंकडा और भी बडा हो जाएगा। आज की भूमि की स्थिति को देखते हुए यह मुद्दा सामने आकर एक प्रश्न उपस्थित होता है कि, सिर्फ नत्र के लिए जमीन इतनी ऊर्जा उपलब्ध कर पाएगा? एक किसान के नाते मैंने यह शंका उत्पन्न की है; फिर भी इसे वैज्ञानिक आधार है। भू-सूक्ष्मजीव विज्ञान विषय की जानकारी मुझे 'इंट्रोडक्शन टू सॉईल मायक्रोबायोलॉजी' (लेखक: मार्टिन अलेक्झांडर) पुस्तक से प्राप्त हुई।

1980-85 में इस पुस्तक को मैंने पुणे में खरीदकर अध्ययन किया था। इस पुस्तक के 457 पन्नों में से 225 से 305 ऐसे 80 पन्नों पर नाइट्रोजन (नायट्रिक) चक्र की जानकारी दी गयी है। सिर्फ जैविक नाइट्रोजन स्थिरीकरण का अध्ययन काफी नहीं होता है। नाइट्रोजन की चक्रिय स्थितिपर ओर स्थिरीकरण ऐसा पूरा अध्ययन होना चाहिए। इसमें स्थित्यंतर के लिए 62 पन्ने और सहजीवी, असहजीवी नाइट्रोजन स्थिरीकरण के लिए 18 पन्ने ऐसा विभाजन किया हुआ है। यह पुस्तक आज एक दर्सी पुस्तक के रूप में विद्यापीठ में उपयोग की जाती है। इसमें से कई संदर्भ किसानों के लिए उपयोगी है। इसमें कुछ संदर्भ दे रहा हूँ :

जैविक नाइट्रोजन स्थिरीकरण का प्रमाण कम होने के मुख्य कारण है, भूमि में रहनेवाला अधुरा कार्बनिक पदार्थों का संचय, नमी और तापमान। पुस्तक का लेखन होने के बाद आज कार्बनिक के संचय की अवस्था और भी बिगड गई है। इस सीमित कार्बन के उपयोग के लिए बाकी चक्र के जीवाणु और नाइट्रोजन स्थिरीकरण के जीवाणुओं की होड लगती है। कार्बन की मात्रा कम होने के कारण सारे भूखे रहते है। (अल्पपोषित हो जाते है) उस वजह से फसलों का उत्पादन कम हो जाता है। आज भूमि की ऐसी ही अवस्था है। इन अल्पपोषित जीवाणुओं की उपस्थिति में हम पॅकेट में से और जीवाणु डालकर क्या हासिल करते है? जैविक खाद का प्रमाणीकरण ज्यादा नहीं किया जाता। इस खाद के कुछ उत्पादक कहते है कि, प्रति ग्राम निश्चित रूप से दस से 100 मिलियन (10^6 से 10^7) जीवाणु हम देते है। किंतु भूमि में जाने के बाद ही प्रश्न खड़े होते है। कार्बन की कमी और होडके कारण जैविक खाद से डाले गए जीवाणु क्या फसल की कटाई तक काम करते है? ऐसा नहीं होता। जीवाणुओं के एक पीढी 20 से 25 मिनट ही जिंदा रहती है। इस हिसाब से देखा जाए तो किसी अल्पअवधिवाली फसलों के लिए जीवाणुओं की कितनी पीढियाँ तैयार होती होगी और मृत भी होती होगी इसका अंदाज लगाना बडा ही कठिन काम है। नाइट्रोजन स्थिरीकरण के लिए इससे संबंधित एक संदर्भ इस पुस्तक में मिला है वह दे रहा हूँ:

Three conditions must be satisfied for hetrotropic fixation to be appreciable. a) Population must be large. b) The rate of new cell formation needs to be rapid because N2 incarporation is growth linked process. c) The bulk of the nitrogen in cells of the active species must come from atmosphere. It can be calculated that some 107 bacterial cells per gram are necessary for the fixation of 2 Kg of Nitrogen per hectare. Should growing season provide as many as 200 favourable days for microbial metabolism, a turnover of formation of 50,000 cells per gram per day are required for the 2 kg nitrogen increase.

(हिंदी अनुवादः संतोषजनक जैविक नाइट्रोजन स्थिरीकरण के लिए तीन बातें (विषय) ध्यान में रखनी चाहिए। (अ) भूमि में जीवाणुओं की संख्या ज्यादा होनी चाहिए। (ब) नए जीवाणुओं की पीढी तेजी से बढनी चाहिए क्योंकि नाइट्रोजन स्थिरीकरण की प्रक्रिया बढने की तेजी से ही संबंधित है। (क) ऐसे जीवाणुओं के कोशिकाओं में स्थिरीकरण हुआ नाइट्रोजन हवा से आया हुआ चाहिए। कुल इस प्रकार गणित कर सकते है कि, हेक्टरी दो किलो नाइट्रोजन स्थिरीकरण के लिए मिट्टी के हर एक ग्राम में दसपर 7 जीवाणु रहना आवश्यक है। अगर मौसम का कार्यकाल 200 दिन तय किया तो जीवाणुओंके आवश्यक नाइट्रोजन के लिए 50,000 जीवाणु हररोज मिट्टी के हर एक ग्राम में हेक्टरी दो किलो नाइट्रोजन बढाने के लिए तैयार होने चाहिए।)

ऐसे संदर्भ अध्ययन से किसानों को कुछ बोध लेना आवश्यक है। पॅकेट से डाले गए जीवाणु कुछ सीमित अवधि में ही काम करते है। लेकिन यह जीवाणु हमेशा के लिए मिट्टी में रहने के लिए भूमि की क्या अवस्था होनी चाहिए इसपर चर्चा होना आवश्यक है। यह काम कार्बनिक पदार्थों से संबंधित है। उसी तरह ये सारे जीवाणु हवा के संपर्क में काम करने वाले समूह से होते है। इसलिए जमीन में हवा और नमी या गर्मी की हालत भी यहाँ पर महत्त्वपूर्ण होती है। तिसरे भाग से ये समझना है कि कोशिकाओं में नत्र हवा से आना महत्त्वपूर्ण है। उसका मतलब अगर भूमि में नाइट्रोजन का संचय काफी मात्रा में है या रसायनिक खाद द्वारा नाइट्रोजन दिया गया होगा तो यह उपलब्ध नाइट्रोजन ही

ये जीवाणु पहले ही इस्तेमाल करेंगे। हमारे यहाँ बागाईत फसलों में नाइट्रोजन खाद और जीवाणुओं के पॅकेट डालना यह दोनो काम शुरू होते है। प्रमाण से अधिक पॅकेट डालना अर्थात ज्यादा स्थिरीकरण यह गणित गलत है। लेखक कहता है कि, आज अॅझो जीवाणु पर ही काम चलता है। उपलब्ध साहित्य का अध्ययन करने के बाद अॅझो सबसे महत्त्वपूर्ण समूह है ऐसा हम कह नहीं सकते। किसानों के इससे संबंधित सारी बातों का अध्ययन करना जरूरी है यह बात मुझे सबके सामने लानी है। बाकी कुछ लेखकोंके संदर्भ आगे आनेवाले ही है।

अॅझोः एक उपयोगी जीवाणु

असहजीवी जीवाणुओंसे होनेवाले नाइट्रोजन स्थिरीकरण का अध्ययन पिछले कई भागों में हम कर रहे है। यह जीवाणु भूमि में कार्यकुशल जडों के आसपास के क्षेत्र में बढते रहते है। कार्यकुशल जडों का क्षेत्र इसका मतलब वनस्पतियों की दो प्रकार की जडे होती है।

1) आधार जडे जो पेडों को खडे रखने में सहायता करते है और 2) अन्नशोषण करनेवाली जडे या कार्यकुशल जडे जिनसे वनस्पतियों को पोषकद्रव्य दिया जाता है। कार्यकुशल जडों के क्षेत्र में अनगिनत सूक्ष्म जीव बढते रहते है। उनमें से कौनसे जीव को बढाना और किसे रोकना है यह इन जडोंद्वारा होनेवाले स्रावों से तय किया जाता है। यहाँ पर जो सूक्ष्म जीवों का समूह है उसका नाम विज्ञान में रायझो स्फिअर रखा गया है। असहजीवी नाइट्रोजन स्थिरीकरण के कई समूह प्रयोगशाला में कृत्रिम माध्यम में बढाने का काम आजतक तो संभव न होने के कारण उनका जीवाणु खाद मार्केट में उपलब्ध नहीं हो सकती। उसी तरह प्रयोगशाला में उनका अध्ययन करने में भी कई बाधाएँ आती है। ऐसे कई सूक्ष्म जीवों के नाम सिर्फ पुस्तक में पढे जाते है। जडों से होनेवाले स्रावों को अॅझो अॅझोस्पिरिलम इन जैसे बजार में उपलब्ध रहनेवाले और न रहनेवाले जीवाणुओं के विकास के लिए महत्त्वपूर्ण स्थान है इस बात को किसानों के सामने लाना है। विकास के लिए जैसे कुछ निश्चित द्रव्य जडों से प्राप्त हो सकते है उसी तरह अपेक्षित स्थिती में ऊर्जा की पूर्ति कार्बनद्वारा, जडोंसे मिलती होगी। इस समूह के सारे सूक्ष्म जीवों का विकास आवश्यकतानुसार हुए बिना वनस्पतियों का अन्नपोषण असंभव है। जिस समय भूमि में कार्बन की कमी होती है उस वक्त समूह के सूक्ष्म जीव स्रावों से मिलनेवाले कार्बन पर निर्भर रहते है। पत्तों के जरीए शोषण किए गए कार्बन का कुछ भाग अगर ऐसे सूक्ष्म जीवों के विकास के लिए उपयोग किया गया तो फसल के उत्पादन के लिए कार्बनकी पूर्ति अधुरी होती है उसकी वजह से उत्पादन घटता है। अब फसलों का उत्पादन कम होने की स्थिति सभी जगह निर्माण हुई है। यहाँ पर पहले जमीन में कार्बनिक पदार्थ बढाना यही एकमात्र मार्ग है। पॅकेट का जीवाणू खाद यह पर्याय यहाँ पर कुछ काम का नहीं। जडों के स्रावों से विकास होना और भूमि के पोषकद्रव्य और ऊर्जा इसपर ही इनका विकास होना जरुरी है। सूक्ष्म जीव विज्ञान की ओर ज्यादा ध्यान न देने के कारण वनस्पतियों का अन्नपोषण सूक्ष्म जीवों के जरीए हो ही नहीं सकता इस बात को कोई मानता नहीं।

भारतीय कृषी अनुसंधान परिषद नई दिल्ली पूरे साल की कृषि संबंधित अनुसंधान नियंत्रित करनेवाली एक मध्यस्थ संस्था है। वहाँ पर सूक्ष्मजीवविज्ञान के विभाग प्रमुख डॉ. एन. एस. सुब्बाराव कई सालों से काम कर रहे थे। इस विज्ञान में प्रचुर मात्रा में लेखन करने वाले यह भारत के एकमात्र वैज्ञानिक होंगे। उन्होंने जैविक नाइट्रोजन स्थिरीकरण, जैविक नाइट्रोजन स्थिरीकरण नया सुधार, खेती के लिए जीवाणु खाद, भूमि में सूक्ष्म जीव और फसलों का विकास ऐसी कई किताबें लिखी है। इन किताबों का उपयोग इस क्षेत्र में काम करने वाले और इस विषय का अध्ययन करने वाले छात्रों को पाठ्यपुस्तक के रूप में होता है। संदर्भ ग्रंथ के लिए भी उपयोग होता है। ऐसी किताबे लिखने का उद्देश्य छात्रों को और वैज्ञानिकों को मार्गदर्शन करना होता है। किसानों का मार्गदर्शक ऐसा उल्लेख कहीं पर भी नहीं आता। वैसे देखा जाए तो ग्रंथ किसानों को भी पढने चाहिए उन्हें इसकी आवश्यकता है। जिन किसानों को वैज्ञानिक तंत्र के बारे में कुछ भी पता नहीं उन्होंने इन किताबों को पढकर ही अंगूर खेती का विकास किया है। खेती का विज्ञान वैज्ञानिकों के पढनेमें और किसानों के पढने में बहुत फर्क है। इसका एक सुंदर उदाहरण है। ग्रंथ का अध्ययन करना और उसमें से खेती के उपयोगी अर्क को निकालकर उसका उपयोग अधिक कठिन, दिमाग और वक्त खर्च होने का काम है। लेकिन यह होना आवश्यक है।

'भूमि में सूक्ष्म जीव और फसलों का विकास' इस अपने ग्रंथ में (चौथी आवृत्ती) डॉ. सुब्बराव लिखते है, Responsc of plants to Azotobacter innoculation

Inoculation of soil or seed with azotobacter is effective in increasing yields of crops in well manuered soil with high orgnic matter containt. Besides the ability to fix atmospheric nitrogen Azo is at also known to sinthesise biologically active substance such as 'B' vitamins IAA and gibbarallins in pure eultures. The organisums paseses certain fungistatic properties even on certain pathogenic species such as lerneria and fuserium. Tnese attributes of azo explains the benificial offects of bacteria in improing seed germination, plant growth, plant stand and vegetative growth.

जिस भूमि में कार्बनिक खाद और कार्बनिक पदार्थों की मात्रा अधिक होती है ऐसी भूमि में ॲझो जीवाणु खाद मिट्टी में मिलाकर अगर बीजों को लगाकर इस्तेमाल करने से फसलों का उत्पादन बढ जाता है। हवा में जो नाइट्रोजन है वह स्थिरीकरण के अलावा ॲझो विटामीन बी, इंडॉल ॲसेटिक ॲसिड, पदार्थ भी तैयार करते है। वैसेही अल्टरनेरिया फ्युजॅरिअम जैसे जानलेवा (खतरनाक) फफूँदी का नियंत्रण भी करते है। इसलिए ॲझो का उपयोग बीजों का अंकुरण, फसलों का विकास, फसलों के विकास का नोक और शाकीय विकास के लिए उपयोगी होता है।

जीवाणु खाद या जीवाणुओं का खाद्य ?

डॉ. सुब्बाराव जी के संदर्भ से यह पता चलता है कि, कार्बनिक पदार्थ जिस जमीन में अधिक मात्रा में होता है वही पर ॲझो जीवाणुओं का विकास होता है उनकी संख्या बढती है। नाइट्रोजन स्थिरीकरण में पहली सीढी के अलावा और भी बाकी काम ये जीवाणु करते है। परंतु वनस्पतियों के विकास के लिए जिन बातों की जरुरत है उसको तैयार करना और खतरनाक फफूँदी पर नियंत्रण करना ऐसे उनके मूलगुणों पर ज्यादा पढने में नही आता। शायद मुफ्त में नाइट्रोजन की पूर्ति यह व्यापार की दृष्टी से मुख्य मुद्दा होगी। ॲझो एक जीवाणु ही नहीं बल्कि उन जीवाणुओं का बडा समूह है। इस समूह में कई प्रजाती के जीवाणु होते है। उनके अलग अलग नाम पुस्तक में पढने के लिए मिलते है। विभिन्न भौगोलिक स्थिति के लिए विभिन्न प्रजाती काम करती होंगी। जीवाणु खाद तैयार करते समय ऐसे विविधता पर कैसे ध्यान दिया जाता है यह एक पहेली ही है। सूक्ष्मदर्शक यंत्र और कृत्रिमता से उन्हें बढाने के काम से हमें किसानों को दूर ही रहना है इसलिए नामों की सूची नहीं देते।

ज्येष्ठ वैज्ञानिक डॉ. सुब्बाराव जी अपनी पुस्तक में आगे लिखते है - Expruments with Azo cultures and crop plants at the IARI leads us to belive that significant in growth and yield of rice, wheat and vegetable crops could obtain in pot trials. How ever under field conditions such uniform & trends towards increse in yield are not always riproducible. Field expruments are needed before any conclusion and benifits to crop production. भारतीय कृषी अनुसंधान परिषद नई दिल्ली में गमले में किए गए प्रयोग में ॲझो जीवाणु खाद के इस्तेमाल से चावल, गेहूँ और सब्जियों के उत्पादन में तेजी होगी ऐसा विश्वास प्राप्त हुआ है; लेकिन प्रत्यक्ष खेती में प्रयोग करने से ऐसी तेजी दिखाई नहीं देती। इसलिए ॲझो जीवाणु खाद के फायदे और उपयोग इस विषय का अंतिम रिपोर्ट छपने से या प्रतिरूप करने से पहले खेत में इसपर और प्रयोग करने की आवश्यकता है। गमले में उत्तम प्रकार की मिट्टी डालकर जो निष्कर्ष पाए जाते है वैसे खेत में मिलना संभव नहीं। ऐसे संदर्भ की तरफ वैज्ञानिक और व्यापारियों का ध्यान नहीं जाता और फिर ॲझो का व्यापार शुरू रहता है।

जीवाणु खाद की वजह से भूमि की उर्वरकता बढती है ऐसा कई बार किसानों को बताया जाता है और वैज्ञानिको द्वारा भी वैसे लिखा हुआ पाया जाता है। राज्य का गुण नियंत्रण विभाग ॲझो खाद की जाँच करता है तो कृत्रिम माध्यम में प्रति ग्राम कितने ॲझो जीवाणु खाद में है इसके बारे में पता चलता है। खेती में चले जाने के बाद वहाँ पर उनको गिनना असंभव होता है। इस बात को मानना पडेगा लेकिन भूमि में ॲझो को डालने से उसकी उर्वरकता बढती है या भूमि

की उर्वरकता से अॅझो जीवाणु बढते है इस बात का मार्गदर्शन किसी तज्ञ व्यक्ति को करना चाहिए ऐसी आशा व्यक्त करना चाहता हूँ।

बी.एस.सी. (कृषि) और बिना कृषि विश्वविद्यालय के बी.एस.सी. (सूक्ष्म जीवविज्ञान) सीखनेवाले छात्रों को अॅझो के उपयोग के पाठ ही पाए जाते है। वैज्ञानिकों से चर्चा करने के बाद यह ध्यान में आता है कि, हम जिस जमीन में खेती कर रहे है उसमें किसीना किसी जाति-प्रजाती के अॅझो मिलते ही है। उनके लिए कार्बनिक पदार्थों का प्रबंधन कैसे करना चाहिए यह मुख्य मुद्दा है। अच्छा सडा हुआ खाद हेक्टरी 40-50 गाडियाँ डालने से यह मुद्दा खत्म नहीं होता। जीवाणु मत डालो, जीवाणुओं का खाद डालो ऐसा बताकर असहजीवी नाइट्रोजन स्थिरीकरण पर चर्चा को समाप्त करता हूँ। सहजीवी नाइट्रोजन स्थिरीकरण, फॉस्फोरस उपलब्ध कर देनेवाले जीवाणु, घास-फूस सडानेवाले जीवाणु ऐसे जीवाणु खाद संबंधी बाकी खतों का अध्ययन हम आगे करने वाले है।

अनाज की जडों पर गाँठ करके वहीं पर बढकर फसलों को नत्र उपलब्ध करानेवाले जीवाणुओं को रायझोबियम समूह कहते है। मूँगफली, तुवर, सोयाबीन, लूसर्न, उडद, मूँग ऐसे अलग अलग फसलों के लिए अलग अलग जीवाणुओं की सिफारस है। ऐसे संदर्भ डॉ. सुब्बाराव जी की किताबों में मिलते है।

इस समूह के जीवाणु बीज (स्पोअर) तैयार नहीं करते है फिर भी भूमि में 19 से 45 सालों तक जिंदा रह सकते है। दो दलों वाली फसलों के अंकुरण के बाद पहले दो पत्ते अनार के होते है। अगर वह निकाली गई तो जडों पर गाँठ देर से और कम मात्रा में निर्माण होते है और उत्पादन कम हो जाता है। मूँगफली या सोयाबीन की फसलों के अंकुरण के बाद अनार के पत्तों को पंछी खा जाते है। ऐसे पेडों का विकास थम जाता है। कॅल्शियम, मॅग्नेशिअम और पालाश के उपलब्ध होने का गाँठ की संख्या और बढने के आकार पर परिणाम होता है।

दो दल वाली फसलों में जैविक नाइट्रोजन स्थिरीकरण

अब दो दल वाली फसलों के जीवाणु खाद संबंधी जानकारी लेते है। जडों की गाँठ की संख्या और आकार जिस प्रकार की जमीन में दो दल वाली फसल की है उसपर निर्भर रहता है। आम्लयुक्त जमीन में चूने का इस्तेमाल करने पर जैसा फायदा होता है वैसा मॅग्नेशिअम की वजहसे नहीं होता। सुपर फॉस्फेट खाद का फायदा दो दल वाली फसलों को होता है। मॉलिब्डेनम के इस्तेमाल का फसलों को फायदा होता है। जडों की गाँठ में जीवाणु के कार्य से इस मॉलिब्डेनम का शायद संबंध होगा, क्योंकि वनस्पतियोंके अन्य भागों की तुलना में मॉलिब्डेनमका प्रमाण गाँठ में ही ज्यादा पाया जाता है। सोयाबीन की फसल के लिए रायझोबिअम जायोनिकम यह जीवाणु जरुरी होते है। इन जीवाणुओं के साथ अगर कोबाल्ट को दिया तो कोबाल्ट न दिए हुए सोयाबीन की तुलना में 52 गुणा ज्यादा नाइट्रोजन कोबाल्ट दिए गए सोयाबीन में पाया गया। सोयाबीन की तरह बाकी दो दल वाली फसलों पर भी कोबाल्ट का अनुकूल परिणाम दिखाई देता है।

बाकी लेखकोंके संदर्भ भी यहाँ पर किसानों की दृष्टीसे महत्त्वपूर्ण है। दो दलों वाली सारी फसलों की तुलना करने पर सबसे ज्यादा नाइट्रोजन का स्थिरीकरण लूसर्न की फसल से किया जाता है। उसके बाद मटर, सोयाबीन, लोबिया का नाम आता है। दो दलों वाली फसलों का भूसा अनाज के भूसे की तुलना में नाइट्रोजन की मात्रा अधिक होने पर जल्दी ही सडते है। ऐसे भूसे का आच्छादन करके सडाने से लूसर्न का भूसा सडते वक्त सबसे ज्यादा तेजीसे जीवाणु जमीन में बढते है। दो दलों की फसलों की जडों की गाँठ में जीवाणु नाइट्रोजन स्थिरीकरण करते है। उसके लिए उस पेड को उचित कीमत देनी पडती है। इसके लिए एक संदर्भ बताता हूँ कि, मटर की फसल जब बढती है तब उसके पत्तों से कार्बन ग्रहण के द्वारा जो ऊर्जा इकट्ठी होती है, उसमें से 32 प्रतिशत ऊर्जा जडों की गाँठ का कार्य करने के लिए, 37 प्रतिशत ऊर्जा भिन्न भिन्न शरीरक्रिया करने के लिए और बची हुई 31 प्रतिशत ऊर्जा पेडों के विकास के लिए उपयोग में ली जाती है। ऊर्जा का उपयोग इस गाँठ के जीवाणुओं के कार्य के लिए बडे पैमाने पर किया जाता है इस वजह से अनाज की तुलना में दलहन फसलोंमें कलियों का उत्पादन कम होता है। यह उदहारण मटर का है लेकिन बाकी अनाज के बारे में भी थोडे बहुत फर्क से ऐसा ही होता है। यहाँ पर ऐसा प्रश्न पैदा होता है कि, भूमि में कार्बनिक पदार्थों की मात्रा

बढाने से मतलब कार्बनिक खादकी मात्रा बढाई तो पत्तों के कार्बन के इस्तेमाल करने का प्रमाण कम होकर वृद्धि के लिए ज्यादा कार्बन शेष रहकर उत्पादन में वृद्धि होगी क्या? दो दलों वाली फसल कार्बनिक खाद को अच्छा प्रतिसाद देते है। इसका मतलब गाँठ के जीवाणुओं के कार्य के लिए भूमि के कार्बनिक पदार्थों को भी इस्तेमाल किया जाता होगा, लेकिन ऐसे संदर्भ नहीं पाये जाते।

ॲसिटोबॅक्टर के कार्यकुशलता

ऐसा हमेशा ही कहा जाता है कि, दो दलों वाली फसलों की जडों पर बढनेवाली गाँठ में जो जीवाणु होते है उनके द्वारा हवा में से नाइट्रोजन फसलों को उपलब्ध करा दिया जाता है। इसी फसलों के विकास से भूमि में नाइट्रोजन का प्रमाण बढता है। और यही नाइट्रोजन आगे की फसलों के लिए फायदेमंद हो जाता है, इस वजह से एक दल फसलों के बाद दो दल वाली फसलों को उगाने में फायदा ही होता है। ऐसी हमारी प्रथा है और विश्वविद्यालय की भी सिफारिश है। विभिन्न फसलें भूमि में निश्चित रूप से कितना नाइट्रोजन स्थिर कर सकती है इसका भी अध्ययन होता है। यहाँ पर कुछ सवाल पैदा होते है। गाँठ में जो जीवाणु होते है क्या वह जरुरत से ज्यादा नाइट्रोजन हवा से लेकर जडोंद्वारा बाहर छोडकर भूमि में नाइट्रोजन का संचय बढाते है? या फिर फसलों के कटाई के बाद जडों की गाँठ के शेषभाग भूमि में रहते है, वह सडने के बाद उसमें से अगली फसल के लिए नाइट्रोजन की पूर्ति की जाती है? मूँगफली जैसी फसलों की कटाई नहीं होती। उनके पेड पूरी तरह से उखाड दिए जाते है। कई बार जमीन से बाहर भी ले जाते है। मूँगफली की गौण फसल को फायदा निश्चित रूप से होता है। दो दलों वाले अनाज की फसल में एक दल की तुलना में नाइट्रोजन का प्रमाण अधिक होता है। ऐसे शेषभाग भूमि में गढने की वजह से अगली फसल को यह नाइट्रोजन मिलता है। उदा. हरी खाद, ज्यादातर फसलों की जडे ही मिट्टी में रह जाती है। कुछ फसलों की पत्तियाँ सडकर जमीनपर पडती है। (उदा. सोयाबीन) ऐसे अलग अलग प्रकार में निश्चित रूप से किस तरह और कितना नाइट्रोजन स्थिरीकरण होता होगा?

दुसरा प्रश्न यह पैदा होता है कि, क्या नाइट्रोजन स्थिरीकरण ही एकमात्र उद्देश्य इस गाँठ के जीवाणुओं का है? ऐसी फसलों को नाइट्रोजन खाद देने से गाँठ की संख्या और आकार कम होता है ऐसे संदर्भ पाये जाते है। इसी के साथ उस फसलों की आवश्यकतानुसार नाइट्रोजन रसायनिक खाद देने से उसका प्राकृतिक विकास न होकर अलगही विकास होता है; उस वजह से नाइट्रोजन स्थिरीकरण के सिवाय फसलों के विकास की जरुरत के कुछ बाकी काम भी इन जीवाणुओंसे होते होंगे; लेकिन इसके बारे में ज्यादा पढने में नही आता। इस विषय में अगर किसी का ज्यादा विस्तार से अध्ययन हुआ होगा तो उसे ॲग्रोवन को भेजकर वाचकों के सामने लाने की मैं विनती करता हूँ।

सहजीवी नाइट्रोजन स्थिरीकरण में दो दलों वाली फसलों के लिए रायझोबियम के सिवाय गन्ने के लिए ॲसिटोबॅक्टर नाम से और एक जीवाणु खाद बाजार में उपलब्ध है। यह जीवाणु नाइट्रोजन स्थिरीकरण में अधिक कार्यकुशल है ऐसा कहा जाता है। 15 से 20 साल पहले पुणे के वसंतदादा शुगर इन्स्टिट्युट में कम लागत के गन्ने की खेतीपर एक संगोष्ठी आयोजित की थी। उस संगोष्ठि में ऐसा बताया गया कि, अभी अभी मद्रास से (उस वक्त चेन्नई का नाम मद्रास था) एक ॲसिटबॅक्टर नाम का जीवाणु लाया है। यह जीवाणु इतना कार्यकुशल है कि, इसके इस्तेमालसे इसके आगे गन्ने की फसल में रसायनिक खाद की जरुरत 50 प्रतिशत कम होनेवाली है उस कार्यक्रम में वैज्ञानिक और हम किसानों में यही चर्चा का विषय था। इस कार्यक्रम के बाद किसी भी शक्कर कारखाने के कार्यक्षेत्र में इसका उपयोग बडे पैमानेपर नाइट्रोजन खाद में अधिक मात्रा में बचत हुई, ऐसी जानकारी कही भी पढने में नही आई। इस बीच ॲसिटोबॅक्टर कहीं पर गायब हो गया और अब जॉइंट ॲग्रेस्को में पाडेगाव के गन्ना अनुसंधान केंद्र के वैज्ञानिकोने इसके उपयोग के बारे में निष्कर्ष जारी करके फिरसे उसे प्रकाश में लाया गया। फिरसे एक बार कृषि विश्वविद्यालय के वरिष्ठ वैज्ञानिक इस निष्कर्ष से इतने प्रभावित हो उठे कि इसके बाद कोल्हापूर में हुए विभागीय ॲग्रेस्कोपर सिर्फ ॲसिटोबॅक्टर का ही प्रभाव था। 50 प्रतिशत नाइट्रोजन खाद में बचत होने से गन्ना उत्पादक किसानों में आनंद का वातावरण निर्माण हुआ था। लेकिन उसके बाद शायद कही कुछ होने की वजह से फिरसे ऐसा क्षण देखने को नहीं मिला।

पंचायत समितीद्वारा मेरे गन्ने के खेत में एक प्रयोग लिया गया, उसमें अॅझो अॅझोस्पिरिअम और अॅसिटोबॅक्टर ऐसे तीनों जीवाणु खाद की जितनी सिफारिश है उतने पॅकेट मेरी खेती में डाल दिए गए। 25 प्रतिशत क्षेत्र में मैने इस खाद का इस्तेमाल नहीं किया। इस्तेमाल किया गया क्षेत्र और न किया गया क्षेत्र में ज्यादा फर्क नहीं दिखाई दिया। प्रश्न ऐसा था कि, अगर अॅसिटोबॅक्टर इतना कार्यकुशल होगा तो उसके साथ बाकी दो जीवाणुओं के खाद के पॅकेट क्यों इस्तेमाल किए गए? अॅसिटोबॅक्टर अगर इतना कार्यकुशल है तो 15-20 साल पहले ही वह किसानों में लोकप्रिय क्यों नहीं हुआ? वसंतदादा शुगर संस्था के और पाडेगाव के वैज्ञानिकों ने निश्चित ही गमले में प्रयोग नहीं किए होंगे। या फिर विश्वविद्यालय का अनुसंधान किसानों के खेतों तक नहीं पहुँचा? नए तंत्र को इस्तेमाल करने के बारे में किसानों में उदासीनता होने के कारण इन सारी बातों को यहीं पर खत्म करना है और फिरसे पाँच-दस वर्षों बाद कोई ना कोई इसके बारे में बोल पडेगा/यह कुछ समझ में नही आता।

फॉस्फोरस पिघलानेवाले/घुलानेवाले जीवाणु

अॅसिटोबॅक्टर से जितनी अपेक्षा थी उतना प्रभाव वह क्यों नहीं दिखा सका इसपर गौर करने की जरुरत है। किसी कार्यकुशल जीवाणु को डालने से सभी काम हो जाते है ऐसा कभी भी नहीं होता। असहजीवी नाइट्रोजन स्थिरीकरणकी चार सीढियाँ अॅसिटोबॅक्टर को भी निश्चित रूप से लागू होती होगी। ज्यादा कार्यकुशलता से काम करने वाले इस जीवाणु के लिए उतनी ज्यादा कार्बनिक पदार्थों की पूर्ति भूमि में होना जरुरी है। रायझोबियम सहजीवी जीवाणु की तरह अॅसिटोबॅक्टर जड में रहकर पत्तों में शोषण किए गए कार्बन का संचय खत्म करके अगर इस नाइट्रोजन स्थिरीकरण का काम करेगा, तो उत्पादन में तेजी कैसे मिलेगी? दुसरी तरफ गन्ने की खेती में जीवाणु खाद के इस्तेमाल के साथ रसायनिक खाद का भी अधिक उपयोग होता है। अधुरे कार्बनिक पदार्थों पर ज्यादा चर्चा नहीं होती।

ऐसा ही कुछ प्रकार फॉस्फोरस पिघलानेवाले जीवाणु के बारे में शुरू है। (पी.एस.बी.) नाइट्रोजन के जीवाणु के बाद 10-15 सालों बाद इसका जन्म भारतीय बाजार में हुआ। फॉस्फोरसयुक्त खाद जमीन में डालने के बाद थोडी ही देर में उनका स्थिरीकरण होता है और वह फसलों को अनुपलब्ध अवस्था में जाते है। अब ऐसे खाद अगर फसल को उपलब्ध अवस्था में फिर से लाना है तो इन जीवाणुओं का डालना जरुरी है ऐसा बताया जाता है। सारे पोषकतत्त्व डालने के बाद उनका स्थिरीकरण होता ही है, फिर फॉस्फोरस के स्थिरीकरण के बारे में वैज्ञानिकों ने इतना बोलबाला करने की क्या जरुरत है? स्थिरीकरण का अर्थ यह है कि, पानी में घुलनशील अवस्था से पानी में न घुलने की अवस्था में जाना। ऐसे पानी में न घुलनेवाली अवस्था के खाद अम्ल में घुल सकते है और आगे अम्ल में घुले हुए अन्नांश पानी में घुलकर फसलों को मिलते है। अब इस फॉस्फोरस उपलब्ध कर देनेवाले जीवाणुओं का जमीन में किस तरह से कार्य चलता है इसका अध्ययन करेंगे। यह जीवाणु पहले कार्बनिक अम्ल तैयार करते है। इस अम्ल में बढनेवाली वनस्पतियों की आवश्यकतानुसार फॉस्फोरस घुलता है। यह मिश्रण आगे पानी में घुलकर फसलों को फॉस्फोरस मिलता है। यहाँ पर ऐसा प्रश्न उत्पन्न होता है कि, क्या सिर्फ जीवाणु खाद के उपयोग से फॉस्फोरस की उपलब्धी होगी? वैसे नही होता। जीवाणुओं की शारीरिक जरुरतें, आगे की पीढीयों के निर्माण के लिए कार्बनिक पदार्थों की जरुरत होती है, वैसे कार्बनिक अम्ल तैयार करने के लिए भी कार्बनिक पदार्थों की ही जरुरत है। हम फिरसे कार्बनिक पदार्थों के पास आकर रुक जाते है।

यहाँ पर कुछ बुनियादी (मूलभूत) प्रश्न मैं वाचकों के सामने लानेवाला हूँ। आच्छादन सडते समय जो कार्बनिक अम्ल तैयार होते है उसमें से भी फॉस्फोरस की उपलब्ध हो सकती है; लेकिन हम आच्छादन का उपयोग न करते हुए अच्छा सडे हुए कार्बनिक खाद के इस्तेमाल के लिए ही महत्त्व देते है। यहाँ पर तैयार होनेवाला अम्ल बेकार जाता है और फिर जरुरत के समय फिरसे तैयार करना पडता है।

हरित क्रांति के शुरू के समय में 1960 में हमें बहुत बडे प्रमाण में फसलें मिली। उस वक्त यह जीवाणु खाद बाजार में उपलब्ध नहीं था, फिरभी फॉस्फोरस का पोषण अच्छी तरह से होने के कारण ही यह उत्पादन मिला होगा। उस समय भी फॉस्फोरस का स्थिरीकरण होता ही था। इसका अर्थ फॉस्फोरस उपलब्ध करने वाले जीवाणु जमीन के लिए नए नही है। वह पहले भी

जमीन में थे और आज भी है। सिर्फ पहले वो जमीन में अच्छा काम करते थे; लेकिन आज नहीं कर सकते। फिर आज नहीं कर सकते इसके लिए कोई दुसरा उपाय अर्थात दुसरे जीवाणुओं का लाना है या फिर इन्हीं के खाद्य पदार्थ की अच्छी व्यवस्था करनी है? भूमि में कार्बनिक पदार्थों की मात्रा बढानी है यहीं विचार उचित है।

फॉस्फोरस पिघलानेवाले जीवाणु जमीन में से स्थिर संचय जरुरतनुसार उपलब्ध अवस्था में लाते है। वह खुद फॉस्फोरस निर्माण नहीं करते। जमीन मे उनका संचय होना जरुरी होता है। यह संचय जैसे जैसे कम होता जाएगा वैसे वैसे इसे भरने का काम किसानों को करना ही पडता है। इसलिए जीवाणुओंसे फॉस्फोरस फसल को उपलब्ध करा देना इसका मतलब फॉस्फोरसयुक्त खाद का हफ्ता देने की जरुरत नहीं ऐसे नहीं।

कई बार इस खाद को बेचते समय विक्रेता इस खाद में फॉस्फोरस उपलब्धी कर देनेवाले जीवाणु है ऐसा कहते है। तो कोई मेरे खाद में 15-20 किस्म के जीवाणु जो फॉस्फोरस पिघलाते है ऐसा कहकर उसे बेचते है। कौनसी फसल के लिए कौनसा काम करते है इसका फर्क अभी तक किसी ने भी निश्चित नहीं किया है। इतने सारे प्रकार के जीवाणु इकट्ठा लाने का क्या मकसद हो सकता है, या यह एक विज्ञापन करने का तरीका है, या किसानों को इस की ओर आकर्षित किया जा रहा है? यह कुछ समझ में नहीं आता।

गिली घास सडानेवाले जीवाणुओं की तरफ किसानों का आकर्षण

अब इन जीवाणुसंबंधी डॉ. सुब्बाराव क्या लिखते है वह देखेंगे : Vegetables respond better then cereal crops to application of P dissolving microbes. In U.S.S.R. Commertial preparation under the name Phosphobacterin containing becterial cells of Bacillus magantherium was widely used for the first time. The use fullness of first bacterization of soil was rather over emphasised, inspite of the fact that grain yield was of the order of 5 to 10 % several trials have been conducted by IARI with wheat, berseem, Maize, Arhar and Rice to test efficiency of PSB on the yield of crops plants. The result have shown that significant increse in 13 of out of 38 expruments conducted in differant agroclimetic conditions. These results point out that consistant responce in incresing yield was not always seen.

हिंदी अनुवाद : अनाज की तुलना में सब्जियों की फसलें पीएसबी के उपयोग को ज्यादा अच्छा प्रतिसाद देती है। ऐसे जीवाणुओंका उपयोग बडे पैमाने पर सबसे पहले रशिया में किया गया। इस जीवाणु खाद के उपयोग को उपयुक्तता की तुलना में ज्यादाही महत्त्व दिया गया है। भारतीय कृषि अनुसंधान संस्था में गेहूँ, मकई, चना और चावल ऐसी फसलों पर अलग अलग भौगोलिक स्थिति में प्रचुर मात्रा में प्रयोग किए गए है। ऐसे 38 प्रयोगों में से 13 प्रयोगों में उत्पादन में तेजी दिखाई दी। इससे यह दिखाई देता है कि, इस खाद से उत्पादन में हमेशा ही विकास नहीं मिलता।

अलग अलग प्रयोग में कम-ज्यादा प्रतिसाद मिलने की वजह अनेक होंगी; लेकिन निश्चित रूप से क्या कारण है यह किसानों को बताने के बजाए उनको यह बताया जाता है कि, जमीन के जीवाणु अभी कार्यकुशन नहीं रहे इसलिए पॅकेट में से जीवाणुओं का उपयोग करना पडेगा। कार्यकुशलता कम होने की वजह और उसे पहले जैसा बनाने के लिए क्या उपाय किया जा सकता है इस पर ज्यादा चर्चा नहीं होती। फॉस्फोरसयुक्त रसायनिक खाद बडे पैमाने पर तैयार करके बेचनेवाली कुछ कंपनियाँ आज इन जीवाणुओं का व्यापार बडे विस्तार से करते हुए नजर आ रही है। शायद इसके पीछे इनका अच्छा उद्देश्य होगा जैसे खाद का उपयोग किसानों ने ज्यादा कार्यकुशलता से करने से उनका भला ही होगा; या फिर अपना व्यापार बढाने के लिए वे यह सब कर रहे है? यह बात कुछ समझमें नहीं आती। लेकिन जमीन में जो कार्बनिक पदार्थ है उससे इन सबका संबंध है इस बारे में चर्चा होते हुए दिखाई नहीं देती। इस बात का दुख होता है। जिसप्रकार फॉस्फोरसयुक्त खाद डालते है उसके साथही जीवाणु खाद भी इस्तेमाल करने चाहिए, ऐसी मानसिक स्थिति किसानों की हुई होगी ऐसा एहसास महाराष्ट्र से कई जिलों में से किसानों के दूरध्वनी आने से पता चलते है। जीवाणु खाद के उपयोग के अलावा जीवाणु खाद्य

जमीन में उपलब्ध करने के काम को ज्यादा महत्त्व देना चाहिए इसके बारे में कुछ बुनियादी जानकारी जीवाणु खाद इस विषय के आखिर में देनेवाला हूँ।

नाइट्रोजन, फॉस्फोरस के बाद के गीली घास सडानेवाले जीवाणु खाद बाजार में आए। ये जीवाणु जमीन और हवा में इतनी बडी संख्या में होते है कि ये नहीं है ऐसी कोई भी जगह ढूँढने से भी नहीं मिलेगी। फिरभी इस खाद का व्यापार चलता है। किसानों में ज्यादा उत्पादन देने वाले जातियों का जिसप्रकार आकर्षण रहता है उसी प्रकार तेजी से गीली घास सडकर उसका खाद तैयार होना चाहिए इस बात का भी अपनाही आकर्षण होता है। जो पदार्थ सडने के लिए कठिन होता है उसे सडाने के लिए ऐसे उन्नत जीवाणुओं का इस्तेमाल करने की जरुरत है ऐसा भी कहा जाता है। किसी फसल के लिए आच्छादन के तौर पर घास डालने के बाद उसका जल्दी ही सडकर खाद तैयार होकर इसी फसल को फायदा होना चाहिए, ऐसी अपेक्षा कई किसानों की होती है। सारे क्षेत्र में मानव को तेजी का आकर्षण होता ही है। वैसेही इस क्षेत्र में भी है। मुझे ऐसा लगता है कि मैं किसानों से यह विनती करू कि, कुछ अपेक्षित स्थिति में ऐसे जीवाणु खाद से निश्चित रूप से हुआ फायदा और अनुभव को उन्हे वाचकों के सामने लाना चाहिए। इसका महत्त्व समझकर अनेक लोगों द्वारा ऐसे जीवाणु खाद उत्पादन करके मार्केट में लाये गये; लेकिन थोडी ही अवधि में उन्हें उत्पादन को रोकना पडेगा ऐसे उदाहरण मेरे सामने आए है।

जीवाणु खाद का व्यापार हुआ है

फसलों के कोई भी पोषकद्रव्य जमीन में डालने के बाद उसका सर्वप्रथम स्थिरीकरण होता है। उसके बाद जरुरत के अनुसार वह फसलों को उपलब्ध होते है; यह भू-सूक्ष्मजीव वैज्ञानिक तत्त्व इससे पहले हमने अध्ययन किया है। पोषकद्रव्य के प्रबंधन में यह दो सीढियाँ जमीन के सूक्ष्म जीवों से किए जाते है इसकी जानकारी प्रत्येक पोषकद्रव्य के स्थिरीकरण में और आगे उपलब्धीकरण में अलग अलग जीवाणु काम करते है। स्थिरीकरण में काम करने वाले जीवाणुओं के खाद इस नाम से नहीं बेचे जाते। गीली घास सडानेवाले जीवाणु इस नाम से बेचे जाते है, गीली घास सडाने की प्रक्रिया में यह स्थिरीकरण का काम चलता है। कृषि विज्ञान में स्थिरीकरण और उपलब्धीकरण प्रक्रियोंसे पोषकद्रव्यों का प्रबंधन होता है इस बात को कोई मानता ही नही। इसलिए इस नाम से किसानों का मार्गदर्शन नहीं किया जाता।

पोषकद्रव्य उपलब्ध कराने वाले जीवाणु फसलों की कार्यकुशल जडों के आसपास बढते है। उस जगह को वैज्ञानिक भाषा में रायझोस्फिअर ऐसा नाम है। हिंदी में हम इसे पोषकद्रव्यों को उपलब्ध करानेवाले जीवाणु कहेंगे। जो जीवाणु खाद आज बेचे जाते है वह इसी समूह में काम करने वाले सूक्ष्म जीवों की है। नाइट्रोजन और फॉस्फोरस उपलब्ध कर देनेवाले जीवाणु खाद पहले बाजार में थे। अब पालाश, आयर्न, सल्फर ऐसे कई पोषकद्रव्य संवर्धन के जीवाणु खाद बाजार में आ रहे है। जैसे जैसे समय बीतता जाएगा वैसे अध्ययन और जरुरते बढती जाएगी; वैसे सब जगह 13 पोषकद्रव्यों की विभिन्न; और मिश्र जीवाणु खाद भी बजार में उपलब्ध होनेवाले है। किसी पोषकद्रव्य के लिए कितने जाती-प्रजाती के जीवाणु काम करते रहते है। आज अॅझो, अॅझोस्पिरिलियम इस नाम से खाद बेच दिए जाते है। उसी तरह यह नाइट्रोजन उपलब्ध करने वाले 4-0 किस्म के जीवाणुओं के खाद, फॉस्फोरस उपलब्ध करके देनेवाले 10-15 जीवाणुओं के खाद ऐसे प्रकार बाजार में है और आनेवाले है। हर एक पोषकद्रव्य के लिए समय के साथ अलग अलग उत्पादन करनेवाली कंपनियों के नाम से जीवाणुओं के वैज्ञानिक नाम की बहुत बडी सूची देकर भी खाद बाजार में आ रहे है। इसके आगे पोषकद्रव्यों का खाद और उसे उपलब्ध कर देनेवाले जीवाणुओं का खाद ऐसा भी व्यापार शुरू हो जाएगा। इसके आगे मैने अपने लेख में कुछ जानकारी दी है। उसी तरह जमीन में जीवाणुओं के वृद्धि के लिए पोषकद्रव्यों की जरुरत होती है वह जरुरत के अनुसार न होने की वजह से जमीन के जीवाणु ठीक तरह से काम नहीं करते ऐसा मैं लिखता आया हूँ। जीवाणुओंके पोषकद्रव्य के व्यापार की तरफ बाजार आगे बढ रहा है। इन जीवाणुओं का जामन और उनके खाद्य के पॅकेट ऐसे दोनो पॅकेट इकट्ठे करके जमीन में डालिए ऐसा भी व्यापार अपवादात्मक शुरू हुआ है ऐसे भी कई उदाहरण है। भविष्य में यह प्रकार बढनेवाला है। साधारण जीवाणु खाद की तुलना में इस प्रकार के खाद कितने ही गुना महँगे है। पॅकिंग,

खेत तक पहुँचनेवाले बिक्री प्रतिनिधी लॅपटॉप और सीडीपर प्रत्यक्ष फसलों को हुआ फायदा उसी समय दिखाने की सुविधा हो रही है। इस तरह से भविष्य में इस व्यापार में तेजी आनेवाली है। आनेवाले समय में फसलों के औषधालय (दवाखाने), डॉक्टर और फसलों के सभी भागों की जाँच करनेवाली प्रयोगशाला निर्माण होने वाली है। ऐसा व्यापार अगर बडे पैमाने पर शुरू हुआ तो सरकार को गुणनियंत्रण विभाग भी शुरू करना पडेगा। इस सारे मायाजाल में किसान निश्चित रूप से कहाँ होगा इसका जवाब तो आनेवाला समय ही देगा।

जमीन में सभी प्रकार के जीवाणु रहते ही है। कोई भी फसल की वृद्धि होते समय सिर्फ खुद की जरुरत के पदार्थ तैयार नहीं करते। उदा. अनाज, तेल के बीज, फल सब्जियाँ। इन सबके साथ जीवाणुओं का खाद्य भी निर्माण होता ही है। फसलों के शेषभाग, कूडा-कचरा, सूखी हुई टहनियाँ, छाटने के बाद मिलनेवाला कूडा-कचरा यही सब जीवाणुओं का खाद्य है। सदाबहार और झडनेवाले वृक्षों के पत्ते उसी जगह पर झडने के कारण उस पेड के नीचे जो जीवाणु रहते है लगता है प्रकृति ने उनके लिए ही यह सुविधा करा दी है। ये सब जीवाणुओं के पास जल्दी से जल्दी कैसे पहुँचाना है इसके बारे में किसानो में जिस प्रकार जागृती निर्माण करनी चाहिए उस प्रकार से कुछ नही किया जाता। इस काम को उतना महत्त्व नहीं दिया जाता। इसपर कृषि विश्वविद्यालय, खेती के विभाग में काम करने वाले वैज्ञानिक और विस्तार करने वाले व्यक्तियों को आत्मपरिक्षण करना चाहिए ऐसी विनती मैं करना चाहता हूँ। शेषभागों के रिसायकलिंग पर अधिक काम किया गया होता तो जीवाणु खाद यह विषय ही निर्माण नहीं होता। ठीक है, अभी भी कुछ बिगडा नहीं, हमारे पास समय है। इसके आगे हम उन्नत जीवाणु खाद और जीवाणुओं के उत्पादन खाद के बारे में जानकारी लेनेवाले है।

ई.एम. मिश्रणसंबंधी अनुभव

ई.एम. मिश्रण पिछले आठ-दस सालों से चर्चा में रह चुके जीवाणुओं पर निर्भर खाद है। ई.एम. का अर्थ इफेक्टिव्ह मायक्रो ऑरगॅनिझम्स मतलब प्रभावशाली जीवाणु। कई प्रकार के जीवाणु ढूँढकर, उनके बारे में जानकर इस मिश्र खाद का तंत्रज्ञान 1980 में जापान के डॉ. टेरूओ हिगा ने विकसित किया है। दुनियाभर में उसके संचरक का काम शुरू है और 130 देशों में इसका उपयोग भी किया जा रहा है ऐसा दावा किया गया है।

इस जीवाणु खाद का उपयोग खेती के साथ ही बाकी कई जगह हम कर सकते है। औद्योगिक, घर की साफसफाई, गाँव में भरे हुए जल की दुर्गंध कम करना, वाहनों के तेल से सने हुए भागों को साफ करना, आदि जगह इसका उपयोग होता है। हमारी दृष्टि से इसका कृषि के उपयोग के बारे में ज्यादा अध्ययन करना है। ई.एम. में यीस्ट यह शक्कर का किण्वन करने वाले जीवाणु, लॅक्टीक अम्ल के जीवाणु जो दूध से दही तैयार करने वाले समूह से होते है। वैसेही प्रकाश संश्लेषण क्रिया को मदद करने वाले जीवाणु, वनस्पतियों के रोग निर्माण करने वाले जीवाणुओं का नियंत्रण करने वाले और कार्बनिक पदार्थों का किण्वन करने वाले जीवाणुओं का समावेश होता है।

मुख्य ई.एम-1 मिश्रण बाजार से लाना पडता है। उससे मिश्रण 2-3 हम खुद तैयार करके कई संख्या में उसे बढा सकते है। इसलिए उसका उपयोग कम खर्च में करना संभव होता है। ई.एम. 5 मिश्रण हमें रोगनियंत्रण के लिए उपयोगी होता है। इस मिश्रण के उपयोग से हवा में और हवा के बाहर दो प्रकार की घास, तना सडाकर उनका कार्बनिक खाद तैयार कर सकते है। उसे 'बोकाशी' कहते है।

ई.एम. फसलों पर फुँहारने के लिए इस्तेमाल किया जाता है और जमीन में भी इस्तेमाल कर सकते है। पुणे में सन 2000 में इसके उपयोग की शुरूआत हो गई। आगे इसके उपयोग के बारे में अखबार और कृषि विषयक मासिक पत्रकों द्वारा जानकारी फैलने लगी। ई.एम. 1 बजार में मिलने लगा। 'दै. सकाळ'ने अपने हर एक कार्यालय में इसके वितरण की सुविधा उपलब्ध की थी। खुदका प्रकाशन होकर भी उसका विज्ञापन नहीं किया। शायद इस उपक्रम के पीछे सामाजिक प्रतिबद्धता का उद्देश्य रहा होगा। कई वैज्ञानिक और विचारक इसके बारे में अपने विचारों को अखबार या मासिक पत्रों के जरिए व्यक्त करते थे। मैं सूक्ष्मजीव विज्ञान शाखा का छात्र होने के कारण साहित्य पढकर मेरे मन में इसके बारे में कई शंका निर्माण होती थी। भूमि में जीवाणुओं के खाद्य की कमी होने के कारण भूमि की

उर्वरकता भी कम होती है। ऐसा होते हुए ई.एम. मिश्रण के जीवाणु जमीन में खाद्य अभाव के रहते किस तरह से काम करेंगे यह सवाल पैदा होता था। उस समय जिस जमीन में कार्बनिक पदार्थ ज्यादा है वहीं पर इसका उपयोग हो सकता है ऐसा विचार व्यक्त करने वाले लेख भी आते थे; इन जीवाणुओं के खाद्य के बारे में विचार करने की जरुरत नहीं, इसका उपयोग कहीं पर भी हो सकता है ऐसे भी विचार व्यक्त होते थे। जीवाणुओं का जामन जमीन में डालना वहीं पर उन्हें बढना यह एक प्रकार है। जीवाणुओं का आवश्यकतानुसार बढाकर उनका इस्तेमाल करना ऐसा दुसरा प्रकार क्या फसल उत्पादन के बारे में हो सकता है ऐसी शंका मेरे मन में उत्पन्न हुई और इसका जवाब ऐसे कैसे संभव है ऐसे मिलता है। कोई भी जीवाणु कार्यकुशल या परिणामकारक नही होता। जीवाणु और उसके काम करने की स्थिति, इकॉलॉजी के इकट्ठे परिणाम के बिना कोई भी खाद उचित प्रकार से साध्य नहीं होता, इस बारे में मेरा ऐसा विचार है। इससे जीवाणुओं का व्यापार चलता है। लेकिन इकॉलॉजी के बारे में कोई भी चर्चा नहीं होती ऐसा दिखाई देता है। ई.एम. मिश्रण के उपयोग से एक किसान ने पर्याप्त मात्रा में फसल पैदा की ऐसा पढने में आने पर उसका नाम और पता लेकर मैंने उसकी खेती को प्रत्यक्ष भेट दी। खेती की फसलें देखने के बाद मैं यहाँ पर निश्चित रूप से किसलिए आया हूँ ऐसा मुझे लगा।

ई.एम. मिश्रण में अलग अलग जीवाणुओं का संग्रह है, उसका उपयोग खेती के अलावा घर के लिए या ग्राम स्तर पर कई कामों के लिए हो सकता है। गाँव में बेकार पानी सभी जगह छोडा जाता है, उस वजह से कई बार दुर्गंध और दलदल का साम्राज्य फैलता है। ऐसी जगह ई.एम. मिश्रण के फुँहारने से उसके कार्बनिक पदार्थ का विघटन होकर साफसफाई का काम थोडे समय में और कम खर्च में हो जाता है। ई.एम 1 को चावल धोने के पानी में कम खर्च में तैयार करना संभव होता है। मैं इस मिश्रण की पूर्ति करता हूँ; आप फौआरा कर लो ऐसा मैंने एक सरपंच को बताया; लेकिन उनको इस काम में ज्यादा रूचि न होने के कारण यह काम नहीं हो सका। मेरे घर में कीचन कट्टे पर जो तेल के दाग थे वो इस मिश्रण से कम हो गए। बाथरूम में जो काई थी वह भी इससे चली गई। स्थानीय जीवाणुओं से जहाँ साफसफाई के काम नहीं होते वहाँ ऐसे आयात जीवाणुओं से होते है। ग्रामस्तर पर इसके प्रयोग जरुर करने चाहिए।

ई.एम. मिश्रण पहले 15 रु. प्रति लिटर मिलता था। दो/तीन सालों से उसकी कीमत दुगनी हो गई। लोगों में प्रचलित होने तक कीमत सस्ती रखनी है और बाद में बढानी है ऐसी व्यापारी धारणा बाकी उत्पादकों की तरह होनी चाहिए ऐसा लगा। लेकिन इसमें काम करने वाले एक कार्यकर्ता ने सरकार के इसपर टॅक्स लगाने के लिए कहने पर इसकी कीमत और भी बढानी पडेगी, इस बात का खुलासा किया। आजकल ई.एम. के बारे में ज्यादा सुनाई नहीं देता। इस पर लिखने से बहुत सारे किसानों ने फोन से संपर्क किया। ई.एम. का ज्यादा असर दिखाई नहीं दिया इस बारे में ज्यादा फोन आते थे। सिर्फ एक व्यक्ति ने इससे फायदा होने की बात कही। बाकी दो-तीन ने यह कहाँ पर मिलेगा ऐसा पूछा। इससे यह विषय लोगों की भावना से जुड गया हैं ऐसा दिखाई दिया। शुरू में ई.एम. की वजह से खेती के बहुत सारे प्रश्न सुलझ जाएँगे ऐसा दिखाई दे रहा था। सिर्फ जीवाणुओं के इस्तेमाल से सबकुछ ठीक होगा यह समझ बिलकुल ही गलत है।

गोबर, घास से इस मिश्रण के जीवाणुओं से कंपोस्ट खाद तैयार करना, इस संकल्पना को मेरा विरोध है। क्योंकि घास को खेत में ही सडाना चाहिए ऐसा मेरा निश्चित विचार है। वैसे भी ई.एम. की वजह से या किसी अन्य जीवाणु की वजह से तीव्र गती से कंपोस्ट तैयार करना यह मेरे अध्ययन के खिलाफ और गलत है ऐसा मैं मानता हूँ। यह क्रिया प्राकृतिक नियम के अनुसार जंगल में चलती है वैसी ही, खेत में होनी चाहिए; खेत अर्थात जंगल नहीं यह मैं भी मानता हूँ; फिर भी भूमि के फायदे के लिए ऐसे तंत्र अपनी अपनी स्थिति के लिए आने वाले समय में विकसित करने ही पडेंगे। अब बाकी जैविक रसायन के बारे में बोलते है।

ट्रायकोडर्मा व्हिरीडी : इस नाम की सफेद पाउडर बाजार में मिलता है। इस की बीजप्रक्रिया करके या फिर जमीन में मिलाकर फसले की गई तो जडो को सडानेवाले रोग पर नियंत्रण किया जा सकता है ऐसे बताया जाता है। ट्रायकोडर्मा व्हिरीडी एक मित्र फफूँदी है। फफूँदी को बढाकर उसकी पाउडर की या फिर बीज बनाकर उसे बेचा जाता है यह बात समझ में नही आई।

उसके बाद यह मित्र फफूँदी शत्रु फफूँदी पर कैसे भारी पडती है इसके बारे में अभी तक कोई भी जानकारी नहीं मिलती। कोई मित्र फफूँदी शत्रु फफूँदी के आसपास अपने धागों को बढाकर उसपर नियंत्रण कर सकती है। फफूँदी बढते समय किसी पदार्थ को बाहर छोडती है। जिससे शत्रु फफूँदी की वृद्धि थम जाती है। कभी कभी इसका बीज बोते समय उसपर नियंत्रण किया जाता है। निश्चित रूप से इस ट्रायकोडर्मा का कार्य कैसे चलता है यह ज्यादा पढने में नही आया।

ट्रायकोडर्मा एक कार्बनिक पदार्थ का किण्वन करनेवाली फफूँदी है। ऐसी जानकारी पाई जाती है। इसलिए कंपोस्ट करने की प्रक्रिया में किसान इसका उपयोग करते है और ऐसे कंपोस्ट खाद को ट्रायको कंपोस्ट ऐसा नाम दिया गया है। यह कंपोस्ट खाद का इस्तेमाल करने से जड सडानेवाली फफूँदी नहीं बढेगी ऐसा उनका खयाल होगा। मनुष्य में रोगनिदान के लिए जिन अँटिबायोटिक दवाओं का इस्तेमाल किया जाता है उनमें यह जीवाणु अधिक मात्रा में कृत्रिमता से बढाए जाते है उनकी वृद्धि में जो उपपदार्थ तैयार होते है उनको दवा के तौर पर इस्तेमाल किया जाता है। यह उपपदार्थ तैयार होने के लिए मूल (मुख्य) जीवाणुओं की वृद्धि होनी चाहिए। इसी तरह ट्रायको जीवाणु खाद के बीज है। इस फफूँदी की जमीन में पहले वृद्धि होनी आवश्यक है। उसकी वृद्धि के लिए उसका खाद्य अर्थात सडनेवाला पदार्थ चाहिए जिसे हम जमीन में कभी भी नही डालते उल्टा काँटे या खुत्थ समझकर जला देते है। ऐसी स्थिति में यह जीवाणु खाद निश्चित रूप से कैसे काम करती है इसका वैज्ञानिक स्पष्टीकरण उस क्षेत्र के तज्ञ व्यक्तियों को करना चाहिए ऐसी मेरी विनती है।

अब तक मैंने जीवाणु खाद के बारे में अपने विचार व्यक्त किए। इस खाद का उपयोग किसान प्रत्यक्ष में कितना करते है ऐसी शंका मेरे मन में आती है; लेकिन कई किसान हर तरह के जीवाणु खाद का उपयोग नियमित रूप से करते है यह मुझे आनेवाले फोन की चर्चा में समझमें आया। जीवाणु खाद का इस्तेमाल कैसे करना है और उससे क्या फायदा होगा इसके संदर्भ में लेखन हमेशा ही एक निश्चित रूप से पढने में पाया जाता है। इससे संबंधित विज्ञान का भाग ज्यादातर किसानों के सामने नहीं लाया जाता। वैसे यह विज्ञान समझने में कठिन होने के कारण किसानों के सामने नहीं लाया जाता लेकिन मुझे ऐसा लगता है कि उसे किसानों के सामने लाना ही चाहिए। जीवाणु खाद के पॅकेट जमीन में डालने के बाद, रसायनिक खाद किस्तों में देने के बाद जिस तरह फसल का विकास होता है वेसैही परिणाम होता होगा ऐसा किसानों को लगता है, लेकिन उनके विकास के लिए आवश्यक घटक, वह निश्चित रूप से कैसे काम करते है, कब काम करते है, कब नहीं करते, उन्हे खाद्यपदार्थों की आवश्यकता होती है या नहीं? इस संबंधी जानकारी किसानों के सामने लाना जरुरी है या नही? ऐसा मेरा सभी से प्रश्न है। अधिकांश समय बिना जानकारी व्यापार होता है लेकिन खेती में अपेक्षित परिणाम नहीं मिलता। इस परिणाम के बारे में किसानों की कुछ खास अपेक्षा नहीं रहती और मूल्यमापन के बारे में तो वह उदासीन ही होता है। भूमि की उर्वरकता के लिए अपनी जमीन में अधिक मात्रा में जीवाणु होने चाहिए इतनी सीधी और मामुली अपेक्षा उनकी होती है। जीवाणु खाद के पॅकेट से जीवाणु खेत में डालते समय हम एक पवित्र काम कर रहे है ऐसी भावना उनके मन में होती है।

मैं ऐसा कहती हूँ कि, किसानों के स्तर पर शायद यह एक अंधविश्वास होना स्वाभाविक है। इससे अलग स्थिति विज्ञान के मंदिर में भी नही है। यह बात चिंता करनेवाली है। उसके लिए एक उदाहरण देता हूँ। स्नातकोत्तर पाठ्यक्रम के लिए लिखा हुआ प्रबंध (थीसिस) मेरे पढने में आया। एक छात्र ने एक जिले में से मिट्टी के हजारो नमुने इकट्ठे किए। उसका जैविक विश्लेषण किया। जमीन में मुख्य रूप से तीन समूह में जीवाणु की संख्या गिनी जाती है। यह आंकडा बहुत बडा होने के कारण एक पे चार शून्य, पाँच शून्य, आठ शून्य ऐसे गिनने की पद्धती है। मिट्टी में इतने जीवाणु होने ही चाहिए, ऐसे अध्ययन से एक आकडा निश्चित किया जाता है। इस अध्ययन से कुछ अपवाद के साथ अधिकांश नमुने में जरुरत से कम जीवाणु दिखाई देने का निष्कर्ष निकाला गया। इससे संबंधित जिले के जमीन में जीवाणुओं की संख्या कम होने की वजह से जीवाणु खाद का उपयोग करना जरुरी है ऐसा आखिर में निष्कर्ष बनाया गया। मिट्टी का नमुना लेना, विश्लेषण करना, पाए गए आंकडो को संख्याविज्ञान विश्लेषण

करके निष्कर्ष निकाला और उसपर उपाय सुझाना आदि सारी बातें अच्छी तरह से किए जाने पर उसकी परीक्षा लेकर उसे उच्च डिग्री संपन्न की गई।

यहाँ पर मेरा यह कहना है कि, जीवाणुओं की संख्या कम होना ठीक है लेकिन इसका कारण ढूँढना जरुरी है। इसके कारण का समाधान सुझाना जरुरी है। वैसे कुछ भी न करते हुए जीवाणु खाद का उपयोग करना जरुरी है ऐसा निष्कर्ष निकालना सही है? गुरुशिष्य परंपरा के अनुसार पाठ्यक्रम पूरा किया जाता है। लेकिन डिग्री लेते समय लिया गया अनुसंधान का फायदा प्रत्यक्ष खेती के लिए, किसानों को कैसे और कितना हुआ इसपर अनुसंधान कौन करेगा? यहाँ पर मैं किसी को भी व्यक्तिगत या सामुदायिक दोष नहीं देना चाहता। खेत में रोज की समस्याओं को सुलझाने के काम से मैने भू-सूक्ष्मजीव विज्ञान का अध्ययन किया। इसमें से जो गलतियाँ मुझे पता चलेगी वह बाकी किसी को कैसे पता चलेगी? ऐसा अध्ययन होने से पहले एक बिक्री प्रतिनिधी ने फॉस्फोरस पिघलाने के जीवाणु खाद की थैली मुझे भेंट दी थी। (उस समय ऐसे जीवाणु होते भी है यह बात किसी को भी पता नहीं थी) इसका मुझे बहुत ही आनंद हुआ था। किसी गहने की तरह में बाकी लोगों को दिखा रहा था।

मिट्टी का जैविक विश्लेषण

आज सबसे ज्यादा नाइट्रोजन, फॉस्फोरस और पालाश का उपयोग किया जाता है। पैसे देकर बाजार से इन्हें लाना पडता है। जीवाणु खाद की वजह से यह काम कम खर्च में हो सकता है। ऐसे सोचते हुए जीवाणु खाद का व्यापार चलता है। कार्बनिक खेती में ऐसे रसायनिक खाद का उपयोग करना निषेध माना जाता है। लेकिन यह अन्नघटक पर्यायी मार्ग से फसलों को मिलकर उससे ज्यादा से ज्यादा उत्पादन मिलना चाहिए इस अपेक्षा से वह किसान जीवाणु खाद की तरफ मुडता है।

क्या जमीन में सिर्फ 2-4 किस्म के काम करने वाले जीवाणुही होते है? यह मुख्य प्रश्न पैदा होता है। इसका उत्तर नहीं ऐसा है। हर एक पोषकद्रव्य के स्थिरीकरण और उपलब्धीकरण चक्र में काम करने वाले और कार्बनिक पदार्थ सडाकर उसका कार्बनिक खाद में रूपांतरण करने वाले ऐसे जीवाणु जिनकी गिनती नहीं हो सकती विभिन्न जाति, प्रजाति के होते है और जमीन में काम करते है। इन सबकी उपस्थिती के कारण और भूमि की जैव विविधता सँभाली जाती है। भूमि का जिंदा रहना इनके कारण ही संभव होता है। जो जीवाणु आँखो से नहीं दिखाई देते और जो दिखाई देते है इन सबका इसमें समावेश रहता है। अंग्रेजी में आँखो को न दिखाई देनेवाले जीवाणुओं को मायक्रो और जो दिखाई देते है उन्हें मॅक्रो शब्द से जाना जाता है। बाकी सब प्राणीयों को एक तरफ रखते हुए आँखो से दिखाई देनेवाले समूह में केंचुआ और न दिखाई देनेवाले समूह में नाइट्रोजन स्थिरीकरण करने वाले और फॉस्फोरस उपलब्ध करने वाले कुछ प्राणी वर्ग का खाद उपलब्ध करके उसका व्यापार करके निश्चित रूप से हम फसलों के या भूमि की उर्वरकता के संबंधी आवश्यक काम करते है? इसके उपयोग से भूमि का जैविक कार्बनिक (विविधता) सँभलना संभव है? ऐसे प्रश्न मैं किसानों के सामने रखता हूँ। जमीन में यह 2-4 जीवाणु कमजोर है और क्या बाकी के मजबूत है ऐसा समझना है? इन सभी प्रश्नों का उत्तर नहीं ऐसाही है।

इस क्षेत्र के किसी विचारक ने एक पुस्तक में ऐसा कहा है कि, अगर पूरी जैविक विविधता सँभालकर रखनी होगी तो जो प्राणी आँखो को दिखाई देते है उन्हे सँभालकर रखो। फिर न दिखनेवाले प्राणी अपने आपही सुरक्षित हो जाएँगे। हम उन्हें बडे और सूक्ष्मजीव ऐसा कहेंगे। बडे जीवों के अध्ययन के बारे में कहीं पर भी आज चर्चा होते हुए दिखाई नहीं देती। गीली घास के आच्छादन करने से कुछ दिनों में कई प्रकार के कीडे वहाँ पर बढते हुए पाए जाऐंगे। केंचुऐं किसान के मित्र! बाकी किसी का कोई सहभाग नहीं? खेत में मिलनेवाली सभी प्रकार की गीली घास जमीन को वापस करो। प्रथम आँखो से दिखनेवाले और न दिखनेवाले ऐसे सब जीवों की वृद्धि होगी ऐसा उपर दिए वाक्य का अर्थ है। अच्छा सडा हुआ खाद डालने की सिफारिश से विज्ञान में और ऐसा खाद डालने की परंपरा पालते हुए खेती में हम एक विद्याशाखा को अंधःकार में रख रहे है।

फसलों की वृद्धि में इन सारे वर्ग का हिस्सा होता है। आज सूक्ष्मजीव के बारे में थोडासा पता हो रहा है। सूक्ष्मजीव के जमीन के अस्तित्व के बारे में जानकारी होना जरुरी होने के कारण उनकी जमीन की संख्या अगर गिनी जाती है, तो उर्वरकता के बारे में जानकारी

मिल सकती है। उसके लिए भूमि का जैविक विश्लेषण करने का तंत्र विकसित हुआ है। भूमि में मुख्य रूप से तीन वर्ग के सूक्ष्मजीव काम करते है 1) बॅक्टेरिया, 2) ॲक्टिनोमायसेट्स, 3) फफूँदी। मिट्टी के प्रतिग्राम में तीन जीवों की संख्या कितनी है यह इस विश्लेषण में गिना जाता है। मिट्टी विश्लेषण करने वाली अधिकांश प्रयोगशालाओं में यह सुविधा नहीं होती। महाराष्ट्र राज्य के कृषि विभाग ने हर एक गाँव में किसानों की जमीन का विश्लेषण करके आरोग्य पत्रिका तैयार कर देने का अभियान बहुत बडे पैमाने पर निर्धारित किया है। पुणे में सेवानिवृत्त प्रोफेसर और खेती विभाग के कई व्यक्ति महिने में एक बार इकट्ठा होकर खेती की समस्याओं का समाधान करने की चर्चा करते है। 'पुणे कृषि चर्चागट' ऐसा इसका नाम है। उन्होंने आरोग्य पत्रिका में रसायनिक खाद्य की जैविक विश्लेषण का भी सहभाग करना चाहिए ऐसी सिफारिश की है। (17, 18/7/2007)

भूमि में जीवाणुओं की जाति, प्रजाति और उन्हें प्रकृति में जो काम है इसमें इतनी विविधता है, कि उन्हे जातिनुसार पहचाननेवाले तज्ञ मिलना कठिन है। अगर कोई इसमें अपवाद होगा भी तो उसका मिट्टी के जैविक विश्लेषण प्रयोगशाला में काम करना मुश्किल होगा। ऐसी स्थिति में सिर्फ प्रतिग्राम संख्या की जानकारी मिलने से उसका भूमि की उर्वरकता के अध्ययन के लिए किसी भी प्रकार का उपयोग नहीं हो सकता।

मिट्टी का जैविक विश्लेषण कितना उपयोगी ?

सूक्ष्मजीवों के बारे में बडे पैमाने पर जागरुकता होने से भूमि का जैविक विश्लेषण करने की जरुरत किसानों के मन में निर्माण होना संभव है। मेरे भी मन में यह बात आयी थी। कोल्हापूर में कहीं पर भी ऐसी सुविधा नहीं थी। फिर खोजने से 150 कि.मी. की दूरी पर कृषि अनुसंधान केंद्र से मिट्टी के नमुने का विश्लेषण किया गया। अधिकांश कृषि अनुसंधान केंद्र में भू-सूक्ष्म जीव वैज्ञानिक यह पद और जैविक विश्लेषण की सुविधा नहीं रहती। यह विश्लेषण करने के लिए बहुत यातायात करना पडा। विश्लेषण का रिपोर्ट हाथ में आने के बाद इसका क्या उपयोग है या होगा इसका जवाब शून्य है। मेरे जैसे सूक्ष्मजीवविज्ञान की थोडी बहुत जानकारी होनेवाले किसान की यह अवस्था तो साधारण किसान की क्या होगी इसके बारे में चर्चा की जाए तो बेहतर है।

भूमि में सूक्ष्मजीवों के दो समूह काम करते है 1) कूडा कचरा सडाकर उसका खाद में रुपांतरण करने वाले, 2) खाद के पोषकद्रव्य फसलों की वृद्धि में उनकी जरुरतनुसार स्थिर संचय से उपलब्ध संचय में रुपांतरण करने वाले जीवाणु। इन दोनो समूह में बॅक्टेरिया ॲक्टिनोमायसेट्स और फफूँदी ऐसे तीनो समूह के कितनेही जाति-प्रजाति काम करती है। प्रकृति में हर एक को निश्चित रूप से कोई ना कोई काम दिया गया है। वह काम अगर होगा तो ही जीवाणु अपनी संख्या की वृद्धि करते है। और काम खत्म होते ही अपनी संख्या कम करते है। जीवाणुओं के इतने प्रकार होते है कि, हर एक का वैज्ञानिक नाम और उसे प्रकृति में दिया गया काम पहचानना किसी सूक्ष्मजीव विज्ञान प्रयोगशाला में बरसों से काम करने वाले व्यक्ति के लिए भी मुश्किल बात है।

अब उपर के दो समूहों के काम के बारे में जानकारी लेते है। पहला समूह कूडा कचरा सडानेवाला है। यह सडाने का काम हम खेत में कभी नहीं करते। खेत के बाहर गड्ढे में या ढेर में यह काम शुरू रहता है। इस वर्ग के जीवाणुओं का विकास वहाँ पर होता है। सडने की क्रिया पूर्ण होने के बाद अच्छा सडा हुआ खाद इस भूमि (मिट्टी) में मिलाते है। तब सडनेवाले समूह के जीवाणु भूमि में बढने की कोई संभावना नहीं होती। कुछ किसान अगर आच्छादन करते है तो उचित नमी में यह जीवाणु बढने लगते है। आच्छादन सडने के लिए पदार्थ हल्का, भारी या कठोर होगा वह कौनसे जीवाणुओं से सडेगा यह तय होता है। उसके हिसाब से अलग अलग समूह से जीवाणुओं की कम-ज्यादा वृद्धि होती है। जहाँ पर आच्छादन जमीन को चिपकता वहाँ से उनकी वृद्धि शूरू होती है। यहाँ पर अगर मिट्टी का नमुना लिया जाए तो उनकी संख्या अधिक मात्रा में मिलेगी, जैसे जैसे हम नीचे की ओर जाएँगे उनकी संख्या कम होगी। आर्द्रता और तापमान की वजह से यह संख्या कम-ज्यादा होती है। इसमें फफूँदी वर्ग के जीवाणु बडी संख्या में सहभागी होते है। फफूँदी के धागों की जालियाँ जमीन मैं फैली हुई रहती है। नमुना लेते समय यह धागे टुटते है और आगे चलकर हर एक टूटा हुआ धागा विश्लेषण में अपना स्वतंत्र अस्तित्व दिखाता है। इसलिए विश्लेषण की संख्या में बहुत बडी वृद्धि (विकास) हो सकती है। जिस वजह से दिशाभ्रम हो सकता है।

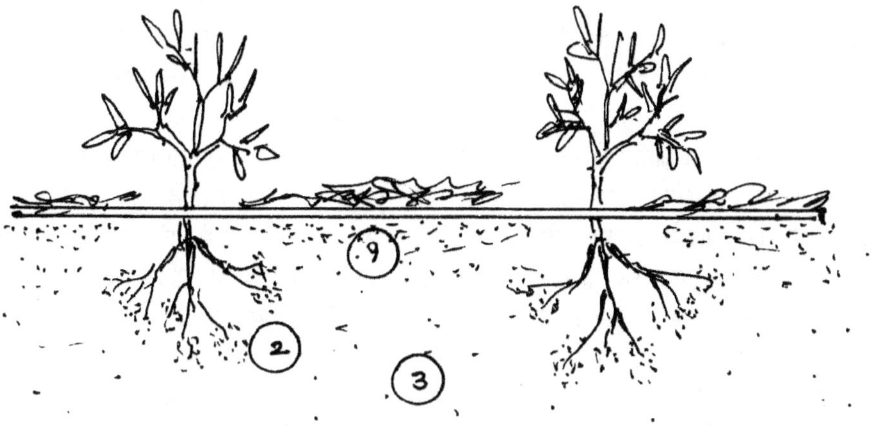

१) अनुवाद नाही...

२) अनुवाद नाही...

३) अनुवाद नाही...

वनस्पतियों को पोषण देनेवाले दुसरे समूह के जीवाणु वनस्पतियों की अन्नशोषण करने वाली केशजडों के आसपास ही बढते है। केशजडों के आसपास उनकी संख्या अधिक होती है। और इससे दूर जाने से संख्या कम होती जाती है। वनस्पति की वृद्धि के अनुसार और जमीन में मिलनेवाली नमी या गीलेपन के अनुसार केशजडों की जगह हमेशा बदलती है, अन्नपोषण में वनस्पतियों को अनेक पोषकद्रव्य कम-ज्यादा मात्रा में लगते है, प्रत्येक पोषकद्रव्य के लिए कई जाति-प्रजाति के जीवाणु काम करते है, इसलिए सोलह पोषकद्रव्य और उसके लिए काम करने वाले जीवाणु गिनने से यह संख्या बहुत ही होगी, वनस्पतियों को शुरू के समय फॉस्फोरस और पालाश की अधिक जरुरत होती है, विकास की अवधि में नाइट्रोजन और विकसित होने के समय में पालाश की जरुरत होती है। ये जरुरते जैसी जैसी बदलती है वैसे जीवाणु के प्रकार और संख्या में भी बदलाव आता है। अनाज, सब्जियाँ, फल-फूल इनके समूह अनुसार यह जरुरतें बदलती ही है और एक ही फसल की भिन्न जातियों की जरुरत अलग होती है। जमीन में जब कोई भी फसल नहीं होती तब इस पोषण समूह के जीवाणुओं के बीज यहाँ पर बाकी रहते है। इस प्रचुर मात्रा के अनेक जातियों के जीवाणु प्रयोगशाला की कृत्रिमता में बढना संभव न होने के कारण उनकी गिनती नहीं कर सकते, ऐसे उदाहरण पुस्तक में पाए जाते है। ऐसी भिन्न स्थिति का परिणाम होने से इतनी संख्या में जीवाणुओं का होना उचित है या उससे कम-ज्यादा होना अच्छा या बुरा यह निश्चित रूप से किसके आधारपर तय किया जाता है इसके बारे में कोई नहीं जानता। शैक्षणिक पाठ्यक्रम का एक भाग समझकर छात्रों ने प्रयोगशाला में यह पाठ करना ठीक है लेकिन किसानों को इससे दूर रहना चाहिए, इसपर ज्यादा खर्च नहीं करना चाहिए ऐसा मेरा विचार है।

बायोडायनॅमिक खाद का तंत्र

बायोडायनॅमिक खाद की पद्धती प्रसिद्ध ऑस्ट्रियन वैज्ञानिक रुडॉल्फ स्टेनर जी ने विकसित की है। इस पद्धती में बहुत ही कम मात्रा में निश्चित पद्धती से तैयार किया हुआ खाद इस्तेमाल किया जाता है। उनका ऐसा दावा है कि, भूमि की उर्वरकता और फसलों के उत्पादन पर उसका बहुत ही अच्छा परिणाम होता है। दुनियाभर में कई किसान इस पद्धती का उपयोग करते है। भारत में भी इस पद्धती का उपयोग किया जाता है। महाराष्ट्र के कई जिलों में बायोडायनॅमिक पद्धती से कार्बनिक

खाद तैयार करने का प्रशिक्षण दिया जाता है। इसे बीडी नाम का दिया गया है। बीडी 500 से 508 ऐसी अलग अलग पद्धतीसे खाद तैयार किए जाते है।

बीडी 500 तैयार करने के लिए गाय के सींगों में गोबर भरकर उसे शीतकाल में जमीन में गाड दिया जाता है। आगे सात-आठ महीनों के बाद यह खाद तैयार होता है। यही खाद जीवाणु खाद के तौर पर कंपोस्ट के लिए इस्तेमाल किया जाता है। बीडी 500 का बहुत ही कम मात्रा में उपयोग (एकरी 30 से 35 ग्राम) करने की सिफारस है। उसके लिए वह 25 मीटर पानी में घुलाकर एक डँडेसे उलटपुलट करते हुए आधा घंटा घोलने के बाद उसे खेत में फौआरने की सिफारस है। विदेश में बीडी दोन से आठ तक खाद तैयार करने के लिए कुछ पेडों के फुलों को सुखाकर उसे पालतु मृत पशुओं के अलग अलग अंगोमें (खोपडी, आंतडी आदि) भरकर उससे उपर दिए हुए तरीके से खाद तैयार किया जाता है। इसके बारे में विस्तार से जानकारी देना यह इस लेख का उद्देश्य नहीं। विदेश में मांस उत्पादन के लिए गाय जैसे पशुओं को पाला-पोसा जाता है। उनके मांस को भक्षण किया जाता है। भारत में गोहत्या उचित नहीं मानी जाती क्योंकि इससे एक पवित्र प्राणी हम मानते है इसके पीछे हमारी धार्मिक भावना है। इसलिए इसके सींग या बाकी अंगों का उपयोग करना असंभव है।

लेकिन, कई जगह बीडी कंपोस्ट खाद तैयार करके उसके इस्तेमाल के बारे में प्रशिक्षण दिया जाता है। यह शृंखला भूमि की उर्वरकता इस विषय को मद्देनजर रखते हुए लिखने से इसकी जानकारी देना जरुरी है।

इस कंपोस्ट को तैयार करने के लिए अच्छा निकासी जहाँ पर सूर्य का प्रकाश भी अधिक न आता हो ऐसी जमीन का उपयोग करते है। इस जमीन को 20-25 से.मी. खोदा जाता है। चार से पाँच फीट चौडी और जरुरत के अनुसार लंबाई चुनी जाती है। सबसे नीचे बडी टहनियों को फैलाते है इस वजह से जरुरत से ज्यादा पानी का विकास होता है, इसपर खेत का कचरा, गोबर और एक इंच मिट्टी की परत ऐसे ढेर पाँच फीट तक लगाए जाते है। उपर की तरफ ढेर को शुंडाकार बनाया जाता है। अब इस ढेर में समान दूरीपर उपर की तरफ 50 से.मी. गहराई के छह छेद (सूराख) किए जाते है। उसमें से पाँच सूराखों में बीडी दो से छह घटक क्रम से एक दुसरे में न मिलते हुए भिन्न भिन्न डालते है। बीडी 500 और 501 के उलटपुलट घुमाया गया पानी छठे छेद में और पूरे ढेर पर फौआरा जाता है। पूरा ढेर गीली घास से ढँककर रखा जाता है। ढेर में निरंतर आर्द्रता रखी जाती है। यह ढेर एक महीने के बाद पलटा जाता है। फिर आगे तीन-चार महीनों में खाद तैयार हो जाता है।

मैं इस जानकारी को देते हुए जिस ग्रंथ का अध्ययन मैंने किया है उसमें लिखा है कि, यह खाद हम जमीन को देते समय अधिक मात्रा में जिंदा सूक्ष्म जीव हम भूमि को देते है, जब खाद तैयार होता है, तब जिन सूक्ष्म जीवों का विकास होता है, जमीन में जाने के बाद उन्हें सडाने का काम न होने से वह मरनेवाले ही होते है। सूक्ष्मजीव विज्ञान के अध्ययन के बिना यह फर्क ध्यान में नहीं आता। रुडॉल्फ स्टेनर जी ने इस तंत्र को 19 वी सदी के आखिर में और 20 वी संदी के शुरू में तैयार किया है। उस समय सूक्ष्मजीव विज्ञान इस विषय का हाल ही में उदय (जन्म) हुआ था। इसलिए उपर दिया हुआ संदर्भ गलत है ऐसा मैं नहीं कहता।

अनुसंधान एक निरंतर चलनेवाली प्रक्रिया है। अनुसंधान के मुख्य उद्देश्य में ही पहले से ज्यादा सुधार आया है। साल और समय के अनुसार किसी तंत्र की कमियाँ बदलती है, जरुरत के नुसार उसमें बदलाव होना भी आवश्यक है।

खेती धीरे-धीरे आसान होने की आवश्यकता है। खेती के जो महंगे और ज्यादा समय लेनेवाले काम है उन्हें भूमि की उर्वरकता और उत्पादन को चोट न पहुँचाते हुए धीरे-धीरे कम होना आवश्यक है। लेकिन ऐसा विचार किया नहीं जाता होगा। जमीन के बाहर कंपोस्ट करना यह बात गलत है। इस परंपरा से हम भूमि का नुकसान कर रहे है, ऐसे पिछले 18 साल के प्रत्यक्ष खेती के अनुभव में तैयार हुआ मेरा विचार (मत) है। इसके साथ ही सूक्ष्म जीव के लिए आवश्यक कार्बनिक पदार्थ सूक्ष्म रूप में देने से कैसे चलेगा (होगा)? यह प्रश्न है।

प्रकरण 4

पानी प्रबंधन और भूमि की उर्वरकता

किफायती पानी प्रबंधन

किफायती पानी प्रबंधन का विषय आते ही बूंद-बूंद सिंचाई (ड्रीप इरीगेशन)/तुषार सिंचाई की उन्नत पद्धती के बारे में बताया जाता है। इस पद्धती की वजह से पानी की बचत होती है और उत्पादन में भी काफी वृद्धि बताये गए आंकडों से पता चलती है। इस विषय की विस्तार से रचना करनेवाली कई किताबे बजार में उपलब्ध है। मेरे यहाँ इन दोनो पद्धतीयों का आवश्यकतानुसार इस्तेमाल किया जाता है। इस पद्धती के बारे में कोई दुविधा नही है। कई बार पानी प्रबंधन का विषय बूंद-बूंद और तुषार सिंचाई से शुरू होकर वहीं खत्म भी हो जाता है। भारत के किसानों का विचार किया तो यह होना उचित नहीं। यह पद्धती महंगी है, तांत्रिक है, सरकार से इसके लिए अनुदान भी मिलेगा लेकिन फिर भी अधिकांश किसानों को नहर के पानी पर ही निर्भर रहना पडेगा। इसलिए नहर की पद्धती में पानी किफायती प्रबंधन, पानी में बचत, पानी इस्तेमाल करने की पद्धती में विकास बागाइत के लिए और शुष्क भूमि में भी पानी प्रबंधन विषय पर बातचीत होनी ही चाहिए। खेती करते समय अगर हमने सूक्ष्म निरीक्षण किया तो तांत्रिक और प्रत्यक्ष खेत के कई मुद्दो से भरी हुई इस विषय की व्याप्ति विस्तृत है। इससे जो कुछ मुझे समझ में आया उसे मैं किसानों के सामने लानेवाला हूँ। मेरे अध्ययन का विषय भू-सूक्ष्मजीव विज्ञान है। इस विषय का भी पानी प्रबंधन से बहुत बडा संबंध है यह पढने के बाद कई लोगों को आश्चर्य होगा।

किफायती पानी प्रबंधन में तीन मुख्य मुद्दे आते है: 1) भूमि की जलधारण शक्ति (क्षमता) बढना, 2) धारण किया हुआ पानी फसलों को उपलब्ध कराना, 3) अतिरिक्त पानी को जल्दी से जल्दी जमीन के बाहर निकालना (छोड देना) यह तीन बातें पूरी तरह से भू-सूक्ष्मविज्ञान से संबंधित है। बंजर जमीन की जलधारण क्षमता कम तो काली जमीन की जलधारण क्षमता ज्यादा रहती है। यह बात सभी को पता है। लेकिन ऐसा क्यों होता है इस बात का अध्ययन करेंगे।

बंजर और काली भूमि की तुलना करते हुए अध्ययन करने से काली जमीन की तुलना में बंजर भूमि में छोटे और बडे बालू के कण ज्यादा रहते है और पोयटा मिट्टी के कणों का प्रमाण बंजर में कम तो काली जमीन में ज्यादा रहते है। पोयटा मिट्टी के कणों के कुछ प्रकार होते है। हर एक कण किसी परत से बना हुआ होता है। इसमें तीन परत के कण पाँच परत के कण ऐसे प्रकार होते है। इन दो परतों में पानी जाने के बाद उनका आकार बढ जाता है। इससे भूमि की जलधारण क्षमता तैयार होती है। बंजर भूमि में तीन परत के कण होते है और उसमें पानी जाने के बाद वह एकदुसरे से दूर होकर पानी को जगह देते है। काली जमीन के पोयटा कण पाँच परत के होते है और इसमें पानी जाने के बाद एकदुसरे से यह कण दूर होकर बीच में ज्यादा पानी का ज्यादा संचय होता है। जमीन में तीन और पाँच परत के कण का प्रतिशत जैसेही बदल जाएगा वैसेही जलधारण क्षमताभी (शक्ति) बदलती है। इन बातों को समझाने के लिए मैंने जानबुझकर तांत्रिक और वैज्ञानिक भाषा का प्रयोग नहीं किया। उपर बताये गए पोयटा कण चट्टानों पर कई सालों के पानी, उष्णता, सूक्ष्मजीव और सूर्य के प्रकाश से घिसकर तैयार होते है। उन्हें खनिज कण कह सकते है। इसके साथ ही मिट्टी में कुछ मात्रा में कार्बनिक कण होते है। वनस्पति और प्राणियों द्वारा तैयार किए हुए पदार्थ सडाकर उसका कार्बनिक कणों में रुपांतरण होता है। इन कार्बनिक कणों की जलधारणशक्ति खनिज कणों की तुलना में कई गुना अधिक होती है। कार्बनिक कणों का प्रतिशत बदलना

या बढाना हमारे हाथ में होता है लेकिन खनिज कणों के प्रतिशत के बारे में यह करना मुमकीन नहीं होता। इसलिए जलधारणशक्ति बढाने के लिए कार्बनिक कणों का प्रतिशत हमेशा ऊँचे स्तर पर रखना आवश्यक होता है। गोबरखाद कंपोस्ट, केंचुआ खाद अगर बाजार में तैयार मिलनेवाले कार्बनिक खाद के इस्तेमाल से यह काम करने में बाधा आती है। इसके लिए कोई उपाय ढुंढना या यह काम कम खर्च में कैसे किया जा सकता है इसका अध्ययन हमने पिछले भाग में विस्तार से किया है। कृषि में कार्बनिक प्रबंधन यही सबसे महत्त्वपूर्ण और अध्ययन करने का विषय है। इस पर हमेशा ही विस्तार से चर्चा होनी जरुरी है। आज पानी की उपलब्धी की कमी, बिजली का भारनियमन, तापमान में वृद्धि और ज्यादा से ज्यादा क्षेत्र लगाने की प्रवृत्ति की वजह से दो पानी के घेरों की दूरी बढती जाती है। इस वजह से फसलों का बडा नुकसान होता है। कार्बनिक कणों का प्रतिशत बढाकर जलधारण शक्ति बढाने से इस नुकसान का प्रमाण कम हो सकता है। शुष्क भूमि में भी बारिश के दो सत्र में दूरी बढने से जो नुकसान होता है उसे कुछ मात्रा में पूरा करना संभव है।

क्या सिंचाई के नियमों का विस्मरण हुआ है ?

ब्रिटीश काल में 1936-40 के दौरान नीरा, प्रवरा, गोदावरी इन नहरों के रूप में दक्षिण महाराष्ट्र में बडे पैमाने पर खेती को जलसंरक्षण के लिए सुविधा प्राप्त कराई गयी थी। नासिक, अहमदनगर, पुणे, सातारा और सोलापूर इन जिलों की कुछ तहसील सिंचाई परियोजना से बागायती हो गई। शुरू के समय में जमीन खराब होने की शंका से अनेक किसानों ने इस पानी का उपयोग करने से मना किया। बागायती खेती करके पानी का उपयोग करे, ज्यादा से ज्यादा फसलों का उत्पादन करने का प्रबंधन कृषि विभाग के किसानों को करना पडा ऐसा सुनने में आया है। इस जल आवंटन के लिए ब्रिटीशों ने कुछ नियमावली तैयार की थी। उसमें से एक नियम को आज निश्चित रूप से पालने के जरुरत है। एक ब्लॉक तीन एकड का माना जाता है, इसमें से दो एकड में अनाज की फसले करना अनिवार्य था। और एक एकड में बारहमासी गन्ने की खेती के लिए स्वीकृति दी गई थी। कुछ अपवाद छोडकर इस नियम का सखती से पालन किया जाता था।

भूमि की उर्वरकता बनाए रखना, दोबारा बोआई करना, गरमी में सिर्फ एक तृतीयांश बारहमासी फसलें करना और बाकी आठमासी, इस वजह से गरमी में गन्ने को पानी मिलना, गन्ने की फसल सीमित क्षेत्र पर होने से नीचले भागों की जमीन चिबडी, दलदल न होना ऐसे कुछ अच्छे उद्देश्य इसके पीछे थे। आज उसके आगे कई जगह पर बांध और जलोत्सारण से बागाइत क्षेत्र का विकास हुआ है। लेकिन उपर दिए हुए नियम का विस्मरण हुआ है ऐसा लगता है। जहाँ बागाईत वहाँ गन्ना ऐसा समीकरण बन गया है। किसान अपनी 100 प्रतिशत जमीन में गन्ना लगाना ही पसंद करता है। बहुत जगह दोबारा बोआई नहीं की जाती। गन्ना निकालकर फिरसे गन्ना ही लगाया जाता है। ऐसे भागों में घुमते वक्त जहाँ धरती और आकाश मिलते है वहाँ तक गन्ना ही गन्ना नजर आता है। इसे कई सामाजिक और आर्थिक कारण है। इस गलत प्रबंधन से हमने अपने ही पैर पर कुल्हाडी मार दी है। उपलब्ध पानी और कुल क्षेत्र का अंदाजा न होने की कारण पानी सभी भागो को एक जैसा नहीं दिया जाता। पानी प्रबंधन में गडबड हो जाती है। उचित समय पर पानी न मिलने के कारण जब पानी मिलता है तब ज्यादा से ज्यादा भरकर रखने की प्रवृत्ति किसानों में बढ गई है। इसमें और समस्याएँ पैदा होती है। सरकार को पानी का राजस्व खर्च मिलता है। (इसमें से कई भागों में पैसा डुबाया जाता है) जलोत्सरण जलसिंचाई करने वाले सहकारी जलसंभरण संस्थानों को भी ज्यादा से ज्यादा क्षेत्र होने में ही रूचि होती है इसलिए वह ऐसा निर्बंध नहीं डाल सकते। इसी में बिजली के भारनियमन की समस्या भी आती है। किसी भी भाग में घुमने से पानी के अभाव से सूखी हुई फसलों का नजारा देखने को मिलता है। उपर दिए गई सिंचाई परियोजना विभाग के नियमों का पालन पौधे रोपना, खुत्थ और दोबारा फसल की बोआई करना ऐसे नियम किसानों को अपने लिए बनाने जरुरी है। गरमी में एकतृतीयांश क्षेत्र पूरा खाली रहने से पानी और बिजली यंत्रणा का उपयोग अधिकांश मात्रा में कर सकते है। यह दोनो सुविधा आनेवाले समय में सीमित होनेवाली है। पानी उपयोग के मामले में विज्ञान ऐसे बताता है कि, हर एक पानी के फेरे में कम से कम पानी दो। दो पानी के फेरों में मौसमअनुसार अंतर (दूरी) रखो। आज उस

दिशा से पानी का प्रवास शुरू है। हर एक पानी के फेरे में ज्यादा से ज्यादा पानी दिया जाता है। बूंद-बूंद सिंचाई में इसी सूत्र का उपयोग किया गया है। प्रचलित उलट सूत्र के उपयोग से हम खुद का ही नुकसान कर रहे है उससे कुछ अपरिचित नुकसान की जानकारी देना उचित होगा।

ज्यादा से ज्यादा पानी भरने से जमीन में पानी तालाब की तरह दिखाई देता है और आगे 12 से 24 घंटे यह चित्र ऐसाही दिखाई देता है। इस समय भूमि में सिर्फ मिट्टी और पानी ही होता है, हवा गायब हो जाती है। फसलों का खाद्य और पानी शोषण करनेवाली जडे अगर दो घंटो तक पानी में खडी रह गई तो वह मर जाती है, ऐसा वनस्पति विज्ञान कहता है। आगे भूमि की बोआई के योग्य स्थिति होने के बाद फिरसे नई जडे तैयार होनेतक फसलों को जमीन का पानी और पोषकद्रव्य प्राप्त नहीं हो सकता। नई जडे आने तक जमीन की नमी खत्म हो जाती है। पहले ज्यादा पानी और बाद में कम इस वजह से फसलों का नुकसान होता है। अगर किसान ज्यादा पानी देनेवाला होगा तो उसके मन में यह विचार आता है कि, मैं ही क्यों यह कम पानी देने का काम करूँ? इस मानसिकता की वजह से सभी को नुकसान भुगतना पडता है।

भूमि की निकासशक्ति (निकासक्षमता)

जलधारण शक्ति के बाद दुसरा महत्त्वपूर्ण मुद्दा जल उपलब्ध करनेवाली शक्ति। भूमि में होनेवाला सारा पानी फसलों को उपलब्ध नहीं हो सकता। मिट्टी के कण में आखिर में ऐसा पानी रहता है जिससे फसल नही ले सकती। इसे मृतपानी कह सकते है। जिस तरह बाँध में उपलब्ध संचय होता है वैसाही यह प्रकार है। भूमि के कणों का विचार करने से तीन परत, पाँच परत और कार्बनिक कणों में जिस तरह जलधारण शक्ति बढती है उसी प्रकार जल उपलब्ध करने की शक्ति भी बढती है। इसके लिए जमीन के कार्बनिक कणों का प्रतिशत हमेशा उंचे स्तरपर रखना ही एक मार्ग है।

पानी प्रबंधन में तीसरा तत्त्व है निकासशक्ति। ज्यादा से ज्यादा पानी पकडकर रखने के साथ ही जरुरत से ज्यादा पानी जमीन के साथ जल्दी से जाकर भूमि में बोआई की स्थिति होना इसे निकासशक्ति कहते है। जिस प्रकार निकासशक्ति भूमि के लिए प्राकृतिक देन है वैसेही प्रयत्नपूर्वक रखने की बात है। आज पानी प्रबंधन में पानी कैसे, कितना देना है इसका जितना विचार किया जाता है, उस हिसाब से अतिरिक्त पानी का निकास और भूमि की निकासशक्ति इस बारे में ज्यादा चर्चा नहीं होती। भूमि की निकासशक्ति जैसे जैविक वैसे सामुदायिक भी होती है। वैयक्तिक जमीन की निकासशक्ति उस जमीन के कणों की रचना पर निर्भर होती है। इस लेखमाला में कणरचना को बनाए रखने और सुधार करने पर लेख क्र. 8 में विस्तार से विवेचन (व्याख्या) किया है। अतिरिक्त पानी जमीन से बाहर जाते समय तेजी से नहर, झरनो द्वारा नदीकी ओर जाना जरुरी होता है। यह किसी क्षेत्र की सामुदायिक निकासशक्ति होती है।

जब तक ऑईल इंजिन से पानी देना शुरू था तब तक अतिरिक्त पानी क्यारियों से दिए जाने का प्रमाण सीमित था। बिजली की मोटर और पहले सिमेंट और अब प्लॅस्टिक की पाईपद्वारा नदी से दूर पानी को लेकर जाने का काम संभव हुआ है। इसी तरह से ऊंचाई पर और कभी कभी पानी के अभाव वाले क्षेत्र में नहर से भी पानी दिया जाता है। जिस प्रदेश में बारिश का प्रमाण अधिक होता है वहाँ निकास करने वाले झरने, प्राकृतिक नाले ज्यादा और आकारमें बडे होते है। उसकी तुलना में अनावृष्टि प्रवण क्षेत्र में ऐसा चित्र नहीं दिखाई देता। उत्सारण जलसिंचाई अगर सिंचाई परियोजना की सुविधा के साथ ज्यादा पानी बाहर निकालने के लिए निकास नाला बनाकर और चौडे करना आवश्यक होता है। इस बात का महत्त्व शुरू में किसानों को और सिंचाई परियोजना विभाग को भी नही लगा। नहर करने के लिए जमीन देने के लिए किसान तैयार रहते है लेकिन निकास नाले के लिए ऐसी जमीन देना और संपादित करने में कई समस्याएँ निर्माण हो जाएगी ऐसी स्थिति है। बागाइत के पहले मशक्कत करने से सुलभता आने के लिए कई किसानों ने प्राकृतिक झरने, नाले बन्द कर दिए। आगे बागाइत मे उसे खुलना और जरुरतनुसार चौडा होना जरुरी होता है। कई जगह यह काम न होने की वजह से क्षारपड, मुलायम और चिबड जमीन बन गई है। लाखो हेक्टर जमीन इस वजह से बंजर बन गई है और यह प्रमाण सालोंसाल बढता ही जा रहा है। इंजन की तुलना में बिजली की मोटर की वजह से कम खर्च में ज्यादा पानी मिलना संभव होने

के कारण किसान की पानी समस्या की चिंता दूर हो गई है। शाम को पंप शुरू करके खेत में पानी छोडते है फिर उसे सुबह जाके बंद करते है, ऐसा काम किसान कर रहे है। गन्ने के खेत में पानी देने की कुली पद्धती और उसने पानी शोषण किया है या नहीं यह देखने की डुबुक पद्धती सभी को परिचित है। इस लापरवाही से पानी देने की अति को बिजली का भारनियमन यह आपत्ति न होकर इष्टापत्ति ही माननी पडेगी।

उत्सारण सिंचाई और सिंचाई परियोजना सुविधाओं द्वारा नदी से दूर मध्यम से बंजर भूमि बागाइत क्षेत्र बन गए। इस भूमि की जलधारण शक्ति कम होने की तुलना में क्यारी में ज्यादा पानी देने की वृत्ति बढती है। इस पानी को बहने के लिए योग्य मार्ग न होने की वजह से गहरे भागों की जमीन चिबडी बन जाती है। अगर किसानों ने इस बात की ओर ध्यान दिया तो ऐसी कई समस्याएँ मिट जाएगी। यह एक सामुदायिक जिम्मेदारी है। इसका पालन होना एक बडी समस्या है।

जो किसान ऊंचाई के क्षेत्र में जमीन को पानी देते है तब उनको ध्यान देना चाहिए कि, यह पानी ऊंचाई से गहराई में जाने से वहाँ की जमीन खराब हो जाती है। इसके बारे में उन्हें सोचना चाहिए। सच्छिद्र नलिका जमीन के नीचे डालकर ज्यादा पानी बाहर निकालना यह व्यक्तिगत स्तर पर चलनेवाली खर्चिली पद्धती विकसित हो रही है। सामुदायिक असफलता की वजह से ऐसे व्यक्तिगत मार्ग को कुछ जगह स्वीकार भी किया तो कुल प्रश्न की तुलना में उसका प्रमाण सूक्ष्म ही रहनेवाला है।

क्यारी-नाका और पानी प्रबंधन

कार्यकुशल पानी प्रबंधन में खेत की रचना का बहुत ही महत्त्व है। इसके लिए नाके, क्यारियाँ ऐसी कुछ रचना और लंबे आकर के नाके से चेन या फुली पद्धती ऐसी द्वितिय रचना पानी देने के लिए की जाती है। इन सारी रचनाओ में चेन या फुली पद्धती में पानी का अतिरेक किया जाता है। सुलभता के लिए पहले इस मार्ग को स्वीकार किया गया था लेकिन भविष्य में पानी की ऐसी बरबादी करना ठीक नही। इसपर कई बार चर्चा होती है। इस चर्चा में कई मुद्दे नही होते जिन्हे मैं किसानों के सामने लाना चाहता हूँ।

नाका : नाके को तैयार करने के बाद या गन्ने की खुदाई के बाद दोनों तरफ के मुँह को नाकाडे कहाँ जाता है। इन्हें बनाने के लिए हाथ का उपयोग किया जाता है, यंत्र से यह काम नहीं किया जाता। यह काम इतना महत्त्वपूर्ण है फिरभी इसकी कहीं पर चर्चा नहीं होती। इस काम में जनबल के अभाव से बहुत समस्याएँ पैदा होती है और फिर पानी उपयोग की कार्यकुशलता पर इसका असर होता है। इसलिए इस मुद्दे को विस्तार से बता रहा हूँ।

हर बार जोताई के समय कुछ मात्रा में मिट्टी खेत के आसपास फैल जाती है उस वजह से किनारों पर चढाव तैयार हो जाता है। जोताई में ऐसे कई चढाव और सखल भाग अधिक मात्रा में तैयार होते है।

यह काम मेहनत का होने के कारण नियमित काम करने वाले मजदूर से करना संभव नहीं होता। गाँव में ऐसे मर्दो की टोलियाँ कांट्रैक्ट पद्धती से नाके बनाने का काम करती है। इसमें काम अच्छी तरह से करने की तरफ ध्यान देने के बजाए उसे जल्दी से जल्दी कैसे कर सकते है इसकी तरफ ध्यान दिया जाता है। ऐसे काम करने वाले मजदूर कुदाली और फावडे से काम करते है। यह काम करते वक्त बहुत बार किनारे पर चढाव बन जाता है। पानी छोडने से पहले सूक्ष्म आँखों से देखने से ही इस बात का पता चलता है। नहीं तो सब ठीक दिखाई देता है। पानी छोडने के बाद किनारे पर चढाव रहने से नाके में पानी सीधे जाता है लेकिन आखिर में 2-3 मीटर पानी सींचने के लिए उसके पीछे कई मीटर पानी जमा करना पडता है। एक बार ऐसे होने से फिर यह चढाव निकाला नहीं जाता। कई बार वरंबा में मिट्टी को खिंचकर लाने से पानी पिलाने का काम सही तरीके से हो जाता है। इस पानी के साथ ज्यादा मिट्टी नीचे बहने से किनारे पर चढाव बनता है और अगले पानी से पानी का दुरुपयोग शुरू होता है। ऐसी स्थिति में मजदूरों का यह काम करते समय एक तसला (लोहँडा) लेकर ज्यादा मिट्टी ले जाकर डालने से उसका स्तर ऊँचा हो जाएगा इस काम में मालिक को खुद ध्यान देने की जरुरत है।

नाले की विरुद्ध दिशा में नाके में चढाव होने से जिस तरह पानी का दुरुपयोग होता है उसी प्रकार नहर के आसपास भी चढाव या गहराई होने से पानी प्रबंधन में समस्याएँ पैदा होती है। सारे नाको में पानी एक जैसा होना चाहिए अगर नाके के बीच का भाग ऊंचा हो गया

नाके के मुँह बंद ज्यादा पानी किनारे पर जाकर जमा होता है

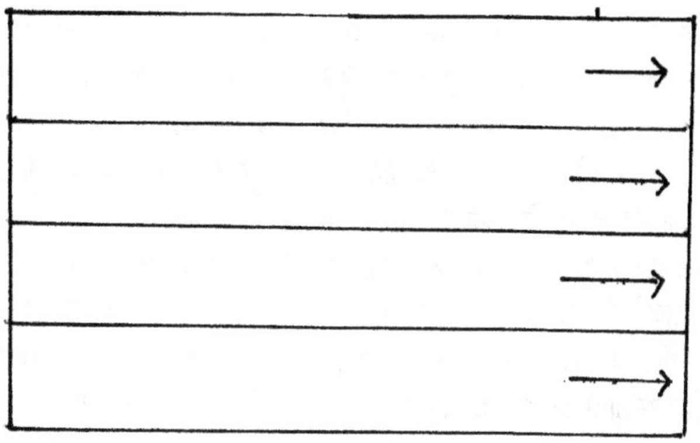

नाके के मुँह खुले ज्यादा पानी किनारे से बह जाता है

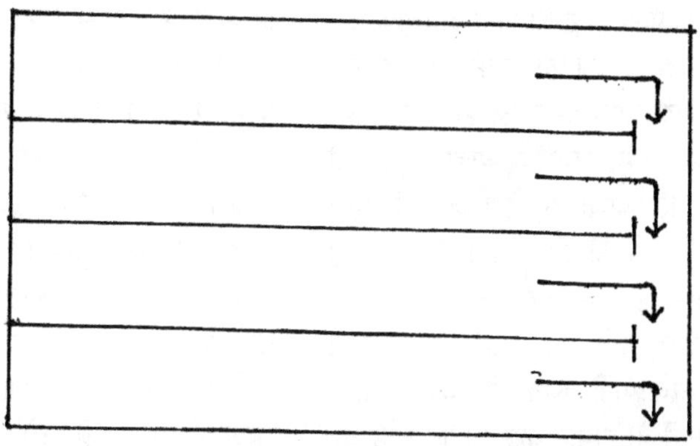

तो कही पर पानी ज्यादा और कही पर कम जमा होता है। ऐसी दोनो बातों की वजह से फसलों का नुकसान हो सकता है। नाके बनाने का काम कई बार टाला जाता है और अधुरा पानी देने के कारण फसले खराब हो जाती है। यह अनुभव मैंने भी कई बार लिया है। नाके बनाने का काम अच्छी तरह होने का महत्त्व समझने में 20-25 साल गुजर गए। लेकिन अब यह काम अच्छी तरह ध्यानपूर्वक किया जाता है। जब नाके का बीच का हिस्सा ऊँचा होता है तब एक ही भाग में पानी जमा होकर फसलों का नुकसान होता है तब विरुद्ध दिशा के मुँह खुले करने से ज्यादा रहने वाला पानी वहाँ से बह जाता है। बारिश में भी जो पानी जमा होता है उसके लिए ऐसा करने से वह पानी भी बहकर जा सकता है। पानी ज्यादा होने से जमीन चिबडी होने से उसे छोड देना ही सबके लिए फायदेमंद बात है। इसलिए जिनकी खेती खड्डे में है उन किसानों को इस पानी को रोकना नही चाहिए। यह एक सामुदायिक मुद्दा है इसपर प्रबोधन होना आवश्यक है। जिस तरह कानूनद्वारा पानी के पाईप को गाढने में कोई बाधा नहीं आती उसी तरह इस पानी पर रोक न लगाने का भी कानून होना जरुरी है।

जमीन में सौ प्रतिशत नमी किसलिए?

मौसमी कम अवधि की फसल के लिए 100 प्रतिशत जमीन गीली रहना जरुरी है। लेकिन बागाइत में ऐसी मौसमी फसले कम मात्रा में, तो अधिक मात्रा में गन्ना, केला या बाकी फलों की फसलें ली जाती है। क्या ऐसी फसलों के लिए सौ प्रतिशत जमीन में नमी होना जरुरी है? ऐसा प्रश्न निर्माण होता है। अगर जमीन पट्टा पद्धतीसे बनाई गई जैसे गीला पट्टा और सूखा पट्टा तो पानी की बचत कर पाऐंगे। बिजली के उपयोग का नियमन किया जा सकता है, गरमी में ज्यादा पानी लगता है उसका भी पानी नियोजन कर सकते है। इसके अलावा निकासद्वारा ज्यादा पानी बहते हुए खड्डे में जाकर वहाँ की जमीन चिबडी कर देता है, उसका प्रभाव भी कम हो सकता है। इस प्रकार नाले के पानी का प्रबंधन करना संभव है।

बूंद-बूंद सिंचाई पद्धतीमे हम सीमित क्षेत्र में नमी लाते है। फिर ऐसा विचार नहर के पानी के बारे में क्यों न किया जाए? ऐसा प्रश्न मैं किसानों के सामने रखता हूँ। खेत के नाके का पानी नहर का पानी और उपलब्ध पानी पर सबसे ज्यादा गन्ने की फसल की जाती है। गन्ने की फसल पर ज्यादा पानी इस्तेमाल होता है इसपर बहुत लोगों का आक्षेप है। इसीमें से थोडा बहुत पानी बाकी अनाज या तेल बीजों को देना जरुरी है ऐसा हमेशा कहा जाता है। गन्ने की फसल में पानी किस तरह बचा सकते है इसपर अध्ययन करना जरुरी है।

जमीन का प्रकार, नाके की लंबाई, गहराई ऐसी बातों का विचार करके पानी बचत करने की पद्धती में बदलाव करना जरुरी है। जमीन काली और नाके की लंबाई अगर ज्यादा है तो एक के बाद एक छोडकर पानी देने से पानी की बचत हो सकती है। जमीन के गीलेपन के अंदाज से पानी देना चाहिए। सांगली जिले में नदी के किनारे ऐसी काली, भारी जमीन और बहुत दूरी पर रहनेवाली जमीन है। वहाँ पर दो नाकों के बाद एक ऐसे प्रयोग करने चाहिए। गन्ना या किसी भी फसल को विकास की पूर्वअवस्था में पानी की ज्यादा जरुरत नहीं होती। ऐसे वक्त अगर पानी ज्यादा दिया जाए तो फसल का नुकसान होता है। यहाँ पर उपर बताया है उस तरीके से पानी सींचने से फायदा होगा। गन्ने की खुदाई (भरणी) होने के बाद बाहर से एक कतार के बाद एक उसकी सूखी पत्तियों का आच्छादन देना चाहिए। गन्ने के खुत्थ को उसी जगह पर मिलनेवाला सूखी पत्तियों का आच्छादन देना चाहिए। जो नाका खाली है उसमें पानी देना चाहिए और जिसमें आच्छादन है उसे बिल्कुल नहीं। ऐसे करने से पानी में बहुत ज्यादा बचत होगी। खुत्थ फसल के लिए घास का आच्छादन बदलकर देना चाहिए। पिछले साल पानी दिए हुए कूँड में आच्छादन देने से घास को सडाकर उसमें ज्यादा से ज्यादा कार्बनिक पदार्थ तैयार हुआ पट्टा नमी के लिए प्राप्त होता है। यहाँ पर जमीन की जलधारण शक्ति बढती है। इसलिए पानी का ज्यादा कार्यक्षमता से उपयोग होता है। ऐसे खुत्थ की अगर भरणी की तो आधी सडी हुई घास मिट्टी में मिल जाएगी और जल्दी ही सडकर खत्म हो जाएगी। इसकी अगर भराई नहीं की हो तो गन्ने की ये सूखी पत्तियाँ आच्छादन के रूप में बहुत समय तक वही के वही रहेगी। यहाँ पर पानी की कार्यक्षमता और बढ सकेगी क्या, ऐसे विचार से खुत्थ के कुछ क्षेत्र की भराई करना इस साल से बंद किया है। इसके फायदे-नुकसान की जाँच शुरू है।

एक के बाद एक गन्ने की सूखी पत्तियाँ और पानी पद्धती से खुली कतार में नमी करने से पानी झरकर इन सूखी पत्तियों के आच्छादन में आता है। यहाँ पर सूर्य का प्रकाश न आने के कारण लंबे समय तक गीलापन रहता है। इसलिए अगर कुछ समय तक पानी नहीं भी दिया तो फसल नही सूखती। हलकी जमीन में या नाके की लंबाई कम होगी तो गन्ने के पास घास की कतार में गीलापन भरने का प्रमाण कम रहता है। उस वक्त उन गन्ने की सूखी पत्तियों के छोटे छोटे गोले बनाकर नाके में आडे रखने से बहते हुए पानी मे रुकावट निर्माण होकर वह घास के आच्छादन के नीचे झर जाएगा। ऐसे खेत के लिए इस बदलाव से पानी की बचत करना संभव है। 100 प्रतिशत क्षेत्र में नमी लाने की जरुरत नहीं। वैसेही कम पानी, भार नियमन ऐसी स्थिति से मेलजोल रखने के लिए किसानों को ये पद्धती उपयोगी होगी। किसी भी स्थितिमें चेन या कुली पद्धती से पानी देना नहीं चाहिए। लंबे सरी (नाका) पद्धती से देनी चाहिए।

नहर का प्रबंधन महत्त्वपूर्ण ही है

मनुष्यके शरीर में जो रक्तवाहिनी काम करती है वही काम खेत में नहर करती है। अगर रक्तवाहिनी बंद हो गई तो हृदयविकार होता है। उसी प्रकार नहर का

प्रबंधन न करने से खेती को ऐसा विकार हो सकता है। इतना महत्त्वपूर्ण होकर भी इस विषय पर किसी ने ज्यादा चर्चा नहीं की। पानी की कम उपलब्धी, बिजली की कमी इत्यादि स्थिति में उपलब्ध पानी का ज्यादा से ज्यादा कार्यक्षमता से उपयोग करना होगा तो नहर जैसे विषय को बढावा मिलना ही चाहिए। आज ऐसे कहा जाता है कि, नहर को बंद करके खेती को नल द्वारा ही पानी दिया जाना चाहिए। वैसा कानून बनाकर कठोर कार्यान्वयन होना चाहिए। मंच से बोलना संभव है और कितना भी अच्छा है फिरभी वास्तव से वह बहुत दूर की बात है। तबतक नहर संबंधी ज्यादा अध्ययन करना पडेगा।

अनुसंधान का निष्कर्ष यह बताता है कि, अगर नहर गंदे हो तो केवल इस वजह से 50 प्रतिशत पानी का निकासद्वारा पतन हो सकता है। नहर से झरकर गया हुआ पानी सिर्फ पानी उपयोग की कार्यक्षमता कम नहीं करता इसके अलावा अन्य कई नुकसान का कारण बनता है। खेती में इस विषय की ओर बारीकी से देखने से ऐसी बातों का पता चलता है। इस वजह से मुझे लगता है कृषि शिक्षण, अनुसंधान और विस्तार में नहर उपेक्षा में रहता है।

छोटे बडे नहर उपनहर उत्सारण सिंचाई योजना के छोटे-बडे और व्यक्तिगत किसानों की नहर ऐसा नहर का विभाजन होता है। नहर और नालों का अस्तरीकरण करना जरूरी है। यह काम खर्चीला होने से इस काम के लिए इतना पैसा उपलब्ध किया नहीं जाता। कई बार हलका अस्तरीकरण की वजह से कुछ सालों में वह खराब होकर पानी का नुकसान होता है। ऐसे काम का गुण नियंत्रण करना हमारा विषय नहीं। इस काम की ओर उँगली दिखाने के बजाए हमारे भाग के सार्वजनिक और निजी नहर कितने साफ होते है इसपर आत्मपरीक्षण करना जरुरी है। कई बार ये नहरें मौसमी और बहुवार्षिक खरपतवारों से भरी हुई होती है, यह क्यों होता है? क्या इस विषय का महत्त्व कोई नहीं जानता? इसपर गहराई से चिंतन करने पर कई बाते ज्ञात होती है।

उत्सारण जलसिंचाई योजना की सार्वजनिक नहरे बारिश के बाद पानी शुरू करने से पहले एक बार साफ करते है। साल में एक बार यह कार्यक्रम होना जरुरी होता है। उसके बाद थोडे ही समय में वह फिरसे खरपतवारों से भर जाता है। उसके बाद उसको साफ करने पर ज्यादा विचार नहीं किया जाता। मुख्य बडे नहर से छोटे नाले बनाकर उससे पाँच-दस किसानों के खेती को पानी दिया जाता है। वह नहरें उनको ही साफ रखनी पडती है। यह काम सारे लोग इकट्ठा आकर नहीं करते। साफ करने का काम न करने से पानी पर रोक लगाने का नियम होता है लेकिन इसका पालन कोई नहीं करता। निजी नहर के बारे में भी ऐसीही समस्या कई बार उत्पन्न होती है। अगर नहर एक ही किसान के क्षेत्र से जाती हो ओर उसीका क्षेत्र गीला होता हो तो यह साफ करने के जिम्मेदारी का काम उस अकेले किसान का ही होता है। और वो करता भी है। और अगर ज्यादा किसान हो तो मैं ही क्यों करूँ वो क्यों नही, ऐसा कहकर सारे उसकी तरफ से ध्यान हटा देते है। कई बार खेतों में निराई करके उसे साफ रखा जाता है। वहाँ पर मनुष्य या खरपतवारनाशकों के माध्यम से यह काम किया जाता है; लेकिन नहर को साफ करने के लिए जनबल और धन (पैसा) की कमी होने की शिकायत की जाती है। नहर सफाई का महत्त्व किसान के ध्यान में नही आता। इसके अलावा और भी कारण है।

नहर में मुख्य रुपसे बहुवार्षिक खरपतवार ज्यादा प्रमाण में होती है। जिन्हें मनुष्य के निराई से साफ करना संभव नही होता। इसके लिए ग्लायफोसेट यह खरपतवारनाशक अच्छा काम करता है। कूंद (घास), पठेर, हरियाली इन जैसे खरपतवारों का नियंत्रण करने के लिए हमेशा पानी शुरू रहने से निराई करना संभव नहीं होता। नहर के द्विदल खरपतवारों के लिए 2, 4-डी और ग्लायासोमेट यह खरपतवारनाशक दस लिटर पानीमें 50 मि.ली. से 100 मि.ली. मात्रा में घुलाकर फुहारना है। एक ही फौआरे से पूरा काम नही होता। एक महीने बाद खरपतवारों के उपलब्धीनुसार इसे फिरसे फौआरना पडता है। ग्लायफोसेट के साथ 10 लीटर पानी में 20-25 ग्राम काला नमक घुलाने से खरपतवारनाशकोंकी कार्यक्षमता अधिक मात्रा में बढती है यह एक नया अनुभव है।

नहर की सफाईकी ओर ध्यान देना ही चाहिए

नहर की सफाई न होने से पानी का दुरुपयोग होता है, कार्यक्षमता कम होती है, कई नुकसान होते है। एक हेक्टर क्षेत्र में नमी करने के लिए पानी का उपयोग अधिक होने के कारण बिजली का उपयोग बढता है।

पंप को ज्यादा देर तक घुमाना पडता है। उसका खर्चा बढता है। पुरे क्षेत्र में नमी करने के लिए ज्यादा अवधि लगतीं है इस वजह से पानी की अनुसूची में गडबड होती है, यह समस्या ज्यादा तर गरमी के दिनों में उत्पन्न होती है। खेत में निरंतर पानी के झरने से खरपतवार बढ जाते है। इसका फसलों के उत्पादन पर बुरा परिणाम होता है। नहर के नीचे वाले भाग में भूमि की स्थिति बोआई करने के योग्य नहीं होती, इसलिए गहराई वाले क्षेत्र में फसलों के उत्पादन की मात्रा कम होती है। कुछ जमीन चिबडी बन जाती है।

नहर में खरपतवारों के बीज गिरने से पानी के साथ वह खेत में फैलाए जाते है। जमीन की निराई और खरपतवार नाशक का कितना भी उपयोग करे तो भी खरपतवारों प्रमाण बढता ही जाता है। निराई और खरपतवारनाशकों के लिए ज्यादा खर्च करना पडता है। खरपतवारों से बहुत प्रश्न निर्माण होते है। कई किसान खरपतवारों के उगने से निराई और खरपतनाशक फौआर करने के काम में धुंद रहते है। खरपतवार क्यों बढते है इसपर कोई विचार नहीं करता। कई किसान खरपतवार नियंत्रण के लिए अधिक से अधिक पैसा खर्च करने के लिए तैयार रहते है; लेकिन दो-चार पडोसी किसान के खेत से नहर निकालने की उनकी तैयारी नही रहती।

बारिश में कई भागों में तीन-चार महीने पानी देने की जरुरत नहीं होती। इस समय नहर का उपयोग बंद रहने की वजह से उधर पूरा नजरअंदाज हो जाता है। अनुकूल मौसम की वजह से इस समय नहर में अधिकाधिक खरपतवार बढती है। उनका बीज नहर में सडता है और आगे सिंचाई के समय नहर को साफ करने पर भी खेत में खरपतवारों के बीज जाने का काम पूरा हो जाता है। किसानों को मेरी विनती है कि, बारिश में भी उन्हें अपनी नहर को साफ रखना है। जब सिंचाई बँद होती है तब भी इसकी तरफ उन्हे ध्यान देना चाहिए। हमारे पुरखोंने नहर के प्रति कितनी जागरुकता रखी थी इसका एक उदाहरण देता हूँ। उस समय बैलों के चडस से खेती की सिंचाई की जाती थी, नहर में बिल्कुल भी खरपतवारों को बढने नहीं देते थे। इसके साथ ही सुबह चडस शुरू करने से पहले गोबरकाला से पहले नहर की पोताई करके मोट शुरू की जाती है। फिर इंजन पंप, मोटर पंप, पानबुड्या पंप और सिंचाई परियोजना का पानी इससे कम मेहनत से पानी की उपलब्धी बढती गई, वैसे नहर संबंधी किसान अधिकाधिक बेफिक्र हो रहे है। अब हम फिरसे चडस की तरफ नही जाएँगे लेकिन पानी और बिजली के अभाव के कारण किसान को फिरसे इस विषय में जागरुक होना पडेगा ऐसी मेरी इच्छा है।

प्रकरण 5

खरपतवारों से भूमि की उर्वरकता एक नया विचार

खरपतवारों का नाश या खरपतवार प्रबंधन

जब से खेती की शुरुआत हुई है तबसे शायद खरपतवारों का नाश करने का काम शुरू हुआ होगा। फसलों की बोआई के बाद उनके साथ खरपतवारों की भी उपज होती है। खरपतवार फसलों से भी ज्यादा तेजी से बढते है। फसलों के साथ सूर्यप्रकाश, पानी, उपलब्ध पोषकद्रव्य इनमें प्रतियोगिता होनेसे फसलों का उत्पादन कम होता है। खरपतवार और किसानों में पहले से ही शायद लडाई शुरू है। किसान निराई करते है, खरपतवारों के नाश के लिए कई मार्गोंसे प्रयास करते है फिरभी इस लडाई का अंत नहीं होता। खरपतवारों को किसान का शत्रु समझते है। 'खरपतवार और खरपतवारनाशक प्रशिक्षण कार्यक्रम' ऐसे एक शिबिर में मार्गदर्शक पत्रिका बाँटी गई उसमें खरपतवारों की व्याख्या निम्नानुसार दी गईं।

खरपतवार अर्थात जहाँ नहीं चाहिए वहाँ बढनेवाली, फसलों के साथ स्पर्धा करनेवाली, उनके उपलब्ध पोषकद्रव्य का अवशोषण करनेवाली, न चाहते हुए बढनेवाली वनस्पति।

खरपतवार की ओर इस दृष्टि से देखा जाता है। खरपतवारों की वजह से फसलों का 30 से 40 प्रतिशत नुकसान हो सकता है। इसके नियंत्रण की कई पद्धतियाँ किसानों से और वैज्ञानिक तंत्रज्ञों से विकसित की गई है। खेत की जोताई करने के पीछे खरपतवारों का नाश करना यह उद्देश्य होता है। निराई-गुडाई के काम पहले से ही हमेशा होते आ रहे है। भारत में पीछले 30-35 साल में रसायनों से खरपतवारों का नाश करने का प्रकार शुरू हुआ है। यह तरीका आसान होने की वजह से सभी ने इसे स्वीकार किया। खेती में सबसे मुख्य प्रश्न जनशक्ति का अभाव है। इसकी तीव्रता दिनबदिन बढने ही वाली है। ऐसी स्थिति में खरपतवारनाशकों का इस्तेमाल तेज गति से हो रहा है। खरपतवारनाशकों का यह व्यापार फसल सुरक्षा रसायनों से भी अधिक गति से हो रहा है। विदर्भ के एक जिलेमें तहसील में जो 5-6 दुकाने थी उसमें से मुझे यह जानकारी प्राप्त हुई कि, 2010 के बारिश के मौसम में 1.25 करोड के खरपतवारनाशक की बिक्री हुई थी। इस उदाहरण से खरपतवारनाशक के काम के विस्तार का पता चलता है।

खरपतवारों का नाश, खेत में सफाई और सिर्फ फसलों की कतारें दिखनी चाहिए ऐसे प्रचलित विचारों से दूर होकर भविष्य में खरपतवारों से दोस्ती करके उसकी ओर सकारात्मक दृष्टि से अगर हम देखेंगे तो इसे हम खेती का महत्त्वपूर्ण संसाधन बना सकते है। 5-10 साल पहले मेरे एक कार्बनिक किसान दोस्त ने कहा, खरपतवारों को मित्रता की भावनासे देखना शुरू कीजिए। इस विषय पर उनका और मेरा विवाद हुआ। पिछले 2-3 सालों से मेरा खरपतवारों की तरफ देखने का दृष्टिकोण पूरी तरह से बदल गया है। जैसे जैसे खरपतवारों के बारे में सोचने लगा वैसे वैसे इससे खेत के लिए फायदा होने के कई मार्ग दिखाई देने लगे। आज यह सब प्रायोगिक रूप में है। किसानों को अब इस तरह से विचार करने की शुरुआत करनी चाहिए। इस दृष्टि से प्रत्यक्ष खेत में पिछले सालों से काम शुरू है।

निराई का काम खेती मे सबसे ज्यादा समय खर्च करनेवाला और जनबल से होनेवाला काम है। आज इस काम पर हुआ खर्च (मनुष्य यंत्र या रसायन से तणनशाक) फसलों के जमाखर्च में खर्च एक तरफ लिखा जाता है। इस काम से किसानों को कोई भी आय नहीं होती। खरपतवारों की फसलों से होनेवाली स्पर्धा टलनी चाहिए और फसलों का उत्पादन ज्यादा मिलना चाहिए इस फायदे के लिए खरपतवारों के नाश का खर्च

कम करना है। मैं अब ऐसा विचार कर रहा हूँ कि, खरपतवारनाश के काम से किसानों को कुछ तो आय मिलनी चाहिए। यह कैसे संभव होगा इसपर विचार करेंगे।

खरपतवारों और कार्बनिक खाद प्रबंधन

जमीन में कार्बनिक कार्य की मात्रा अत्याधिक स्तर पर होना इसपर हमने बहुत गौर किया है। गोबरखाद कंपोस्ट का उपयोग करना यह अब पीछे रह गया है। अधिकांश फसलों के शेषभागोंको घासमूल्य रहने के कारण उसका सीधे खाद के लिए आच्छादन में उपयोग नही किया जाता। यहाँ पर खरपतवार ही उचित विकल्प होता है।

हरी खाद लेने के लिए जिस तरह हम एक मौसम फसल बंद करके खाद के लिए पटसन लेते है उसी प्रकार बारिश के मौसम में जमीन में बडे पैमाने पर खरपतवार बढाने चाहिए। खरपतवारों का बीज पक्व होने से पहले ही उसी जमीन में गाढना चाहिए। (जोताई करके, उखाडकर, गाढकर या खरपतवारनाशक मारकर) एक पट्टा फसलों का, और एक पट्टा खरपतवारों का बढाना चाहिए। खरपतवारों का ज्यादा से ज्यादा विकास करके उन्हें उसी जगह पर मार देना चाहिए। खरपतवारों के और फसल के पट्टे हर साल अदलबदल कर उपयोग करने चाहिए। पटसन जैसी एक ही वनस्पति का प्रयोग करने के बजाए खरपतवारों से अनगिनत घास मिलता है और वह निश्चित ही ज्यादा फायदेमंद होगा।

खरपतवार उखाडकर या काटकर जोताई के समय गाढने के बजाए अगली फसल की खेत रचना की तैयारी पहले ही कर लेनी चाहिए और बाद में खरपतवारों को निकालना है। उसके बाद ग्लायफोसेट से खरपतवारों का नाश करना चाहिए। खरपतवारों के उपरी भाग का आच्छादन बनेगा और नीचे का भाग धीरे-धीरे सडते हुए जमीन में चला जाएगा। यह काम अगर फसल की बोआई के पूर्व किया जाए तो पहले रचना की गई जमीन पर कोई भी पूर्व मशक्कत किए बिना अगली फसल कर सकते है। फसल की बोआई से 1-2 दिन पहले जिस स्थिति में खरपतवार है उन्हें वैसेही हाथ से एक तरफ करके फसलों को खोदकर बोने से वह उगाने से पहले ग्लायसेल मार देने से खरपतवार मर जाते है और धीरे-धीरे फसले बढती है। अगर बोआई में समय होगा तो यह मार्ग आसान होता है। ग्लायसेल का खर्च कम करने के लिए 50-75 प्रतिशत ग्लायफोसेट कम करके 10 लीटर पानी में 25-30 ग्राम काला नमक (जो 4-5 रुपये किलो मिलता है) के उपयोग से उचित परिणाम मिलता है। जिनके पास जानवर नहीं है, कम है, ज्यादा क्षेत्र है, कार्बनिक खाद को खरीदकर मिट्टी मे मिलाने का काम नहीं करना है उन्होंने, इस काम के लिए लगनेवाली सामग्री कम होनेवाले किसानों ने उपर दिए हुए मार्ग से कम खर्च में भूमि की उर्वरकता बना सकते है।

क्षरण टालने के लिए खरपतवारों का उपयोग

जमीन पूरी जोताई की और बारिश तेजीसे होने के कारण भूमि का क्षरण होकर नुकसान होता है। बोआई के बाद फसल बढते समय हम अंतर मशक्कत करके जमीन साफ रखते है इस समज तेज की बारिश होकर पानी बहता है उससे जमीन का क्षरण होता है। अगर खरपतवारों के पट्टे उतरन में आडे करने से यह क्षरण वही पर रोकी जा सकती है। किसी भी बढी हुई फसल के बहते हुए पानी का निरीक्षण करने से पानी में तैरने वाले अवस्था में कार्बनिक खाद के कण बहते हुए दिखाई देते है। खेत के कोने से बहते हुए पानी को रोक नही पाते। इस पानी पर रोक लगानी चाहिए। इसलिए खरपतवारों के पट्टे फायदेमंद होते है। क्षरण की वजह से निश्चित रूप से जंगल का कितना नुकसान होता है यह गिनने का कोई भी परिमाण नही है। लेकिन क्षरण की वजह से बडी मात्रा में भूमि की उर्वरकता का नुकसान होता होगा ऐसा अंदाजा लगाया जाता है।

खरपतवारों से भूमि की जोताई

खरपतवार कई प्रकार के होते है। द्विदल खरपतवारों की जडे मोट के समूहकी होकर गहराई में जाती है तो एकदल खरपतवारों की जडे तंतुमय समूह की होकर उसका विस्तार और संख्या बडी होती है। बोना वर्गीय खरपतवारों की जडे अपनी जमीन पर बढने की तुलना में बहुत गहराई तक पेड के तनों की लंबाई बढाते है। कुछ घासवर्गीय खरपतवारों के जड इतने मजबूत होते है कि, उखाडते समय बहुत बल खर्च करना पडता है। साधारण निराई करने के प्रकार

में इसे खुरपी को टोंच लगाकर खरपतवार जडो के साथ उखाड देते है और बाहर फैलते है। फसलों के नजदिकी खरपतवारों के बारे में यह ठीक है; लेकिन शुरू के समय में लंबी दूरी की फसल में फसलों का नजदीकी भाग निराई करके साफ रखना चाहिए। लंबी दूरी वाले खरपतवार मुख्य फसल को तकलीफ नहीं दे ऐसी बढानी है और बाद में खरपतवारनाशक से मार देनी चाहिए। उपरी भाग जमीन पर गिरकर उसका आच्छादन हो जाएगा। नीचे की जडों का भाग मरने के बाद धीरे धीरे सूख जाएगा और सड जाएगा। हमेशा खरपतवार उखाडने से ऐसी जडे जगह पट्टी मारने से खरपतवारों की जडों से जमीन की जोताई अच्छी तरह से और अपनेआप होगी। जडे सडकर जमीन भुरभूरी बनती है और ऐसी भूमि अगली बोआई के लिए तैयार रहती है। उसकी अलग से मशक्कत करने की जरुरत नहीं होती। फसलों के पट्टे खरपतवारों के पट्टे पद्धती से अगले साल के फसल के लिए मशक्कत कर के रखी जाती है तो लंबी दूरी की फसलों के शुरू के समय में बीच की जगह में इस पद्धती से आंतर मशक्कत की जाएगी। कम खर्च मे खेती करने के लिए जोताई का खर्च बचाना आवश्यक है। खेती के लिए डिजल बिल्कुल भी नहीं लगना चाहिए ऐसा परिवर्तन पर्यावरण में होना चाहिए। खनिज तेल की भी बचत होना बहुत आवश्यक है।

खरपतवारों और जमीन का हवा प्रबंधन

फसल के विकास के लिए जमीन में उचित मात्रा में हवा का होना जरुरी होता है। फसलों के पोषकद्रव्ये भूमि में स्थिर सांठे में संचित किए जाते है। बढती हुई फसलों के जरुरतनुसार स्थिर संचय से उपलब्ध संचय में सूक्ष्मजीवोंसे पोषकद्रव्योंका रुपांतरण किया जाता है। ये सूक्ष्मजीव अपना कार्य हवा के सान्निध्य में ही कर सकते है। इसके अलावा जडों को साँस लेने के लिए हवा की जरुरत होती है। चिबडी जमीन में हवा के न होने से उपरोक्त दोनो काम रूक जाते है। फिर फसल का विकास नहीं हो पाता। भूमि ने अगर खरपतवारों को मार कर उनकी जडे वैसी ही रहने देने से वह सूखते है और हवा की पोल अधिक प्रमाण में तैयार होता है। सारी जमीन जोताई से पोल (रिक्त) होती है यह अवस्था फसल के विकास के लिए ठीक नहीं होती। मिट्टी के कण दबी हुई अवस्था में जब होते है तब ऐसे पोल उनकी सेवा करते है। शून्य मशक्कत पद्धती में भूमि में हवा का योग्य प्रमाण रखने के लिए यह मार्ग उपयोगी है।

भूमि की निकासशक्ति और खरपतवार

खरपतवारों की गहराई में बढनेवाली जडे जैसे ही सूखने लगते है वैसे ज्यादा पानी झरकर जाने के मार्ग तैयार होते है। सिर्फ मिट्टी के कणों की परत से पानी झरकर जाने में समय लगता है। उसमें सूखी जडे और उसके नजदीकी पोल से पानी ज्यादा तेजी से झरकर जा सकता है। फसलों की जडे अगर दो घंटे पानी में रह गई तो वे मर जाती है। इसलिए जल्दी से जल्दी ज्यादा पानी झरने की जरुरत होती है। जोताई की हुई जमीन जरुरत से ज्यादा पानी पकडकर रखती है वैसेही पानी का निकास होने के मार्ग भी मोडे जाते है। मुख्य फसल से ऐसे मार्ग तैयार नहीं हो सकते। यहाँ खरपतवारोंसे काम कर लेना उचित होगा ऐसा लगता है।

खरपतवार और पानी प्रबंधन

क्षरण रोकना और अतिरिक्त पानी का निकास होना इस पानी प्रबंधन संबंधी गुणधर्मों के बारे में हमने देखा। अब जलधारण शक्ति बढाना और जल उपलब्धी की शक्ति बढाना इस विषय के बारे में देखेंगे। कार्बनिक खाद के उपयोग से उपरोक्त दोनो परिमाण बढा सकते है। लेकिन जरुरतानुसार खाद हम नहीं डाल सकते इसलिए इसका पर्याय (विकल्प) ढूँढना पडेगा। बागाईत क्षेत्र में हम जरुरतानुसार पानी दे सकते है। लेकिन यहाँ पर भी बिजली के भारनियमन से समस्या पैदा हुई है। कुल क्षेत्र से बागाईत या किसी दुसरा संरक्षित पानी देने की सुविधा वाला क्षेत्र 16 से 18% है। बाकी 82 से 84% शुष्क है। खेत तालाब की योजना से इसमें से कुछ क्षेत्र संरक्षित पानी देने की सुविधा में आएँगे लेकिन वो भी ज्यादा नही होंगे। शुष्क क्षेत्र की जलधारणा बडी होती है। पहले जैसे अब जानवर पाले नहीं जाते। इसलिए कार्बनिक खाद उपयोग की मात्रा कुछ भी नहीं है। बारिश का कुछ भरोसा नहीं होता। अगर वर्षा हुई तो तेजी से होती है और दो बारिश के सत्र में ज्यादा अंतराल होता है। 25-30 दिनों की दूरी होने से उतनी देर तक फसल हरी रहने के लिए जमीन में नमी रहना आवश्यक है। अगर

बरसात के अंतिम दिनों तक नमी बनाई रही तो रब्बी फसल के लिए वह फायदेमंद होती है। यह कपास, तुअर जैसे फसलों का ज्यादा उत्पादन मिलना संभव हो जाएगा। जमीन को खरपतवारमुक्त रखने के लिए निरंतर प्रयोग शुरू रखना काफी नहीं होता। शुष्क भूमि के क्षेत्र में 100% जमीन पर फसल लेने के बजाए 50% क्षेत्र पर फसल लेना और 50% क्षेत्र जलसंधारण के लिए उपयोग करना उचित होगा।

शुष्क भूमि में कपास, तुअर यह लंबी दूरी की फसल और उसमें सोयाबीन, मूँग, उडद जैसी मिश्र फसले की जाती है। ऐसी फसलपद्धती में 100% क्षेत्रों में फसल की जाती है। 100% क्षेत्र की मशक्कत, बोआई, आंतरमशक्कत, फसल संरक्षण, खरपतवार नियंत्रण करते समय किसान थक जाते है। कई बार ये काम खत्म ही नहीं होते, इसलिए कुछ क्षेत्रों का नुकसान हो जाता है। अगर बारिश ने धोखा दिया तो किसान का और नुकसान होता है। सारे मेहनत (परिश्रम) पर पानी पड जाता है। अगले साल में दो पैसे ज्यादा भी मिले फिरभी पिछले नुकसान की भरपाई वो नहीं कर सकता। शुष्क जमीन में खेती करने की पद्धती में क्या कुछ बदल कर पायेंगे इसपर विचार करेंगे। विचारों को दिशा निम्नानुसार बदलने की जरुरत है।

1) खर्च कम से कम होना चाहिए

2) भूमि की उर्वरकता बढानेवाले मार्ग ढूँढने चाहिए

3) कम से कम क्षरण होगा

4) 25-30 दिनों तक बारिश के रूक जाने के बाद भी जमीन में नमी रहना

5) पोषकद्रव्य प्रबंधन

खर्च कम करना

कम समयवाले और लंबे समय वाले फसलों को मिश्र फसल के तौर पर लेना बंद करके उन दो फसलों के लिए क्षेत्र अलग अलग करना चाहिए। कम समय वाले (सोयाबीन, मूँग, उडद) फसलों की कतार में कम दूरी होती है। इसलिए ऐसी फसलों के क्षेत्र की मशक्कत करके उसकी बोआई यंत्र से करनी चाहिए। लंबी दूरी की फसल के क्षेत्र की मशक्कत न करके सिर्फ काँकरी से बोआई करनी चाहिए। कपास का बीज महँगा होने से उसकी फसल जमीन सींचकर ही की जाएगी। तुअर का बीज घरका ही होने से उसकी बोआई होती है। और वह अधिक प्रमाण में किया जाता है। तुअर को कपास जैसा सींचने दूरी उचित हो जाएगी। बीज कम लगेगा। जोताई का खर्च कम होने से सींचाई का खर्च उतना नही आएगा। मिश्र फसल पद्धतीमें 100% क्षेत्र की निराई करनी पडती है। इसमें किसानों का बहुत समय जाता है। और काम जल्द से नहीं होते। यह क्षेत्र 100% निराई से साफ करना अगर संभव है तो उन्होंने बासालिन, पेंडिमिथिलीन, गोलजैसी न होना और फसल की उपजसे पहले खरपतवारनाशक को फुँआरना चाहिए।

रूई या तुअर की बोआई में आज 4-5 फीट कतार (लाईने) की जाती है। वह 7-8 फीट के कतार में करनी चाहिए। कतार की संख्या कम होने से सींचाई और बीज खर्च में बच हो जाएगी। इस लाइन तक उपजपूर्व या उपजके बाद खरपतवारनाशक मारकर फसलों की लाइन का क्षेत्र साफ रखने का नियोजन करना चाहिए। बाकी क्षेत्र में कुछ न करते हुए खरपतवारों को बढने देना चाहिए। कुत्र क्षेत्र से यह काम न करने का क्षेत्र ज्यादा रहने से कुल काम का झमेला कम हो जाएगा। अनावृष्टि में कम नुकसान का सामना करना पडेगा।

भूमि की उर्वरकता

शुष्क भूमि में उर्वरकता की ओर नजरअंदाजी हो रही है। नए मार्ग ढूँढने पडेंगे। फसलों के जमीन के नीचे के शेषभाग जैसे है वैसे बिना जोताई के खेतमें सडाने से बेहतरीन उत्कृष्ट कार्बनिक पदार्थ खेत को मिलेगा। काँटों को इकट्ठा करने के काम से छुटकारा मिलेगा। कुछ किसान कपास को बेचने के बाद पूरे खेत में पूरी फसल में भूमि के साथ रोटाव्हेटर मारते है ऐसा दूरध्वनी द्वारा समझ में आया। उनको सिर्फ फसल में ही रोटाव्हेटर मारकर फसल की बुकनी करनी चाहिए। वो जमीन में मिल न पाये ऊपर ही आच्छादन रूप में रहना चाहिए ऐसी व्यवस्था करनी है। लंबी अवधि के फसलों में हमने फसलों के पट्टे और खरपतवार पट्टे ऐसा नियोजन किया है। ये खरपतवार कई कारणों के लिए उपयोगी होनेवाले है। इसमें से उर्वरकता के कारणसंबंधी चर्चा करेंगे। खरपतवार बडी करना, भूमि में बढाना, उसमें भूमि के नीचे खरपतवारों का फैलाव

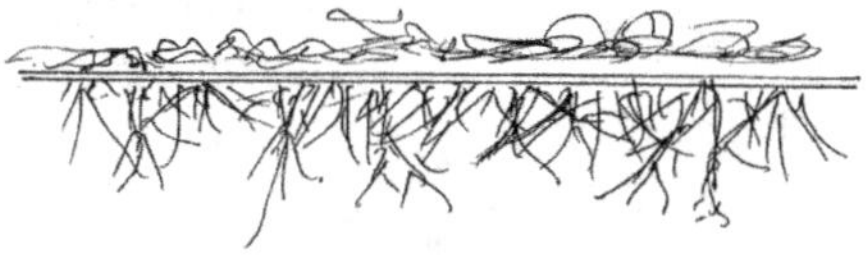

अधिक मात्रा में बढेगा, आगे चलकर उसकी कटाई करना। आच्छादन, ब्रशकटर यंत्र से काँटना, खरपतवारों को नाशक से मारना ऐसे कुछ विकल्प सुझते है। जो मार्ग सुलभ है उसे ढूँढना चाहिए। यह खरपतवार आगे जाकर मर जाएँगे। जमीन का उपरी और नीचला भाग जमीन में मिलकर कई प्रकार का जैवभार सडकर जमीन में कार्बनिक पदार्थ की मात्रा बढेगी। अगले साल की बोआई इस पट्टे में और पिछले साल फसल के लिए उपयोग किया गया पट्टा खरपतवारों के लिए अदलबदलकर उपयोग किया जाएगा। गेहूँ, सोयाबीन और अनाज के शेषभाग न जलाते हुए उन्हे जमीन पर ऐसेही फैलाने चाहिए। जमीन उर्वरक बनने के लिए कोई विकल्प नही, इस अदलबदल से जमीन की उर्वरकता बनने के बाद उत्पादकता बढने से 50-60% क्षेत्र के उपयोग से पहले के 100% क्षेत्र में ज्यादा उत्पादन मिल पाना संभव है। फसल का विकास और भूमि की उर्वरकता दोनो काम महत्त्वपूर्ण है। इसलिए खरपतवार पट्टे का क्षेत्र अपरिवर्तनादी ऐसा कह नही सकते।

क्षरण होना

खरपतवारों से क्षरण होने के लिए कैसे प्रतिबंध होता है इस विषय पर इसके पहले लिखा है।

25-30 दिन नमी को बनाए रहना

कार्बनिक खाद, गोबरखाद, कंपोस्ट कितना ही डाले उससे जो जलधारण शक्ति बढेगी वह 25-30 दिन नमी को बनाकर नही रख पाएगी। काँटे और जडों

की जोताई न करते हुए वही पर सडाया तो जलधारण शक्ति में अच्छा सुधार होता है। लेकिन सबसे अच्छा मार्ग फसल का पट्टा और खरपतवारों का पट्टा। खरपतवारों का बडे पैमाने पर बढकर बारिश का मौसम खत्म होते ही उन्हे मार देने के बाद जमीन के उपर आच्छादन और नीचे जडों की जाली तैयार होती है। सिर्फ मिट्टी से ज्यादा जडों की जाली में पानी ज्यादा संचय हो सकता है। आगे चलकर जब जडे सूख जाती है तब पोल निर्माण होते है। अगर बरसात मौसम के बाद भी आ गई तो इसमें फिर से पानी भर जाता है। आच्छादन के नीचे नमी ज्यादा देर तक बनी रहती है। तो जमीन के नीचे जडों का फैलाव सडने लगता है। सडने की क्रिया से पानी बाहर निकलता है। वो भी कुछ समय फसल को मिल सकता है। सूखे में शेषभाग बहुत बडे पैमाने पर उपलब्ध होते है। लेकिन उन्हें फिरसे खलिहान में ले जाकर फैलाना संभव नहीं होता। कार्बनिक पदार्थ के लिए यहाँ पर खरपतवार का युक्ति से उपयोग करना एक सुलभ विकल्प होता है। फसलों के विकास में बारिश के मौसम में फसल को सूखने से बचाना या बारिश के बाद भी उसमें कमी होने से उत्पादन बढता है इसके साथ ही भूमि की उर्वरकता बढ जाती है। यह सबसे बडा फायदा है।

शुष्क क्षेत्र में रब्बी ज्वार से महाराष्ट्र में बहुत बडी बोआई की जाती है। खरीफ में यह जमीन दब जाती है। उसमें खरपतवार बढते है। बारिश के बाद इस जमीन की मशक्कत करके बोआई की जाती है। मशक्कत की वजह से अगर बारिश न हुई तो जमीन की नमी हवा से उड जाती है और अगर बारिश ज्यादा हुई तो जमीन में ज्यादा पानी रहने से बोआई का काम खतरे में आता है। बिना मशक्कत की जमीन का गीलापन ज्यादा देर तक रहता है तो बारिश ज्यादा होनेसे ज्यादा पानी का जल्दी से जल्दी निकास होता है। दोनो आपत्तियों को बिना मशक्कत अच्छी तरह से मुँहतोड जवाब दे सकते है। खरपतवारों की समस्या अब खरपतवारनाशकोंसे दूर हो जाती है। जिनका क्षेत्र सीमित है उनको जमीन खोदकर बोआई करनी चाहिए। जिनका क्षेत्र ज्यादा है उनके लिए कोई भी मशक्कत न करते हुए बोआई करने के ट्रॅक्टरचलित औजार अब उपलब्ध हुए है यह बात उस भागों के किसानोंसे हुई चर्चा से समझ में आई। आजतक सिर्फ पंजाब में चावल के बाद गेहूँ की बोआई के लिए ऐसे औजार उपलब्ध हुए ऐसा पढा था। महाराष्ट्र में ऐसी उपलब्धी के बारे में कहींपर नही पढा। बिना जोताई के खेत के लिए औजार उपलब्ध होना बहुत ही फायदेमंद हो सकता है। औजारों के तैयार करने वाले नागपूर के एक तंत्रज्ञ ने अब ऐसे औजार तैयार करने के लिए ध्यान देनेवाले है ऐसा दूरध्वनी से बताया है। रब्बी जुआर के लिए भी फसलों का पट्टा और खरपतवारों का पट्टा ऐसा प्रयोग होना जरुरी है। फसलों की कतार की दूरी 90 से 120-150 से.मी. करके प्रयोग करना जरुरी है। पुणे, नगर जिले में बाजरे की फसल बडे पैमानेपर ली जाती है। वहाँ पर भी यह प्रयोग करना जरुरी लगता है।

पोषकद्रव्य प्रबंधन

खरपतवारों की और मुख्य फसल की पोषकद्रव्य के लिए स्पर्धा होकर फसलों को जितनी आवश्यकता होती है उतना पोषकद्रव्य न मिलने के कारण उत्पादन कम होता है। ऐसी समझ की वजह से खरपतवारों का नाश करने में किसान जूटा रहता है। इसके कारण ही आज खरपतवारनाशक का व्यापार इतनी जोरोंसे चल रहा है। ऐसा कहा जाता है, रसायनिक खाद के इस्तेमाल से फसलों से ज्यादा खरपतवारों का विकास ज्यादा होता है। ऐसा बताया जाता है की आज रसायनिक खाद से जो अन्नांश हम जमीन में डालते है उससे 10 से 20% अन्नांश का उपयोग होता है। बाकी सब व्यर्थ हो जाता है। खरपतवार और फसलों का उचित संयोग होकर नाश होनेवाले 80-85% पोषकद्रव्य का संचय अगर खरपतवारो ने खाया और आगे जमीन में वह विलीन हो गया तो क्या रसायनिक खाद की कार्यकुशलता कुछ मात्रा में बढाना संभव है? इसपर अनुसंधान होने की आवश्यकता है। खरपतवारों से कार्बनिक पदार्थ सिर्फ जमीन में बढ गया तो भी यह काम कुछ मात्रा मे हो जाएगा।

निराई के काम में जमीन से खरपतवार उखाड दिए जाते है और इकट्ठा करके बाहर फेंकी जाती है। वहाँ उसके ढेर जमा हो जाते है। चावल की फसल बरसाती फसल है खरपतवारों को उखाडते समय उसके साथ कीचड भी आता है इसलिए वह घास के तौर पर इस्तेमाल नहीं होता। बाँधपर फेकी जाती है। अगर उन्हे उसी जगह रखा तो वह फिरसे बढती है। बारिश के अंत

प्रचलित पद्धती सारे क्षेत्रमें फसल

फसलों के पट्टे खरपतवारों के पट्टे

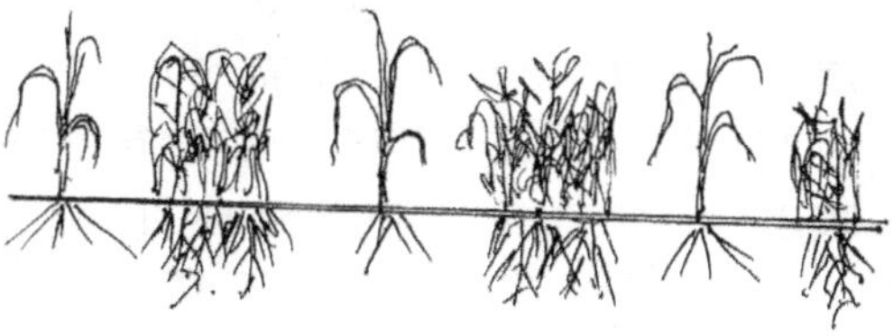

अंतमें/आखिर में खरपतवारों का नाश करके सारी जगह फसलों को देना

तक यह बाँध खरपतवारों के ढेर से भर जाते है। ऐसा काम मेरे यहाँ 1970 से 2008 तक शुरू था। 2008 के मौसम से मैंने इस काम को बंद किया। फसलों की कतार में उन्हें वैसेही रहने दिया। आगे बारीश के जाने के बाद उनपर खरपतवारनाशक फौआर दिया। मैंने इन खरपतवारों को इकट्ठा करके बाँधपर फेंकने का काम कई बार किया है। इसलिए मुझे इस बात का एहसास था कि, खरपतवारों से निर्माण हुआ जैवभार कितनी प्रचुर मात्रा में खेती के बाहर व्यर्थ जाता है। लेकिन कोई विकल्प मेरे पास नहीं था। आगे 2009 से खरपतवार न उखाडकर उन्हें जगह पर ही कैसे मार सकेंगे इसपर गन्ना और चावल इन दोनों फसलों में काम शुरू है। खरपतवार नियंत्रण पर हुआ खर्च जमीन को मिलनेवाले कार्बनिक पदार्थ से वसूल होना चाहिए। इसका अध्ययन करने से ऐसा पता चलता है कि, यहाँ खर्च से आय ही अधिक है। खरपतवारनाश से खरपतवार प्रबंधन करना यह शब्द ज्यादा संयुक्तिक (जुडा हुआ) लगता है। खरपतवार एक संसाधन के निश्चित रूप में आना चाहिए यह विचार मैंने किसानों के सामने रखा। मुझे पता है कि मेरे इस विचार से कोई सहमत नहीं होगा। ज्येष्ठ वैज्ञानिक डॉ. रघुनाथ माशेलकर जी के लेख में से एक वचन वाचकों के सामने रखता हूँ। प्रचलित विचारप्रणाली 100% सही है ऐसा स्थायी तौर पर गृहीत करना (पकडकर रखना) यह विज्ञान के विकास में सबसे बडी बाधा है। प्रचलित विचारप्रणाली गलत हो सकती है और उसमेंसे गलतियाँ हमेशा ढूँढते रहना ऐसे विद्रोही विचारों से विज्ञान का विकास तेजी से हो सकता है। खेती में इस विचार पर गौर करने के लिए गुँजाइश है। किसानों के साथ वैज्ञानिकों और विचारकोंको भी यहाँ पर ध्यान देना चाहिए ऐसी मेरी विनती है।

प्रकरण 6

उत्पादन का दर्जा (स्तर/स्थिति)

मीठा गुड, नमकीन गुड

खेती के उत्पादन का स्तर/दर्जा अच्छे से बढाना हो तो गोबरखाद कंपोस्ट का ज्यादा से ज्यादा उपयोग करके भूमि की उर्वरकता बनाए रखना निश्चित ही आवश्यक है। इस परंपरागत (पुश्तैनी) विचार का प्रभाव (असर) मेरे मन पर था। इसके लिए बाहर से बडे पैमाने पर गोबर का ढेर खरीदकर जंगल की घास इकट्ठा करके उसकी परत बनाके गोबरखाद, कंपोस्ट खाद तैयार किया जाता था। ऐसा कितना भी झमेला किया तो भी इसका उपयोग खेत के लिए करना संभव नहीं हुआ। ज्यादा से ज्यादा उपयोग करना संभव नहीं हुआ, प्रयास तो शुरू था। ऐसे 20 साल शुरू रखने के बाद इसी मार्ग से आगे जाना संभव नहीं होगा इस बात का एहसास होने लगा फिर इसके लिए पर्याय (विकल्प) ढूँढना शुरू हुआ। पहले गन्ने की घास और बाद में खुत्थ की जोताई न करते हुए वही पर सडाने का काम इन दो मार्गों से शुरूवात की। गोबरखाद और कंपोस्ट को उचित विकल्प मार्ग इससे मिला। अगर इतना ही साध्य हुआ होता तो इस लेखमाला का लेखन ही नहीं होता। इस मार्ग की अवस्था आगे चलकर बहुत ही अच्छी जैसे अँधा एक आँख माँगता है और भगवान दो आँखे देता है इस प्रकार हुई। अच्छा सडा हुआ खाद अधिक मात्रा में उपयोग करके गुड के दर्जे (स्तर) में 10 साल में कुछ सुधार (बदलाव) नहीं कर सका। लेकिन यह एक साल में खाद के अपनी जगह पर सडने के कारण हो गया यह सब अचानक से ध्यान में आया। हमारे पास सिर्फ 10 आर जमीन ऐसी थी कि, उस खेत का गुड हमेशा नमकीन लगता था। यह अनुभव मेरा और मेरे पिताजी का 1950 साल से 1990 साल तक का 40 सालों से है। हमारे बाकी गुड के खेत है वो हमेशा मीठा गुड देते थी इसलिए इस बात का हमें एहसास होता था। वैसे हमारे गाँव में कुछ निश्चित जमीन का भाग मीठा और कुछ नमकीन ऐसा ही या ऐसा अनुभव गाँव के किसानों का था। कुछ निश्चित जमीन नमकीन गुड देनेवाली ही है ऐसा विश्लेषण कुछ किसानों का था। मैंने ऐसे समझ लिया कि, यह मुख्य जमीन जिस चट्टान से बनी होगी शायद वह चट्टान ही नमकीन होगी। वैसे तो ये बाते प्राकृतिक होने के कारण रसायनिक प्रयोगशाला से उस मिट्टी का परीक्षण करना चाहिए ऐसा कुछ अध्ययन करने में नही आया।

अच्छा सडा हुआ खाद डालना बंद करके मैंने गीली घास को सडाने के लिए 10 आर क्षेत्र में शुरुआत की। गन्ना तैयार होने के बाद उसका गुड तैयार करने का काम शुरू था और हमेशा की तरह गुड नमकीन ही रहेगा इस अपेक्षासे एक छोटा टुकडा मुँह में डाला और वह गुड इतना मीठा लगा कि, मैं आश्चर्यचकित ही हो गया। उसी क्षण में कुछ अलग ही होने का एहसास हुआ था और आर्किमेडीज जैसे युरेका, युरेका ऐसा चिल्लाने को मन कर रहा था। आसपास सारे मजदूर थे इसलिए मैं चुप था लेकिन यह परिवर्तन कैसे हुआ इन विचारों में मै डूब गया। बहुत ढूँढने से पता चला कि, बाकी सब तो हमेशा की तरह ही चल रहा है सिर्फ अच्छा सडा हुआ खाद के उपयोग के बजाए गीली घास निरंतर फसलों की पूरी कालावधि में जगह पर ही सडाने से यह फर्क हुआ था।

इस जमीन के पास ही कुछ पथरीली जमीन थी। उस जमीन की चट्टान को बुलडोझर से हटाकर बाहर से मीठा गुड देनेवाले काले खेत की मिट्टी डालने पर उसमें फसल उगाने से वहाँ पर भी पहला गुड नमकीन ही हुआ। आगे गीली घास को अपनी जगह पर ही सडाने से वहाँ का गुड भी मीठा हुआ। इस प्रकार दो-तीन जगहों पर परिवर्तन दिखाई दिया। पहली जमीन बंजर भूमि के तरफ की काली जमीन थी। और बाद की

जमीन सबसे उँचाई पर की बंजर भूमि थी, यह जमीन गाँवदरी के पास की नहीं थी। वहाँ पर सिर्फ हमारा ही एक घर था। इसलिए मैं कहता हूँ, मुख्य चट्टान ही नमकीन होगी। (पेटेंट मटेरिअल) विज्ञान ऐसा कहता है कि, किसी भी जमीन के मूल गुण आसानी से बदले नहीं जाते। जगह पर ही घास के सडने से भूमि के मूल गुण भी एक साल में बदलना संभव होता है, जमीन में सुधार लाया जा सकता है इसका एहसास हुआ था।

ऐसे नमकीन से मीठे गुड के परिवर्तन का महत्त्व लिखने के पीछे कुछ खास कारण है। गुड उत्पादन का सबसे बडा बाजार भारत के कोल्हापूर में है। बहुत ही पहले से यहाँ पर गुड निर्माण किया जाता है। यह गुड उत्तम दर्जे का होने के कारण कई राज्यों में उसकी बिक्री की जाती थी। गुड बहुत ही मीठा और उत्तम दर्जे का देनेवाले गाँव इसी क्षेत्र में है। आज बाजार में इन गाँवो से आनेवाले गुड को चखने से मीठे के बजाए नमकीन स्वाद ज्यादा मिल रहा है। यह परिवर्तन भी 40-50 साल में बहुत ही धीमी गतिसे होने के कारण किसानों को इसका निश्चित एहसास नहीं हुआ।

नमकीन गुड मीठा हुआ

घास को निरंतर सडाने से नमकीन गुड देनेवाले खेत से मीठा गुड मिलने का अनुभव हमने पीछले भाग में पढा। इस परिवर्तन के पीछे का विज्ञान खोजना जरुरी है। सूक्ष्म जीवविज्ञान के अध्ययन ने यहाँ पर भी मेरी मदद की। जिस समय फसलें भूमि से अन्न और पानी लेते है, उसी समय उन्हें जिन लवणों की जरुरत नहीं है वह जमीन में उपलब्ध होते है, तो वह कुछ मात्रा में पानी में घुलने से अवशोषित किए गए होंगे; नमकीन गुड देनेवाली जमीन में ऐसे लवण होंगे; और मीठा गुड देनेवाली जमीन में ऐसे लवण नहीं होंगे, इतना सीधा विचार कोई भी कर सकता है। इसके बारे में और गहराई में जाकर विचार करेंगे।

महाराष्ट्र में पाटबंधारा की सुविधा 1936-40 में नीरा, गोदावरी, प्रवरा और कृष्णा इन नदियों में हुई। इन भागों से शुष्क ज्वार, बाजरा फसलों के बजाए गन्ना, फलों के बाग, सब्जियाँ उगाया जाता था। इसमें गन्ने की खेती बडे पैमानेपर करके, वहाँ शक्कर की कारखानदारी फैल गई। 25-30 सालों के बाद इस भाग की जमीन का सामू गीनने के बाद वह धीरे धीरे 7 के आगे जाकर 8 से 8.5 तो कुछ भाग में नौ तक पहुँच गया ऐसा दिखाई दिया। सामू में 7 से आगे तक के काम से उसकी जमीन में निम्नक्षार का संचय होने लगा यह दिखाई देता है।

मैं पीछले कई सालोंसे इस क्षार-लवण के संचय के बारे में सोच रहा हूँ। यह लवण कहाँ पर तैयार होते है? कुछ भागों में पानी का स्तर उपर आने के कारण जमीन के नीचली भागों के लवण उपर आए ऐसा कहा, तो जो भूमि बोआई के योग्य है वहाँ पर भी यह परिवर्तन दिखाई देता है। कई रसायन वैज्ञानिकों से इस बारे में चर्चा करने पर भी संतोषजनक उत्तर नहीं मिलता था। इस प्रकार जमीन के खराब होने का कारण रासायनिक खाद का अधिक मात्रा में उपयोग करना बताया जाता था। रसायनिक खाद के उपयोगसंबंधी विचार करने से युरिया, अमोनिअम सल्फेट, सुपर फॉस्फेट ये खाद अधिक मात्रा में तो उस हिसाब से कम प्रमाण में म्युरेट ऑफ पोटॅश का उपयोग होता हुआ दिखाई देता है। इन खाद के शेषभागों का अभ्यास करने पर म्युरेट ऑफ पोटॅश का शेष भाग कुछ मात्रा में क्षार है। यहाँ पर भी पोटॅश के साथ क्लोरीन है। फसल शोषण में पोटॅश के जाने से बचे हुए क्लोरीन का परिणाम आम्लधर्मी आ सकता है। बाकी सारे खाद का शेषभाग आम्लधर्मी होने से सिर्फ खाद के शेष भागों से अगर यह परिवर्तन होगा, तो सामू सात के पहले ही आना चाहिए था। जिस अर्थ से यह आगे जाता है, उस अर्थ से यह बदलाव रसायनिक खाद के इस्तेमाल से नही हुआ। इसका कोई दूसरा कारण होगा।

भू-सूक्ष्मजीवविज्ञान की पुस्तक पढते समय कार्बनिक पदार्थ गीली घास सडते वक्त, कई प्रकार के कार्बनिक आम्ल तैयार होते है ऐसा उल्लेख पाया जाता है। सडने के विरुद्ध बढना। जिस अर्थ से सडने की क्रिया से आम्ल तैयार होते है उस अर्थ से बढना इस उलट क्रिया से क्षारीयलवण तैयार होते होंगे, ऐसा तर्क विज्ञान का निदान किया जाता है। तैयार हुए क्षारीयलवणोंसे कुछ लवण पानी में घुलनेवाले, तो कुछ न घुलनेवाले होंगे। पानी में घुलनेवाले लवण निकास के जरीए जमीन के बाहर चले जाएँगे। इसलिए वहाँ के कुए और कूपनलिकाओं का पानी साफ हो जाएगा। कुछ मात्रा में इन लवणों का वनस्पतियों का

शोषण करना पडेगा। पानी में न घुलनेवाले लवण धीरे धीरे संचय होते जाएँगे। यह लवण पानी में न घुलनेवाले हो फिर भी आम्ल में घुलनेवाले होने चाहिए। संचय होते होते इनका प्रमाण कुछ निश्चित स्तर पर जाने के बाद फसल के पोषण के इस लवण की मात्रा इतने स्तर पर बढेगी कि, फसल उत्पादन का मूल गुण एक तरफ होकर इन लवणों का प्रभाव महसूस हो जाएगा। ये सारे बदलाव बहुत ही धीमी गति से होने वाले है। इसलिए ऐसी जमीन से गुड की मिठास शुरू में कम होती जाती है और आगे गुड नमकीन सा लगता है।

हम हमारी भूमि में सिर्फ फसले बढाने का क्षारधर्मीय काम करते है। इसके विरुद्ध अम्लधर्मी काम जमीन के बाहर करते है। वहाँ पर इन अम्लों को प्रकृति ने उन्हें दिया हुआ कोई भी काम न होने की वजह से वह निर्माण होते है और खत्म होते है। जमीन में अच्छा सडा हुआ खाद इस्तेमाल करने से फसलों के विकास में निर्माण होनेवाले क्षारीयलवणों का उदासिनीकरण होने की प्रक्रिया थम जाती है। एक ही समय अम्ल और क्षारीय प्रक्रिया से शुरू रहने से जमीन का शुद्धीकरण होता है ऐसा मैं कहता हूँ। इस प्रक्रिया से मेरे मीठे गुड देनेवाले खेत के गुड की मिठास, स्वाद सालोसाल से सुधारा जा रहा है। लवणीय चट्टानों से तैयार हुई जमीन के लवण जगह पर ही घास सडने के कारण निर्माण होनेवाले सेंद्रिय अम्ल में घुलकर, निकासद्वारा, जमीन के बाहर गए होंगे या अम्ल के साथ रसायनिक प्रक्रिया होने से उदासिन होकर उसका दुष्परिणाम खत्म होता होगा। इसमें निश्चित रूप से क्या होता है यह खोजने का काम वैज्ञानिकों का है। तब तक किसान की भाषा में उपर दिएअनुसार निष्कर्ष निकालना ही हमारे बस में है। किसी भी पुस्तक में इसके बारे में संदर्भ नहीं पाए जाते। सेंद्रिय पदार्थ जमीन के बाहर न सडाकर जगह पर ही आच्छादन के रूप में सडाने चाहिए। मेरी इस बात को यहाँ समर्थन मिलता है। किसानों के अपने खेत में ऐसे प्रयोग करके क्या उत्पादन की गुणवत्ता में सुधार होता है यह देखना चाहिए।

आच्छादन की वजह से फसल के उत्पादन की गुणवत्ता में बदलाव

गुड के दर्जे में सुधार और उसके पीछे विज्ञान का अध्ययन हमने देखा। अब ऐसे ही दर्जे में सुधार हुए कुछ उदाहरण हम देखेंगे। मैं घर के उपयोग के लिए बासमती 370 का उत्पादन पीछले 35-40 सालों से ले रहा हूँ। मर्यादित उत्पादन की वजह से बिक्री का विचार नही करना पडा। एक साल उत्पादन बढने से बिक्री करनी पडी। कोल्हापूर के साथ ही महाराष्ट्र में कई बाजार में पंजाब से बडे पैमाने पर चावल का आयात और बिक्री होती है। कोल्हापूर में बेलगाम में कुछ मात्रा में आयात होता है। स्थानीय जाति की तुलना में इस जाति के चावल का भाव कई गुना ज्यादा रहता है। इस ऊंचे भाव के बाजार में क्या मुझे प्रवेश मिलेगा यह देखने के लिए मैंने पाँच-सात क्विंटल चावल राइस मीलसे लाकर व्यापारियों को दिखाया। व्यापारियों ने मुझे कोल्हापूर में बासमती चावल उगाने का प्रयास करने पर मूर्ख समझा। किसी ने मेरे चावल को देखा तक नही, उल्टा ऐसी सलाह दी की, 10-12 रुपये किलो से अगर किसी ने ली तो दे दो लेकिन इस बाजार में मत आओ। बासमती का एक खास स्वाद, सुगंध है। वह सिर्फ पंजाब में ही आ सकता है, बाकी कही नहीं। वहाँ का मौसम, पानी और जमीन में कुछ खासियत है। भारत सरकार ने केवल इसी मुद्दे पर अमेरिका के राइस टेक कंपनी ने लिया हुआ बासमती चावल के पेटंट के मुकदमे पर विजय प्राप्त की यह सबको ज्ञात होगा। स्थानीय चावल की किमत में यह चावल बेचना यह बात मेरे मन से जाती नही थी। इतने चावल का क्या करना है यह प्रश्न मेरे आगे था। सामान्य परिवार में एक समय का चावल हो सकेगा इतने माप के नमुने लेकर यह चावल ले सकते है ऐसे परिवार में बाँट दिया। उसमें से कुछ परिवार से ऐसी प्रतिक्रिया मिली की, 35-40 रुपये किलो भाव के पंजाब के चावल का आकार अच्छा है, लेकिन स्वाद में यही चावल उससे भी अधिक अच्छा है। ऐसे कई लोगो ने 18-20 रुपये किलो कीमत से खरीद लिया। कई लोगों को आखिर में यह नही मिला। इससे पहले कभी चावल बेचा नही था इसलिए उसका मूल्यमापन समझ में नही आया। इससे एक नई फसल की खोज हुई और हम भी यह व्यापार कर सकते है यह आत्मविश्वास बढ गया। इन सबका श्रेय सिर्फ गुणवत्ता को है। [आज यही भाव 40-45 तक पहुँचा है]

यह सब लिखने के पीछे ऐसा दर्जा क्यों मिला और व्यापारी वर्ग ने इससे हाथ क्यो हटा लिए इसका इतिहास वाचकों के सामने लाना है। पंजाब में दर्जा क्यों मिलता है और महाराष्ट्र में क्यों नही इसके बारे में कुछ वैज्ञानिक संदर्भ पुस्तक में पाए जाते है। महाराष्ट्र में जून महीने में चावल की बोआई होती है। और कटाई का काम सितम्बर-अक्तूबर में, इसकी तुलना में पंजाब में जुलाई-अगस्त में बोआई और दिसंबर में कटाई होती है। चावल के निकल आने में यहाँ पर मौसम यदि गरम होगा तो पंजाब में यही काम ठंडी में होता है। इसलिए सुगंध देनेवाला ऑईल (तेल) यहाँ पर रूक नही रह सकता है, वहाँ पे वो रहता है, यह मौसम का फर्क मानना पडेगा। लेकीन मौसम यह एक मूलगुण दर्जे के लिए काम नही करता, जमीन के स्तर पर भी ध्यान देना चाहिए। हरितक्रांति के शुरू में पंजाब में जमीन का जो दर्जा था वह अब नहीं रहा। अधिक उत्पादन लेकर ज्यादा पैसा कमाने के चक्कर में जमीन खराब की जा रही है। आज उसका एहसास होने लगा है, तो इसके बारे में अब इधर भी लोग सोच रहे है। सूक्ष्मजीव विज्ञान का अध्ययन जिस तरह से होना चाहिए वैसा न होने के कारण आच्छादन के उपयोग से जो फायदे मिल सकते है उसका जिस प्रमाण में प्रचार होना चाहिए था वैसा नहीं हुआ।

किसी भी कृषि उत्पादन के बारे में पहले जैसा स्वाद नहीं रहा ऐसा बुजुर्ग लोग कहते हुए नजर आते है। हापूस आम दिखने में अच्छा है लेकिन स्वाद में पहले जैसा नहीं। यही बात अंगूर, संत्रा ऐसे कई फलों के बारे में कही जाती है। सब्जियों और अनाज के बारे में भी ऐसा ही कहा जाता है। 1967-70 के बीच पुणे कृषी महाविद्यालय के छात्रावास के नजदीकी गाँव के कुछ विद्यार्थियों के घर से डिब्बा आता था। उनके डिब्बे में बासी बाजरे की रोटी जो स्वाद देती थी वह अभी भी मुँह में है। आज बाजारे से कितनी भी अच्छी बाजरी लाओ लेकिन ऐसा स्वाद नही। यही बात कोल्हापूर के ज्वार और बार्शी के ज्वार संबंधी कही जाती है। उत्तम जाति का चयन, खाद, कीटनाशकों को मारकर उत्पाद आकर्षक बना सकते है; लेकिन स्वाद, सुगंध के लिए जमीन की ओर सूक्ष्मजीव विज्ञान के माध्यम से ही हमे जाना पडेगा यह मैं अनुभव से वाचकों के सामने रखना चाहता हूँ। सामू, सेंद्रिय अम्ल, लवण, ई.सी. (विद्युत वाहकता) ऐसे सारे भारी शब्द एक तरफ रखते है। आच्छादन में सडनेवाले पदार्थ जगह पर ही सडने से जमीन का जैविक शुद्धीकरण होता है। ऐसी शुद्ध जमीन का उत्पाद गुणवंत होता है यह किसानो के ध्यान में रखना चाहिए। आज दर्जा या उत्पादन विकास के लिए जाति के बारे में जितना विचार किया जाता है उतना जमीन के बारे में नही किया जाता। इसके बारे में आदरणीय फुकुओका जी का एक वाक्य वाचकों के सामने लाना चाहता हूँ। वे कहते है कि, किसी चावल की सुगंधी और स्वादिष्ट जाति हमेशा वैसाही चावल पैदा नही कर सकती। फुकुओका सूक्ष्मजीव वैज्ञानिक थे और उनकी खेती पूरी तरह से आच्छादन के उपयोग से की जाती थी। यहाँ पर जाति को कम महत्त्व देने का उद्देश्य नही है। अच्छी जातियाँ निर्माण करने का काम हमे निरंतर करनाही है। लेकिन जमीन को दुर्लक्ष करके यह काम करना ठीक नहीं। मेरी काली जमीन का रंग भुरा काला था; वह अब काला बनता जा रहा है। यह फर्क हमे तब महसूस होगा जब हम भूमि के और करीब हो जाएँगे।

उत्पादन का दर्जा और व्यापार

आच्छादन की वजह से फसल के उत्पादन की गुणवत्ता में सुधार होता है यह पीछले प्रकरण में हमने देखा। अब ऐसे मिले हुए दर्जे का उपयोग व्यापार करने मे किस तरह से होता है, यह हम देखेंगे। बासमती चावल के दर्जे के बारे में ग्राहकों की माँग बढने के कारण उसकी माँग होने लगी। लोगों के फोन आने लगे और जैसे ही चावल उपलब्ध होते वैसे खत्म भी हो जाते। बाजार में इस जैसे चावल का जो भाव होगा वह देखकर इसका भाव निश्चित किया जाता था। पीछले दो साल में किसान नगदी फसल के पीछे लगने से अनाज के भाव में तेजी आई है। आज इस प्रकार सीधे खेती का माल लेकर ग्राहक के पास अगर जा पाएँगे, तो अनाज भी नगदी फसल हो सकते है इसका अंदाजा लेकर मैंने गन्ने की फसल कम करके चावल का उत्पाद बढाया है। चावल, गेहूँ और अनाज जैसी फसलें नगदी कैसे बन सकती है इसका अध्ययन इस शृंखला में हम आगे करने वाले है।

10-12 सालों के पहले आच्छादन की वजह से गुड की गुणवत्ता में फर्क हुआ है इस बात का एहसास होने लगा। उसी समय धीरे धीरे पर्यावरण की जागरूकता बढ़ने लगी। गुड तैयार करते समय उसका रंग गाढा

पीला होने के लिए आज कई प्रकार के रसायन डाले जाते है। बिना रसायन का गुड तैयार करके बाजार में भेजने से व्यापारी उसका स्वागत करेंगे इस अपेक्षा से मैंने शुद्ध स्वाद देनेवाला गुड एक ही खेत में से 100 ढेप बिना रसायन के और 100 ढेंप रसायन डालकर बनाए और बाजार में भेज दिया। कोल्हापूर बाजार में खुले आलम से नीलामी होती है। बिना रसायन का गुड सिर्फ रंग की कमी की वजह से रसायन की तुलना में 350 रु. प्रति क्विंटल कमी से माँगा गया। दलाल ने चिल्ला चिल्लाकर दर्जा और स्वाद संबंधी जानकारी देने के बाद भी एक भी व्यापारी आने को तैयार नही। दलालो ने मुझे पूछा, इस कीमत से देना है क्या? मैंने तुरंत नहीं में जवाब दिया। बाजार में 100 और कोल्हू में 300 ऐसे 400 ढेंपे (10 किलो) मैंने तैयार किए थे। बेचने के लिए मना किया, लेकिन इस 600 किलो गुड का क्या करू यह प्रश्न मेरे सामने खडा हो गया। गुड की बिक्री न होने के कारण आर्थिक प्रश्न उत्पन्न हुआ।

गुड के छोटे छोटे टुकडे बनाकर रोज जेब में डालकर रास्ते में जो मिला उसे देने की शुरुआत मैंने की। लोगों को उसका स्वाद पसंद आया और दो महीनों में मेरा गुड खत्म हो गया। रसायनवाले गुड से 200 रु. ज्यादा कीमत मेरे गुड की थी। एक क्विंटल के पीछे 50 रुपये रसायनों का खर्च था। मुझे इतना तो फरक मिलना चाहिए इस अपेक्षा से मैंने ये किया था। अब फरक तो मिला ही उपर से ज्यादा फायदा भी हुआ। व्यापार करने का कोई भी अनुभव न होते हुए भी मैं किसान से व्यापारी बन गया। आगे हर साल उत्पादन को बढाता रहा। जितना भी उत्पादन करो मार्च-एप्रिल तक पूरा माल खत्म हो जाता था। फिर गुड खत्म हो गया ऐसा फलक मुझे दरवाजे पर लगाना पडता था। कई लोग नाराज होकर चले जाते थे। कोई घर में रखे हुए गुड को जबरदस्ती लेकर जाते थे। 10-12 सालों में यह व्यापार 460 किलो से 10,000 किलो तक पहुँच गया। महाराष्ट्र के 4-5 जिलों में माल जाता है।

रसायन के खर्च में बचत हुई। उसी के साथ दलाली, मजदूरी, तोलाई, मार्केटस और बदली गुड के वजह से होनेवाला नुकसान यह सारा खर्च बचकर उपर चार पैसे ज्यादा कीमत मिल गई इसका अलग ही आनंद मिला। उसी के साथ ही कई लोगों ने ऐसा गुड उचित कीमत में देने के लिए जो धन्यवाद दिया उसका सबसे ज्यादा आनंद हुआ। यहाँ से कई लोग जुड गए। व्यापार का जितना ज्ञान मिला उतना कोल्हापूर में दिनभर खेत में ही रहने के कारण घर में जो प्रत्यक्ष व्यापार करने वाली औरते थी उनको भी इस ज्ञान का फायदा हुआ। अगर आपने अच्छा माल और उसका ब्रँड बाजार में विकसित किया तो व्यापार करना मुमकीन होता है, यह 'परिवर्तन की हवा' इस लेखमाला में 'दै. ॲग्रोवन' के वार्ताहर श्री. सकृत करंदीकर जी ने बताए गए विचार मुझे प्रत्यक्ष अनुभव हुए। आज बिना रसायन का गुड करने वाले कई लोग हे, उनका व्यापार नहीं होता। क्योंकि कोल्हू में गुड तैयार करते समय रसायन डालना और न डालना इसमें फर्क से दर्जे में सुधार नहीं हो सकता। सेंद्रिय गुड तैयार करने वाले कई लोग है। गन्ने को रसायनिक खाद न देकर सेंद्रिय खाद देने से और गुड में रसायन डालना बंद करनेसे भी दर्जे में बहुत बडा फर्क नही होता। उनका भी व्यापार नही होता ऐसी शिकायत वे करते है। दर्जा जमीन में ही तैयार होता है। जमीन में हम कौनसे जीवाणु विकसित करते है वह उत्पादन को दर्जा प्राप्त कराते है। जमीन का अध्ययन करना यह उद्देश्य है।

किसान और व्यापार

जमीन में सुधार करके दर्जेदार माल मिलने लगा और उसने मुझे किसान से व्यापारी बना दिया, यह आपने पीछले लेख में पढा ही होगा। व्यापार का विकसित रूप देखकर कई किसानों ने मुझे बधाई दी। मंच से किसानों की हमेशा शिकायत रहती है कि, हम उत्पादन करते है, लेकिन व्यापारी हमेशा हमें डुबाते है। इसके आगे जाकर कुछ विचारक ऐसा विचार करते है कि, खेती उत्पादक में उत्पादक से ग्राहक ऐसी सीधी बिक्री होना जरुरी है। यह मध्यस्थ पूरी तरह से गायब करना जरुरी है, तभी किसानों का भला हो सकता है। आंध्र प्रदेश में सरकारने जनता बाजार स्थापित किया है उसका उद्देश्य है कि, किसानों ने खुद आकर अपना माल ग्राहकों को बेचना है। पुणे में 'ॲग्रोवन'द्वारा आयोजित किए हुए प्रदर्शनी में भी किसानों की मंडी होती है। कभी कभी मुंबई में किसी संस्था द्वारा ऐसी प्रदर्शनी आयोजित की जाती है। इसके बारे में यह कुछ अपवादात्मक उदाहरण मानने पडेंगे।

उत्पादन करना और व्यापार करना यह दो भिन्न बाते है। औद्योगिक उत्पादनोंका अध्ययन करने से उत्पादक, वितरक, खुदरा व्यापारी और ग्राहक ऐसा चित्र दिखाई देगा। किसी निश्चित भौगोलिक विभाग में निश्चित वस्तुओंका ही उत्पादन होता है। और उसका वितरण सभी जगहों पर होना जरुरी रहता है। कोई किसान नजदीकी शहर में खुद का उत्पादन जाकर बेचता भी होगा; लेकिन ऐसा चित्र बहुत ही सीमित दिखाई देता है। अर्थ विज्ञान में उत्पादक की कीमत और ग्राहक की कीमत ऐसे तो शब्द सीखाए जाते है। इन दो कीमत मे बहुत बडा फर्क दिखाई देता है। 40 से 50 प्रतिशत फर्क दिखाई देने पर हम तुरंत ही कहते है कि, हम सालभर में कडी धूप में इतनी मेहनत करके जो नहीं कमाते वो व्यापारी छाँव में बैठकर हमसे भी कम अवधि में कमाते है। यह एक गलत मानसिकता है। मुंबई में खेतमाल का व्यापार रूमाल के नीचे ऊँगली दबाकर किया जाता है। महाराष्ट्र में बाजार समिती में खुले आम से नीलामी की जाती है लेकिन मुंबई की इस अनिष्ट प्रथा पर सरकार अभी तक लगाम नहीं डाल सकी। यह बात सच भी होगी, फिर भी एक दिन गुलाब की खेती के अध्ययन के कारण मैं घूम रहा था तब से बडे उद्यानों को भेंट देकर उनके बाजार व्यापार संबंधी जानकारी हासिल की। तब पहले किसान ने बताया कि, मुंबई बिना भरोसे का बाजार है किसानों का बडे पैमाने पर शोषण किया जाता है। पैसा हाथ में आने पर ही अपना माल कौनसे भाव में बिक गया यह समझता है। वहाँ से फिर आगे जाकर दुसरे किसान को यही प्रश्न पूछने के बाद उसने कहा कि, मुंबई जैसी उत्तम बाजार नहीं, हमारा कितना भी उत्पादन होता हो वो यही पर बिक सकता है। कभी महँगाई के समय खुद खडे होकर माल को बेचना और पैसा कमाना आसान होता है। सस्ताई के समय बाजार में जाकर अनुभव लेने से पता चलता है। उत्पादित वस्तू बाजार में बेचने के लिए कई जगहों पर जाना जरुरी होता है, यह काम व्यापारी संस्थाओ द्वारा होता है इसलिए हमारी खेती इसपर निर्भर रहती है। वस्तू का वितरण होने के लिए किसी मध्यस्थ की जरुरत होती है। अगर यह सारी बाते किसान को ही करना है ऐसा उसने ठान लिया तो क्या होगा? इसके मेरा अनुभव मैं आपको बताता हूँ। गुड का दर्जा अच्छा होनेपर ग्राहकोके ही उसका विज्ञापन करके व्यापार विकसित हो गया। साधारण नवंबर से फरवरी के अंत तक उत्पादन करने का मौसम और नवंबर से मार्च-एप्रिल ऐसा वितरण का मौसम, थोडा-थोडा उत्पादन करने के बाद वह जैसेही खत्म होने को आए फिरसे नया उत्पादन करना ऐसा काम मौसम में चलता था। जितनी ग्राहकों की माँग है उसे लिखकर रखना पॅकिंग करना, माल पहुँचाना, रसीद भेजना, माल सही जगह पर पहुँचने की पुष्टि करना, वसुली करना इस कामों के लिए बहुत समय खर्च करना पडता है। उतना समय खेत में कम दिया जाता है। गन्ने के उत्पादन का महत्त्वपूर्ण प्राथमिकसमय इसी मौसम में होता है। वहाँ पर ध्यान न देने की वजह से उत्पादन कम हो गया, व्यापार में जो कमाया उसे खेती में गवाया। व्यापार से हुए फायदे को खेती का फायदा मानना गलत है। जिनके घर में दो/तीन और प्रत्यक्ष हर एक क्षेत्र के लिए अलग अलग व्यक्ति काम करते है, उस जगह ऐसा संभव है। वहाँ पर भी उत्पादन करने वाले के हाथ में पैसा नहीं होता। बिक्री करने वालों के हाथ में पैसा होता है। उसने ठीक तरह से पैसों का हिसाब दिया तो ठीक; नहीं तो घर में बवाल हो जाते है।

बारिश में आम उत्पादकोमें हर साल चर्चा होती है, हमे सीधा ग्राहक तक पहुँचना चाहिए नवंबर-दिसंबर में बागों के काम शुरू होते ही यह चर्चा फिर से आगे की बारिश तक रूक जाती है। कई उत्पादकों को जब उपज का मौसम नहीं होता है तब दलालों से उधार लेना पडता है। यह कटु वचन हर कृषिउत्पादन में होता है। किसानों को खेत में ही कडी मेहनत करके ज्यादा से ज्यादा उत्पादन कैसे होगा इसपर ही अपनी शक्ति खर्च करनी है। व्यापार विज्ञान के कई दाँव-पेंच है, यह तब पता चलेगा जब हम उसमें पूरी शक्ति करेंगे, इतना ही मैं कहता हूँ।

रसायनों के अवशेष और सूक्ष्म जीवविज्ञान

रोटी, कपडा और मकान इन तीन जीवन की आवश्यक बातों में रोटी (अन्न) सबसे महत्त्वपूर्ण है। जिस अन्न का हम सेवन करते है उसका हमारे स्वास्थ्य से नजदीकी संबंध होता है। उन्नत खेती के जरिए तैयार होनेवाले अधिकांश अन्न रसायन खाद, कीटनाशक जैसे रसायनोंसे तैयार होता है। उनके उपयोग से उत्पादन में रसायनिक अवशेष पाए जाते है। उनका मनुष्य की

सेहत पर प्रतिकूल प्रभाव होता है ऐसा प्रचार किया जाता है। साधारण उत्पादक अर्थात किसान और ग्राहक दोनो भी इससे भ्रम में पड जाते है।

रसायनों के अंश जमीन में या कृषिउत्पादन में कैसे रहते है? उनका आगे जाकर क्या होता है इसका विस्तार से वैज्ञानिक अध्ययन वैज्ञानिकों ने किया है। सूक्ष्म जीव विज्ञान के हर एक ग्रंथ में स्वतंत्र प्रकरण इसके बारे में पाया जाता है। लेकिन वाचकों के सामने यह वैज्ञानिक जानकारी ज्यादा नहीं आई। रसायनिक अवशेषों के बारे में होता हुआ प्रचार और वास्तविकता में बहुत फर्क होगा। कार्बनिक खेती के प्रचारकों का कहना मिटाने के लिए ही ऐसा अध्ययन, अनुसंधान और लेखन किया है। ऐसा मेरे पास होनेवाले तीन ग्रंथों के बारे में निश्चित रूप से कहा नही जा सकता ऐसा लगता है। ऐसा लिखने का कारण राचेल कार्सन के 'सायलेन्ट स्प्रिंग' इस ग्रंथ में रसायन के बारे में उल्लेख किए हुए भाष्य पर उत्तर देने के लिए ही 'सेव्ह द अर्थ विथ पेस्टिसाईड अॅन्ड प्लास्टिक' ऐसा ग्रंथ प्रकाशित किया गया। इन दोनों ग्रंथों का अध्ययन मैंने किया है डीडीटी और बीएचसी ये दो कीटनाशक जमीन में लंबे समय तक रहने की वजह से फसलों द्वारा उनका अवशेष अन्न द्वारा प्राणियों के शरीर में और निकास द्वारा पीने के पानी में पहुँचते है, उस वजह से उनका व्यापक प्रसारण होता है। माँ के दूध में डीडीटी का अंश है ऐसा साबित होने पर सायलेन्ट स्प्रिंग इस पुस्तक से दुनिया भर में हलचल मचादी इसलिए रसायन की वजह से होनेवाले परिणाम का अध्ययन और गहराई में जाकर किया गया। डीडीटी या बीएचसी पहली पीढी के क्लोरिनेटेड हायड्रोकार्बन समूह के कीटनाशक 22 सालों तक जमीन में रह सकते है, यह समझने के लिए 22 साल गुजरना जरुरी है।

1940-50 के समय इनकी खोज के साथ ही यह वस्तुस्थिति वैज्ञानिकों के सामने आना संभव नही था, यह मानना पडेगा। उस समय युरोप-अमेरिका में मलेरिया का जबरदस्त प्रादुर्भाव हुआ था। मच्छर मारने के लिए यह एकमात्र रसायन उपलब्ध होने से उनकी लोकप्रियता बडे पैमाने पर बढ गई। आगे पर्यावरण के बारे में जागरूकता होने के बाद आज इस समूह के सारे कीटनाशकों पर दुनियाभर में पाबंदी की गई है। इसमें विकसित देशोंने उनकी बिक्री शुरू ही रखी, इसका समर्थन नही किया जा सकता। कोई रसायन बाजार में आने से पहले कई मुश्किल जाँच करने पर उसके बिक्री का लाइसेंस मिल सकता है। इस रसायन के उपयोग से सबसे पहले उसे जमीन के सूक्ष्मजीवों पर क्या परिणाम होता है और वह कितने समय तक हानिकारक अवस्था में जमीन में रह सकते है इसका अध्ययन किया जाता है। रसायनों के उपयोग से जमीन के सूक्ष्म जीवों की संख्या में बहुत बडी कमी हुई है ऐसा नही पाया गया। जमीन में अनगिनत प्रकार के सूक्ष्मजीव होते है। शायद उसमें से कुछ प्रजातियों पर अस्थायी परिणाम हो सकता है।

किसी रसायन की वजह से कुछ प्रजातियों में थोडा बहुत, तो कुछ पर बिल्कुल परिणाम नही होता ऐसा पाया जाता है। रसायनोंके जीवाणुओं के सारी अवस्थापर एक जैसे परिणाम नहीं होते है। उनकी अलग अलग अवस्था मे कम-ज्यादा परिणाम होने के कारण कोई प्रजाति पूरी तरह से नष्ट हुई ऐसा संभव नही होता। किसी रसायन के नष्ट होने के मार्ग निम्नानुसार पाए गए है।

1) पेड द्वारा अवशोषण करना, 2) भाँप होना, 3) विघटन, 4) मिट्टी के कणों को पकडकर/चिपककर रहना, 5) निकासद्वारा, 6) जैविक विघटन, 7) रसायनिक विघटन

इन सात मार्गों से सूक्ष्मजीवों का रसायन के नष्ट होने से प्रत्यक्ष-अप्रत्यक्ष संबंध आताही है। मुख्य हानिकारक पदार्थ का रूप बदलकर उसका अ हानिकारक पदार्थ के रूप में रूपांतरण करने का काम सूक्ष्म जीव निरंतर करते रहते है। ऐसा होने पर भी यह सब अपनेआप नहीं होता। किसानों का अपना सहभाग इसमें आवश्यक होता है। इसके बारे में आगे देखेंगे।

रसायनों के अंशो का आगे क्या होता है?

पिछले लेख में रसायनिक कीटनाशकोंके अंश नष्ट होने के कुछ मार्ग बताए है। सूक्ष्मजीवों का अस्तित्व सर्वत्र होता है और उनकेद्वारा उस जगह का शुद्धीकरण निरंतर शुरू रहता है। बहुधा सारे रसायन सेंद्रिय स्वरूप में होते है। कार्बनिक स्वरूप में अर्थात उस रसायन में मुख्य रूप से कार्बन, हायड्रोजन और ऑक्सिजन घटक होते है। ये एकसाथ आए हुए घटक अलग करने से ऊर्जा मिलती है। उसमें से सूक्ष्मजीवोंका कार्य शुरू रहता है। एक बार संयोग के घटक अलग किए तो उसमें से जहर खत्म हो जाता है। पानी और हवा में यह कार्य शुरू रहता

रसायन का नाम	हानिकारकता (1980 का सर्वेक्षण)					
	बहुत ज्यादा	ज्यादा	मध्यम	थोडासा	संदिग्ध	कुल
1) खरपतवारनाशक	0	8	28	44	88	168
2) कीटनाशक	31	44	52	22	26	175
3) फफूँदीनाशक	5	6	18	20	41	90
4) मूषकनाशक	3	4	1	9	0	17

है। डॉ. एन. एस. सुब्बाराव जी अपने 'जमीनीचे सूक्ष्मजीवशास्त्र' इस ग्रंथ में लिखते है कि कोई भी रसायन ऐसी नई जमीन जिसमें जोताई अभी अभी की हो, कई वर्षों के जोताईवाले जमीन की तुलना में जल्दी नष्ट हो जाते है।

नई नई जोताई की हुई जमीन में कार्बनिक पदार्थ की मात्रा अधिक होती है। इसलिए वहाँ पर सूक्ष्मजीवों की हलचल ज्यादा होती रहती है। रसायनों के अंश नष्ट करने का काम वोही करते है इसलिए ऐसी जमीन में यह काम जल्दी ही होता है। बदलती स्थिति में हमें रसायनों का उपयोग करना पडता है। यह करते समय रसायनों से जमीन पर दुष्परिणाम नहीं होने चाहिए इसलिए कार्बनिक पदार्थ जमीन में उच्च स्तर पर रखने का काम किसानों को करना चाहिए, यह उनकी नैतिक जिम्मेदारी है। यहाँ इस काम की हम नजरअंदाज करते है।

कुछ रसायनों को उनकी जटिल संरचना की वजह से उन्हे सूक्ष्मजीवों द्वारा नष्ट करना कठिन होता है। उदाहरण, डी.डी.टी. जैसे रसायनों के अंश आगे वनस्पति और मनुष्य के अन्नचक्र में फिरने से सेहत की दृष्टी से हानिकारक साबित होते है। पारा, अरसेनिक इन जैसे रसायनों का उपयोग अब रोका गया है। रसायनों की हानिकारकता कई अंगों से जाँच की जाती है। इससे ज्यादा हानिकारकता, कम हानिकारकता निश्चित की जाती है। डॉ. व्ही. एस. राव जीके 'प्रीन्सिपल ऑफ विड सायन्स' इस ग्रंथ में इसके बारे में दी गई एक सारणी वाचकों को उपयोगी होगी।

इसके आगे की ताजा जानकारी किसी वाचक को है, तो ॲग्रोवन के पास जरुर भेज दीजिए। रसायन का ऐसा तुलनात्मक अध्ययन निरंतर शुरू रहता है। इतना ही मुझे वाचकों से कहना है। इसमें कीटनाशक में ज्यादा हानिकारकता दिखाई देती है। इसलिए शुरू के कई कीटनाशकों पर पाबंदी आई। हमारे निरंतर उपयोग में होनेवाले कुछ रसायनों के अंश जमीन में कितनी देर तक बने रहते है उसके बारे में जानकारी :

1) अट्राझीन - दस महीने
2) 2-4 डी - एक महीना
3) डी.डी.टी - 21 साल/वर्ष
4) बी.एच.सी. - तीन साल
5) आल्ड्रिन - 16 साल
6) फोरेट - दो हफ्ते
7) मॉलिथिऑन - दो हफ्ते

इसके बाद कई नए रसायन बाजार में आए है उनका ऐसा अभ्यास 'ॲग्रोवन'को संकलित करके वाचकों के सामने लाना चाहिए। मैं ऐसा सूचित करना चाहता हूँ कि, अगर कोई नया रसायन बाजार में आया तो उसके उत्पादकोंको जानकारी पत्र (विवरणिका) में ऐसी जानकारी देना अनिवार्य होगा। रसायनोंका जमीन के अंश के बारे में जैसा अध्ययन होता है, वैसाही वह मानव के शरीर में जानेवाले रसायनों का भी होता है। कुछ रसायनों के अंश पेट में सूक्ष्मजीवोंसे नष्ट किए जाते है। और कुछ संचय होते है। उन्हें क्युमिलेटिव्ह पॉयझन कहा जाता है। यह संचय जब अधिकतम सीमा पार करता है उस वक्त हानिकारक परिणाम दिखाई देते है (लिथल डोस)। सब्जी और फलोंसे बहुत बडे पैमाने पर रसायन के अंश पेट में जाते है। फास्टफूड और प्रक्रियायुक्त पदार्थोमें रसायनों के अंश हो सकते है। मनुष्य जीवन रसायनों के अंश से भरा हुआ है लेकिन कृषिरसायन के बारे में जितनी चर्चा होती है उस हिसाब से उपरी विषयों पर चर्चा नहीं होती।

प्रकरण 7

जमीन/भूमि का स्वास्थ्य और मानव का स्वास्थ्य

भूमि की उर्वरकता पहचानने के आसान तरीके/तंत्र

जमीन के स्वास्थ्य व उर्वरकता विषय को केन्द्र समझके इस पुस्तकका लेखन हुआ। इसका अब अंतिम छोर है। जमीन का स्वास्थ्य कैसे पहचानना है? इसके लिए विज्ञान में मिट्टी परिक्षण करने के लिए सूचित किया गया है। उसमें जाँच किए जानेवाले घटक अम्लक्षार निर्देशांक, विद्युतवाहकता (क्षारता) उपलब्ध नाइट्रोजन, फॉस्फोरस, पालाश आदि जो मापें जाते है इसका निश्चित अर्थ और उसका दैनिक खेती में किसी तरह से उपयोग किया जाना चाहिए यह सब सामान्य किसान के ध्यान में नहीं आता। यह बात उन्होंने समझ लेनी चाहिए, इस बात को मानने पर भी गाँव में प्रत्यक्ष किसानों से चर्चा करते समय इन विचारों को उनके दिमाग में लाना बहुत ही कठिन/मुश्किल हो जाता है। उसी के साथ अपवादात्मक तांत्रिक शिक्षण का ज्ञान जिन्हें नहीं है ऐसे किसान अध्ययन से इस ज्ञान में अच्छी कुशलता पाते हुए भी मिलते है।

पहले वैद्यजी नाडी परिक्षण से स्वास्थ्य के बारे में कई बातें समझ पाते थे। यह नाडी परिक्षा सभी को नही आती थी। अब डॉक्टर सारी जाँच करने को कहते है। वैसे मिट्टी परिक्षण भीं जमीन की जाँच करने की ही बात है। यहाँ पर नाडी परिक्षण जैसी कोई पद्धती है जिससे साधारण किसान भी भूमि की उर्वरकता को आसानीसे जाँच सके इसका जवाब देने आएगा।

उर्वरकता स्तर किसान खुद खेत में बैठकर परख सकता है ऐसे कुछ आसान तरीके दिए हुए है।

1) जमीन की जोताई करते समय ट्रॅक्टर से काला धूल नही आना चाहिए। हल चलाते वक्त बैलों को बिना तकलीफ आसानी से हल चलाना आना चाहिए। थकान महसूस नही होनी चाहिए।
2) जोताई में बडे ढेले नही होने चाहिए, चार दिन के बाद भी यह ढेले पत्थर जैसे न होकर पैरो से लाथ मारने पर भी आसानी से फूटने चाहिए।
3) जोताई किए हुए खेत में चलते समय पैरों को खुरदरापन/खरखर नहीं लगना चाहिए।
4) मेरा ऐसा कहना है कि, जोताई करनी ही नही चाहिए। फसलों की कटाई के बाद यह भूमि किस स्थिति में है वैसी ही आगे के फसल की बोआई के लिए तैयार होनी चाहिए। (शून्य मशक्कत के बारे में आगे चलकर विस्तार से लिखने वाला हूँ।)
5) पानी देने में थोडी अवधि लगी तो भी फसल सूखनी नही चाहिए।
6) निराई, गुडाई का काम कम परिश्रम से होना चाहिए। खरपतवार को निकालने के लिए खुरपा आसानी से जमीन में घुसाना आना चाहिए। पटेर, दूब, बहुवार्षिक खरपतवार जडों के साथ आसानी से निकलनी चाहिए। किसी खरपतवार को उखडने के बाद जमीन उचित स्थिति में होनी चाहिए जिससे खरपतवार को चिपकी हुई मिट्टी आसानी से जमीन पर गिरनी चाहिए।
7) रसायनिक खाद का ज्यादा उपयोग करने की जरुरत ही नही पडनी चाहिए।
8) ज्यादा से ज्यादा उत्पादन मिलना चाहिए।
9) उत्पादन का दर्जा उच्च मिलना चाहिए। जातिनुसार उत्पादन को स्वाद और सुगंध होनी चाहिए।

ऐसे लक्षण दिखने से जमीन उर्वरक है या हो रही है ऐसे समझ लेना चाहिए। अगर वैसे नहीं हुआ तो कुछ तो गडबड है ऐसा समझना चाहिए। उर्वरकता के

कई प्रश्न कार्बनिक पदार्थ से जुडे हुए है। इसलिए उसका स्तर उचित रखना किसानों का प्राथमिक कर्तव्य बनता है। इसके लिए एक बात ध्यान में रखनी चाहिए।

100% भूमि का उपयोग अपने पेट के लिए और जेब के लिए करने का अधिकार प्रकृति ने हमें नहीं दिया है। हमारी खेती के हिस्सेदार सूक्ष्मजीव है; उनका पेट भर जाने पर ही हमारा पेट भरनेवाला है। जमीन का कुछ हिस्सा उनका पेट भरने के लिए रखीए और उससे जो निर्माण होगा उसे भूमि को अर्पण कीजिए। फसलों के शेषभाग भूमि को दो। उर्वरकता का प्रश्न ही मिट जाएगा।

निराई स्वास्थ्य के लिए फायदेमंद

खेती, फसल, पानी ऐसा सविस्तर अध्ययन हमने किया। उसमें से निर्माण होनेवाले पदार्थ पर मानव का गुजारा (निर्वाह) होता है। इसलिए यह उत्पादन जितने स्वास्थ्यपूर्ण होंगे उतना ही जीवन स्वास्थ्यपूर्ण हो जाएगा, ऐसा कार्बनिक किसान हमेशा प्रतिपादित (निरूपण) करते है। वैसे हमारे स्वास्थ्य में कई घटक काम करते है, इसमें से हम जो अन्न खाते है वह एक घटक है। स्वास्थ्य में अनेक घटकों का समन्वय होता है। भूमि का स्वास्थ्य यह विषय लेकर यह लेखन किया है। आखिर में जमीन के माध्यम से हमारे स्वास्थ्य के विषय पर लिखने वाला हूँ।

जीवन में एक अविभाज्य घटक है जो है अर्थार्जन। उसे पाने के लिए कोई व्यवसाय करता है या कोई नोकरी। हमारे किसानों का हररोज खेत जमीन से संबंध आता है। स्वास्थ्य की प्राप्ती की दृष्टि से खेती का काम बाकी कामों की तुलना में सबसे अच्छा है ऐसा मेरा मानना है। अर्थार्जन का विचार करने से उत्तम खेती, मध्यम व्यापार और कनिष्ठ नौकरी इस सूत्र को आज बदलना पडेगा, ऐसा कहा भी जाता है फिर भी स्वास्थ्य की दृष्टि से खेती का काम ही श्रेष्ठ है; यह समझकर वैसे बरताव करना चाहिए।

वैसे शहर और औद्योगिक वातावरण की तुलना में हमें अच्छी और शुद्ध हवा, पानी मिलता है, इसके अलावा पुस्तकी, कारकुनी, व्यापारी काम की तुलना में खेती के सारे काम मेहनत के ही होते है। पैसो में बचत करने के लिए नही, लेकिन हमारे स्वास्थ्य के लिए इसमें से जितना हो सके उतना काम किसानों को खुद करना चाहिए। इन सारे कामों का स्वास्थ्य के माध्यमसे मैं थोडा बहुत अध्ययन करता हूँ। इसमें से सिर्फ निराई का काम और स्वास्थ्य यह विषय इस लेख का है। खेती निरंतर चलनेवाला, ज्यादा जनबल की जरुरत होनेवाला और प्रबंधन में ज्यादा समय लगनेवाला काम है। इसके साथ ही यह एक स्वास्थ्यदायी काम है यह मुझे वाचकोंके सामने लाना है। यह काम पाँव के तलवों पर बैठकर करना पडता है। इसमें जमीन का आधार न लेते हुए तलवों पर बैठकर एक एक पाँव आगे सरकाकर जाना पडता है। इसमें शरीर का पूरा वजन पाँव के तलवों पर आता है। इस तरह पाँव को घुटने में शून्य अंश में मिटाकर तलवों पर बिना सहारे बैठने से पिंडली और जाँघ के आगे के सारे स्नायु (पट्ठा) खींचे जाते है। पीछे के स्नायु सिकुड जाते है। शरीर का पूरा वजन सँभलते हुए आगे जाते समय इस स्नायु का जो व्यायाम होता है उससे पाँव (पैर) मजबूत बन जाते है। घुटनों का जोड अधिक मजबूत होता है। आजकल की बदलती जीवनपद्धती में खडे रहकर खाना पकाना, टेबल पर खाना खाना, विदेशी पद्धती का कमोड, पाखाना और घुमने के लिए स्वयंचलित वाहन इससे पैरो में कमजोरी आ गयी है। चालीस साल के पहले ही घुटनों का दर्द, कमर दर्द, जोडों का दर्द, गठिया ऐसी बीमारियों का स्तर बढ गया है।

निराई में पेट के स्नायु सिकुड जाते है और पीठके स्नायु खींचे जाते है। दायी-बायी तरफ मुडकर यह काम करने पर कमर, कंधा, हाथ, घोटा, कलाई और ऊँगलियों के सारे जोडों को बहुत व्यायाम होता है। सफेदपोश जीवन में पेट, जाँघे और पिंडली के स्नायु में चरबी अधिक मात्रा में बढती है और ढलती उम्र (बुढापा) में (जो आज 35-40 के उम्र का है) वजन कम करने के लिए कहा जाता है। निराई का काम करने वाले का शरीर सुडौल, बिनाचरबी का दिखाई देता है। कोलेस्टेरॉल बढना, मधुमेह, रक्तदाब, हृदयरोग, संधिवात ऐसी बीमारियाँ आपके आसपास भी नहीं आएगी। पतंजली पंचकर्म या रामदेव बाबा का योगाभ्यास इस कामसे अपने आप होता है, ऐसा मेरा अनुभव है। इसलिए किसान को (बहुतसा पैसा और

बडी खेती होने पर भी) अपने खेत में दिनभर में एक-दो घंटे तक निराई का काम स्वास्थ्य के लिए करना चाहिए। मैं शहरी वातावरण में पालपोसकर बडा हुआ हूँ इसलिए शुरू में यह काम करते हुए मुझे बहुत तकलीफ होती थी। लेकिन अब मजदूरों के साथ दिन-दिनभर नहीं थकता। सांसारिक धनप्राप्ती के लिए हम कितना समय देते है, अध्ययन और विचार करते है इसकी तुलना में स्वास्थ्य की और हम कितना ध्यान देते है इसपर आत्मचिंतन करना चाहिए। उस दृष्टि से इस सुविधा की प्राप्ती से हम किसान भाग्यशाली साबित होते है।

सिर्फ खेती नही, अपना स्वास्थ्य भी सँभालो

खेती का सारा काम मेहनत का होता है। दिनभर कडी धूप में, भरी बरसात में काम करना पडता है। कडी धूप से शरीर हाँफने लगता है। शरीर से बहुत सारा पसीना बाहर निकलता है। शरीर को धूप लगना और शरीर से पसीना बाहर आना यह दोनो बातें स्वास्थ्य की दृष्टीसे अच्छी होती है। आजकल ऐसी कडी धूप में बैठकर काम करना किसी को भी पसंद नही। नई पीढी छाँव में बैठकर काम करने में ज्यादा आकर्षित हो रही है। गाँव में पढे-लिखे नौजवान को 'तू खेत में काम मत कर' ऐसा कहकर कमजोर बनाया जा रहा है। शिक्षा पूरी करके नौकरी करने वाले युवा फुरसत के समय खेती का काम नही करते। इसी तरह घर की औरतों को भी नौकरी करके दो पैसे आते है तो उसमें से सबकुछ गुजारा हो जाने के कारण खेत में काम करने से मना कर देते है। नौकरी करनेवाला भाई अपने खेती करने वाले भाई को मेरी बीवी खेत का काम नहीं करेगी ऐसा बताता है। इस के कारण झगडे होते है और कई बार परिवार एक दुसरे से अलग हो जाता है। खेत में काम करना अपमानजनक मानना यह मानसिकता बहुत गलत है। अर्थविज्ञान को दूर रखो, लेकिन स्वास्थ्य के लिए तो खेत में काम करो।

खेत की खुली हवा में काम करते समय अगर सूक्ष्म निरीक्षण किया तो हमें यह पता चलता है कि, हर काम में सिर का पीछला भाग और उसके नीचे गर्दन का भाग सीधे धूप की ओर रहता है। यह भाग धूप से तपना स्वास्थ्य की दृष्टी से उचित नहीं। इस भाग को सफेद सूती कपडे से ढकना चाहिए। उस वजह से शरीर हाँफता नहीं। कान, सिर, गर्दन कपडे से ढकने से शरीर को ज्यादा आराम मिलता है। इसका प्रत्यक्ष अनुभव लेना चाहिए। इस दृष्टीसे विचार करने से हमारे पूर्वज जो साफा के उपयोग करते थे वो सबसे उचित क्यों है इसका यकीन होता है। इस चार-पाँच मीटर का यह कपडा सीरपर बाँधकर दिमाखदार दिखने से ज्यादा स्वास्थ्य का ही विचार किया गया है यह दिखाई देता है। साफा गया और गांधी टोपी आ गयी। अब गांधी टोपी भी गई। सारे लोग बिना कुछ सिरपर पहने काम कर रहे है। यह स्वास्थ्य के लिए हानिकारक है। औरतों के बारे में देखा जाए तो उनके सिर पर पल्लू हमेशा होता है या काम करते वक्त कोई कपडा वे सिरपर जरुर बाँधती है। मर्दों से ज्यादा औरतोमें स्वास्थ्य के बारे में जागरुकता है। वाचकोंने इसपर विचार करके प्रत्यक्ष अनुभव भी लेना चाहिए।

गाँव के किसानों के स्वास्थ/भोजन के बारे में देखा जाए तो उसमें मिर्च मसाला ज्यादा होता है और कडधान्य (सत्व) कम होते है। वनस्पतिजन्य प्रोटीन्स सिर्फ दाल द्वारा ही पाए जाते है। बागाईत क्षेत्र में दालों को उगाना यह काम कम अपमानकारक माना जाता है। दालों का उत्पादन अनाज के तुलना में कम होते है। उसमें से ज्यादा अर्थप्राप्ती नही होती ऐसी मानसिकता है। गन्ना, सब्जी, फलों का बगिचा, फुलों का बगीचा ऐसी नगदी फसलों की खेती में दालें एक तरफ ही रह जाती है। आज दाल का भाँव आसमान पर चढा है। इसलिए साधारण जनता को दाल खाने पर विचार करना पडेगा। किसानों ने अपने घरके लिए तो यह दाल का उत्पादन करना चाहिए और अधिक मात्रा में खानी चाहिए। यह दाल की खेती पैसा कम देगी लेकिन स्वास्थ्य निश्चित रूप से उत्तम ही देगी। नगदी फसलों से मिला पैसा सिर्फ औषधालय में जाएगा। आजकल सभी स्वास्थ्य के बारे में कमजोर होते हुए दिखाई दे रहे है। स्पर्धात्मक शिक्षा, संघर्ष, उसके वजह से स्वास्थ्य पर बुरा असर पडता है। यह विषय एक स्वतंत्र लेख लिखने जैसा है।

बागाईत क्षेत्र में दूध का व्यवसाय/व्यापार बडे जोरों से चलता है। गाय-भैंस क्यों पाली जाती है ऐसा पूछने पर किसी से भी दूध डेअरी के लिए ऐसा ही जवाब मिलेगा। घर में दूध का उपयोग होने के लिए

जानवर पालो ऐसा कहने पर किसी को मूर्ख बताया जाएगा। शहरी सफेद पोशों का लाभ की दृष्टीसे हम किसान जानवर पालते है; लेकिन हमारे पेट में चाय के जरीए ही दूध जाता है। दही, घी, छाछ, मखखन ऐसे कुछ दूध के पदार्थ (मैं मिठाई के बारे में नही लिखूँगा) होते है यह जानबूझकर बताना पडेगा, ऐस दूध निर्माण करनेवालों के घर की स्थिति है। जमीन के स्वास्थ्य जितना अपने स्वास्थ्य का भी अध्ययन करना चाहिए, ऐसा कार्बनिक किसानों को बताना जरुरी है।

समापन

भूमि की उर्वरकता पर ज्यादा लिखा नही जाता। वैसे इस विषय का अध्ययन ही कम होता होगा। खेती में भूमि की उर्वरकता एक सबसे महत्त्वपूर्ण विषय जोकि अध्ययन में सबसे ज्यादा महत्त्व रखनेवाला होना चाहिए। ऐसा होते हुए भी यह विषय उपेक्षित होना खेती और किसानों के लिए दुर्भाग्य की बात है। इसके बारे में शायद इतना अध्ययन काफी है। इससे ज्यादा इस विषय में और कुछ नही होगा। कृषि में पिछले कई वर्षों से नए नए तंत्र विकसित किए गए है, इसमें नई जाति, नए खाद, नई दवाईयाँ, नए औजार इत्यादिमें जिस गति से काम होता है उतना भूमि के उर्वरकता में हाता हुआ दिखाई नहीं देता ऐसा शक मन में पैदा होता है। यकायक मैं इस भू-सूक्ष्मजीव विज्ञान के अध्ययन की ओर खिंच गया। शुरू में कुछ ग्रंथ खरीदने पडे और अध्ययन किया। इस विषय में मेरी रूची बढने लगी। वैसे ग्रंथों की कीमत को देखने से बाजार से ग्रंथ खरीदने में सीमा महसूस होने लगी। इसके लिए फिर कोल्हापूर के शिवाजी विद्यापीठ कृषिमहाविद्यालय अनुसंधान केंद्र के ग्रंथालय से ग्रंथ पढने के बाद कृषि महाविद्यालय पुणे, कृषि विद्यापीठ राहुरी, वसंतदादा शुगर इन्स्टिट्यूट मांजरी पुणे और पांडेगाव गन्ना अनुसंधान केंद्र ऐसे बाहर के ग्रंथालय ढूंढे और इन सबसे इस विषय के उत्तम ग्रंथ पांडेगाव गन्ना अनुसंधान केंद्र ग्रंथालय में पाए गए, वहाँ पर भी 1965 के बीच इस विषय की ग्रंथों का संग्रह किया गया है। उसके बाद के ग्रंथ नहीं मिलते। कृषि अनुसंधान में इस विषय के जितनी जरुरत है उतना महत्त्व नही दिया जाता। वैज्ञानिकों के परिषद या अनुसंधान अढावा बैठक में इस विषय का उल्लेख अपवाद से ही होता है। इसके कई कारण होंगे, निश्चित रूप से ऐसा क्यों हो रहा है यह अनुसंधान का विषय हो सकेगा, लेकिन इसके आगे ऐसी उपेक्षा खेती के लिए नहीं होना चाहिए। एक किसान इस विषय का ग्रंथ लेकर पढ रहा है इससे कुछ लोगों ने सहकार्य करते हुए प्रोत्साहन भी दिया और कुछने मजाक उडाया। इस विषय का अध्ययन करने से खेती के कई प्रचलित विचारों को अंत्येष्टि देनी पडती है। उदा. अच्छे सडे हुए खाद का उपयोग करना, जीवाणु खाद, केंचुआ खाद का उपयोग गलत, जोताई करना गलत, फसलों का खाद्य पोषण यह विषय रसायन विज्ञान से भू-सूक्ष्मजीव वैज्ञानिक है। मिट्टी परिक्षण की सीमा, ऐसी प्रचलित विचारप्रणाली को पूरी तरह से आश्चर्य करने वाले मुद्दों को वाचकों के सामने लाते समय ज्ञानी और किसान इन विचारों को कहाँ तक स्वीकार करेंगे ऐसी शंका (संदेह) बार बार मनमें आती थी। लेकिन यह विज्ञान खेत का एक बुनियादी विज्ञान होने के कारण उसमें दिए हुए विचार वास्तव में समाज के सामने लाना जरुरी था। उपरी मत/विचार पूरी तरह से वैज्ञानिक होकर उसमें वैयक्तिक मेरा सिर्फ मध्यस्थी का काम है। मैंने सिर्फ उन विचारों को प्रत्यक्ष खेती में उतरने का प्रयास किया है। अगर अनजाने में किसी पर व्यंग्य हुआ हो तो मैं उनसे सविनय मांफी माँगता हूँ। महाराष्ट्र के कई किसानों ने दूरध्वनी द्वारा प्रतिक्रिया दी उन सबको धन्यवाद देता हूँ। अंत में ॲग्रोवन प्रबंधन ने मुझे यह अवसर (मौका) दिया इसलिए उनका सतत आभार (धन्यवाद)।

कृषि भूमि की उर्वराशक्ति से सूखे की परिस्थिति का सामना

मैंने सन २००५ में बिना जुताई की खेती करना प्रारंभ किया। इसके पिछे जुताई अथवा हल के उपयोग का खर्च बचाना नहीं होता, हुए बिना जुताई की खेती से किसी भी फसल के अवशेष भूमि में सड़ कर गलने से उसमें से भूमि को जैविक कार्बन सहज तथा बिना व्यय के प्राप्त हो तथा भूमि की उर्वरकता में वृद्धि हो, यह उद्देश्य था। इस पद्धति को अपनाने से भूमि की उर्वरकता बहुत अधिक बढ़ी। फसल अच्छी मात्रा में हुई। भूमि में उपलब्ध लिगनिनयुक्त सड़ने-गलने की प्रक्रिया हेतु भारी धातुओं के तत्वों की खाद मानों खेती के लिए लाटरी लगने का संयोग था। यह अनपेक्षित लाभ था। इस लाभ का विज्ञान अधिष्ठित विश्लेषण करने के लिए अनेक पुस्तकों का अध्ययन किया। इस अध्ययन के माध्यम से ऐसे प्रयोग ४०-५० वर्ष पूर्व में होने का पता चला। इस के बावजूद आज भी किसानों को बिना जुताई की खेती का महत्त्व नहीं समझाया जा रहा है, यह वास्तविकता है। वैज्ञानिक जगत में अभी भी यह पद्धति मान्यता प्राप्त नहीं है।

आगे चलकर वर्ष २०११ में बिना जुताई की खेती का नियम खरपतवार के लिए लागू करते हुए उससे भी अच्छा जैविक कार्बन बिना व्यय के प्राप्त करने का यशस्वी प्रयोग मैंने किया। सन २००८-०९ में दैनिक एग्रोवन के माध्यम से कुल ८० भागों में 'भूमि की उर्वरता' (जमिनीची सुपीकता - मराठी भाषा में) यह विषय वाचकों के समक्ष रखा। बाद में इन्हीं का संकलन पुस्तक के रूप में सकाल ने प्रकाशित किया। प्रति एकड़ २० से २५ गाडियां गोबर खाद देने के बाद भूमि की उर्वरता संबंधी विषय से निश्चित हो जानेवाला किसान १००-१२५ पृष्ठों की इस विषय पर यह पुस्तक पढ़ेगा भी या नहीं यह अनिश्चित था। उन दिनों भूमि की उर्वरता के विषय में कम पुस्तकें उपलब्ध थीं। पहले कुछ वर्षों में पुस्तक बिक रही थी। नई आवृत्तीयां प्रकाशित हो रही थीं । परंतु किसानों की ओर से ज्यादा प्रतिक्रिया नहीं दिखाई दी। लेकिन गत वर्षों में उर्वरता को लेकर किसानों में जागृति आई है। शुरू में भूमि की उर्वरता का ऱ्हास होने से घटते उत्पादन स्तर को इस पद्धति से पूर्व स्तर पर लाने में सफलता हासिल हुई। प्रमुखता से गन्न तथा स्थान एवं काल के अनुसार थोडे बहुत बदलाव के साथ महाराष्ट्र में अन्य सभी फसलों के लिए यह कार्यपद्धति कैसे अपनाई जा सकेगी, इस पर विचारमंथन शुरू हुआ।

भूमि में जैविक कार्ब का प्रतिशत तथा उसी के साथ अच्छी गुणवत्ता के जैविक कार्बन की मात्रा बढ़ाने जैसा नया विषय इस पद्धति ने दिया। इससे भूमि की जलधारण क्षमता में वृद्धि होने से वर्षा ऋतु में दो बारिशों में समय का अंतर अनुकूल न होने पर फसल इसे कुछ हद तक झेल सकेगी, ऐसा प्रतीत हो रहा था। कइयों ने इस विषय में सकारात्मक प्रतिक्रियाएं व्यक्त की। परंतु सूखे की परिस्थिती को इस पद्धति से मात दे सकें, यह संदर्भ उपलब्ध नहीं थे। वर्ष २०१८ में महाराष्ट्र में वर्षा का विचित्र रूप देखा गया। पूरे पर्वत शिखरों पर निरंतर दो महीने वर्षा होने से गीला तो पश्चिम विदर्भ, संपूर्ण मराठवाडा तथा खान्देश के कुछ हिस्सों में बहुत अधिक सूखे अवर्षण का सामना करना पड़ा। मराठवाडा के साथ साथ पश्चिम महाराष्ट्र में सांगली, सातारा, सोलापुर तथा नासिक जिलों के पश्चिम में कुछ तालुका क्षेत्रों में अकाल पड़ा। ऐसी विपरीत परिस्थितियों में इस पद्धति की उपयुक्तता सिद्ध करने वाले कुछ प्रमाण विभिन्न क्षेत्रों के किसानों ने सूचित किये। अधिक वर्षा के कारण हमारे क्षेत्र में गन्ने का उत्पादन ३०% से ५०% तक घटा, फिर भी मेरे वनक्षेत्र में उत्पादन प्रभावित

नहीं हुआ। कुछ वनक्षेत्र में सामान्य तथा कुछ स्थानों पर अधिक उत्पादन प्राप्त हुआ।

संरक्षित जल की सुविधा प्राप्त किसान किसी तरह से अपनी खेती की सुरक्षा कर लेगा, लेकिन पूरी तरह से वर्षाधीन या शुष्क भूमि कृषि का निर्वाह करने वाले किसान को बहुत नुकसान का सामना करना पड़ता है। आगामी वर्ष में अच्छी वर्षा हुई तो भी गत वर्ष की हानि की भरपाई करने में ही चालू वर्ष का उत्पादन काम में आ जाता है। अकालग्रस्त क्षेत्रों के किसानों का दर्द वर्षों से शुरू है। शून्य जुताई तथा खरपतवार प्रबंधन से इस समस्या से निपटा जा सकता है क्या? यह अध्ययन का विषय था। वर्षा कितनी भी कम क्यों न हो, किसान का पेट भरने लायक फसल तथा जानवरों के लिए चारा कैसे उपलब्ध हो सकेगा इस पर विचार करना था। सन २०१८ में अकाल पीड़ित कुछ शुष्क भूमि कृषि वाले किसान ने इस तरह उत्पाद प्राप्त किये तो कुछ संरक्षित जल की सुविधा प्राप्त किसानों ने मर्यादित कृषि भूमि पर फसल उगा कर पूरे वर्ष भर अच्छे से गुजर बसर हो सके इतना पैसा कमाने के अनेक उदाहरण किसानों के दूरध्वनि के माध्यम से संपर्क से संग्रह से प्राप्त हुए हैं। वे अन्य किसानों के लिए मार्गदर्शक साबित होंगे इसलिए प्रस्तुत कर रहा हूँ। अकाल कभी भी बता कर नहीं आता। प्यास लगने पर कुआं खोदना बुद्धिमानी नहीं है। इस परिस्थिती में सदैव इस विषय में सतर्क रहना ही हमारे हाथ में है।

कुछ किसानों की यशकथाएं

१) "२-३ वर्षों से इस पद्धति को अपना कर सहजन, अनारसहित खरीफ की अरहर, मूंगफली तथा अन्य अनेक फसलें उगाई। दो फसलों के बीच सोचसमझकर खरपतवार को बढने देने से अंतरिम जुताई पूर्णतः बंद थी। अकाल के कारण खरपतवार को कीटनाशकों की सहायता से नष्ट नहीं किया। इसका प्रभाव जलधारण क्षमता पर पड़ा। नवंबर-दिसंबर तक अन्य किसानों की हरी-भरी दिखने वाली फसलें बाद में सूख गई। खरीफ के दलहन, मूंगफली घर में उपयोग के लिए पर्याप्त जितना ही प्राप्त हो सका। सहजन की फसल ने अच्छा सहारा दिया। सप्ताह में दो बार १५०-२०० किलो (क्षेत्र १२० आर) इस हिसाब से १.५ लाख रुपयोंकी आमदनी हुई। फसल क्षेत्र पूरी तरह शुष्क भूमि कृषि होने से अंतरिम जुताई नहीं करने से खर्च की बचत हुई। अत्यंत बिकट परिस्थिति में मुझे उपरोक्त उत्पादन ने उत्साहित किया।"

प्रकाश लहासे

बुलढाणा

२) "सन २०१७ में वर्षा ऋतु में खेत के तालाब को भर लिया। उस जल के संयमित उपयोग से लगभग ५०% जल आगामी वर्ष के लिए बचाया। केवल २५-३० मिनटों के लिए ठिबक सिंचन चलाकर शून्य जुताई तथा क्यारियां बनाकर टमाटर, मक्के की अच्छी मात्रा में फसल प्राप्त हुई। आगामी वर्ष में सूखा पड़ने वाला है, इस संबंध में अनभिज्ञता होते हुए ५० प्रतिशत जल खेत के तालाब में बचत करने वाला कोई दूसरा किसान ढूँढने से भी न मिले।

अब इस वर्ष अन्य किसान अनार के बागों को नष्ट न होने देने की कशमकश में हैं और यहां मैं बचत किये हुए जल के उपयोग से अनार की यशस्वी जिम्मेदारी निभाने के लिए आश्वस्त हूँ। उस दिशा में मेरा मार्गक्रमण शुरू है। प्रत्येक अगले वर्ष में गत वर्ष की तुलना में फसल को पानी की आवश्यकता कम होती गई। आगामी वर्ष के लिए ५०% जल खेत के तालाब में बचा कर रखने के लिए मन को संयमित रखने की कसौटी पर उतरने वाला निर्णय मैंने लिया है।"

विकास कांडेकर

संगमनेर, जि. अहमदनगर

मो. ९८५०६१९१०६

३) "मैं शून्य जुताई पद्धति से शुष्क कृषि करता हूँ। गांव के अन्य किसानों के सुधारित तीन महीनों की बाजरी फसल पूरी तरह सूख गई। लेकिन मेरे पास चार महीनों की बाजरी की फसल है और उसका बड़ाबड़ा दाना है। आगे चलकर अरहर की भी उत्तम फसल प्राप्त हुई। चालू वर्ष में उत्पादन कितना प्राप्त हुआ इससे महत्त्वपूर्ण है कि ङ्गउत्पादन प्राप्त हुआ।"

अण्णासो. जगताप

सावरगाव, ता. माजलगाव, जि. बीड

४) "मेरे पास सिर्फ ८० आर खेती है। अन्य किसान भूमि की उर्वरता बनाये रखने पर जोर देते हैं। शून्य जुताई, वर्ष की एक फसल, जमीन को खाली छोड़ देना, सनई, ढेंचा जैसी हरी खाद तैयार करना, खरपतवार को बढ़त देकर खरपतवारनाशकों से नष्ट करना इत्यादि तरीकों से भूमि को उपजाऊ बनाकर ही उस पर फसल लेनी चाहिए, ऐसा उनका कहना है। मैंने १५०० जाली टमाटर देने वाले दो एकड़ कृषि क्षेत्र से उपरोक्त रास्त अपनाकर भूमि की उर्वरता बनाये रखते

हुए इसी खेत से ३००० जाली टमाटर का उत्पादन प्राप्त होने लगा। सन २००८ में अकाल की दशा में जल की उपलब्धता कम होने के कारण २५-३० प्रतिशत खेत खाली छोडना पड़ा और गर्मी की बजाय सर्दी के मौसम में साग-सब्दी की फसल उगाने पर बल दिया।फ्फ़

प्रभाकर काकडे

ता. चिखली, जि. बुलढाणा

मो. ९५२७८४५०८४

५) ''अन्य किसानों का औसत उत्पादन ३-४ क्विंटल होते हुए मुझे शून्य जुताई से अकाल की दशा में भी संरक्षित जल की बदौलत १० क्विंटल एकड़ के हिसाब से कपास का उत्पादन प्राप्त हुआ। मैंने इस पद्धति का प्रचार अन्य किसानों तक पहुंचने के लिए किया।''

मधुकर इंगले

शिरूर कासार, जि. बीड

मो. न. ९४०३२६५७४७

६) ''मुझे शून्य जुताई तथा कम से कम पानी से केले का विक्रमी उत्पादन प्राप्त हुआ। अवर्षणग्रस्त क्षेत्र, परिसर के बहते जल का संचय करके बोअर का वैज्ञानिक पद्धति से पुनर्भरण इत्यादि के कारण अन्य स्थानों के बोअर का पानी कम हो जाने पर भी हमारे यहां का जल आखिर पर्याप्त रहता है।''

बलीराम जाधव

जेऊर, ता. करमाला, जि. सोलापूर

मो. नं. ९४२३५२६३०७

७) ''मेरी ३० आर अंगूर बाग से कम से कम खर्च में अच्छा उत्पादन प्राप्त होता है। शून्य जुताई, वर्षा के समय खरपतवार को बढ़त देकर तत्पश्चात उसे भूमि पर सुला कर औषधि छिड़कना, जल का कम प्रयोग, कम रासायनिक खाद का प्रयोग, कम से कम औषधियां फव्वारना, शून्य जैविक खाद खरीदना इत्यादि सुधारित तरीकों को अपनाया। वर्षा के समय खरपतवार में वृद्धि से बचे हुए अंशों को चुनने का कार्य ८५-९० प्रतिशत कम हुआ। परिणामतः उत्पाद की गुणवत्ता के कारण मंदी के दौर में भी व्यापारियों ने उसे हाथोंहाथ उठाया। सन २०१७-१८ में ४०,००० रु. का निवेश कर के रु. ३,५०,००० कीमत का उत्पाद प्राप्त हुआ। सन २०१८-१९ में ५०,००० रु. के निवेश से ३,००,००० रु. का उत्पादन प्राप्त हुआ।''

सुरेश बन्ने

गव्हाण, ता. तासगाव, जि. सोलापूर

मो. नं. ९७६५०२८१३८

८) ''सन २०१८ में मर्यादित कृषि भूमि पर बिना जुताई पद्धति से कम से कम पानी के उपयोग से भरतेवाले बैंगन का विक्रमी उत्पादन प्राप्त हुआ। इसीलिए सूखे का सामना कर सका।''

संजय महाजन

जि. जलगाव

मो. नं. ९८५०६९११३३

९) ''पौधे, मिट्टी को गीला करना, रोपना जैसी पारंपरिक पद्धति की बजाय सगुण चावल की खेती पद्धति (डारा) अपनाते हुए कायमस्वरूपी क्यारियां अंकुर चावल खेती से चावल की खेती की। मैं खुद इस चावल की खेती की पद्धति का कोकण के पांच जिलों के अलावा पुणे, सातारा, नासिक जैसे पर्वतीय घाटियों के जिलों सहित पूर्व विदर्भ के चंद्रपर, भंडारा, गढ़चिरोली जिलों में प्रचार करता हूँ। मैंने महाराष्ट्र के बाहर भी अनेक राज्यों में इस पद्धति का प्रचार किया है। वर्ष २०१८ के अकाल के समय मेरे द्वारा रोपाई की गई चावल की खेती सूख गई। परंतु बाद में इस पद्धति के खेती में उपयोग से चावल की खेती फिर से हरी-भरी हो गई। कम खर्च से (प्रमुखतः मानव संसाधन पर) अधिक उत्पादन प्राप्त हुआ।''

शेखर भडसावले (कृषि भूषण)

मालेगाव (नेरल), ता. कर्जत, जि. रायगड

मो. नं. ९८२२२८२६२६

१०) ''मैं कृषि स्नातक हूँ। चालू वर्ष में सोलापुर में एग्रोवन कार्यक्रम में बिना जुताई की खेती विषय पर श्री. प्रताप चिपलूनकर जी का भाषण सुनने का अवसर प्राप्त हुआ तथा रबी जवार की फसल इस पद्धति से उगाने का निश्चय किया। पहले ही साल इस पद्धति को अपनाते हुए जवार की फसल उगाई। फसल की

बुवाई के पश्चात (ट्रैक्टर के बुवाई यंत्र से बुवाई) केवल दो बार खरपतवारनाशकों का फव्वारा किया। इसी वर्ष अकाल भी पड़ा। अंतरिम जुताई संबंधी कोई भी कार्य मैंने नहीं किया। फिर भी मुझे १ हेक्टेयर ४० आर कृषि भूमि से १६ क्विंटल जवार का उत्पादन प्राप्त हुआ। चारा भी अच्छी मात्रा में प्राप्त हुआ। फसल को कोई भी संरक्षित जल नहीं दिया। फसल की उगाई थोड़ी विरल थी। उगाई और सूखे का विचार करें तो यह उत्पादन समाधानकारक ही था। पारंपरिक किसान अधिक उत्पादन प्राप्त नहीं कर सके। अकाल की दशा में फसल के न उगने पर उत्पादन पर होने वाले खर्च को नियंत्रण में रखना पड़ता है। इस पद्धति के अपनाने से किसान नुकसान झेलने की परिस्थिति में होते हैं। वे पूरी तरह कंगाल नहीं होते। फसल के नष्ट होने से होनेवाली, आत्महत्याओं को कुछ हद तक रोकने की ताकत इस पद्धति में है। इस पद्धति के प्रयोग से नंदुरबार, धुले जैसे सूखाग्रस्त जिलों में भी कुछ किसानों ने कपास का १० क्विंटल तक उत्पादन प्राप्त किया है।

इस पद्धति को लेकर एक सामान्य किसान में मन के एक आशंका उत्पन्न होती है। खरपतवारनाशकों के प्रयोग से खरपतवार नष्ट करने से भूमि में विद्यमान जीवाणुओं का क्या होगा? केवल खरपतवरनाशकों से खरपतवार नियंत्रण करें तो बार-बार खरपतवारनाशको का छिडकाव करना पडेगा? जैविक खेती करनेवालों के लिए ऐसे रसायन का प्रयोग निषिद्ध होने से वे केवल इस एक बाधा के कारण बिना जुताई कृषि को नहीं अपना सकते।

इन प्रश्नों के उत्तर विज्ञान की भाषा में समझना आवश्यक है। इस खरपतवार तथा बीज उगने से पूर्व पूरी खेती की भूमि गीली हो जाए इतनी मात्रा में खरपतवारनाशकों का छिड़काव नहीं करते। खरपतवार को बढ़त देकर बड़ा कर के केवल खरपतवार पर औषधि का छिड़काव किया जाता है। उसके बाद खरपतवार नष्ट होकर गलने-सड़ने से उनका जैविक खाद में रूपान्तरण होते समय खरपतवार पर पड़ी हुई खरपतवारनाशक औषधि के अवशेषों का विघटन होकर उसका विष समाप्त हो जाता है। कोई भी जैविक पदार्थ गलने-सड़ने के वक्त सड़ने की प्रक्रिया में सहयोगी जीवाणु भूमि को शुद्ध करते हैं। सड़ने की क्रिया से उत्पन्न होने वाले जैविक आम्ल से अवशेषों का संपर्क होकर वे नष्ट हो जाते हैं. इसे भूमि का ङ्गजैविक शुद्धीकरणफ कहते हैं। सूक्ष्म जीवविज्ञान की भाषा में इसे 'बायोडिग्रेडेशन ऑफ पेस्टीसाइड' कहते हैं। ऐसे सबूत संबंधित पुस्तकों में हैं। इसके लिए एक आधारभूत बात ध्यान में रखनी चाहिए कि भूमि में विद्यमान जीवाणुओं के अस्तित्व के कारण या उनके द्वारा फसलों के विकास के लिए की गई क्रिया से ही फसलें बढ़ती हैं। किसी भी रसायन के प्रयोग से यदि जीवाणु मर गये होते तो फसलों का विकास ही थम जाता। कीट, रोग, खरपतवारनाशक या रासायनिक उरर्वकों के प्रयोग से फसलों का विकास बाधित हो या अपर्याप्त हो ऐसा नहीं है। उल्टे वो पहले से भी तेजी से बढ़ती हैं। इसका सरल तात्पर्य यह है कि जीवाणु जीवित हैं। इसके लिए किसी भी प्रयोगशाला में परीक्षण की आवश्यकता नहीं है। अवशेषों का विघटन यह एक नैसर्गिक प्रक्रिया है। सड़ने की प्रक्रिया क्रियान्वित रहने से वह सहज घटित होता है। सडने की प्रक्रिया जितना अधिक समय जारी रहे उतना अच्छा है। आजकल बाजार में शीघ्र सड़ने की क्रिया संपादित करने वाले जीवाणु क्रय कर सकते हैं (डिकंपोजर)। किसान उसकी ओर आकर्षित हो रहे हैं। लेकिन उनके विषय में सोचना-समझना जरूरी है।

आरंभ से अधिक समय तक भूमि में विद्यमान रहने वाले कुछ कीटनाशकों के अंशो के दुष्परिणाम लक्षित होने पर बाजार में किसी औषधि की बिक्री करने का लाइसेंस प्राप्त करने से पूर्व उसे अनेक कठोर परीक्षणों से होकर गुजरना पड़ता है। इसमें विषैलापन भूमि में विद्यमान रहने का समय जांचा जाता है। इसे विज्ञान की भाषा में परसिस्टेंसी कहा जाता है। किसी देश में मान्यता प्राप्त दवाई विश्व में बेची नहीं जा सकती है। अपने अपने देश के निश्चित विभागों द्वारा चरणबद्धता से जांच होने के बाद ही लाइसेंस प्राप्त होता है। भारत में केंद्र सरकार का सेंट्रल इन्सेक्टिसाइड बोर्ड ऐसे

परीक्षणों का कार्य करता है। इससे पर्यावरण की यथाशक्ति रक्षा करना संभव होता है। फव्वारा करने की क्रिया के समय असावधानी के कारण दुर्घटना हो सकती है। यह दोष दवाइयों पर नहीं मढ़ सकते। किसान ने खुद या दवाई का छिड़काव करने वाले मजदूर की सुरक्षा को ध्यान में रखते हुए पूरी सावधानी बरतना जरूरी है। किसी भी पद्धति में बुराई नहीं होती, तो उसकी सीमा लांघना घातक होता है।''

मनोहर केसकर

जि. सोलापूर. मो. नं. ९८८१४७९८४०

परिशिष्ट

1. इंट्रोडक्शन टू सॉईल मायक्रोबायोलॉजी - एम. अलेक्झांडर
2. बायोलॉजिकल नायट्रोजन फिक्सेशन - डॉ. एन. एस. सुब्बाराव
3. बायोलॉजिकल नायट्रोजन फिक्सेशन रिसेंट डेव्हलपमेंट - डॉ. एन. एस. सुब्बाराव
4. सॉईल मायक्रो ऑरगॅनिझमस ॲन्ड प्लँट ग्रोथ
5. सॉईल ॲन्ड मायक्रोब्स - डॉ. वाक्समन व डॉ. स्टारकी
6. ह्युमन केमेस्ट्री - डॉ. एफ. जे. स्टिव्हन्सन
7. नॉन सिंबियॉटिक नायट्रोजन फिक्सेशन ॲन्ड ट्रॉपीकल ऑरगॅनिक मेंटर मॅनेजमेंट, इंटरनॅशनल कान्व्हेन्शन नई दिल्ली (8 से 16/2/1982)
8. कन्सेप्ट ऑफ इकॉलॉजी - डॉ. कोरमोडी
9. सॉईल मायक्रोबायोलॉजी ॲन्ड एक्सप्लेरोटरी ॲप्रोच - डॉ. कोनी
10. सॉईल, इंट्रोडक्शन टू सॉईल ॲन्ड प्लॅन्ट ग्रोथ - डॉनी, मिलर व सिक्विना
11. ॲग्रीकल्चरल मायक्रोबायोलॉजी - डॉ. रंगास्वामी
12. सॉईल मायक्रोबायोलॉजी (फोर्थ एडिशन ऑफ सॉईल मायक्रोबायोलॉजी ॲन्ड प्लॅन्ट ग्रोथ) - डॉ. सुब्बाराव
13. सिक्रेट लाईफ ऑफ प्लॅन्टस् - टॉमकिन्स व बर्डस्
14. सिक्रेटस ऑफ सॉईल्स् - टॉमकिन्स व बर्डस्
15. ॲग्रीकल्चर टेस्टामेंटस् - अल्बर्ट हॉवर्ड
16. टेंडिंग टू अर्थ - वॅनिन परेरा

लेखकाचा परिचय

नाव	: प्रताप रघुनाथ चिपळूणकर
पत्ता निवास	: ७४३, शाहूपुरी, ३ री गल्ली, कोल्हापूर - ४१६००१
शेती	: नांगदेववाडी, पो. बालिंगे, ता. करवीर, जि. कोल्हापूर
शिक्षण	: बी. एस्सी.(कृषी) १९७०
व्यवसाय	: पूणवेळ शेतकरी
छंद	: फावल्या वेळात शेती संबंधित शास्त्रीय ग्रंथ वाचणे, शेती उपयोगी भागाची टिपणे काढणे, शेतात प्रयोग करणे व शेतकरी उपयोगी तंत्रे विकसित करणे. यशस्वी प्रयोगाची माहिती विविध प्रसार माध्यमांद्वारे लेखन, भाषण व पुस्तकलेखन या मार्गातून शेतकऱ्यांपर्यंत पोहचविणेचा प्रयत्न करणे. १९९० पासून कृषिशास्त्रात काहीशा दुर्लक्षित भू-सक्ष्मजीवशास्त्र या विषयाच्या अभ्यासास प्रारंभ. आज शेतातील बहुतेक सर्व कामे या विषयावर आधारित केली जातात. या विषयाने शिकविलेली तंत्रे प्रचलित विचारसरणीपेक्षा पूर्णपणे वेगळी अगर परस्पर विरोधी मतप्रदर्शन करणारी आहेत. तरीही पूर्णपणे विज्ञानाधिष्ठ आहेत.
प्रकाशित पुस्तके	: १) कमी खर्चाची ऊसशेती २) फायदेशीर भात शेती

www.ingramcontent.com/pod-product-compliance
Lightning Source LLC
LaVergne TN
LVHW082041051026
849532LV00011B/3444